論創海外ミステリ
329

誰も知らない昨日の嘘

メアリー・スチュアート

木村浩美［訳］

論創社

The Ivy Tree

1961

by Mary Stewart

目次

主要登場人物

メアリー・グレイ……………カナダからイングランドを訪れた若い女性
コナー（コン）・ウィンズロウ ……〈ホワイトスカー牧場〉の管理人
アナベル・ウィンズロウ………八年前に失踪した〈ホワイトスカー牧場〉の相続人。コンの又従妹
ジュリー・ウィンズロウ………アナベルの従妹
リサ・ダーモット……………コンの異父姉
マシュー・ウィンズロウ………〈ホワイトスカー牧場〉の所有者。アナベルとジュリーの祖父
アダム・フォレスト……………マシューの隣人。フォレスト館の主人
クリスタル・フォレスト………アダムの亡妻
ドナルド・シートン……………考古学者。ジュリーの恋人
ビル・フェニック………………〈ネザー・シールズ牧場〉の跡取り息子

誰も知らない昨日の嘘

フレディス・ケンプとトマス・ケンプへ

北国の娘がロンドンに迷い込んだ。
しかし、都会暮らしが性に合わず
すすり泣き、ため息をつき、おいおい泣いた。
「北に戻れたらどんなにいいか！
ああ！　オークよ、トネリコよ、麗しい蔦の木よ。
北の故郷では木々が青々と生い茂る」

「私なら、すんなり嫁入りできるはず。
美しい娘には求婚者が大勢やってくる。
けれど、私の伴侶は必ずや北国育ち
私を北の故郷へ連れ帰ってくれるひと。
ああ！　オークよ、トネリコよ、麗しい蔦の木よ。
故郷では木々が青々と生い茂る」

七世紀のイングランド民謡

第一章

ニューカッスルから来てくれませんか？
行ってしまったきりでしょうか？
おお、私のまことの愛も知らないで。

イングランド民謡

私は色鮮やかな風景にひとりきりでいたのかもしれなかった。空は静かで青く、南でカリフラワー型に盛り上がった雲はピクリともせずにぶら下がっているようだ。その茎に当たるところに、丘が曲線を描いていくつも折り重なり、ペナイン山脈の麓の青い丘陵地帯がおぼろげな緑の牧草地に変わる。そこに、彼方にヤブジラミほども小さく、折り重なった丘に木々が見え、家々と農場であろうしるしが見える。けれども、その風のない、広々とした風景で、人の手が入ったあかしといえば、どこまでも続く――眼下にある牧草地の畝ほども古い――石垣だけだ。それは二千年ほど前にローマ皇帝ハドリアヌスが、傲慢にもノーサンバランドに長々と渡した城壁である。

古代ローマ式に切り出された石の塊は背中にじんわり温かい。私が腰を下ろした場所では、城壁が尾根に沿って高く走っている。右手では、崖が広いクラッグ湖にすとんと落ちる。湖面は陽向《ひなた》のガラスを思わせる静けさだ。左手では、見渡す限り広大な景色がペナイン山脈に続く。前方は尾根という尾根が西に走り、城壁はカーブのたびに尖って牡馬のたてがみを作る。

真下の小峡谷にシカモアの木が一本立っている。気まぐれな風が葉を揺らし、つかの間、雨音を響かせた。二匹の子羊は、母羊が近くで道に迷ったため、暖かい五月の陽だまりで身を寄せ合って眠っている。さっきはしばらくこちらを見ていたが、私は身じろぎもせず、口元に煙草を運ぶだけだったので、また温かい草にうつむいて寝てしまった。

私は陽向に座って考えた。とりとめのないことを。でも、何を考えているのか説明しろと言われたら、どれもこれも一語になるはずだ。イングランド。この芝土、この空、この草にこもる安らぎ。畝が描く古い線と、それよりも古いローマ時代の街道と城壁の名残。北部の丘陵の整然とした美しさ。これが、私の足元にあるのが、イングランド。**このちいさな世界。このもうひとつのエデン。なかば楽園……。**

そう、ここはひどく寂しいところだ。私たちはこの楽園を独占している。私と子羊たち、上空を飛ぶシャクシギ、春の草の上を琥珀の火花が散るようにひらひらと舞うヒョウモンチョウ。私は楽園にいた最初の、ただひとりの女だったのかもしれない。イヴが陽向に腰を下ろして、アダムの姿を夢見ている……。

「アナベル！」

彼は私の背後から声をかけた。近づいてくる足音はしなかった。芝土沿いに城壁の南まで足音を忍ばせて来たのだろう。飼い犬もおとなしくついてきたようだ。ふり向くと、彼が四フィート足らずに迫っていて、ぎょっとした私の指から煙草が吹っ飛び、城壁の低い石積みに生えたイブキジャコウソウと黄色のキジムシロの茂みに落ちた。

子羊たちが鳴きながら逃げ出していたことは、おぼろげにわかった。

夢を打ち砕いた男は二ヤード手前で立ち止まった。アダムではない。みすぼらしい、実用的なツイードの上下に身を包んだ若者だ。長身痩軀できびきびした印象から、喧嘩で敵に回せば始末に悪いと思わせ――また何か別の印象から、口実があろうとなかろうと、どんな喧嘩にも飛び込むに違いないと思わせる。ひょっとして、アイルランド系の容貌のせいだろうか。この若者の先祖は間違えようがないからだ。彼はある種のアイルランド男の華やかな美貌を備えている。黒い髪、はっとするほど青い瞳、よく動く大きな口。元は色白だが、浅黒くなったのは日に焼けたというより風雨にさらされたせいで、あと二十年もすれば、顔はオークに彫られたハンサムな仮面と化すだろう。片手に杖を持ち、真うしろに用心深そうなコリー犬を従えている。その美しい生き物は、主人によく似たしなやかな細身に優雅な雰囲気を漂わせ、主人と同じくいかにも血統のよさを鼻にかけていた。

違う、私のなかばエデンの侵入者は断じてアダムではない。ただし、蛇であっても不思議ではない。コブラ並みに愛想がよくて安心できる顔をしているのだ。

彼は盛大に音を出して息を吸い込んだ。シーシーと音を立てたと言ってもいいほどだった。

「そうか、やっぱり君か！　間違えるはずがないと思った！　君なんだ……。君のじいさんは、死んだわけがない、いつか戻ってくると言い続けてたが……参ったな、まさか予言が的中するとは」

彼は物柔らかに話していたが、その感じのいい声の裏に何が潜んでいたのか、今でもうまく説明できない。犬もその声を聞いた。犬が毛を逆立てたと言えば大げさになるだろうが、一瞬、耳をぺたりと寝かせると、白目がちに主人を見上げながら厚い首毛を引っ掻いた。

私は相変わらず身じろぎもしなかった。その場に座り、石になったようにこわばって口も利けず、呆然として男を見ていたに違いなかった。何か言おうとして口をあけるにはあけたが、静かな怒声が飛んできた。そこに今度は（あの美しい午後には荒唐無稽だと思えたはずだが）危険な響きがかすかに混じっていた。

「で、なんで戻ってきた？　教えろよ！　いったい何をもくろんでる？　まっすぐ家に帰って腰を落ち着けるのか？　そのつもりなら、なあ、考え直したほうが身のためだ。とっととな！　今となっちゃ、君が掛け合う相手はじいさんじゃない。言っとくが、この俺だ……。俺が責任者で、この先もずっとそうだぜ。だから、気をつけろよ」

そのとき、なんとか声が出た。私たちのあいだに激情がほとばしっていたのに、思いつく言葉はどれもこれもばかげているような気がした。やっとのことで、恐怖にすくんだしゃがれ声で絞り出した言葉はこれだけだった。「あの――なんですって？」

「君がチョラーフォードでバスを降りるのを見た」彼は息を弾ませている。形のいい小鼻が白くすぼんで見える。「今までどこにいたのか知らないが――どうせホワイトスカーだろうよ、ちくしょう。とにかく、君がハウスステッズ行きに乗り換えてから、あとをつけたんだ。畑から近づくのが見えちゃまずいからな、君がここまで来るのを待ってたのさ。話したいんだ。ふたりだけで」

最後の言葉はことさらに耳に残るよう強調された。私の顔になんらかの気持ちが出ていたのだろう。彼の顔に一瞬満足の色が浮かんだ。私は怖くなり、それが相手を喜ばせた。

なぜか、屈辱感を味わったせいだろうか、勇気が湧いて、気を取り直した。

私はだしぬけに大声でぺらぺらとしゃべり出した。「ねえ、人違いをしてるわ！　私はね――」

「人違いだと？　しらばっくれるな！」彼がわずかに動いて――体が顔に負けず劣らず雄弁に――悪意を見せた。次の言葉のような、正真正銘のどきりとさせる悪意だった。「いい度胸してるじゃないか、このクソ女。あれから何年も経ったのに……ぶらぶら歩いて帰ろうってのか。しかも真っ昼間から堂々と！　けどまあ、ここには俺もいる……」彼の歯が覗いた。「君と俺とで、湖に突き出た崖っぷちを散歩するんなら、何も午前零時でなくてもいいだろ？　忘れたのか？　俺も来ると知ってたら、君はここをひとりでうろついたりしなかった。そうだろ、ダーリン？」

　これを聞いて、私は立ち上がった。いよいよ本当に怖くなった。彼が危険極まりなく見えるのは、もはや気のせいではない。意外なことに、目の覚めるような美貌も彼を危険だと思わせる。美貌のせいで芝居っ気があり、暴力を振るっても、さらには悲劇を演じても受け入れられるのだ。

　崖が険しく、一フィート先ですとんと落ちているように見えたことを思い出す。崖下ではクラッグ湖の水面がそよ風で波打ってきらきら光り、茶色のナイロンのシーツのようだった。湖面ははるか遠くまで続いているように見えた。

　彼がこちらに一歩踏み出した。重たそうな杖を握る拳が白くなった。狂気の一瞬、私はくるりとふり向いて逃げ出そうとした。でも、背後に急斜面が控え、右手には城壁、左手には切り立った崖が湖に続いている。さらに、あの犬もいる。

　彼は語気鋭く訊いている。よほど大切な質問なのだ。「もう牧場には行ったのか？　〈白い疵痕《ホワイトスカー》〉に？　どうなんだ？」

　こんなのばかげている。どうしても止めなくては。私は恐怖で擦り切れた神経をなんとか落ち着けた。我に返って声が出るようになった。私はやかましい声で言葉を投げつけた。「なんの話をしてるのかわからない！　あなたなんて知らない！　人違いだと言ったでしょ。言わせてもらえば、あなたは頭のおかしい危険人物みたいな真似してる！　誰に話してるつもりか知らないけど、今まであなたに会ったことないわよ！」

　彼は動いていなかったが、まるで私の非難の言葉を浴びて歩みを止めたようだった。私は腰を下ろしていた場所で、なかば彼に背を向けていた。立ち上がって彼のほうを向くと、ほんの二歩分離れているだけだった。そのとき、私の声を聞いて、彼があっけにとられて目を見開くのが見えた。その顔を不安がよぎり、怒りが消えていく。怒りとともに悪意も消えた。

　私はここぞとばかりに言った。びくびくしていたせいか、ぞんざいな口を利き、ばかみたいな気分になった。「さあ、もうどこかへ行って、私にかまわないで下さい」

　彼は身じろぎもしなかった。じっとこちらを見つめたままだ。やがて、あのとげとげしい、怒気が残る声で言った。そこにはどこか疑念がにじんでいた。「俺が誰だかわからないふりをする気か？　又従兄のコンだよ」

「だから知らないって言ったでしょう。あなたには会ったこともない。それに、私にはコンという又従兄はいない」気持ちが落ち着くように深呼吸した。「その点は運がよかったみたい。おたくは強い絆で結ばれた、とても幸せなご家族なんでしょうね。あいにく、懇意になれるほど長居はできませんので、これで失礼します。さようなら」

「なあ、ちょっと待て――いやいや、行かないでくれ！　人違いだったなら、ほんとに悪かった！　だけど、まじめな話――」彼は相変わらず小道に立ち塞がっている。そこを通らないと農道にも本道にも戻れない。崖は片側に切り立ったまま、湖ははるか眼下で再び静まり、穏やかな空を映し出す。

けれども、私と自由のあいだにそそり立つ、悪意の大げさな象徴と思しきものが、ハンサムな若者に変身して、陽向に立って顔に浮かべた疑念を消し去り、いたく恐縮して謝っている。

「ほんとに申し訳ない！　脅かしちまったね。やれやれ、どう思われただろうな。イカレた野郎だと腹が立ったろうね。なんとも申し訳なくて、言葉もないよ。さっきは、その、君を昔の知り合いだと思ってさ」

私はにこりともせずに言った。「それくらいわかります」

「なあ、頼むから怒らないでくれよ。怒るのも無理ないが、それでも――いやあ、実によく似てる。君が本物だっておかしくない。全然おかしくないね。こうして近くで見ると……そりゃ、その気になりゃ違いを探せるだろうが。まあ、はっきり言えるのは――」

彼はふいに口をつぐんだ。まだ息を弾ませている。大変なショックを受けたに違いない。そして、謝っているわりに、目が裏付けるものを信じられないとばかりに私を睨んでいる。

「なんなら、私もはっきり言いましょうか。あなたなんか知りません。会ったこともない。私の名前はアナベルじゃなくて、メアリーです。メアリー・グレイ。そもそも、この地域に来たのも生まれて初めてなんです」

「君はアメリカ人だね。そのしゃべり方。ほんの少しだが――」

「カナダ人」

彼はのろのろと言った。「あいつ、はアメリカに行って……」

私はむっとした。「ねえ、ちょっといいかげんに――」

「わかった、悪かった。今のは嘘だよ！」そこで彼はほほえんだ。初めて見る笑顔だ。隠れていた魅力が、疑念の薄い膜だったとわかるものから現れてきた。「君の話を信じる、ほんとに信じるよ。ただ、その顔を見れば見るほど奇々怪々に思えるんだなあ。いくら外国訛りがあってもね！　ひょっとして、君はあいつの双子かもしれない……」彼は私の顔に向けていた執拗な視線をやっとの思いでそらしたと見え、かがんで犬の耳を撫でた。「勘弁して下さい！」ぱっと上を向いたまなざしがたたえているのは、感じのいい謝意だけだった。「さぞや怖かったろうね。あんなふうに突進されて、過去を暴いて脅迫したみたいにのしかかられてさ」

「私の過去に何があろうと」私は言い返した。「こんな脅迫をされる筋合いはないわ！　あれはおたくの放蕩娘さんが聞くはずだった〝お帰り〟の言葉でしょう？　ええと、あなたがアナベルを歓迎する宴会をひらかないのはわかった。確か、アナベルだったわね？」

「アナベルだ。ああ、宴会ね、ひらかないよ」彼は私から目を背け、どこまでも続く輝く湖水を見下ろした。遠くの岸辺に生い茂るアシのそばで、滑るように泳ぐ二羽の白鳥を一心に見ているようだ。

「俺が彼女を脅かそうとしてたっていうんだな。その言いぐさだと」

それは発言であって、質問ではなかったが、遠回しに訊いている響きがあった。「そのとおりよ」

「本気じゃなかったとは思わなかったんだね？」

私は穏やかに言った。「事情がわからないから、見当もつかない。ただ、こんな感じがしたわね。この崖はずいぶん高すぎるし、ここから本道まではずいぶん遠すぎるって」

「へえそうかい」彼の言葉に、とうとうアイルランドふうの抑揚がかすかに混じった。彼がふり向き、私たちの目が合った。

またしても息が浅くなり、私は腹が立った。このひどく芝居がかった若者が五分前には本物の殺意を抱いていたとしても、それはもう捨ててしまったのだ。今ではアイルランド男の魅力を全開にして、にこにことほほえみかけている。いかにも乙女の祈りに対する昔ながらの——そんなのありえない——答えを思わせ、いらいらさせた。彼は煙草の箱を差し出して、片方の眉を優雅に吊り上げてしゃべっている。「勘弁してくれたよね？　すたこら逃げ出したりしないだろ？」

言うまでもなく、すぐに立ち去るべきだった。けれども、その場の雰囲気はもはや——それまではともかく——危険ではなかった。バカみたいに見えるのも、我ながらバカみたいだと思うのも、今日はもうこりごりだ。ここで堂々と退場するのは難しいばかりでなく、慌てて立ち去ったらどれほどバカみたいに見えるだろう。それに、恐怖心が薄れると、好奇心が勝《まさ》った。知りたいことがいくつもあったのだ。何年も前に死んだ人間に〝生き写し〟だと言われ、かつ非難されるのは、めったにあることではない。

そこで私はその場にとどまり、彼の愉快そうな謝意の笑みに笑みを返し、煙草を受け取った。

私が元の場所に腰を下ろすと、彼は一ヤード離れた城壁に座り、足元にコリーを従えた。なかば私に顔を向け、片膝を立てて、両手で抱えている。口の端から煙草が下がり、薄い煙が細めた目を越えて立ち上っていく。

「この近くに泊まってるの？　いや、そんなわけないな。泊まってたら、噂の的になってる……。その顔はこのあたりじゃ有名なんでね。じゃ、日帰りで来ただけか？　休暇を取って？」

「まあね。実はニューカッスルで働いてるの。カフェで。今日は休みなのよ」

「ニューカッスルで？」彼はあっけにとられた声で町の名前を繰り返した。「君が？」

「ええ。どうしていけないの？　なかなかいい町よ」

「そりゃそうだ。ただささ……いやあ、あれこれ考えると、君がこの地域に来たのは妙な感じがしてくるな。どうして来たんだい？」

ちょっと間があいた。私は唐突に言った。「ねえ、まだ私の話を信じてないのね。そうでしょ？」

一瞬、彼は答えなかった。あのすうっと細めた目が、煙草の煙越しに凝視している。私はそれをまともに見た。すると、彼はゆっくりと手をほどき、くわえた煙草を取った。軽く叩いて灰を落とし、小さな灰色の塊がふわふわ宙に舞うのを眺めている。

「いいや。君の話を信じてる。でも、俺がぶしつけで、君をじろじろ見るからって、あまり文句を言わないでくれ。知り合いの生き写しに出くわすのは、そうそうあることじゃない」

「言っとくけど、自分に生き写しの人がいるとわかるのは、もっとそうそうあることじゃないわ」私は言った。「おかしなもので、なんだか嫌な感じがするのよ」

「なあ、そこは気づかなかったけど、君の言うとおりだ！　この世に俺がふたりいると考えたらゾッとするね」

私は思った。それなら、私もあなたを信じる。けれども、声に出さなかった。私はほほえんだ。

「個性を侵害されるせいかしら。基本的な感覚が脅かされる。アイデンティティと言えるもの？　自我？　あなたはあなたでいたい。ほかの誰でもなくて。その気持ちは、気味が悪いほど魔法に似てる。鏡を手にした野蛮人とか、ある日の朝食前にドッペルゲンガーを見たシェリーみたいな気分ね」

「あの詩人は生き写しを見たのか？」

「本人の弁ではね。ドッペルゲンガーを見るのは凶事の、おそらく死の前触れだとされてたの」

彼はニヤリとした。「俺は一か八かやってみる」

「ああもう、あなたが死ぬわけじゃないわ。生き写しと出くわすのは、死ぬ運命の人だもの」

「だからさ、それが俺だ。君が生き写しだろ？」

「ほらね。そこが肝心なところなの。そこが嫌がられるところ。誰も〝生き写し〟にはなりたくない。みんな本物なんだから」

「わかったよ。君は本物で、アナベルが亡霊だ。どのみち、あいつはもう死んでる」

さりげない言い方に驚いたわけではないが、彼の声に当然あるはずだった何かが欠けていたことにはぎくりとした。その衝撃は紛れもなく、まるで下品な言葉を使われたようだった。

私はうろたえ気味に言った。「ねえ、私は別に……こんな話をしたら、あなたはいい気持ちがしないと気づくべきだった。たとえ、その、アナベルと仲が悪かったとしても。なんといっても身内、又従妹だったわね？」

「結婚するはずだった」

彼がこう言ったとき、私は煙草を吸っていた。危うく煙にむせそうになった。ゆうに五秒間は口をぽかんとあけていたに違いない。やがて、弱々しい声で言った。「そうなの」

彼の唇がカーブを描いた。美しい顔立ちが別人と化すのは異様な光景だ。「たわいない失恋だったと思ってるんだな？　まあ、そうかもしれない。あるいは、そうじゃないかもしれない。あいつは家出したんだ。俺と結婚するより家出するほうがましだったんだろう。八年前にどこへともなく消え、アメリカから爺さん宛てに手紙が一通届いたきりさ。私は無事です、もう二度と誰にも便りを出しません、てな。ああ、そりゃ言い争いはしたし、もしかしたら俺は――」彼はいったん口をつぐんで肩をすくめた。「うん、とにかくあいつは出て行って、その日から俺には音沙汰なしだよ。そんな仕打ちをされて、あっさり許せると思うかい?」

あなたが許す? 絶対に無理ね。またしても、わずかに翳のある表情が彼の顔をがらりと変えた。肉体の美しさがもたらす滑らかな肌の下で、喪失感が他人のようにうごめいている。そう、拒まれたら最後、この人は決して許さないはずだ。

「だけど、八年も根に持つなんて。だって、あなたはそのほとんどを別の誰かと幸せな結婚生活を送ってきたんでしょう」

「結婚はしてない」

「してない?」さも意外そうに聞こえたのだろう。彼は三十にはなっているはずだし、この容貌だから、控え目に言ってチャンスは何度もあったはず。

彼は私の口調にニヤリとした。顔に自信満々の表情が戻り、もとから疵などなかったかのようにすんなりと武装した。「姉が〈ホワイトスカー〉の家事をしてる。種違いの姉と言うべきかな。料理上手で、俺のことをよく考えてくれる。リサがいれば、女房はいらないよ」

「〈ホワイトスカー〉は、おたくの牧場の名前だったわね?」傍らの岩の割れ目でアルメリアが茂っている。そのふかふかの緑のクッションを指でなぞった。指をどけたら、小花がぱっと球状に戻った。

「あなたが所有者? お姉さんと共同で所有してるの?」

「俺が所有者だ」この返事はぶっきらぼうに響いた。人の言葉を乱暴に遮るような言い方だ。彼は自分でもそう思ったのか、詳しく説明し始めた。

「ただの牧場じゃない。〝ウィンズロウ屋敷〟なんだ。うちは先祖代々そこで暮らしてきた……まわりに私園を造って、大昔にうちを追い出そうとした地元の名士どもより長く。〈ホワイトスカー〉は飛び地みたいなもんで、私園随一の古木より古い。君が座ってるその城壁のざっと四分の一の年齢だ。名前の由来は本道のそばにある昔の石切り場らしいが、それがいつの時代のものかは誰も知らない。とにかく、〈ホワイトスカー〉は追い出せないよ。昔は館が頑張ってた。今じゃその館もなくなったが、うちはまだここにいて……。おい、聞いてないな」

「ちゃんと聞いてる。続けて。その館はどうなったの？」

ところが、彼の話は脇道にそれた。まだ私が又従妹に似ていることを考えているようだ。「君は牧場で暮らしたことはあるの？」

「ええ。カナダでね。でも、あいにく性に合わなかったけど」

「というと？」

「さあ、よくわからない。困ったものよ。田舎暮らしはいいけど、畑仕事はだめね。家事と庭の手入れと料理——ここ二、三年はモントリオール近くの友人の家に住み込んで、彼女の世話をしてたの。ポリオにかかって手足が不自由だったから。そこではすごく楽しかったけど、半年前に友人が亡くなった。そこで、ここに来ようと決めたわけ。ちなみに、なんの職業訓練も受けてないわよ」私はほほえんだ。「家でぐずぐずしすぎたのね。いまどき時代遅れだとわかってるけど、そういう事情だったの」

「結婚すりゃよかったのに」

「まあね」

「じゃあ、馬は？　馬に乗る？」

この質問は唐突に、さもどうでもよさそうに切り出され、私はうろたえて息をのんだ。「馬？　冗談じゃないわ！　どうしてまた？」

「ああ。君がアナベルにそっくりで、頭がくらくらするよ。あいつは乗馬が得意でね。馬にかけちゃ魔法使い、いや、魔女だった。馬とひそひそ話ができたんだぜ」

「何ができたんですって？」

「ほら、ジプシーみたいに馬にささやいて、なんでも言うことを聞かせるってやつさ。あいつが俺みたいに黒髪で、金髪じゃなかったら、馬泥棒のジプシーにすり替えられた子だと思われただろうな」

「そうねえ」私は言った。「私も馬の頭とお尻の区別はちゃんとつくし、どっちにも近寄らないことにしてる……。ねえ、じろじろ見ないでほしいんだけど」

「すまない。だけど――いやあ、これは放っておけないよ。君がこんなにアナベルと似てるのは。気味が悪いな。君があいつじゃないのはわかってる。帰ってきたのかもしれないと考えたのはばかだった……。生きてたら、とうの昔に帰ってきたはずだ。縁を切ったら失うものが多すぎる。ただ、君がそこに、同じ場所で、石ころひとつ変わってないところに座って、ほとんど変わらないでいる姿を見ると、どう考えりゃいい？　本のページが戻されたり、映画が八年前の回想シーンになったりするのを見るみたいだ」

「八年は長い年月だわ」

「そうだな。あいつは家出したとき十九だった」

ちょっと間があいた。彼がこちらを見た。私が笑うと思っていたのが見え見えだ。「わかった。君は訊かなかったな……ずばりとは。俺は二十七だ。もうじき二十八になる」

彼が息を吸う音が聞こえた。「さっきは気味が悪いと言ったろ。こうしてそばに座って、しゃべってると、そのアクセントを聞いてても……いや、アクセントじゃなくて、ぼやけた発音は……なかなかいいよ。いや、あいつだって、八年で変わってただろうね」

「また違うアクセントを身につけてたりして」私は陽気にしゃべった。

「ああ。そうかも」彼の声に潜む何かを聞きつけて、私はぱっと目を向けた。「俺、まだじろじろ見てる？　ごめん。ちょっと考えてた。その――やり過ごしていいことじゃないような気がする。これは……運命じゃないかって」

「どういう意味？」

「なんでもない。気にしないで。君のこと教えてくれよ。ちょうど話そうとしてたね。アナベルはどうでもいいからさ。君のことを聞きたい。君はカナダから来た、メアリー・グレイ、ニューカッスルで働いてるんだったね。まだ知りたいことがある。どうしてそこに行ったか、それから城壁に来たか。どうして今日ベリンガムからチョラーフォード行きのバスに乗って、ウィンズロウの地所の目と鼻の先にやってきたのか」彼は煙草の吸い殻を崖に投げ捨て、引き上げた膝を抱えた。その優雅な身のこなしは、彼の肉体美に欠かせない一部であるようだ。「詮索する資格があるとは思っちゃいない。ただ、世にも不思議な話だってことは認めてくれよ。君がそこまでアナベルに似てるのは、単なる偶然とは思えない。君がここに来たこともね。事情が事情だけに、興味を抱いてもいいはずだ」あの魅力的なほほえみがさっと浮かんだ。「何はともあれ」

「ええ、よくわかる」私は一息ついた。「そう、あなたの言うとおりかもしれない。つまり、アナベルさんと私が似てるのはただの偶然じゃないって話。どうかしら。実は、うちの先祖はこのへんの出身だと、祖母から聞いてるの」

「ほんとかい？　ホワイトスカーの出？」

私は首を振った。「その名前は聞いたこともないわね。私がほんの幼い頃に祖母は死んだの。とにかく、祖母は曾祖母から聞いた話を知ってるだけだった。母は過去にあまり興味のない人だった。でも私は、先祖がもともとノーサンバランドのどこかから来たのは知ってる。祖母はウィンズロウという姓を口にしたことはなかったけど。本人の旧姓はアームストロングだった」

「スコットランドとの国境付近にはざらにある姓だ」

「祖母もそう言ってたけど、家によっては、いわくつきの来歴があるそうね！　昔、実際にアームストロングという人がハウスステッズの城壁に住んでなかった？　その人、馬泥棒じゃなかった？　私にもアナベルさんみたいに馬に〝ささやく〟力があるなら、きっと――」

「君のご先祖はいつイングランドを離れたか、知ってるかい？」彼は私が注意をそらそうとした話題に耳を貸さないというより気にも留めない。どうしても知りたいことがあるようだ。

「曾祖父の時代だと思う。前世紀のなかば頃になるかしら？　まあ、そのあたりね。初め、一族はノヴァスコシア半島のアンティゴニッシュに落ち着いたけど、父が結婚してから――」

「だからイングランドに戻ってきたと？」彼はひたすらそれが訊きたかったと見え、相手の話を遮るという無礼な態度を取った。まるで試験官だわ。候補者の話を要点に戻して……。そう、彼の質問ははっきりした結末に向かっていくようだ。これまでもさりげない質問はなかったし、今では目的のある鋭い質問になっている。

私は答えた。やや用心深い口調だったかもしれない。「どうしてここに来る気になったか？　家族が死んで、故郷に残る理由はなくなったし、前々からイングランドを見たかったし。小さい頃、祖母がよくイングランドの話をしてくれたの。祖母もこの国を見たことはなかったけど、母親から〝ふるさと〟の話を聞きながら育ったのよ。そうそう、〝麗しのノーサンバランド〟のことや、ニューカッスルは活気に溢れた街だってことをさんざん聞かされて――埠頭に停泊してる帆船や、通りを走る馬車鉄道が目に浮かびそうになったわ。祖母が生き生きと話してくれたおかげね。それにヘクサムの町。大聖堂の日曜礼拝、火曜日にひらかれる市場、タイン川沿いにコーブリッジ村へ続く道、どれもすてきな名前がついたローマ帝国の城壁……。ニック城とヴェルコヴィシウムとアエシカとサールウォール城の九つの丘……。これも本で読んだわ。子供の頃から歴史が好きだったの。ずっと前に心に誓ったものよ。いつか必ずここに来る、ひょっとすると――その気になったら――住み着くかもしれない」

「住み着く?」

私は笑った。「そう自分に言い聞かせたの。それにしても、こんなふうに戻ってくるとは思ってもみなかった。実は――その、かなりお金に困ってて。とりあえず、旅費と当座の費用を掻き集めて海を渡ったら、このていたらく。お決まりの話と正反対でしょ? たいてい、一匹狼が一旗揚げようと新世界《アメリカ》を目指すものなのに、私は――その、ここに来たかった。アメリカ大陸には、独立独歩の人間は嫌気がさす場合もあるけど――笑わないでよ――ここならうまく溶け込めそうな気がしたの」

「君のルーツはここだから?」彼は私の顔つきを見てほほえんだ。「図星だろ。読みが当たったはずさ。誰かが、ウィンズロウ一族の誰かが、はるか昔の前世紀にここからカナダに渡ったに違いない。たぶん複数で。当時の事情は想像がつくだろう。どこの家にも子供が十三人いて、みんな十三人ずつ子供を作った。そのうちひとりやふたりのウィンズロウは外国に移住したに決まってる。〈ホワイトスカー〉は大家族を養えるほどの大牧場じゃなかったから、長男以外は勝ち目がなかったんだな……。ああ、そういうわけだ。それで辻褄が合う。あるウィンズロウがカナダに渡り、その娘のひとり——君の曾祖母になるかな?——が現地でアームストロング家の男と結婚した。とか、そんな感じだな。〈ホワイトスカー〉には記録が残ってるだろう。俺はあそこで育った人間じゃないから、知らないけど。とにかく、そういう事情に違いない」

「たぶん」

「それじゃ」彼がチャーミングにものを尋ねるように眉を吊り上げるしぐさは、ちょっと練習のしすぎではなかろうか。「俺たちは遠い親戚ってことになるよな?」

「なるの?」

「なるともさ。君がウィンズロウの人間だってことははっきりしてる。でなきゃ、アナベルに似てることの説明がつかない。俺は他人の空似なんて信じない。君はいかにも、いかにもウィンズロウ一族のタイプで、間違いない——その金髪、緑とも灰色ともつかない珍しい色の目、そのきれいな黒いまつげ……」

「ばっちり染めてるの」私は静かに言った。「だって、染めてもかまわないなら、薄い色のまつげで我慢することないし」

「じゃあ、アナベルも染めてたのか。ああ、絶対にそうだ! 思い出したぞ。俺が初めて〈ホワイトスカー〉に来た頃、あいつはほんの十五で、そんな化粧品に手を出してなかったはずだ。そう、まつげは薄い色だった。いつ頃変わったかも覚えてないな! ま、俺も十九のガキでさ、ど田舎から出て来たんだ。あんなにすごい美人にはお目にかかったことがないと、信じて疑わなかったね」

彼の言葉はこのうえなく明快だった。私は顔が赤くなるのを感じた。まるで賛辞の言葉が自分に向けられていたみたいだ。ある意味では、そのとおりなのだが。

私はばつの悪さをごまかそうとした。「ねえ、私は〝ウィンズロウ一族のタイプ〟だと言ったわね。そういうあなたはどこに入るの？　同じタイプには見えないけど」

「ああ、俺は変種さ」白い歯が覗いた。「生粋のアイルランド人のタイプだ。うちの母親みたいに」

「だったら、あなたはアイルランド人？　道理でアイルランド人に見えると思った。コンっていうのは、コナーの愛称？」

「そうだよ。母はギャルウェイの出身だ。俺の髪や目の色は母譲り。ただし、見た目のよさはウィンズロウ一族の遺伝だね。うちは美男美女揃いだからさ」

「あらあら」私は辛辣な調子で言った。「もっと自慢できる話がなくて残念無念」煙草の火を傍らの岩でもみ消すと、吸い殻を崖っぷちに弾き飛ばした。そして吸い殻が消えた場所をしばらく見ていた。「ただ……ひとつあるの。ちゃんと覚えてる、と思う。さっき話してるうちに思い出して。あまり意味はないかもしれないけど……」

「それで？」

「あれは確か――祖母が森《フォレスト》の話をしたことは覚えてる。ベリンガムのそばのどこかの森よ。おたくの〝ウィンズロウ屋敷〟の近くに、ひょっとして――」

「フ、フ、フォレストか！」彼は興奮した様子だ。「確かにある！　さっき、〈ホワイトスカー〉は飛び地みたいなもので、地元の名士の私園に囲まれてると言ったろ？　その私園が〈フォレスト・パーク〉さ。〈パーク〉はだだっ広い土地で、川が弧を描いて流れる部分に囲まれてる、島と言ってもいいところだ。全部ひっくるめて、ふだんは単に〝フォレスト〟と呼ばれてる――フォレスト家、一族が何世代もそこで暮らしてたんだよ。どこもかしこもフォレストの土地だったが、川べりの一点だけは、弧の中心は違った。それが〈ホワイトスカー〉だ。さっきも言ったが、連中は無理やりうちを追い払おうとしたんだぜ。向こうのお屋敷はフォレスト館といったんだ」

「といった？　ああ、館は〝なくなった〟んだったわね。なんでまた？　一家はどういう人たちだったの？　いずれにせよ、その話を聞くと、曾祖母はこのへんの出身だったような気がするわ」

「そうだろ。だから、他人の空似のわけがないと言ったじゃないか。なあ、ということは――」

「フォレスト家はどういった人たち？　曾祖母の知り合いだったのかしら？　その人たちはどうなったの？」

「君のひいばあさんがホワイトスカーに住んでたとしたら、フォレスト家と顔見知りだったはずだ。あの家はあんまり古い家柄じゃない。十七世紀に貿易商が東インド会社と取引してひと財産作って、館を建てて、地主階級におさまった。十九世紀のなかばには、鉄道の儲けでまたひと財産作った。それから庭を広げて、私園に木や花を植えた場所を作り、豪勢な厩舎をいくつか建てて――最後の主人が一時は種馬飼育場にしてたね――ウィンズロウ一族に金を払って〈ホワイトスカー〉から追い出そうと躍起になった。無駄なあがきだったよ、言うまでもなく。煙草をもう一本どう？」

「いいえ、けっこうよ」

彼はもうしばらく〈ホワイトスカー〉と〈フォレスト〉について話し続けた。両家が〝反目〟し合っていたという噂はでたらめだ。ウィンズロウ一族は、小さな極上の土地を代々守ってきて、その土地を自慢していたし、館の一家の世話にならない自作農民の身分が誇らしくてしようがなかった。いっぽう館は、全盛期にはダークウォーター・バンクからグリーンサイドに至る田園地方をごっそり手に入れた。唯一の例外が、館のすぐ近くに根を下ろしていた〈ホワイトスカー〉だった。

「それから、二十世紀のなかばに終わりが来た。悲劇としか言いようがない〝フォレスト館の崩壊〟さ」彼はにやりとした。館にどんな悲劇が起こったにせよ、〈ホワイトスカー〉さえ無事ならば、ちっともかまわないという気持ちが透けて見えた。「館が焼け落ちなかったとしても、一家は出て行くしかなかった。フォレスト爺さんが不況で大損してたうえ、爺さんの死後はもろもろの税金やら相続税やらで――」

「館が焼け落ちた？　何があったの？　〝悲劇〟って、まさか誰かが死んだわけじゃないわよね？」

「とんでもない。みんな無事に逃げ出したよ。そのとき館にはフォレスト夫婦しかいなかった。あとは庭と館を管理する夫婦者のジョニー・ラッドと女房、フォレストの奥さんの世話をする年増のミス・ラッグ。にしても、ありゃあどえらい夜だった。ベリンガムから館が燃える炎が見えたんだぜ」

「現場にいたのね？　さぞ怖かったでしょう」

「できることはあんまりなかった。消防車が着いた頃には火の手が回ってたんだ」彼は火事の光景をもう少し長く、生々しく説明して、さらに続けた。「火元はフォレストの奥さんの寝室だったらしい。夜更けだよ。奥さんが飼ってたプードルが館中を叩き起こして、フォレストが駆けつけた。もうベッドに火がついてたんだ。フォレストは奥さんから寝具を引き剝がして――彼女は気を失ってた――階下《した》へ運んだ」彼は私をちらりと横目で見た。「無事に保険金が出て、えらくツイてたね。噂じゃ、奥さんの寝室からブランデーの空き瓶と睡眠薬が見つかったし、前にも一度ボヤを出したことがあるし、夜は奥さんに煙草を吸わせるなとフォレストがミス・ラッグに命じてたのに。ただし、こういう事故には噂が付き物で――そもそもフォレスト夫婦をめぐる噂話は尽きなかった……ありとあらゆる種類のね。どうしたってそうなる。夫婦仲がしっくりいかないとさ。俺は前からフォレストが好きだったし、実を言うと、ほかのみんなもそうだったけど、あの年増の、ミス・ラッグが誰彼かまわずフォレストの悪口を聞かせたもんさ。ミス・ラッグは、クリスタル・フォレスト付きの看護婦で、奥方が持病を抱えることにしたときに館に現れた。ありゃ毒舌を吐き散らす女だったなあ」

「持病を抱えることにした――おかしな言い方するのね」

「いいかい、クリスタル・フォレストはおかしな女だったんだ。どんな男だって――ま、どうせフォレストは金目当てで結婚したと言われてる。俺に言わせりゃ、金目当てに決まってる。それがほんとなら、有り金残らず種馬に注ぎ込んだのさ、気の毒にな。事実、金に困ってたはずだ。それはよく承知してる。あの夫婦は火事のあとでイングランドを離れて、ほとんど保険金と、種馬の上がりに頼って暮らしてた。フィレンツェに引っ越して――そこで小さなヴィラを買ったが、奥さんの具合が悪くなり、どうも頭が変になったらしくて、フォレストは彼女をウィーンのある男の元へ連れてった。二年前に死ぬまで、ウィーンであっちこっちの精神科クリニック――とかなんとか、しゃれた名前がついた高級なキチガイ病院――に入ってた。それでフォレストは一切合切なくしたんだ。ついにオーストリアから帰国して、ここを売り払うと、何も残らなかった」

「じゃあ、その人は戻ってきたのね?」

「いいや、もういない。地所を売りに来ただけさ。国の森林委員会が緑地を買って、そこに木を植えやがった。要はそういうことだ。ちょこっとでも俺の手に入ってたら――」彼はふと口をつぐんだ。

「そういうこと?」

「気にしないでくれ。どこまで話したっけ？　ああ、そうそう。館が焼け落ちて、菜園は荒れ果てた。だけど、ラッド――前に館で働いてた夫婦者――がパークの向こう側に引っ越してたんだ。そこにウエストロッジと廏舎がある。ジョニー・ラッドはそれを小自作農地として管理してて、去年フォレストがこっちに来たとき、ふたりで昔の菜園をよみがえらせた。市場向けにな。うまくいってるみたいだぜ。今じゃジョニーは地元の若いのを何人か使ってる」

彼は私から目をそらしてしゃべっていた。夢見心地で、話に集中していないように見える。その横顔は体のほかの部分に負けず劣らず端正で、顎を上げて煙草の煙を吐き出す様子のどこかが、彼は美貌を自覚している、私に見られていることもわかっていると告げていた。

「じゃあ、フォレスト氏は？」私は何気なく訊いた。「イタリアに永住したの？」

「え？　イタリア？　ああ、さっき言ったとおり、フィレンツェの近くに家がある。今はそっちにいて……地所は明け渡した。ジョニー・ラッドと森林委員会……と〈ホワイトスカー〉にね」彼がこちらを向いた。大きな唇に満足げな笑みが浮かぶ。「どうだい？　君の故国にはなんとドラマチックな話があるじゃないか、メアリー・グレイ。フォレスト館の崩壊！」やがて、彼は咎めるように言った。私が黙っていたせいだ。「話を聞いてもいなかったな！」

「あら、聞いてたわ。ほんとよ。よくできた話にしたわね」

彼を見ながら考えていたことは付け加えなかった。〝悲しくて憂鬱な――あなたが好きな人の――お話をしているのに、思いやりや同情があまり感じられない。当時の新聞記事にだって、もう少し温かみがあったでしょうに。あなたの口ぶりはむしろ、申し分のないエピソードに仕上げを施しているみたい。ただし、森林委員会の植林計画についての奇妙な発言だけは例外ね〟

彼はまた、私が一部始終に興味を持つと確信していた。どうしてだろう……。その答えに自信がなかったとしても、自分が正しいとわかるまで待つ気はなかった。あたりを見回してハンドバッグを探した。

彼が慌てて声をかけた。「どうした?」

ハンドバッグは城壁が立つ地面にあった。私はバッグを拾い上げた。「もう行かなくちゃ。時間を忘れてたわ。次に乗るバスが――」

「いや、まだ行っちゃだめだ! ワクワクしてきたんだからさ! 君のひいばあさんがフォレストを知ってたとしたら、可能性として――」

「ええ、その可能性もある。でも、やっぱり行かなくちゃ。勤め先のカフェは、日曜の夜も営業してるの」私は立ち上がった。「残念だけど、しかたないわ。それじゃ、ウィンズロウさん、知り合えて面白かったけど――」

「なあ、そんなにあっさり行くなよ!」彼も立ち上がっていた。まるで私を引き止めるかのような、せわしない身動きをしたが、手を触れることはなかった。顔にあえて浮かべた魅力が消えていた。彼はせかせかと早口でしゃべった。「俺は本気だ。まだ行かないでくれ。そこに車があるから。送ってくよ」

「そんなことさせられない。ほんとに。今日はとても――」

「〝面白かった〟とは二度と言わないでくれ。ありゃ面白いどころじゃない。大事な話だったんだ」

私は彼をまじまじと見た。「どういう意味?」

「言っただろ。こういったことは他人の空似じゃないって。だからさ、運命なんだ」

「運命？」

「天命。宿命。天の計らい」

「ばかばかしいこと言わないで」

「ばかばかしくはないさ。こういうことがあったのは、珍しいってだけじゃ片付けられない。ここで反対方向に立ち去って全部なかったことにする、ってわけにゃいかないよ」

「どうして？」

「ど、ど、どうして？」彼はカッとしたように言った。「なにせ――だめだ、説明できない。考える暇がなかったからね。とにかく、君が働いてる店の住所を教えてくれよ」しゃべりながらポケットを手探りして、鉛筆と使用済みの封筒を取り出した。私が黙っていると、彼はぱっと目を上げた。「それで？」

私は言葉を選びながら言った。「私もうまく説明できなくて、ごめんなさい。でも……教えたくないわ」

「どういうことだ？」

「私はただ――さっきはなんて言った？――ここで反対方向に立ち去って、全部なかったことにしたい。ごめんなさい。どうかわかってちょうだい」

「わかろうともしたくないね！　君がアナベル・ウィンズロウに似てるのは他人の空似じゃない。俺の目には一目瞭然だぜ。君の先祖はこのへんの出身だ。俺たちがずっと会えなかった親戚だと言ったのは、冗談じゃなくて……」

「ひょっとしたら、遠い親戚なのかもね。それより、私の話が通じないの？　率直に言わせて。〈ホワイトスカー〉やウィンズロウ一族やその他もろもろは、あなたにとっては大切なものかもしれないけど、私にとってはなんでもない。ずっとひとりで生きてきたし、それが性に合ってるの」

「カフェの仕事が？　そこで何をしてる？　ウェイトレスか？　レジ係か？　皿洗い？　君が？　バカはよせよ！」

「架空の親戚関係を本物と思い込んでるのね」

「わかった。ぶしつけで悪かったよ。だけど、俺は本気だった。あっさり行っちゃだめだ。なにせ、君は文無しに近いそうじゃないか」

私は一呼吸置いた。「あなたは——家族の責任を重んじてるわけね、ウィンズロウさん。私に仕事を世話しようとしたってことかしら？」

彼はおもむろに答えた。「そうそう、そうかもしれない。まあ……それでもいいさ」彼は急に笑い出して、軽い調子で付け加えた。「血は水よりも濃し、っていうだろ、メアリー・グレイ」

私の声には胸中の戸惑いが含まれていたに違いない。「ええと、お気持ちは嬉しいけど……とてもお言葉に甘えられないわ。いくら大昔にご先祖がつながってた可能性があるとしてもね。せっかくだけどお断りします、ウィンズロウさん。私は本気ですから」私はほほえんだ。「ねえ、考えが足りないわよ。私があなたと一緒に〈ホワイトスカー〉に現れたら、いったいどんな騒ぎになることか？ちゃんと考えた？」

彼はすこぶる奇妙な声で言った。「おかしな話だが、考えたよ」

一瞬、視線が合い、絡み合った。私はふと、不思議な気分を覚えていた。その数秒間、ふたりは相手が何を考えているかわかっていたのだと。

私は唐突に言った。「もう行かないと。まじめな話。これで終わりにしましょう。また面白かったと言って、あなたを怒らせたりしないから。今日は――貴重な経験だったわ。でも、この経験を深めたくないと言ってるようでごめんなさい。そういうことなの。仕事のお話をありがとう。ご親切に。さあ、いよいよ本当にお別れね……」

手を差し出した。場所が場所だし、あれこれあっただけに、堅苦しい挨拶をするのはばかげている気もしたが、このやりとりにちょっとしたけじめがついて、私が彼をこの場に残していくきっかけになるはずだ。

幸い、彼はちょっとためらうと、もう引き止めようとはしなかった。あっさりと私の手を握ったのだ。潔く敗北を認めるやり方で。

「じゃ、さよなら、メアリー・グレイ。いろいろと悪かった。元気でな」

その場を立ち去ってからも、私は彼に後ろ姿を見られているのを強く意識していた。

第二章

しいっ！　若造たちよ、野郎どもよ。
ああ、おまえらにおっかない話をしてやろう。

C・F・ルーマン「ラムトン・ワーム」

またあの女性が来ている。
ここ三日間、きっかり同じ時間に、女性は〈カフェ・カスバ〉の大勢の客を押しのけて通路を進み、隅の席に腰を下ろした。この最後の点だけでも、断固たる決意を物語っている。というのも、午後五時半の〈カスバ〉はいつも混んでいるからだ。だが、女性の目的がはっきりしているおかげか、その時刻のお得意様である大学生たちが礼儀正しいおかげか、彼女は毎日お気に入りの隅の席に陣取ると、ああして、たっぷり時間をかけてエスプレッソを飲み、ソーセージバーガー・スペシャルをゆっくりと食べている。明るく照らされたカフェの客が彼女のテーブルの周りに集まり、耳をつんざくばかりの若い声が真剣かつ独断的に、愛と死と午後の講義を論じ合っていた。メサーズ・プレスリー・インクの曲や、私がクール・カッツ・クラブだとわかるようになった曲という、強烈なBGMにも負けなかった。

私自身は、あの人が来たと言われてようやく気がついた。その週はテーブル担当で、仕事に追われていた。トレイを片手に客の波をすり抜けて汚れたカップを回収して、テーブルの真っ赤なプラスチックの天板を拭く。ひとりで片隅に座っているカントリーウェアを着た生気のない中年女性に細心の注意を払っていられなかった。でもノーマは、エスプレッソ・マシンのうしろの持ち場で、例の女性を眺めていて、〝ヘンな〟人だと思った。それはノーマの何より手厳しい形容詞なのだ。

「あの女、じとっと見てんの。大学生たちのことじゃないよ。そりゃま、お客が何してようと気にしないけどさ。ヒマなときは目に入っちゃう。ほら、あれ見て。タータンチェックのジーンズはいた金髪娘。あの格好、ギリギリセーフかなあ。たまたま知ってんだけど、あの子の親父さんは大学教授。あ、教授じゃないかもしれないけど、サイエンス・カレッジで研究しててさ、雰囲気ってわかるよね。そういうこと。いらっしゃい、コーヒーふたつ？ ビスケットも？ ええっと、ポップオフとヤムヤムと――そうそう、スクランプシーズも二種類あるよ……はい、どうも。お勘定はレジでお願い。ねえ、世間の人が食べるものと、あの女の体つきを考えたら、理屈に合ってる。そうだよ、あの隅の女、ありゃイカレてんのよ。あの目つきはゾッとする。気づかなかったとは言わせない。あの女はあんたのことまじまじ見てんだから。それもずうっと。あんたがあっち向いてたときは違ったけど、あんたがそっぽ向くたびに、またじいっと見るの。正気の沙汰じゃないね」

「私を見てる、ってこと？」

「だからそう言ってんじゃないの。コーヒー三つと紅茶ひとつね。お勘定はレジで。しょっちゅうあんたを見つめてる。目を離せないみたい。ううん、あの子じゃないよ。あの子がつきあってんのは、南極探検隊の格好した黒髪の男の子で、ジュークボックスのそばにいてさ、ほら、またいつもの曲かけるから……。そう、あっちのクルセイダーズのポスターの下にいる女だよ。吸い取り紙みたいな顔した中年女」

私はふり向いた。本当だ。目が合うなり、例の女性がさっとカップに視線を落とした。私は汚れた食器を載せたトレイの端がカウンターに着くまでそろそろと下ろし、しばし彼女のことを考えた。

年齢は三十五から四十くらい――ノーマにとって二十六歳以上は〝中年〟だ――で、頭にまず浮かんだ形容詞は〝平凡な〟とか、とにかく〝ぱっとしない〟であって、〝ヘンな〟ではなかった。身なりはまあまあだが、趣味が悪いカントリーウェア。化粧は最低限の、おしろいと口紅を薄くつけているようだが、肉付きのよい、冴えない顔はあまり華やいでいない。ちょっと時代遅れのフェルトの帽子から覗く髪は黒く、うなじできっちりと丸めてある。眉は濃くて目立つが、左右に離れた目にかかっていて見苦しい。眉尻や目尻や口角が下がり気味で、けだるく、不満そうな表情を作っている。そのけだるさがもたらす印象は、茶色と淡い黄褐色でまとめたカラーコーディネートでも変わらない。

さっきのノーマのお見事な言い回しは、すぐに意味がわかった。あの女性は、惜しくも美人になり損なったという妙な感じがするのだ。顔立ちがぼやけていてはっきりしない。まるで、画家が平々凡々な肖像画を描いてから、乾いた器用な手で絵をうっかり撫でてしまい、ほんの少し焦点がずれてしまったかのようだ。私が見たことのある肖像画の粗悪な模写かもしれない。どことなく見覚えのある、輪郭がくっきりしたスケッチを吸い取った跡だ。

ところが、その印象をとどめようとしても、するすると消えてしまった。記憶が正しければ、私はあの女性に会ったことがない。会ったとしても、ろくに目を留めなかったのだろう。人が二度も目を向ける女性ではない。一目見ればわかる。魅力という好奇心をそそる力を作り上げる、どんな好ましい特徴にも欠けている。魅力にはある種の元気と活力が欠かせず、何はなくとも、いわゆる生きる意欲が付き物だ。あの女性はそこで、だるそうに座っているだけで、周囲で人生が続いているのを見守る役割に甘んじているらしい。

ただし、ひたすら見つめるあのキャラメル色の目は別だ。私がそれとなく視線をずらすと、あの女性がまたこちらの顔を見るのがわかった。

耳元でノーマがささやいた。「知ってる女?」

「会ったこともない。ええ、どの人かはわかった。茶色の帽子をかぶった女ね。こっちがじっと見てると思われたくなかったの。それだけよ。ねえほんとなの、ノーマ? あの人はあそこでおしゃべりしてるだけじゃない?」

「ほんとだってば。だってあたしは――」ノーマは片手でエスプレッソ・マシンのハンドルを握り、もう片方の手でカップを二個取って、コーヒーを注ぎ、ソーサーにパシッと載せると、トレイにスプーンや砂糖を用意して、奥のフロアを担当するウェイトレスのメイヴィスに押しやった。「だってあたしは、成り行きを見守るしかないじゃん?」

メイヴィスは隅のテーブルのすぐそばを通って、奥の部屋にコーヒーを運んだ。あの女性はメイヴィスに目もくれなかった。

「まだ見てる……」ノーマがささやく。「ほらね?」

「勘違いよ。あの人が緊張したときの癖なのか、私を知り合いだと思ってるのか――」私はふと黙り込んだ。

「それとも何よ?」

「なんでもない。まあ、どうでもいいし。見たいなら、見ててもいいわ」

「へーえ。あたしなら心配するけど。哀れなおばさんの気が変になってても不思議じゃないし」ノーマは優しい声で言った。「やっぱ気をつけてよ、メアリー。なんかブキミでしょ？　しょっちゅう見られてんだから、気をつけなくちゃ」それからノーマは晴れやかな顔をした。「あの女が映画とかテレビドラマのスカウトならともかく。うん、それもありか！　そのセンかなあって思う？」

私は噴き出した。「まさか」

「どうしてよ？　まだきれいなんだしさ」ノーマは寛大にも言ってくれた。「若い頃は美人だったんだろうね。ほんとに。美人さん」

「ご親切にどうも。でもね、近頃のスカウトは小学校の校門にたむろしてるんでしょ？　だって、あなたは十九歳以上の誰でも彼でもけちょんけちょんにけなすじゃない」

「そうそ！　女は二十一で売れ残り」そう言うノーマは十八歳と六カ月だ。「でもさあ、気をつけてよ。もしかして、あの女は例の手合いでさ、ほら、あんたの腕にブスッと注射して、いつの間にか死ぬより悲惨な目に遭わせるのかも」

私は笑い出した。「時代遅れはどっち？　そのうち、あなたが順番待ちをするはめになるわよ。やっぱり違う、あの人はそんな大それた真似をするように見えないわ、ノーマ！」

「ううん、見える」ノーマは言い張った。「笑ってりゃいいよ。死ぬより悲惨な目に遭うとはどの口が言う、って思うだけじゃなくてさ。男が絡んでるね。蓼《たで》食う虫も好き好き、っていうじゃない。あたしだって、すぐにまともな男にありつけるわけじゃないけど。コーヒー三つ？　はい、お待たせ。ごめん、きれいなソーサー出すね。どうも。お勘定はレジでお願い。もう、やだやだ。あいつ、またあの曲かけて」

心を引きつけ、骨身にしみる、超絶技巧のクール・カッツのサックスと（言うまでもなく）コルネットの音色がカフェと通りの喧噪を意気揚々と突っ切った。

私は急いで言った。「これを厨房に戻してこなきゃ。またあとで。白人娼婦の売人を見張っててね」

「了解。でもさあ、笑い話にするのもわかるけど、あの女はそういう顔してる。野暮ったいのに頭が切れそうで、見かけによらないって感じ。とにかく何かが理屈に合ってるはずよ。つまり、あの女のじとっとした目つきには何かあるってば。そっか、あんたはあの女の知り合いにそっくりだとか、そんなことかも」

「そうかもね」

トレイを持って、クルセイダーズのポスターの下のテーブルはもう見ずに、スイングドアを押して湯気が立ち込める小部屋に入った。そこは〈カスバ〉では厨房と呼ばれている。

次の日も女性は同じ席に着いていた。その次の日も。いよいよノーマの言うとおりだ。こうなると、執拗な視線が店中をつきまとうのがわかり、それを肌で感じた。つい相手に目を吸い寄せられ、何度もふり返らないようにしなくてはならなかった。まだこちらを見ているだろうかと確かめたくなったのだ。

一度か二度かは忘れたが、視線が交わると、女性はさっきと同じ場所に目を落とした。けだるい顔に表情を浮かべず、コーヒーをかき混ぜながら茶色の波紋を見つめている。別のとき、彼女の執拗な視線の鋭さを感じて、私はふきんを片手に――テーブルを拭いていた――立ち止まり、きょとんとして、ちょっと気まずそうな顔をしてみせた。彼女は一瞬私の視線を受け止めると、目をそらした。

三日目の午後になり、これは偶然の問題ではないと思った。最近のハドリアヌスの城壁での出会いがいまだに頭をよぎり、あの午後のあやまちを繰り返す気になれないと、つくづくと感じていた。

カウンター席の客が減ると、私はそこで足を止め、ノーマに言った。「まだ頑張ってるわよ、隅のテーブルの売人さん。もううんざり。どこかで会ったことがあるのかどうか、訊いてみるわ」

「なら、訊くことないよ」ノーマが言った。「六時十五分前からずっと、ちょっと時間を見つけて話そうと思ってたんだ。あっちが、あんたのこと訊いてた。誰なのかって、メイヴィスに」

「それほんと？」

「うん。ついさっき。あんたが厨房にいたときにメイヴィスをつかまえて。何があったの？」

「何も。何もないわ。で、メイヴィスはなんて言ったの？」

「それがさ、メイヴィスは話しても悪かないと思ったんだね。あのおばさんは、あんたを知ってる気がすると言ったんだ。このへんの人なのか、ニューカッスルに住んでるのか教えてほしいって。だからメイヴィスはあんたがどこの誰かを教えた。カナダから来たことや、何百年も前にご先祖がここから来たから、北でしばらく過ごしたいこと。ここの仕事は、腰を落ち着けて正規の仕事が見つかるまでのつなぎだってことも話したってさ。メイヴィスは教えてもどうってことないと思ったんだよ。ああいう女はまともに見えるから。だって、男にしゃべったわけじゃなし」

ノーマはあたかも危険で魅惑的な野獣の話をしているようだ。別の折なら、その「男」という言い方に感心していただろう。けれども今は、ひとつのことしか考えられない。「そうね」私は言った。「大丈夫よ。ただ——その、なんだか妙ね、ノーマ。何もかも。謎めいたことは好きじゃないの。メイヴィスはあの人のことを何か聞き出した？　何者なのか、どこから来たのか」

「ううん」

持っている陶器を載せたトレイを見るともなしに見た。つかの間、彼の地に戻っていた。陽射しを浴びるローマの城壁。シャクシギの鳴き声、タイムの匂い、眼下の湖で羽繕いしたり潜ったりしている白鳥。そして、こちらを見つめている、あの冷酷な青い目。あれほど危険極まりない目つきだとは、ノーマには思いもよらないはず……。

私はいきなり口をひらいた。「あの人の素性を知りたいの。でも、話しかけたくない。ほらノーマ、あの人は衣装箱か何か持ってて、それにラベルが付いてる。私はまた厨房に下がるわ。興味があるように見えると困るから。メイヴィスに頼んでくれない？　あのテーブルに行って、何か——なんでもいいから——一言かけて、あのラベルを見てきてって」

「了解。お任せあれ。ワクワクすることならなんでもしちゃう。ああ、厨房に行ったらサッサとしろって伝えて。じきにきれいなカップを切らしちゃうよ」

厨房からコーヒーカップを運んでくると、隅のテーブルは空いていた。メイヴィスはカウンターの前でノーマのそばに立っていた。なんとなく嫌な予感がした。「ラベルを見てるの気づかれちゃった？」

「バレてない」メイヴィスは言った。「おかしな女だね。ノーマに聞いたけどさ、あんたの知らない相手でしょ」

「ええ」トレイをカウンターに置いた。「箱にラベルが付いてたでしょ。それで？　なんていう名前だった？」

「ダーモット。ミス・ダーモットとかいう名前」

私はおもむろにメイヴィスのほうを向いた。「ダーモットね」

「なんかピンときた？」ノーマが訊いた。

メイヴィスが言った。「ダーモット？　それ、アイルランドの名字だよね」

「どしたのよ？」ノーマは早口で言った。「メアリー、実はあの女を知ってるわけ？」

私はきつい口調で言った。「住所は見た？　書いてあった？　どこから来たかわかった？」

メイヴィスはけげんな顔でこちらを見ている。「うん、わかったけど。ベリンガムあたりの住所。牧場よ。ホワイトなんとか牧場、だった。メアリー、ねえ――」

「ホワイトスカー？」

「そう、それそれ。じゃ、やっぱ知ってんだ？」

「いいえ。私はあの人に会ったこともない。嘘じゃないわ。でも――」私は息を吸った。「あの人は私が知ってる人を知ってるのね。それだけよ。実は、最近〈ホワイトスカー〉の人と知り合って……。彼女、私がここで働いてることを聞いて、見に来たんだわ。それにしたって、おかしな様子見ね。声をかけないなんて……まあいいけど」笑顔を作り、軽い調子で言った。「これでささやかな謎が解けた。結局、なんてことなかったわ。どうもありがとう、メイヴィス」

「お安いご用」メイヴィスはあっさりと話を片付けて、足早に立ち去った。でもノーマは、私が運んできたトレイから清潔なコーヒーカップとソーサーを取り、ゆっくりと積み重ねると、考え込むような顔でこちらを見た。

「なんてことなかったねえ？」

「問題なし。明日もあの人が来たら、こっちから話しかけるわ」

「あたしも」ノーマが言う。「あたしもそうする。あの女が何してるのか聞き出して……。あんたの友達の友達かな?」

「そんなところ」

そんなところ。今考えてみれば、なるほど似ている。あの驚くほど端正な顔の出来の悪い模写。華やかな色彩のコナー・ウィンズロウをセピア色に焼いた写真。〝種違いの姉が〈ホワイトスカー〉の家事をしてる……〟。あの女性はコナーより五、六歳年上だろう。父方のダーモット家の遺伝なのか、目や髪の色は違うし、ウィンズロウ家の血がコナーに与えた美貌はいささかもない。それでも似ているところが、彼の強烈な魅力の、曖昧でぼんやりした、個性のないまがい物が、知り合いにはたまにちらりと見えるのだ。私はふと思った。彼女は気にしているのではなかろうか。

「こんなことでくよくよしちゃダメだよ」ノーマが言った。「まじめな話」

「しないわよ。恩に着るわ、ノーマ。心配しないで」

ノーマはこちらを見ていない。丁寧に重ねられたチョコレート・ビスケットを並べ直している。

「男絡みなんだ?」

「あのね、そうとは――」そこで口をつぐんだ。むしろ、そうしておいたほうが好都合だ。「ええ、そうみたい」

「ははん」私がこんな態度を取るのは不自然で、リサ・ダーモットの態度よりもずっと怪しいと、ノーマは思ったことだろう。「ねえ、悪いこと言わないからさ、困ってんなら縁を切りな。あの女が明日も来たら、あたしだったら、まっすぐ歩いてって、ずばりと訊くよ。何してんのか、なんの用か、ってさ」

「わかった」私は言った。「訊いてみる」

だが、翌日の午後に私は店で彼女が来るのを待ち構えていない。その晩のうちに仕事を辞めると店主に伝えたのだ。

第三章

父上の黄金《きん》をいくらか
母上の領地をいくらか分けてもらってきなさい。
そうしたら、そなたを北の地に連れてゆこう。
そこで私の花嫁にしよう。

民間伝承詩「メイ・コルヴィス」

部屋のドアがノックされたとき、荷造りから目を上げなくても誰が来たのかわかった。大家のスミソン夫人は外出している。帰宅するなり夫人を探した末に、やっとのことで思い出した。毎週水曜日の晩、夫人は友人と映画を見てから遅い夕食を楽しむのだ。それを知らなくても、このおずおずとした、どこかぎこちないノックと、スミソン夫人のてきぱきしたノックを間違えるはずもなかった。艶やかにニスが塗られた分厚いドアがガラス張りであるかのようにまざまざと、そこに立っている人の姿が見えた。ぱっとしない茶色の帽子の下の、茶色の目。への字に結ばれた強情そうな唇。二階に上がってくる足音はしなかった。むき出しの、音が響くリノリウムの階段をふたつ分上らねば、この部屋に来られない。ふだんなら、嫌でも来客だと気づかされる。よほど足音を忍ばせて来たに違いない。

ちょっと考えた。あの人は私がここにいると知っているのだ。居留守を使う理由はないし、ドアの下から明かりが漏れているだろう。

軽い、執拗なノックが繰り返され、私は室内をさっと見回した。

ベッドのそばにある灰皿が溢れそうで……ベッドじたいも乱れていて……私が何時間も煙草を吸いながら、ひたすら考え、蠅が止まった天井のシミを数えていたことを物語っている。それからようやく起き上がり、スーツケースを引っ張り出して――床のど真ん中に並べたのだから、私の動揺が手に取るようにわかる――荷造りを始めたのだ。

まあ、今から何をしようと間に合わない。ただ、窓辺のテーブルに、さらに説得力のある証拠が置かれていた。階下から借りてきた電話帳が、あるページでひらかれている。〝Wilson（ウィルソン）――Winthorpe（ウィンソープ）……〟

そっと部屋を横切り、電話帳を閉じた。そして洋服ダンスに向き直り、引き出しをあけた。

それから問いかけるような調子で言った。「はい？　どうぞ」

ドアがあいたときは背を向けて、引き出しから衣類を取り出していた。「ああ、スミソンさん」ふり向きざま切り出して、ふと口をつぐんだ。眉を上げ、顔に、願わくは、驚きの色だけを浮かべて。

女性は戸口に堂々と立っている。「ミス・グレイかしら？」

「ええ。そうですけど――」私はそこで間を置いて、はっと思い当たったが、同時に当惑したところを見せた。「ちょっと待って。どこかで――会ったような気がします。今日の午後、〈カスバ〉に、私が働いてるカフェに来てましたよね？　隅の席で見かけたのを覚えてます」

「そのとおり。あたしはダーモットというの。リーザ・ダーモット」彼女はリサではなくヨーロッパ風に〝リーザ〟と発音した。いったん言葉を切って、私に名前を覚えさせてから先を続けた。「〈ホワイトスカー牧場〉の者よ」

私は例の当惑した口調を崩さなかった。「初めまして、ミス――ミセス?――ダーモット。何かご用でしょうか」

彼女は油断なく私の顔を見ながら、招かれてもいないのに入ってきた。ドアを閉め、飾り気のない上質な豚革の手袋を脱ぎ始めた。私は両手に衣類を抱えて立ち尽くし、相手に椅子を勧めるものかという意志を露骨に示していた。

彼女は腰を下ろした。そして無愛想に言った。「弟が日曜日に、ハウスステッズの先のローマの城壁であなたに会ったそうね」

「ローマの――はいはい、覚えてます。男性に話しかけられました。ウィンズロウさん、という名前で、ベリンガムのあたりから来たとか」(気をつけて、メアリー・グレイ。調子に乗りすぎちゃだめ。この手のことを忘れるわけがないとばれてしまう)私はおもむろに付け加えた。「〈ホワイトスカー牧場〉から。そうそう。そこから来たと聞きました。あのときはちょっと――不思議なやりとりをしましたね」

私は抱えていた衣類を引き出しに戻して、彼女に向き直った。そばのタンスの上に置いてあるハンドバッグに煙草が一箱入っている。箱を振って一本取り出した。「吸います?」

「いいえ、けっこう」

「吸ってもかまいません?」

「ここはあなたの部屋よ」

「そうです」彼女が皮肉な響きを聞き取ったとしても、それはおくびにも出さなかった。いきなり押しかけてきて、みすぼらしい下宿にひとつしかない椅子にでんと座り、傍らのテーブルにハンドバッグを置いた。その間、私から目を離さなかった。

「あたしはミス・ダーモット」彼女は言った。「独身よ。コン・ウィンズロウは異父弟なの」

「ええ、そう聞いたような気がします。やっと思い出しました」

「コンはあなたのことを全部聞かせてくれた」彼女は言った。「まさかと思ったけど、嘘じゃなかったのね。大したもんだわ。八年経ったとしても、大したもんよ。どこで会っても、あなただとわかったでしょうね」

私は慎重な物言いをした。「弟さんの話では、八年ほど前に家出した又従妹さんに私がそっくりだとか。確か、変わったお名前でしたね。アナベル。合ってます？」

「そのとおりよ」

「あなたの目から見ても、そんなに似てます？」

「瓜二つ。もっとも、あたしはアナベル本人を知らないけど。〈ホワイトスカー〉に来たのは、彼女が家出したあとだったから。でも、前は爺さんが部屋に写真を飾ってて、年中ずらっと並べてあった。あたしは毎日埃を払ってて、アナベルのありとあらゆる表情がわかるようになったのよ。知り合いはみんな、コンみたいに間違えるでしょうよ。気味が悪いほど似てる。信じていいわよ」

「信じたほうがよさそうですね」私は深々と煙草を吸った。「その〝爺さん〟とは……ウィンズロウさんのお父様でしょうか？」

「大伯父よ。アナベルの祖父だった人」

私はそれまでテーブルのそばにたたずんでいた。覚悟を決めて、テーブルの端に腰を下ろした。彼女のほうは見ず、煙草の先を見つめていた。それから言った。いかにも唐突な感じで、自分の耳にもつっけんどんに聞こえた。「だからどうなんです《ソー・ホワット》、ミス・ダーモット？」

「なんですって？」

「大西洋の向こう側で使われる表現です。だいたい、こんな意味ですね。〝お話はわかりましたけど、だからといってどうなります？〟私は又従妹のアナベルさんに生き写しだそうですね。いいでしょう。甘んじて受け入れます。あなたとウィンズロウさんは、手間暇かけてその事実を教えてくれました。もう一度訊きます。だからどうなんです？」

「わかってほしいのは――」彼女は慎重に言葉を選んでいるように見えた。「あたしたちは興味があるに決まってるってこと。ものすごく興味があるわ」

私はずけずけと言った。「〝興味〟の範疇を超えた行動を取ったじゃありませんか。もっとも、何か別の意味で使ってるのなら話は違いますけど」

「どういうことかしら」

「わかりません？　わかってるはずです。どうか包み隠さず話して下さい。弟さんは相変わらず、私が本物のアナベル・ウィンズロウかもしれないという考えにこだわってますか？」

「いいえ。とんでもない」

「そうですか。では、その〝興味〟が好奇心の域をはるかに超えてしまったわけですね、ミス・ダーモット。弟さんはあなたに私を見せるためによこしたんでしょう。アナベルの生き写しをひと目。ただし――」話しているうち、はっと気がついた。「ほんのひと目だけ。ですから、あなたもここまでついてくるはずではなかったのに。そう、あなたはまったく別の意味で私に〝興味がある《インタレステッド》〟んですね」言葉を切り、煙草をとんとんと叩いて灰をゴミ箱に捨てた。「〝利害関係者《インタレステッド・パーティーズ》〟、とでも言いましょうか？　すなわち、あなたたちは絶体絶命のピンチに陥りましたね」

彼女は落ち着き払った口調で答えた。「憎まれ口を利かれてもしかたないわね」あるかなきかのほほえみが顔をよぎった。ほほえみとは呼べないかもしれない。ただ、こわばった表情がすっと明るくなったのだ。「コンはその、如才なく話しかけるほうでは……。あの子のせいで不愉快になったでしょ？」

「死ぬほどびっくりしました」私は正直に言った。テーブルから離れ、そわそわと窓辺に寄った。カーテンは引かれていない。窓の外で、光と通りの騒音が二階下で模様を描く。通り過ぎる船から見える海沿いの町の景色のようにぼんやりと。私はそれに背を向けた。

「いいですか、ミス・ダーモット、はっきり言わせて下さい。わかりきってることもありますから、とぼけても無駄ですよ。だいたい、いつまでもこの話を続けたくないですし。見てのとおり、今は手が放せません。とにかく、弟さんが私に興味を抱いたのは、私がそのアナベル・ウィンズロウに似てるせいです。弟さんから聞いたんですね。わかりました。それは当然です。でも、あなたが〈カスバ〉に来たのはただの偶然じゃないし、私は弟さんに勤め先を教えた覚えはありません。弟さんが日曜日に私のあとをつけてきたに決まってます。そして、この町で誰かに私の勤め先を尋ねたか、あるいは私が遅番に出たのを見届けてから、帰ってあなたに教えたか。そこで、あなたは翌日に私の顔を見に来た……。ええ、確かに前にもあなたを見かけたことがある。気づかないわけないでしょ？　あんなふうに見つめられたら。とにかく、あなたたちは相談して、今日はあなたが私のあとをつけてきた。図星じゃありません？」

「ざっとそんなところね」

「ですから、はっきり言わせてもらいます、ミス・ダーモット。嫌なんです。日曜日の弟さんのしゃべり方も嫌だったし、見られてるのも嫌だし、あとをつけられるなんてまっぴらです」

　彼女は鷹揚に頷いた。まるで私が腹立ち紛れながら、極めてもっともなことを言ったように。「そりゃそうよね。だけど、ちょっと辛抱してもらえたら、ちゃんと説明するわ。きっとあなたも聞きたがる……」

　先刻から彼女はずっと私を見ていた。その揺るぎない視線にはどこか魅力があり、何かを連想させたが、どうにも思い出せなかった。見つめられて気まずくなり、目をそらしたくなった。これはコン・ウィンズロウのまなざしにほかならない。ただ、彼の目にはあけっぴろげな男の称賛がこもっていて、わかりやすかったし、気楽に顔を向けていられた。

　彼女はようやく横を向いた。視線が私からみすぼらしい部屋の家具調度に移った。鉄のベッドの枠組み、けばけばしいリノリウムの床、炉棚に見るに堪えない飾りがついたニス塗りの暖炉、炉床のひびの入ったタイルに置かれたガスコンロ。室内をさらに見回して、今度は考えているかのようだった。私個人の何かが、この部屋の個性に欠けた見苦しさとどこかで重なるのだろうかと。けれども、写真は一枚も飾っていない。持ってきた本は荷造りしてある。探るような視線が止まり、打ちのめされた表情に変わる。私が空けていた引き出しからだらしなくぶら下がった衣類や、煙草を引っ張り出したハンドバッグからぶちまけられた口紅、小型の櫛、小さな金色のライター。ライターに彫られた込み入ったイニシャルがはっきりと光を捉えた。M・G。

彼女の視線が私の顔に戻った。私は〝気が済んだ？〟と辛辣に訊きたい気持ちをこらえ、「本当に一服しないんですか？」と尋ねた。私は早くも二本目に火を点けていた。

「やっぱり吸おうかしら」彼女は煙草を取って、ややぎこちないしぐさで火を点けた。ふだんは吸わない証拠だ。


私は再びテーブルの端に腰を下ろして、断固たる調子で問いただした。「それで？」

彼女は言い淀んだ。初めてゆとりを見せなくなったが、けだるい顔をよぎったのは不快感ではなかった。およそ似つかわしくないけれど、胸騒ぎめいたときめきに見えた。その気持ちはすっと消えた。

彼女は煙草をすぱすぱ吸って、それをつくづくと眺めると、淡々と切り出した。

「まずは要点を話して、それから説明するわね。あなたの言うとおりよ。あたしたちがあなたに興味を持ったのは、又従妹に似てるせいだけじゃない。まさにあなたの言うとおり――どんぴしゃ――あたしたちは〝絶体絶命のピンチに陥った〟とこ」

彼女は言葉を切った。こちらの感想を待っているようだ。

私はまたもぞもぞと身じろぎした。「なるほど。私に頼みがあるんですね。弟さんの口ぶりから、そんなことだろうと思いました。で、いったいなんでしょう？　続けて下さい」

彼女は私がテーブルに用意した灰皿にそっと煙草を置いた。そして、両の手のひらを膝に載せ、心持ち身を乗り出した。「あたしたちの望みは」彼女が話し出す。「アナベルが〈ホワイトスカー〉に戻ってくること。それが大事なの。何よりも大事なのよ。どうしても戻ってもらわなきゃ」

言い方こそ単調だが、言葉は、もたらす衝撃は、ひどく生々しかった。胸がきゅっと締めつけられる思いがした。こうしたくだらない話になると——案の定くだらない話になった——覚悟していたものの、わかっていても、血が壊れたポンプで血管に送られるようにどくどくと流れていく。私は黙っていた。

茶色の目が私の目を捉えた。言うべきことは言ったと彼女は思っているようだ。純粋な怒りが湧き上がった。妄執じみたトラブルを抱えた人たちは、どうしてこうなのだろう。他人まで自分と同じ悩みをしじゅう感じて当然だと思っている。ふと魔が差して、私は穏やかに言った。「でも、アナベルはもう死んだのに」

女の目の奥で何かがひらめいた。「ええ、アナベルは死んだ。戻ってこられないわ、ミス・グレイ。だから……あなたの邪魔はできない。あたしたちの邪魔もね」

手にした煙草の灰がふわふわと漂って、ごみ箱に落ちていくのを眺めた。彼女のほうは見なかった。やがて、私はおよそ表情のない声で言った。「私に〈ホワイトスカー牧場〉に行ってほしいんですね。アナベル・ウィンズロウとして」

彼女は身を引いた。枝編みの椅子がすさまじい安堵のため息をついたように、ぎいいっときしんだ。私が落ち着き払っているのは従順さのしるしだと、彼女はそう決めてかかったに違いない。

「ええ」彼女は言った。「そういうこと。あなたに〈ホワイトスカー〉に来てほしいの……アナベル」

それを聞いて、笑ってしまった。どうにも我慢できなかった。おかしな申し出のせいだけでなく、張り詰めた神経のせいでもあったのに、笑い方がヒステリックだったとしても、彼女は気にも留めなかった。じっと座ったまま、あの顔でこちらを見ている。私ははたと気がついた。これは、舞台の下から演技を冷静に評価する人物の顔だ。彼女は今までずっと、私の表情を、声を、しぐさを、反応を、よく知っているアナベル・ウィンズロウのそれと比べて品定めしていた。ここ三日間は弟と何時間も話し合っていたことだろう。

　またしても神経がこわばったような気がして、私は努めて肩の力を抜いた。やっと笑い声が止まった。「すみません。でも、とうとう言葉にしたら、滑稽に聞こえたもので。それは——芝居がかってて、現実離れしてて、とうてい無理な相談です。なりすまし。昔ながらの手口ですね？　ねえ、ミス・ダーモット、申し訳ないけど、どうかしてます！　ばかを言わないで下さい！」

　彼女は平静な声で言った。「成功した前例があるわ」

「そりゃもう、お話ではね。昔はよく使われたじゃないですか。それこそシェイクスピアの『間違いの喜劇』からずっと。しかも、そこが問題でもあるんです。本で読むぶんにはいいでしょうが、お芝居になったら、本物との違いが目に見えるのに、それでもだまされなくちゃいけないのは、ばかげてます。ただし、本物の一卵性双生児の役者が演じるか……ひとりで二役を演じるなら話は別ですけど」

「そこが」ミス・ダーモットが言った。「ポイントでしょ？　その双子の片割れを見つけたのよ。うまくいくわ」

「こう考えて下さい」私は言った。「さっき、成功した前例があると言いましたね。でも、それはもっとのどかな時代のことじゃありませんか？　つまり、現代は弁護士とか、筆跡とか、文書記録とか、写真とかを勘定に入れないと。それに、いざとなれば警察が乗り出して……ああもう、最近の警察は優秀ですよ。危険が大き過ぎます。そう、なりすましはお話の中の出来事です。今はもう、お話の中でもすんなり受け入れられるかどうか。偶然の一致ばかりだし、気味が悪いほど運に恵まれて……。このスタイルは、『ゼンダ城の虜』（A・ホープの冒険小説）と『大いなる偽装』（E・P・オッペンハイムのミステリー）で使われました。完璧な冒険物語ですよ、ミス・ダーモット」

「成功したとまでは言えない」物柔らかな、強情な口調だ。「『魔性の馬』を読んでないの？　ジョセフィン・テイの作品よ。あれを〝完璧な冒険物語〟とは言えない。本当にあってもおかしくないストーリーだわ」

「『魔性の馬』は読みました。ええ、あれは冒険物語の傑作でしょうね。細かいところは忘れましたけど、主人公のブラット・ファラーは、死んだ少年の替え玉になり、家屋敷と財産を要求するんじゃありません？　確かに、かなり信憑性がある話ですけど、ミス・ダーモット、しょせんフィクションですよ。現実にあんな真似をしたら、ただでは済みません！　実生活はブラット・ファラーではなく、ティッチボーン事件かパーキン・ウォーベックです。ティッチボーン事件の原告がどうなったのかは忘れましたけど、哀れなパーキンは――自称したとおりにテューダー朝の王位継承者だったかもしれないのに――首をはねられたんですよ」

「ティッチボーン事件？　なあにそれ？」

「一八〇〇年代の有名な裁判です。ロジャー・ティッチボーンなる人物は、海難事故で溺死したとされてました。さる準男爵の称号と財産の相続人です。それで、何年も経ってから、オーストラリアから来た男が自分はロジャーだと名乗り出ました。非常に説得力があったので、今日に至るまで本物だと信じてる人がいます。なんと ロジャー・ティッチボーンの母親まで、今も存命ですが、彼を息子と認めたんです」

「でも、彼は財産を手に入れなかった？」

「ええ。訴訟は数年続いて、莫大な費用がかかり、国論を二分しましたが、結局、彼は敗訴しました。実刑判決を受けたんです。これぞ現実ですよ、ミス・ダーモット。どういうことかわかります？」

彼女は頷いた。彼女と言い争うのは羽根枕を叩きつけるようなものだ。叩くほうがくたくたになり、枕は何一つ変わらない。「ええ、もちろん。なりすましが成功するには運が必要だけど、練りに練った計画も必要だわ。それにしても、なんだか殺人の話みたいね」

私はまじまじと彼女を見た。「殺人？」

「ええ。世間に知られてるのは警察が解決する事件だけ。犯人がまんまと逃げおおせる事件のことは誰も知らない。悪いニュースだけがすべてなの」

「そうですね。でも――」

「あなたに言わせると、『魔性の馬』はしょせんフィクション。実生活で――そうね、ずっと行方知れずだった相続人を名乗って家族の中に入り込む者は、トラブルに巻き込まれるだけ。そのティッチボーンとかいう人みたいに」

「そうです。そのとおり。弁護士が――」

「まさにそこよ。あなたは訴訟を起こすわけじゃない。この計画に弁護士は現れないわ。要するに、あなたは誰にも何も要求しない。誰もあなたと戦わない。あなたがひょっこり現れたせいで損をする人といえば、それはジュリーくらいだけど、あの子はお金をたんまり持ってるのよ。それに、アナベルが大好きだったし。あなたに会ったら大喜びして、ゆっくり考えたりできないわね。金銭面ではどういう意味があるのかなんて……」

「ジュリーって？」

「アナベルの従妹。もう〈ホワイトスカー〉に住んでないけど、この夏のうちに来るはずよ。あの子のことは心配いらない。アナベルが家出したときはほんの十か十一だった。彼女をよく覚えてないから、あなたを偽者だと疑わないわ。そもそも、疑うわけないし。ねえ、この計画は無謀じゃなくて確実なの。冗談抜きで、コンとあたしは危ない橋を渡ったりしないけどね！　こっちが損をするばかりよ。あなたはイライラすることもないでしょう。家政婦と、ほとんど会わなくていい牧場労働者は別として、たいていあたしかコンのそばにいるんだから。なるべく手を貸すわね」

「どういうことですか。そのジュリーが牧場にいないなら、いったい誰を――？」

「爺さんの困ったとこはアナベルが死んだと思ってないこと。頑として受け入れないの。あなたは探りを入れられることもないわね。あっさり牧場に入っていける」

　私は彼女をぽかんと見つめるばかりだった。煙草は口まで行きかけて止まっている。「爺さん？誰です？　誰の話をしてるんですか？」

「ウィンズロウ爺さん、アナベルの祖父よ。さっき話したでしょ。アナベルをそれはそれはかわいがってたおじいさん。部屋に写真を五、六枚飾ってて――」

「でも……その人は死んだはずでは」

　彼女はびっくりしたように顔を上げた。「どうしてそんなこと考えたの？　あいにく、爺さんはぴんぴんしてるけど」ふと唇がバランスを崩すほどねじれ、あのコンのそうさわやかでもない笑顔を作る。「おかげで、こんな――面倒なことになったと言ってもいいわね。ねえ、どうして爺さんが死んだと考えたの？」

「考えてはいません。ただ、なんとなく……。さっきの〝爺さん〟の話で、あなたが過去形を使ったので。〝アナベルの祖父だった人〟と」

「そうだった？　かもね。でも、過去形は」彼女はささやくように言った。「アナベルに使ったのよ」

「それならわかります。ええ。ただ、日曜日に受けた印象に輪をかけて……弟さんが言ったことが、なんでしたっけ……そうそう。弟さんは牧場を所有していると言った。ほのめかした、というほうが正確でしょう。いいえ、弟さんは断言しました。ちゃんと聞きましたよ」

それを聞いて、彼女は晴れ晴れとほほえんだ。その顔に温かい本物の感情が浮かんだのは初めてだ。どこか愉快そうで、甘くとろけて、愛情たっぷり。かわいいやんちゃ坊主のいたずらを眺める母親の顔みたい。「ええ、弟の言いそうなことだわ。かわいそうなコン」彼女はその先を続けようとせず、こう言っただけだ。「そうよ、弟は〈ホワイトスカー〉の所有者じゃないの。ウィンズロウ爺さんに雇われた管理人。弟は……爺さんの相続人ですらない」

「なるほど。ああ、やっとわかりました」

私はさっと立ち上がり、再び窓辺に向かった。向かいの味気ない高層住宅の一軒で、誰かが寝室に入ってきて明かりを点けた。すると、嫌というほどおなじみのインテリアが目に入った。緑と茶色のねじれ模様がある黄色の壁紙、ピンクのプラスチックのランプシェード、ぴかぴか光るラジオ。それから窓のカーテンがぐいっと引かれた。ラジオがついて、なんとかいうコメディアンが夜に向かってがなり立てた。どこかで子供がげっそりした声で泣き叫んだ。眼下の通りでは、女性が物悲しい北の抑揚で子供の名前をわめいている。

「何がわかったの？」

闇に目を凝らしたまま、私はのろのろと答えた。「別に、これと言って。ただ、ウィンズロウさん――コン――が〈ホワイトスカー〉を手に入れたがってて、私がアナベルとして戻れば、望みがかなうと思ってることはわかりました。牧場の相続人がコンではない以上、ジュリーでしょうね？　でも、どうしてコンはアナベルを連れ戻して、ひとりじゃなくふたりを……」私は物憂げに口を閉じた。

「ああ、どのみち突飛な思いつきだわ。どうして話に耳を貸したのかしら」

「相当変わってるでしょうけど、突飛ではないわ」背後で淡々とした声が言った。まるで編み物のパターンの話でもしているようだ。私はふり向かなかった。窓ガラスに額を押し当て、眼下の通りを行き交う車のライトを見るともなしに見ていた。「だって、家族は変わってるものでしょ。ウィンズロウ一族に欠点は数々あれど、平凡であったためしはなかった……。あなたも、もう少し話を聞いたら、コンとあたしの言わんとすることがわかってくるわよ」

彼女にはしゃべらせておいた。私はひたすら頭を窓ガラスに預けて車の流れを眺め、あの柔らかな、控え目な声がよどみなく流れるままにしていた。ふと、くたびれ果てて、相手の話を止める気力さえなくなったのだ。

彼女は近年の家系図をかいつまんで紹介した。マシュー・ウィンズロウ老人には（彼女によれば）息子がふたりいた。長男には一人娘のアナベルがいて、両親と〈ホワイトスカー〉で暮らしていた。アナベルが十四歳のとき、父親はトラクターの事故で死に、それからまもなく母親も肺炎で死んだ。こうして一年足らずで、アナベルは祖父に育てられる孤児となった。当時、祖父のマシューはまだ六十代前半だったが、かねてからの関節炎で体が利かず、ひとりで牧場を管理するのは難しくなっていた。彼の次男はその数年前、第二次世界大戦中にブリテンの戦いで死亡して、未亡人と生後一カ月の娘ジュリーがあとに残されていた。マシュー・ウィンズロウはただちに義理の娘を〈ホワイトスカー〉に呼び寄せたが、彼女はロンドンを離れないことにした。やがて彼女は再婚し、幼い娘を連れてケニアに移住した。のちに、ジュリーは七歳くらいになると、イングランドに送り返されて学校に入れられた。冬休みはケニアの両親の元で過ごしたが、春休みと夏休みは〈ホワイトスカー〉で祖父とともに過ごした。牧場をイングランドの我が家だと考えているのだ。

　ウィンズロウ老人は、長男が事故死してからもしばらくはコナーに家と仕事を与えようとしなかった。コナーは唯一生き残った男子の血縁者である。かつてマシュー・ウィンズロウには甥――弟の息子――がいて、フォレスト老人の代にはフォレスト屋敷の種馬飼育場で調教師を務めていたが、やがて〈ホワイトスカー〉を離れて、アイルランドのガルウェイにある大きな訓練施設に移った。彼は当地で若い未亡人のダーモット夫人と結婚した。その連れ子が五歳の娘リサだった。一年後にコナーが生まれて、両親に溺愛されると、意外にも、異父姉のリサも弟をかわいがり、母親がハンサムな一人息子をひいきしてもひがんだりしなかった。ところが、この円満に見えた家庭は、コナーが十三歳のときに崩壊する。ある日コナーの父親がアイルランド式連続障害物競走の大会で首の骨を折り、そのかっきり十カ月後には悲しみに暮れた未亡人があっけらかんと三度目の結婚をしたのだ。

　コナー少年はふと気がつくと、母親の人生の裏方に追いやられていた。いつまでも関心を持ってもらえないのは、思いやりがない継父のせいであり、（ほどなく）新しいきょうだい――双子の弟と、のちに生まれた妹――が父親に輪をかけてうるさく母親の気を引くせいだった。コンの実父には遺産がなかった。継父は、こうなると母親も、前の結婚でもうけた息子には時間を割かず、親らしく助けてやるつもりもないのだと、だんだんはっきりしてきた。リサが最後の頼みだったが、姉も金に困っていた。それでも、リサは家族の役に立っていると感じていた。三人の幼児がいる家庭では、器量の悪い未婚の娘に任せる仕事が山ほどあった。

そこでマシュー・ウィンズロウが、その存在を忘れかけていた大伯父が思いがけず、当時十九歳のコナーに手紙をよこし、〈ホワイトスカー〉に住んで牧場経営を学ばないかと尋ねたところ、少年は一目散に家を飛び出した。〝ごめんこうむって〟らしきことすら言わないで。リサが弟を思ってしくしく泣いたとしても、それは誰にも知られなかった。とにかく、リサには家でする仕事がいくらでもあった……。

コンが自分の居場所を作って腰を落ち着ける、という決意を抱いて〈ホワイトスカー〉にやってきたとしても驚くにはあたらない。決意はみるみる固まって、明確な野心となった。安心感。ウィンズロウ家の財産。〈ホワイトスカー牧場〉そのもの。行く手を阻むのはアナベルだけだ。だが、アナベルに邪魔されるいわれはないとコンはたちまち思い直した。すぐに内情を突き止めたのだ。この牧場はマシュー・ウィンズロウの相当な個人収入に支えられているので、老人が選んだ相手に譲られるはずだと。

こうしてコナー・ウィンズロウは牧場で働き始めた。仕事を覚え、あっという間にいなくては困る人間になり、一切合切引き受ける作業員のように働いて、地元ののんびりした、保守的な農民から一目置かれ、さらに感心されたのだった。当初、ハンサムなアイルランド男を雇ったのはマシューの気まぐれだ、しょせん見かけ倒しで、長続きしないと思われていた。コンは彼らの鼻を明かしてやった。

当のマシューも、人前で認めたことは一度もないものの、農民と同じ疑いを抱いていたが、コンはまず相手の偏見を蹴散らして、それから〝頭がおかしい鳥みたいに〟大伯父のご機嫌取りを始めたのだ（意外なことに、リサもそうした）。ところが、コンは人を賢く魅了できないたちで、その魅力をもってしてもマシューに〈ホワイトスカー〉を譲ってもらえず、アナベルの手から奪えなかった。「コンなりに頑張ったから、うまくいかないとわかったの」リサは言う。「爺さんはコンを高く買ったし、今も買ってるけど、イングランドにいるほかのウィンズロウ一族と同じく、頑固一徹でそりゃあしつこいの。財産にしがみつくのよ。自分が死んだらアナベルに継いでほしがってた。それで、爺さんの望みは生き続ける。孫娘が死んだからといって」彼女は愚痴るように続けた。「気持ちはちっとも変わらない。自分で黒を白と言えば、それが真実だと思い込んでしまう。ほら、間違えるわけにいかないのよ。前にアナベルは帰ってくると言って、それから考えを変えないの。まあ、あの人はじきに死ぬけど。ほんとにね。しかも、全財産をアナベルに譲るという遺言状を作るはず。それじゃゴタゴタを整理するには何年もかかるし、おそらくジュリーが残余財産の受益者になるでしょうよ。要するに、お先真っ暗なの。爺さんは何も言わないし。とにかく、あんまりな仕打ちだっていう気がするわ」

彼女は少し間を置いた。すでに私はなかば窓から向き直り、鎧戸にもたれて立っていた。だが、それでも彼女を見もしなければ、身の上話に言葉を挟むこともなかった。彼女の視線がひとしきりこちらに注がれるのを感じたが、やがて話が再開した。

続きはあまりなかった。コンの次なる一手は見え透いていた。アナベルと〈ホワイトスカー〉がどうしても切り離せないならば、両方手に入れるまでだ。もともと、アナベルを心から（とリサは言った）愛していて、彼女と気持ちが通じ合ったのはすこぶる満足できる出来事だった。また、どちらもかわいがっている老人は喜んだ。

「でも」リサが今度は口ごもり、言葉を選んでいるように見えた。「どうしてか、うまくいかなかった。詳しい話は差し控えるわね。あたしは牧場にいなかったから、どっちみち、よく知らないし、コンはろくにしゃべらなかったし――ただ、ふたりは大喧嘩をしたの。アナベルはコンに焼きもちを焼かせようとしてたと、弟は言ってる。まあ、あいにくコンはすぐに焼きもちを焼くし、すごく怒りっぽい。ある晩、ふたりはすさまじい言い争いをしたの。何があったか知らないけど、コンがアナベルを脅かすようなこと言ったんじゃないかしら。だからアナベルはコンを見限って、弟が〈ホワイトスカー〉にいるうちはあそこにいられなくなったんだわ。とにかく、喧嘩のあとでおじいさんのところに駆け込んだ。そこでどんな話になったか、コンは知らないし、知ってても、あたしには教えてくれない。でも、爺さんはかんかんになって、がっかりしたに決まってる。遠慮会釈なくものを言う人でもあるし。おかげでコンとアナベルはまた大喧嘩をして、その晩アナベルが、誰にも言わずに家を出たの。祖父に書き置きが残してあった。それだけよ。コンには何もなかった。二度と戻らないと書いてあっただけ。もちろん、爺さんとしてはわざわざアナベルを探して、言い聞かせるのは業腹だったから、コンにも絶対に探すなと命じたの。コンはひそかにできるだけ手を打ったけど、アナベルの行方はわからなかった。それから、一カ月後に爺さんが手紙を受け取った。ニューヨークの消印が押してあったわ。文面はこう。つつがなく暮らしてる。仕事を見つけて、友達もできた。もう二度とイギリスに帰らない……。それきり三年間音沙汰がなかったけど、誰かが爺さんにロサンゼルスの新聞の切り抜きを送ってきたの。どこかの田舎で起こった踏切事故の記事だった。急行電車がバスに突っ込んで、大勢の人が死んだとか。そのひとりは住所不定の〝ミス・アナ・ウィンズロウ〟といって、市内のさる下宿屋に滞在していたイギリス人だと思われる……。問い合わせてみたら、悪い返事ばかり戻ってきたわ。事故死した女性がアナベルだった可能性はある。長い年月行方不明だったら、家族に死んだと見なされても無理はない。今までアナベルは死んでたのね。生きてても、本気で帰ってこないつもりなんだわ。だったら、死んだも同然ってことだけど」彼女は一息入れた。「これでおしまいよ」

私はふり向いた。「で、あなたは？　どこに登場するんです？」

「アナベルが家出してから」リサ・ダーモットが答えた。「コンがあたしを思い出したの」

彼女はさりげなく答えた。平板な声には自己憐憫や不平不満のかけらもない。古い枝編みの椅子にのっそりと座っている彼女を見下ろして、私はそれとなく訊いてみた。「ウィンズロウ老人にあなたを呼び寄せてもらったんですか？」

彼女は頷いた。「牧場には家事を切り盛りする人間が必要だったし、逃すにはもったいないチャンスだという気がしたの。でも、ふたりで牧場にいて、できるだけ頑張ったって、どうしようもないわ」

胸に湧き上がっていた同情がふっつりと消えた。ふと、脳裏にふたりの姿がありありと浮かび上がったのだ。姉弟は〈ホワイトスカー〉に居座り、しつこく要求を繰り返す。コンはあの魅力とまじめな仕事ぶりで、リサは家具の艶出し剤とアップルパイで……。リサは老人に〝あんまりな〟仕打ちをされたと言ったが、そのとおりなのだろう。やはり、姉弟には主張する権利があると言わざるを得ない。しかし、それを言うならマシュー・ウィンズロウにも権利がある。

「わかるでしょ」リサが話しかける。「どんなに不当な扱いを受けてるか。わかってくれるわね？」

「ええ、わかります。でも、あなたが私に何をさせようというのか、まだわかりません！　私が〈ホワイトスカー〉に行けば、それがなんらかの形で、コンが相続人兼所有者になる役に立つんですね。どうやって?」

話しながら窓辺を離れ、テーブルに戻ってきた。またしてもリサの顔をあの興奮した表情がよぎり、彼女はこちらに身を乗り出して、茶色の帽子のつばの下から目を上げた。

「いよいよ興味が湧いたのね?　そうなると思った。少し突っ込んだ話を聞けばねえ」

「いいえ。誤解です。確かに、話には興味を引かれましたけど、それは弟さんの言うとおり、私も元は同じ家系から生まれた分家の出かもしれないと思ったからです。ただし、そちらの申し出に興味があると言った覚えはありません!　興味はないわ!　もう私の考えは伝えたの!　十九世紀の冒険小説そのままの、荒唐無稽なアイデアよ。長らく行方不明だった相続人とか見つからない遺言状とか――なんやかんやのたわごと!」私は乱暴な口を利き、喧嘩腰になっていると気づき、顔をほころばせて、口調を和らげた。「お次はこんな話が出るんでしょう。アナベルには生まれつき赤あざがあって――」

そこではたと口をつぐんだ。リサの手がさっと動き、傍らのテーブルの上の電話帳に伸びていた。見ると、さっきのページに鉛筆を挟んだまま閉じてある。

彼女の手の下で電話帳がひらいた。あの〝ウィルソン――ウィンソープ〟のページだ。彼女はそれを無表情で見た。やがて、きちんと手入れされた丸い指先が二列目の一番下に進み、そこで止まった。

「ウィンズロウ、マシュー。〈ホワイトスカー牧場〉……ベリンガム二四八番地」

この項目に鉛筆で薄くしるしが付いていた。

私は声がうわずらないようにしたが、せいぜいふてくされた言い方をしただけだった。「ええ、調べてみたんです。弟さんは牧場の所有者を自称してましたから、はっきり言って面食らいました。これは古い電話帳ではないので、最初に〝爺さん〟と聞いたときは、つい最近亡くなった人だと勘違いしたんです」

　彼女は何も言わなかった。電話帳を閉じて、また椅子の背にもたれて私を見上げた。あの穏やかで、相手を値踏みするような目を向けて。私はふてぶてしくも彼女と目を合わせた。

「確かに、興味を持ちました。そりゃあ持ちます。日曜日の一件があっただけに……ああ、気にしないで下さい。なんなら好奇心と言ってもいいですよ。しょせん、私も人の子ですから。でも、断じてそれ以上ではありません！　この、あなたが持ちかけようという提案には、度肝を抜かれます。いいえ、もうこれ以上聞きたくありません。あなたが本気になってるとも思えないんです。本気ですか？」

「本気も本気よ」

「いいでしょう。でも、この私でなくてはならない理由をあげられます？」

　彼女はうつろな顔でこちらを見た。ほらまた。あの個人的な問題への熾烈な、捨て身の執着。「どういうことかしら」

　気がつくと、私はつい三本目の煙草に手を伸ばしていた。煙草をすっと箱に戻した。今夜はただでさえ吸い過ぎていた。目と喉がヒリヒリして、頭がぼんやりする。「ねえ、いきなり家族の歴史を披露されても、そりゃ興味深いかもしれないけど、私にはどうでもいい話です。はっきり言って、私に詐欺の片棒を担げというんですよね。あなたにとっては大切なことなんでしょう。なぜかわからないけど、百歩譲って重要だとしましょう。でも、私にはなんの意味もありません。〝簡単に〟できると言うんですね。そんなの知ったことじゃありません。なぜ私が巻き込まれなきゃいけないんです? 平たく言えば、なぜ私がわざわざあなたと弟のコンを助けなきゃいけないんでしょう?」

続きは言わずに呑み込んだ。〝あなたのことをあまり好きになれないから、彼を信用できません〟ところが、ぞっとしたことに言葉がひとりでに繰り返されるような気がした。まるで私が、いつもと違う口調でしゃべったようにはっきりと。

彼女がそれを聞いたとしても、私に反感を抱いたり、言葉に腹を立てたりする気になれなかっただろう。彼女は簡潔に答えた。「なぜって、お金のためよ。決まってるわ。ほかに理由がある?」

「お金のため?」

話をまとめるように、彼女は雄弁な目つきで室内をさっと見回した。「こう言っちゃなんだけど、お金に困ってるみたいね。事実、うちの弟にそう話したとか。それもあって、提案を持ちかけてもいいかなと思ったの。たんまり儲かるわよ。急に押しかけてきて、ずけずけ話したことを勘弁してくれる?」

「ええ」私は皮肉にも答えた。

「あなたは淑女ね」ミス・ダーモットは言った。時代遅れの言葉が彼女の口からはごく普通に響く。「それにこの部屋……あのむさ苦しいカフェでの仕事だって……。カナダから出てきてどれくらいになるの?」

「ほんの数日です」

「で、ここしか見つからなかった?」

「探した限りでは。私の所持金ではここが精いっぱいでした。時間を稼ぎながら身のふり方を考えてるんです。とりあえず、最初に見つけた仕事に就きました。私のことはおかまいなく、ミス・ダーモット。なんとかやっていきます。この先一生〈カスバ〉で働かなくてもいいんですから」

「とにかく」彼女は言った。「話を聞いても無駄にはならないわよ。ありていに言えば、仕事をしてほしいの。いい仕事よ。アナベル・ウィンズロウとして〈ホワイトスカー〉に帰り、本物の孫娘だと爺さんを納得させるの。そうすれば、家と何不自由ない暮らしと、身分と、いろんなものが手に入る。ゆくゆくは、ささやかな終身年金も。そんなの詐欺だと言うでしょう。そりゃ詐欺だけど、むごい詐欺じゃない。爺さんはあなたをそばに置きたがるし、あなたが帰ってくりゃ大喜びするわよ」

「じゃあ、どうして写真を片付けたんです？」

「なんですって？」

「さっき、ウィンズロウ老人は自室にアナベルの写真を〝ずらっと〟並べてたと言いましたね。もう並べてないのでは？」

「頭の回転が速いのねえ」感じ入ったという口ぶり。まるでお気に入りの馬がすばらしいスピードで走っているようだ。「爺さんは写真を処分してないわ。あとは去年片付けた。ジュリーの写真が手に入ったときに引き出しにしまってあるの。今も一枚は寝室に飾ってるけど、あとは去年片付けた。大丈夫よ。事務室の引き出しにしまってある」彼女はこちらをちらっと見た。「ジュリーはそのうち夏休みで牧場に遊びに来るわ。わかるでしょ？」

「あなたと弟さんが早めに手を打ちたくなるのもわかります。ええ」

「そうよね。あなたがさっさと牧場に行かないと、ジュリーは爺さんを言いくるめてアナベルの死を受け入れさせ……あげくはアナベルの後釜に座る。何が起こるにせよ、とにかく近いうちのはず。爺さんは今年の暮れまでもちそうにないから。本人も薄々わかってるんじゃないかしら」

私ははっと顔をあげた。「病気ですか？」

「三カ月前に軽い脳卒中をやったのに、気をつけようとしないの。昔から頑丈でよく動く人だったから、安静第一という注意が気に食わないみたい。人権を侵害されたと思って……」彼女は唇を尖らせ、言おうとしていた言葉を呑み込むと、先を続けた。「医者に釘を刺されてたのよ。もうしばらく生きられそうだけど、ばかな真似をしたら、今にもまた発作を起こして、今度こそ命取りになるって。これで急用だとわかったでしょ？　あんなふうにあなたと出会ったことが、コンにとって、天からの贈り物に思えたわけがわかるでしょ？」

一呼吸置いてから訊いた。「それでウィンズロウ老人が死んだら？」

彼女は辛抱強く説明した。「すべて考えてある。あとで詳しいことを話すわ。かいつまんで言うと、あなたの仕事は〈ホワイトスカー〉で存在を認めてもらうこと。アナベル・ウィンズロウになり、爺さんが死んだら不動産——と現金の取り分——を相続する。大丈夫、疑われたりしない。いいこと、あなたは何かを要求しに戻ってくるわけじゃなくて、元の家で暮らすために帰ってくるだけなんだから。うまくすると、一大事になる暇もなく、すんなり落ち着いてアナベルと認められ、爺さんが死ぬ頃には、とっくに受け入れられてるわよ。それから、適当な間を置いて、まあ万事片付いたら、相続した遺産をコンに引き渡すの。あなたの分け前もあるから、心配しないで。アナベルの母親がいくらか残していてね、二十一になったら請求できるはずだったの。ちょっとした不労所得になるわよ。それは——どう転んでもあなたのものになるし、そのお金まで手放そうとしたら嘘くさい。肝心な仕事、〈ホワイトスカー〉の引き渡しについては、よくあることに見えるよう取り計らえる。あなたがほかの土地に住みたいと言い出せば……外国とかね。どこでも自分で考えたところでいいわよ。だって、あなたは元どおり自分の人生を生きられるけど、ちょっとした不労所得がついてくる。そして〝アナベル〟がまた〈ホワイトスカー〉を離れて暮らすことにして、ずっと牧場を管理してた又従兄にあとを任せても、誰にも疑問を抱かれないはずよ」

「年下の従妹はどうなんです？　ジュリーでしたっけ？」

「だからね、その娘《こ》に気兼ねしなくていいの。継父がお金持ちで、ほかに子供はいないし、爺さんの現金の分配にもあずかれるし。そりゃまあ、あなたはジュリーから〈ホワイトスカー〉を横取りするわけだけど、これまであの子が牧場に愛着を抱いてるそぶりはみじんもなかった。単に休暇を過ごす場所でしかないの。去年は学校を出てロンドンで、ＢＢＣのドラマ制作部に就職したから、こっちに来たのは一度きり、二週間足らずしか泊まらなかった。牧場を相続したとしても、売り払うか、コンを雇って経営させるのが関の山でしょうよ。だから、ジュリーに悪いと思わなくていいの」

「そうは言っても――」なんだかばかみたいだ。相手の強い意志にじわじわと追い詰められるような気がするなんて。「そうは言っても、ご老人が病気を自覚して、やっぱりアナベルは帰ってこないと気づいたら、コンに牧場を譲るのでは？　あるいはジュリーが譲られたとして、彼女が今のままコンを管理人として雇うことで満足したら、丸く収まるじゃありませんか？」

　彼女の唇が例によって意固地に引き結ばれた。「それじゃ解決にならない。どんなに厄介な――とにかく、そんなやり方じゃだめ。ねえ、私の言うとおりにするのが一番よ。あなたは天からの贈り物だわ。コンは、〈ホワイトスカー〉の経営権と運転資金を手に入れるにはこの計画しかないと思ってる。あなたが手を貸すと言ってくれたら、詳しく説明するわ。それで八方丸く収まるとわかるはず。誰にとっても問題はない。とりわけ、〈ホワイトスカー〉でアナベルの帰りを待ち暮らしてる石頭の年寄りにはね……」

なぜか、欲しくもないのに煙草を取り出していた。指が自然に箱とライターをいじくっていたのだ。私が黙って立っている傍らで、彼女は話しながら、最初の一服のきつい匂いのするもうもうたる煙越しに室内を見回した。たわんだベッド、紫がかった壁紙、松材のタンスと化粧ダンス、紺青色と深紅色の幾何学的な花模様のテーブルクロス、アイルランドの地図の形をした天井のしみ。私はかの国の高層湿原やシャクシギの鳴き声や、防風林で葉を出しているブナの木を思った。そして尻尾を振っているコリーと、青い目でこちらをひたと見据えるコナー・ウィンズロウを……。

首筋が心持ちぞくぞくして、ちょっぴり胸がときめき、息が詰まるような気がするのは困りものだった。何しろ、とにかく無謀な計画だ。危険だし無謀だし無理がある。このずんぐりした愚かな女には、どれほど無謀かわかるわけがない……。

だめよ。だめ。逃げられるうちに逃げるのよ。関わり合いになっちゃだめ。

「どう?」リサ・ダーモットが尋ねる。

私は窓辺に寄ってカーテンを引いた。そして、くるりと彼女に向き直った。この動きは何かを象徴している。これで私たちを一緒に閉じ込めた。煙草の煙が充満した二階の安下宿で、物語に出てくるような陰謀に縛りつけたのだ。

「どう?」私はきつい声で繰り返した。「いいでしょう。確かに興味はあります。ですから、そちらに行きますよ。計画が本当にうまくいくと思えたら……。さあ、話して下さい。これから真剣に聞きますから」

第四章

おお、私の体をおずおずと抱いて
愛しい人よ、どうか浜辺を越えてきて――
そして私を深い海に投げ込んで。
私はノーサンバランドに帰るから。

イングランド民謡「ノーサンバランドの麗しの花」

準備には三週間かかった。それが過ぎる頃、リサ・ダーモットのお墨付きが出た。彼女はこう言った。あたしやコンが〈ホワイトスカー〉とアナベルについて知ってることで、あなたが知らないことはなくなったと。

ついには筆跡まで合格した。署名《サイン》の問題はかねてからのリサの切実な悩みのひとつだったが、彼女はアナベルが失踪前に書いた手紙を何通か持ってきた。私が丁寧に練習した署名で埋め尽くした紙をリサに見せると、ようやくこれなら通用すると言ってもらえた。

「いいわ、リサ――」私は彼女とコンを名前で呼び、マシュー・ウィンズロウを〝おじいさま〟と呼ぶ癖をつけていた。「私はなるべく字を書かない。問題はおじいさまだけど、もう手紙を書かなくていいから、そこは安心ね。銀行のほうは、署名できれば大丈夫。そっちはマスターしたことをお忘れなく。どのみち、八年経てば筆跡が多少変わっても不思議はないし。微妙な違いのせいで、かえって本物だと判定されやすいんじゃないかしら」

　私たちは別の下宿屋の一室にいた。今度はヘイマーケットの東の繁華街に立つ大きな家だ。私はリサと初顔合わせをした翌日に元の下宿を引き払って、彼女に勧められ、ウィンズロウ名義でこの部屋を借りていた。

「だってね」リサは言った。「あたしたちが一緒にいるとこを、あたしの知り合いとか、アナベルを知ってた人に見られやしない。万一あなたが〈ホワイトスカー〉に現れる前にあたしたちの姿を見られたり、探りを入れられたりしても、リサ・ダーモットとコン・ウィンズロウがメアリー・グレイなる人物と何べんも会った直後に、〝アナベル〟が実家に戻って歓待された（新約聖書より。放蕩息子を肥えた牛でもてなす話）事実だけは突き止められないわ」

「その歓待の話、よほど自信があるみたいね」私はそっけない口調で言った。「仰せのとおりだといいけど。おじいさまは私が帰ってくると聞いたらどう出るか、ふたりとも、一切隠し事をしないでちょうだい。万一おじいさまがちょっとでも不審に思っていて――私の身柄を調べさせようと言ったら――必ず教えて――」

「もういっぺん考え直す。そりゃ当然よ。あたしたちが探りを入れたがるとも思わないでしょ？　あなたの面倒は見る。そうしなきゃ。メリットもデメリットもあるけど」

　私は笑った。「そこに気がつかないとは思わないでね！　お互いを恐喝する可能性が限りなくあって、すごく面白いわ」

リサは例のかすかで不可解なほほえみを浮かべた。「まあ、問題はね、はたしてお互いさまかしら、ってとこよ」椅子の腕に置いてある本をぽんと叩いた。彼女にとって、『魔性の馬』は私たちの企ての教科書と化していた。「この本でもそうだった……。ただ、あなたはこっちの身分詐称者ほど心配しなくていいけど。財産を要求するために帰るだけじゃないし、簡単に話——家を飛び出して戻ってきた理由——の辻褄を合わせられる」

「あらそう？　ねえリサ、話の辻褄が合わない点がひとつあるわよ」

リサが用心深い顔になったような気がした。「どこ？」

「ええと、アナベルが家出した夜になぜコンと大喧嘩したのか。コンに納得のいく理由を話す気がない限り、よくある〝痴話喧嘩〟では通らない。どんなに激しく言い争っても、若い女が生まれ育った家を飛び出すなんて。いくら祖父が味方してくれなかったといってもよ。場合によってはコンが追い出されてたかもしれない、そう思ってしまったわ」

しばらく答えが返ってこなかった。やがて、リサは慎重に言った。「コンはあなたに一切を包み隠さず打ち明けるでしょ。そのうち——よく知り合えてから。あたしにはわけがわからないけど、必ず——なんて言った？——辻褄が合うわよ。ちゃあんとね」

「まあいいわ。そこはコンに任せましょう。とにかく」私は声を弾ませた。「これで気を楽にして、ありのままに海外を旅した話ができるわ。いつでも、なるべく本当のことを話す……。真実に勝るアリバイなし。じゃあ、もう一度おさらいしましょう」

こうして、五十回目の復習を始めた。

リサは几帳面で想像力が乏しく、なりすまし術を教えるにはうってつけの教師だ。あの辛抱強さとゲルマン人並みの手際のよさにはいつも感心するし、淡々とした態度に影響を受けるようになってきた。リサのそばにいると、どんな疑念もくだらないという気がしてくるのだ。道徳面でとやかく言うのは考えるだけ無駄だった。そもそも不安には根拠がなく、常識を叩き込まれて、もやもやは消し飛んだ。

三週間に及んだ私の訓練期間中、あの一連の午後の勉強会で、『魔性の馬』に私たちの〝手口《モーダス・オペランディ》〟としてざっと説明されているやり方で、リサは〈ホワイトスカー〉についての事実をすべて教えてくれた。その環境や屋敷そのものを。そして、あの小説の主人公のように、じきに私も協力していただけでなく、人をペテンにかけるのは至難の業だとわくわくしていた。この企ては冒険であり、挑戦でもある、と私は自分に言い聞かせた(どれほど自分を欺いたか考える暇はなかった)。長い目で見れば、悪いことはありゃしない。ジュリーのほうは……。でも、ジュリーのことはあえて考えなかった。未来への展望は受け付けず、今しなければならないことに集中する。来る日も来る日も何時間も、はてしなく続く矢継ぎ早の質問で、リサと知恵比べをしていた。

「客間を説明してちょうだい……。次は台所を……。あなたの部屋を……」

「おじいさんはいつも朝食に何を食べるの？」

「お母さんの名前は？　髪の色は？　実家はどこ？」

「お父さんが事故死して、その知らせが届いた日、あなたはどこにいた？」

「台所のドアから干し草置き場に行って……」

「前庭の様子を詳しく話して。あなたはどんな植物を植えた？　あなたの好きな花は？　好きな色は？　好きな食べ物は？　フォレスト廏舎で乗った馬の名前は？　犬たちの名前は？　昔飼ってた猫は？〈ネザー・シールズ牧場〉の所有者の名前は……〈ホワイトスカー〉の牛飼い頭の名前は……フォレスト館の家政婦の名前は……？」

「フォレスト夫人の見た目を教えて。ご主人のほうは……」

けれども、ゲームの参加者について私に詳しく教えるのは、コンの仕事になっていた。

コンは何度か（一度はリサも居合わせたが、たいていはひとりきりで）、大伯父が昼寝をしているうちに一時間ばかり姿を見せた。

コンが初めて来たとき、リサはもう私と二時間も過ごしていた。その日、私たちはコンを待ち受けていて、彼の車が静かな通りで停まる音に耳を澄ましていた。ようやくコンが現れた際、私はティーカップを見ながら、リサに教わったとおりに昔のフォレスト館の敷地を説明するのに夢中だった。館が焼け落ちてフォレスト夫婦が海外に行く前の、アナベルの記憶をよみがえらせるのだ。

自分の話に集中していて、階段を上ってきた足音を聞き逃していた。リサの無表情に話を聞いている顔がぱっと変わり、誰がやってきたのかピンときた。

リサが「どうぞ！」と言ってから私はやっとこさふり向いた。彼女が立ち上がったと同時にコンが部屋に入ってきた。

そのとき車の音を聞き逃した理由がわかった。コンは車を停めた場所からちょっと歩いてきたに違いない。髪にもツイードの上着にも雨粒が落ちていた。

あのローマ時代の城壁で奇妙な出会いをしてから、これが初めての再会だったので、なんとなく不安だった。ところが、それは杞憂に過ぎなかった。コンはこちらに悠然とほほえみかけ、私が彼の問題に協力することをすんなりと受け入れた。これまで見てきた姉の態度とそっくりだ。

私の挨拶がややたどたどしかったとしても、リサが甲高い声をあげたせいで気づかれなかった。

「コン！　雨が降ってるの？」

「たぶんね。わかんなかったけど。いや、降ってるらしいな」

「降ってるらしい！　嫌だわ、ぐしょ濡れじゃないの！　なのに、コートも着ないで。車は三本向こうの通りに停めてきたんでしょうね。まあまあ、コン！　さ、火のそばにいらっしゃいな」

私はぽかんとしてリサを眺めていた視線を必死の思いで外した。これは私が今日までわかってきたリサとは似ても似つかぬ女ではないか。〈カフェ・カスバ〉にいた、あの無口で野暮ったい監視人や、ウエストゲート・ロードの私の下宿を訪れた一途な女、ここ数日てきぱきと働いていた家庭教師は姿を消した。これはひよこをかわいがる雌鶏か、弱い子羊を抱える不安な羊飼いね……。リサがせかせかとコンに駆け寄り、弟の肩から雨粒を払い落として、暖炉のほうに引っ張っていったとき、まだドアは閉まり切っていなかった。リサはコンを部屋にある一番上等な椅子に座らせた。彼女が空けたばかりの席だ。それから急いで（私になんの断りもなく）弟のためにお茶を淹れなおした。コンはこうした世話焼きに目をくれる様子もなく受け入れ、リサがばたばたしている傍らでじっと辛抱していた。いい子がおとなしく母親に服を整えられ、勧められた椅子に座り、淹れてもらったお茶を飲むように。それはリサのまったく新しい、思いがけない一面だった。また、私が頭に描いていたコンのイメージを仕上げるのに大いに役に立ったと思う。

コンも彼なりに、リサに負けないくらい教え方が上手だった。アナベルが〈ホワイトスカー〉にいた頃の暮らしぶりを彼が私に話すことになり、独特のきびきびした、生気溢れる口調で、肝心なふたつの話を締めくくった。マシュー・ウィンズロウと、当のアナベルの人物像だ。

コンがアナベルとの最後の喧嘩と、彼女が家出した夜のことに触れるのを私は待っていた。ところが、それは話題にはのぼったが、私がすでにリサから聞いた内容とほとんど変わらなかった。あえて何も訊かなかった。コンが私をよく知ってからでも、まだ間に合う。いずれ、彼は話すしかなくなる。アナベルが祖父の人生から出て行った時点が、私が入っていく時点になるわけだから。でも、だんだん気になってきた。どれほど激しい〝痴話喧嘩〟をしたら、若い女が三千マイル離れた国へ飛び、家族と疎遠になるのだろう。

結局、その答えは私がリサから受ける最後の〝授業〟にゆだねられた。

その日は第三週の木曜日に当たり、リサが来るとは思っていなかった。ドアをあけて部屋に通したとき、いつもの鈍重な落ち着きがどこか乱れていたが、彼女は例によってばか丁寧にコートと手袋を脱いで、暖炉のそばに腰を下ろした。

「来るとは思わなかったわ」私は言った。「どうしたの?」

リサは細目でこちらをちらりと見上げた。それだけで怒りと、不安まで読み取れたような気がした。

「ジュリーが来るのよ。どうしたも何も。来週のどこかですって」

私はテーブルの端に腰掛けて、煙草に手を伸ばした。「あらそう」

リサはむっつりとした。「のんびり構えてるのね」

「だって、夏休み中に来るって言ったじゃないの」

「まあね。でも、ジュリーは思ってたよりずっと早く休みを取ったのよ。爺さんに呼び寄せられて、特別休暇をもらったんじゃないかしら。爺さんは何も言わないけど、あの子はもともと八月に来る予定を立ててたはず……。どういうことかわかる?」

私はゆっくりと煙草に火を点けると、マッチの燃えさしを暖炉に投げ捨てた（金のライターは頭文字で名前がばれてしまうので、スーツケースの底に隠してある）。「どういうことになりそうかはわかる」

「つまりね、すぐに動き出さないと、ジュリーが〈ホワイトスカー〉に入り込んで、爺さんがあの子に全財産を譲ってしまう」

私はしばらく返事をしなかった。コンなら、たとえずばりと言ってのけても、決して下品にならないと思っていたのだ。

「これでわかったでしょ。いよいよだわ」リサが言った。

「ええ」

「コンが言うには、ジュリーを呼んだのは爺さんが意外と体のことを心配してる証拠だって。ジュリーは爺さんが伏せってた頃に一、二度手紙をよこしたみたいだし、爺さんも返事を出したのよね。どういう了見か、早く来いってせかしたに決まってる。あの子がすぐに休暇を取れて、さぞや大喜びでしょうよ。ジュリーは来週のどこかでこっちに着くけど、また電話で知らせるんですって。いつもなら七月か八月までに連絡があって、それまでは」リサは吐き捨てるように言った。「何があってもおかしくない。とにかく――」

「ねえ」私は穏やかに声をかけた。「自分たちを追い詰める動機を捜し回ることないわ。たぶん、おじいさまはジュリーに会いたい一心で、ジュリーもおじいさまに会いたいだけでしょう。そういう他愛ない話かもしれない。そんなの信じられないっていう顔しないで。人は、たいがい単純明快なものよ。よこしまな動機を探さなければね。ああもう、今回の動機は恐ろしくよこしまじゃないの！」

リサはあの口を引き結んだ笑みを浮かべた。私の言葉に折り合ってみせただけで、愉快でもなんでもないのだ。「まあ、あたしたちは危ない橋は渡れない。あなたに大至急来てもらえと、コンが言ってるの。ジュリーがこっちに着いたり、ウィンズロウ爺さんが何か手を打ったりしないうちにね」

「でもねえ、リサ――」

「あなたはもう大丈夫でしょ？　あたしだったら、もう一週間欲しいわ。念のため」

「大丈夫よ。そういう問題じゃなくて。さっきは、コンがジュリーを責めるのはお門違いだと言おうとしたの。ジュリーが〈ホワイトスカー〉にいようといまいと、どうして彼女がコンにとって危険な存在になるのかしら」

「あたしにわかるのは」リサは苦い顔をした。「あの子はアナベルにそっくりで、爺さんが日に日に気難しくなってくことだけ……。はたして爺さんは何を思いつくのやら。コンが不安になってるのがわかるでしょ？　弟はジュリーが残余遺産受領者だと思い込んでるけど、万一ウィンズロウ爺さんがアナベルが帰宅する前に遺言状を書き換えて、ジュリーを主な……」

「ああ、なるほど。その場合、私は首を突っ込まないほうがよさそうね。だけど、そうなる恐れはあるかしら、リサ？　おじいさまがついにアナベルを見限って遺言状を書き直すなら、今度こそ、コンに有利な内容になるんじゃない？　確か、ジュリーは休暇のときだけ〈ホワイトスカー〉で過ごす、ロンドン育ちだったわね。それでは先の見通しが――」

「まさにそこよ。去年、あの子がこっちに来てたとき、〈ネザー・シールズ牧場〉のフェニック家の長男となんべんも会ってた。急接近したと思ったら、誰も気づかないうちに、坊やが日参するようになって、ウィンズロウ爺さんとも意気投合して。ジュリーのほうは……そう、ジュリーは坊やを調子に乗らせやしなかったけど」

私は笑った。「でもねえ、リサ、ジュリーはいくつだった？　十八？」

「わかってる。どれもこれも想像に過ぎない。たわごとだといいけど、何しろコンは窮地に陥ってて、爺さんの身にはいつ何があっても不思議じゃないのよ。あなたが牧場に来てくれれば、事態は落ち着くわ。爺さんはあなたの頭越しにジュリーに財産を譲ったりしないけど、そうは言っても——ま、あの子は爺さんの息子の子でね、コンはただの遠縁だし……ビル・フェニックは気に入られてるの」

私は煙草の先を見つめた。「で、コンはそのビル・フェニックの恋敵を名乗ろうとは考えなかったわけ？　当然やるべきじゃないの。アナベルのほうは口説いたくせに」

リサはもじもじした。「だから言ったでしょ。ジュリーがもう大人だなんて、誰も思いもよらなかったって！　学校を出たばかりだったの！　コンもあの子を子供扱いしてたみたい。ウィンズロウ爺さんだって、そうだった。あのフェニック坊やとの一件を大喜びしてさ」

「さてジュリーはロンドンで一年暮らしたと。ご近所の男の子との恋は、とっくの昔に卒業したわね」私はうきうきとしゃべった。「心配することなんかありゃしない」

「だといいけど。でも、あなたが〈ホワイトスカー〉に来てしまえば、コンにとって事態がぐんと落ち着くの。ジュリーはそれほど邪魔にならない」

私はちらっとリサを見た。「そうね。じゃあ、わかった。いつにする？」

またしても、あの興奮した表情がよぎる。

「今週末に。日曜日に電話をちょうだい。打ち合わせたとおりにね。三時にかけてくれれば、爺さんはお昼寝中だし、あたしが出るから」

「ねえ、牧場に行く前にコンに会わなくちゃ」

リサはちょっと考えた。「そうね。コンは――コンのほうも、今日ここに来てあなたに会いたがってたけど、都合が悪かったの。ほら、あとひとつかふたつ……」そこで口をつぐみ、言葉を選んでいるようだった。「あなたに言っとくことがあるから。あたしたち――ええと、これまでは伏せといたのよ。まずは、ことがすんなり運ぶとわかってほしかったし。だから、あたしが――あたしたちが」リサは話をやめた。

私は助け船を出さなかった。黙って煙草を吸いながら様子をうかがった。すると、ようやく続きが始まった。私は冷淡に考えた。私が何を思っていたのかと、心配しなくてもよかったのに。どんな答えが返ってこようと、今になって手を引いたりしない。下宿を引き払って、またコンに会うと承知したあのときが、もう後戻りできない地点だったのだ。

リサはいかにもつらそうに話した。「アナベルがあんな真似をして家を出た本当の理由よ。あなた、前にも訊いたわね」

「ええ。あなたは知ってるのかと気になって」

「知らなかった。つい最近まで、よく知らなかったの」

「なるほど。とにかく、私は詳しく知っておかないと困る。それはあなたもご承知でしょ」

「もちろん。正直に話したほうがよさそうね。実は、この話題はあえて避けてきたの。あなたが計画に少しは前向きになるまでは。手を引かれる危険を冒したくなかったのよ。理由を知ったら、やりにくくなるわけじゃなく、ちょっと気まずくなるからというだけでねえ」

「ちょっと気まずくなる？　勘弁してよ、リサ。巧みに隠し通してきたなんて、最低でも人殺しぐらいの大ごとでしょ！　知りたくてうずうずしたわ。頼むから教えてよ！　ほんとに、心配しなくていいの。ここまで来たのに、今更手を引いたりしない。どうしても荷物をまとめて出て行けなかったわ。〈ホワイトスカー〉をひと目だけでも見たかった。だいいち、ここで手を引いたら、とんだ腰抜けみたいな気がすると思う。練ってる計画を考えるとばかみたいだけど、しかたないわ。私はのめり込んでると思ってちょうだい」

リサは小さくほっと息をして、膝の上で両手をもぞもぞ動かしてから力を抜いた。「だからコンにそう言ったのよ！　あの子はまっすぐな性分だ、約束を反故《ほご》にしないって。今更ね」

私は眉を上げた。「確かに。コルク抜きみたいにまっすぐだわ。さ、言ってみて。その、いわゆる〝ちょっと気まずい〟お知らせを。どう考えても、アナベルがコンとやらかした最後の喧嘩には特別な裏事情があるはずね。結局、何がうまくいかなかったの？」

またあの薄笑いが浮かんだ。硬くて、後ろ暗くて——はっとしたようで——悪意を秘めた笑みだ。

「アナベルよ」

私は口元に運んでいた煙草を止め、リサを見つめた。肉付きのいい両手は膝の上でじっとしているが、さっきと違い、どこか安穏として見える。「アナベル？」私はきつい口調で言った。「どういうこと？」

「下卑た話だったの。ああ、そんな言い方しなけりゃよかった。ばかな真似して身ごもっただけよ」

「なんですって？」

「そうなのよ」

言葉を飾っても中身は変わらない、とよく言われる。それは嘘だ。やはり言葉ひとつでがらりと印象が変わってしまう。思わず立ち上がった。受けた衝撃が顔に表れていたらしい。「なんてこと」私は言った。「それじゃ……それじゃ……」さっと踵《きびす》を返して窓辺に近づき、リサに背を向けた。ややあってから声を絞り出した。「道理で、早く教えなかったはずね」

「わかってくれると思ったわ」

リサは相変わらず落ち着いた声で話しているが、しばらくして私がふり向くと、不安げと言えるほど厳しい顔でこちらを見つめていた。「よっぽどショックを受けた？」

「そりゃ、ショックを受けたわ！　別にその秘密のせいじゃなくて――何日も準備したんだから、そんな事情があるだろうと察しをつけるべきだった――自分がどんな面倒に巻き込まれたのか、はっきりとわかったせいよ。まさかと思ったけど、露骨に言われたら納得するしかないもの」

「じゃ、考えてみたのね？　そうかもしれないと思った。いいえ、そうならいいと思ったわ」

「どうして？」

「まあ、とっくに考えてくれてたら助かるといったとこ。あなたはそこを考えた上で、なおかつ協力を続けることにしたんだとわかったのよ」

「ええ、そうそう」私はうんざりした調子で繰り返した。「だから言ったじゃないの、心配しなくていいって。私、なんとかいけそうでしょ？　嘘をついて、自分を変えて遺産の取り分にありつこうともくろんで、八年の不在で祖父の不興を買った恐ろしさに呆然とするの」背中から夕日が射していた。リサには窓に映る私の影しか見えなかったはずだ。私はじっとたたずんでいた。ちょっと間をおいて、他人事のように淡々と言ってみた。「それで？　先を続けてよ。相手は誰だかわかった？」

リサはきょとんとした。「あらやだ、コンに決まってるでしょ！」

「コン?」

「ええ、当たり前よ!」リサは面食らって私を見ていた。やがて目を伏せたが、一瞬、そこに感情がぱっと表れた。これまでに浮かんだものより強烈な感情だった。「ほかに誰がいるの?」と、淡々とした声で問いかけた。

「それはそうだけど、リサ――!」私は言葉を切り、息を吸い込んで気持ちを落ち着けた。「コン」そっと繰り返した。「おやおや……コンとはね」

長らく沈黙が続いたが、リサは口をひらこうとしなかった。また私を見つめたり、暖炉の火を眺めたりして、目をキラリと光らせ、まばゆく無表情に見せていた。私はその場を動かず、沈んでいく太陽に背を向けていた。ずっと窓台に寄りかかっていたのだ。気がつくと、両手を背中に回して、板の端にぎゅっと押しつけていた。手が痛い。私は手を引っ込め、そろそろとこすり合わせた。

リサがようやく言った。「動揺しちゃった? なんとか言ってよ」

「これは俗に言う」私は言った。「言葉も出ないほどの深い沈黙なるものよ」

「アナベル――」

「だから私が気まずくなると思ったのね。私にはどうしても理由がわからないけど」

リサは待ってましたとばかりに身を乗り出した。「じゃ、気にしないってこと?」

「気にする? そんなちっぽけなことを? リサったら、私を――こせこせした女だと思ってるのね!」

「コンがばつの悪い思いをするとか、心配しなくていいわよ。大丈夫だから。コンは……」

私は震えながら言った。「それは――それはよかった。コ、コンにばつの悪い思いをさせないようにしましょうよ」

リサは出し抜けに言った。「あなた、笑ってるのね！」

「笑ってやしないわ、リサ。なんとか――こらえようとしてるだけ。あなたが思ってもみなかった可能性があるような気がするの。なるほど、コンが私には秘密を話そうとしなかったはずだわ」

リサはすねたような言い方をした。「それがどうして笑いごとなのかしら」

「別に笑ってないわ」私はとうとう窓辺を離れて、テーブルに近づいた。椅子を引き出して腰を下ろす。「八年前の出来事を面白がったとは思わないで。ちっとも面白がってないから。この状況に笑える面があるのは、私のほうなのよ。面白がってもらったほうが、そっちは助かるでしょうに、リサ。あなたの趣のある言い回しだと、かつて〝身を持ち崩した〟女を演じる以上、神を畏れてるようじゃどうしようもないわ」

リサははっと息をのんだ。「じゃ、そんなこと気にしないの？　事情を知った上で、協力してくれる？」

「すると言ったはずよ。ただし、この話を聞いても、またコンに会う心の準備にはならないわよね？」

「コンはなんとも思わないわ」

「そうだったわね。太っ腹だこと。でも、肝心なのはおじいさまでしょう。事情を知ってるの？」

「そりゃもう。コンから話したのよ」

「コ、コンから話した？」

「ええ。ほら、アナベルが家出したんだもの、コンとしてはウィンズロウ爺さんに言い訳のひとつもしなきゃならなかった。その夜、アナベルは祖父のところに駆け込む前にコンと一緒にいた。爺さんはそのあたりを知ってたから。アナベルは、またコンと喧嘩した、今回は大喧嘩だと祖父に言ったけど、どんなに理由を訊かれても、もうコンとは同じ家にいたくない、彼を追い出してほしいとしか答えなかったの。でもね、ウィンズロウ爺さんは理由を知りたがった。コンはアナベルと結婚したがってたし、彼女が詳しく話そうとしないもんで、てっきりコンに――まあその、しつこく迫られたと思ったわけよ。爺さんは思いやりのある人じゃなかった。で、朝になったらアナベルは家出したとわかり、コンが説明するはめになったの。あなたが言ったような、ただの〝痴話喧嘩〟じゃ通らなかった。しまいにはコンも白状したほうが無難だと思ったのね」

「〝しまいには〟?」

「ええ、まあ。もちろん、コンもすぐには話さなかった。相手はかんかんに怒ってて、あっさり首にされるかもしれなかったし」

「おじいさまがコンを手元に置いたら話は別よ。アナベルが戻りしだい結婚させる腹づもりでね」

「結婚〝させる〟までもなかったわ。ウィンズロウ爺さんはわかってた。コンは最初《はな》から結婚するつもりだったって。無理強いされたと思っちゃだめよ」

「はいはい。だって、お目当ては〈ホワイトスカー〉だったから」

リサは伏せていた目をぱっと上げた。意外にも怒ってはいない。「ええ、そうよ」

「だからコンはウィンズロウ老人にすぐ話さなかったのね? 正確にはいつ子供ができたと打ち明けたの?」

「ずっとあとで、アナベルが本当にあれきり帰らないことがはっきりしてからよ。ようやくニューヨークから手紙が来て、あの書き置きは嘘じゃなかったとわかったの。コンはものすごく怒った。ずいぶんばかにしてくれるじゃない」

「そうね」私はそっけなく言った。「言ってることはわかる。つまりその後、コンはアナベルに子供が生まれるとウィンズロウ老人に話して、自分が父親だと打ち明けたの？」

「ええ」リサは椅子に座ったままもじもじした。「しかたなかったのよ。わかるでしょ？　ただの派手な喧嘩どころじゃなかったみたいだし。コンは隠してたことを洗いざらいしゃべったの。アナベルとは恋仲だった、戻ってきたら結婚したいと今でも思ってる、ってね。そりゃま、一悶着あった。お察しのとおり、爺さんがコンを怒鳴りつけて。でもコンは一歩も譲らず、いずれアナベルと結婚しようと思ってて、その気持ちは変わらないと言い切ったわけ。で、結局はウィンズロウ爺さんもコンの話を受け入れた。あのときコンを追い出そうとは思いもしなかったでしょうよ。身内で家に残ってたのはコンだけだったんだから」

「なるほど」

「みんな連絡を待ってたのに、アナベルからは音沙汰なしだった。もうその話はしたわね。手紙が一通届いたっきり。アメリカに渡った友達のとこで仕事についた、もう二度と家に戻らない、と書いてあったわ。それだけ」

「じゃあ、おなかの子供には一言も触れないで？」

「ええ」

「祖父に話さなかったのよね。家出した夜に？」

「ええ」

「そもそも、アナベル本人は妊娠したと言ってない？」

「コンには言ったわ」

「ああ、そうそう」私は言った。「コンには言った」

リサの伏せたまぶたの下で目がキラッと光った。「どういうことかよく――」

「気にしないで。ただの思いつきだから。それより、こっちこそよくわからない点があるの。はっきりさせたほうがよさそうね。アナベルがコンに打ち明けた時点に戻りましょう。大喧嘩をした夜に。何があったのか、きちんと説明したほうがいいわよ」

「あたしは知らないんだってば」リサは言った。「コンは頑としてしゃべらないし。あなたには教えるかも。最悪の事態を知られたんだもの」またしてもリサの唇が引き攣り、ほほえみのまがい物を作った。「あたしもわかる範囲で、コンに教えてもらったことを話したほうがよさそうね。あの日、アナベルは子供ができたとわかったばかりだった。午後にニューカッスルのお医者に診てもらって、妊娠したと言われたの。帰りは遅くなったから、外は暗かった。彼女は〈ホワイトスカー〉に戻ろうとして、野原を突っ切ってた。そこにある小道が菜園の下の歩道橋まで続いてるの。そのとき、たまたまコンに会ったのよ。川沿いのどこか、木立の下で小道が川を迂回してるところで。アナベルは落ち着きを取り戻す暇がなかったんでしょうね。妊娠したと知って、大ショックだったはず。だから、コンに出くわすと、身も蓋もない言い方で事実を伝えた。それじゃあ喧嘩になる。コンは自分の話を聞かせようとするし、アナベルはおじいさんに打ち明けることが気がかりで頭がおかしくなりそうで、コンにわめいてた。こうなった以上結婚するしかない、結婚すればしまいにはうまくいくとコンは言ったけど、彼女は聞く耳を持たなかった」

「ねえ、問題はこの喧嘩の終わりじゃないわ」私は言った。「むしろ、きっかけのほうよ。これまで聞いた話では、どうして喧嘩になったのかさっぱりわからない」

リサはこちらをちらっと見たが、表情は読み取れなかった。「あらそう？　コンはあんなに男前だし、アナベルは、聞いたところじゃ――」ほんのわずかな間。「なんだかんだ言って、まだ子供だった。そのときの喧嘩は、いきなり始まって、いきなり終わるようなあっけないものだったんでしょ。アナベルはコンへの気持ちを人前じゃ悟られないようにしてた。誰も知らなかった。察しはついてただろうけど。でも、彼女としては身を固める気はなかったみたい。コンとはね。で、あんな具合になると、コンを責め立てた。それでもあなたとは結婚しない、一緒には暮らせない、どっちかが牧場を出て行くしかない……って。まあ、コンだってアナベルの話にショックを受けたし、ほかのウィンズロウ一族と同じく、すごく怒りっぽいから、事態はますます悪くなったのね。そのうちアナベルがコンの前から逃げ出して、母屋へ走っていった。おじいさまに何もかも話す、全部あなたのせい、きっと牧場を追い出される、ってわめいてたそうよ」

「ところが実際は、彼女はウィンズロウ老人に〝何もかも〟話さなかった」

「ええ。いざとなったら怖じ気づいたんでしょうよ。泣いたり、コンのことを怒ったり、彼は絶対に追い出されると言ったりしてるだけだったらしいの。とにかくウィンズロウ爺さんは彼女とコンの結婚を望んでたから、ばかを言うな、コンと早く仲直りするに越したことはないとたしなめたの。もうそのときから、コンはアナベルの恋人だと睨んでたのよ。あたしが知ってるのはこれくらい」リサの両手がなだめるように膝の上を這う。まるで何かを拭い去るように。「正直言って、知りたいのもこれだけ。でも、これで十分でしょ？」

「もう十分よ」私は目の前のテーブルを見下ろしていた。考えていたのだ。「それに、私は知ってるの。あなたが知らないこと。コンがついぞあなたに言わなかったことを。その夜、暗闇に包まれた深い川のほとりで、いったい何があったのか……」コンの顔と、滑らかな口調を覚えている。〝君と俺とで、湖に突き出た崖っぷちを散歩するんなら、何も午前零時でなくてもいいだろ？　忘れたのか？〟あのときの彼の目の表情も、私の血が恐怖で泡立ったことも覚えている。あの話と、リサとウィンズロウ老人に話した真相と、コンはどうやって辻褄を合わせるのだろう。

リサに目をやると、彼女は手を眺めていた。そう、彼女に言わせれば十分なのだ。コンが何をしたにせよ、リサはやみくもにそれを受け入れる。たとえアナベルが達者で暮らしていると知らせる手紙がニューヨークから届かなかったとしても、リサは近況を詳しく知りたいと思わなかったはずだ。

沈黙が長引き、私はちらちら揺れる暖炉の火を見つめていた。石炭がひとつ、乾いた音を立てて崩れた。そこに黄色い炎がシュッと立ち上り、すぐさま消えた。

「それでおしまい？」しびれを切らして訊いてみた。

「ええ。当時は噂が飛び交ったけど、もう昔のことだし、誰も事情を知ってるわけじゃなし。コンとウィンズロウ爺さんしか知らないわ。コンはあたしに話してもくれなかった。今の今までね」

「なるほど」私はきびきびした口調で言いながら背筋を伸ばした。「じゃ、今のところはそういうことで。いいわよ、リサ、演じてみせる。ただし、私なりのやり方で」

「どんなやり方？」

「ごく当たり前のやり方。言われたことは何もかも認めるの。ただし、この最後の話だけは例外で、妊娠した覚えはないと言い張るつもり」

「だけど――そうはいかないでしょ！」

「私に否定されたらコンがばかみたいに見えるから？　そうね、じゃあ子供はどこにいるの？」

「死んだ。死産だった。養子に出した。いくらでも話をでっち――」

「だめ」私の口調を聞いて、リサの目に光が瞬き、あの警戒する顔つきになった。私は言葉を選びながら続けた。「リサ、前にも言ったけど、私はあなたとコンにとことんつきあう。でも、その話には乗れないいし、乗らないわ。そんな――体験してもいないない悲惨な出来事をでっち上げるなんて。ほかのことはさておき、それだけは無理な相談よ。だって、その、きわどい話だし、いろいろ訊かれても返事のしようがないわ。わからない？　おじいさまの前で、コンの子供を――生きていようと死んでいようと――産んだ女の役を演じる気になれない。そういうことって、軽く考えられないの。それに、私が子供を産んだとしたら、家に帰って来ちゃいけなかった。別れた恋人のコンならいいけど……こっちのコンはお断り。それだけ」

「だけど、どう言い繕う――？」

「勘違いだったと言うのはわけもないことよ。妊娠してないとわかった頃には海外に出ていたし、プライドが邪魔して家に帰れなかったし――おじいさまとコンに顔向けできなかった」

「じゃ、ほかのことは？　そっちは認めるの？」

「恋人がいたこと？　さっきも言ったとおり認めるわ」

リサはこちらをじっと見ている。「さっき、なんて言った？　それに〝返事のしようがない〟？」

私はリサをひたと見据えた。「別にかまわないのよ、別れた恋人のコンと再会するぶんには。あくまでも、〝別れた〟の部分を強調するならね」

リサはまた目を伏せたが、その前にはっきりと見えたものがあった。あの表情に乏しい顔が悪意の光で興奮していた。リサがとうの昔に死んだと思っている薄幸の少女の嫉妬がしぶとく生き残っているのだ。それだけでなく、私にはわかる。なぜリサと弟は私が、よく言って、危険で無謀な試みに手を貸すつもりでいることを最初から受け入れたのか。ふたりの魂胆は見え見えだった。でも、私は強制されたわけじゃない。私がリサいわく〝まっすぐな性分〟だったおかげで、安心して雇えたのかもしれないけれど、私が手を組んだ理由を改めて考えても不思議はなかった。ずっと確信していたけれど、あのふたりは私がお金目当てになんでもする女だとは本気で思っていない。しかも、この最後の暴露話をしても逃げられないと踏んでいた。これまでリサは用心深く、むしろ緊張していたが、怯えた様子はみじんもなかった。

ところが、今ではびくびくしている。あの目を見れば、腹が立つほどあっさりと心を見通せる。ハンサムですばらしい、魅惑のコナー・ウィンズロウと――どんな形であれ――つきあえそうだというのに、その機会を取り逃がす女がいるのは解せないのだろう。

いっぽうコンは？　そう、どう見てもリサと同じことを考えている。

放蕩娘のアナベルが帰郷したら、大歓迎されてもされなくても、大騒ぎになるに違いない。

第五章

おお、オークよ、トネリコよ、麗しい蔦の木よ。
北の故郷では木々が青々と生い茂る。

イングランド民謡

〈ホワイトスカー牧場〉に通じる道は、サンザシに縁取られた細い砂利道だ。門はない。砂利道が本道を離れる隙間の右手には、ぼろぼろの道しるべが立っている。そこにかつてはフォレスト館に続く私道と書かれていた。左手には、大型ミルク缶を置く頑丈そうな新しい台があり、ペンキで〈ホワイトスカー〉ときれいに記されている。このふたつのシンボルに挟まれ、砂利道が背の高いサンザシのあいだをくねくねと縫って走り、やがて見えなくなる。

一時間も早く着いてしまったので、誰もバスを出迎えに来ていなかった。鞄はふたつしか持っていない。私はそれを提《さ》げて、砂利道を歩き出した。

最初のカーブを曲がると、もう使われていない石切り場に草がぼうぼう生えていた。鞄はここの木苺の茂みの陰に置いてきた。盗まれる心配はないから、あとで取りに行けばいい。ひとまず、ひとりきりで偵察したくてたまらないのだ。

砂利道は石切り場を迂回して、さらに二百ヤードあまり下ると、片側は生け垣から高い塀に変わり、反対側――左側――はフェンスになっていて、リサが苦労して説明してくれた部分が見通せた。

フェンスのてっぺんの横木にもたれ、眼下に広がる光景を見渡した。〈ホワイトスカー〉はベリンガムから直線距離にしておよそ八マイル。川は谷を蛇行して、ゆったりとふたつに分かれて大きく弧を描き、フォレスト・パークの緑豊かでなだらかな土地を包み込んでしまいそうだ。弧の狭いところでは、ふたつの流れは二百ヤードも離れておらず、狭い地峡のようなものを形作り、私が立っている小道まで延びている。これはフォレスト館に続く唯一の道であり、ロッジの門で二手に分かれている。〈ホワイトスカー〉方面と、パークの向こう側にあるウエストロッジ方面だ。

バスが走ってきた本道は、川よりも少し高い位置を走り、石切り場を過ぎて館の門へ向かう坂は勾配が険しい。私がいる場所からは、島に等しい土地全体が川のぐるりと巡らした腕に抱かれているのが見下ろせる。森や湿地牧野、緑の隙間に煙突がちらほら見える。

東にはフォレスト館が、かつては幾何学式庭園と木道であった残骸が散らばる中に立ち、敷地は二方を曲がりくねる川に、二方を長い城壁と鬱蒼と茂る木立に取り囲まれている。中に入るには、川沿いの木道を歩くか、太い柱の並んだ門を通るしかない。以前、そこには大きなロッジが立っていた。それはとうに少しずつ崩れて廃墟になっているはずだ。今いる場所からは見えないけれど、〈ホワイトスカー〉やウエストロッジに続く小道はそこで分かれる。後者はパークを東から西へ横切り、整然と植えられた針葉樹林の合間にはっきりと見えた。遠くの川辺に、屋根と煙突がいくつか目に留まり、ガラスがキラッと光った。以前は館のものだった古い囲い庭園に温室がある目印だ。敷地には、廏舎とウエストロッジという建物と川に架かった歩道橋もある。そこから道が延びて遠くの木立を上り、荒れ地を通って〈ネザー・シールズ牧場〉に着き、やがて〈ホワイトスカー牧場〉に至る。〈ホワイトスカー〉の敷地は、川岸が作る弧の真ん真ん中に位置していて、館の門で本道の合流点まで押し戻されている。まるでフォレスト家の地所をがぶりとかじったようだ。その敷地は館とウエストロッジのあいだにすっぽりはまり、土地がせり上がっているために視線を遮り、並んだ煙突と木々のてっぺんしか見えない。

私は絶景ポイントを離れ、慌てることなく、小道を下っていった。塀から右手にかけてフォレストの森がそそり立ち、トネリコのレース編みのような大枝を除いて、大木は目いっぱい枝を伸ばしている。塀の下部にある排水溝はシャクという草に縁取られている。塀の修理は行き届いていない。修理中の穴にクロウタドリの巣が詰め込まれていて、そこに石の隙間から突き出しているセンノウやホソバウンランが絡んでいた。

館の入口で、小道は袋小路といった感じで終わり、三本の通路に接している。左手は真新しいオークの門が、森林委員会の樅《もみ》の植林地と、ウエストロッジに続く道路を守る。右手には、館の門柱が並んでいる。

前方はがっしりした、横木が五本はまった門で、白く塗られ、てっぺんの木にはおなじみの**ホワイトスカー**の字がでかでかと書かれている。その向こうで、小道が緩やかに上がって徐々に牧草地を高くして、その畝の陰に消えた。ここからは〈ホワイトスカー〉の煙突のてっぺんだって見えない。見えるのは、緑の牧草地の陽当たりがよい平坦な場所と、青い影で輪郭がくっきりとした空積み（継ぎ目に接合剤を使わない積み方）の石垣と、どこかの丘の先の窪地と、高い木々のてっぺんくらいだ。

だが、右手の通路は別世界に至る入口だったのかもしれない。

館の堂々たる門が巨大な門柱のあいだに掛かっているはずが、隙間が私車道へとひらけているだけだ。私車道は草木に覆われ苔むして、もはや車輪で二本の跡が着くことはないが、オオバコやミヤマコウゾリナの花盤《かばん》が一面に生い茂り、はびこる雑草が描く輪がいくつも重なり合っている。小石をひとつかみ川に投げると水面に広がる波紋を思い出す。道の端には背の高い雑草が伸びてきた。ヤブジラミとセンノウと勿忘草《わすれなぐさ》がぼうぼう生え、揃って泡立っている。その上に並んだシャクナゲは、斜めに広がった葉の上に咲いた花が淡い色の左右対称のランプに見える。見上げると、大樹が鬱蒼と茂っている。

かつてそこにはロッジがあり、門の脇の木立の奥に隠れていた。じめじめした陰気なすみかだったに違いない。屋根はおおかた崩れ落ち、外壁はなかばイラクサに覆われている。折れた大枝から組み合わせ煙突が骨のように突き出ている。この小さな庭で生き延びたのは、ルバーブの植え込みと大きく割れた窓から伸び広がるブラッシュランブラーという蔓薔薇だけだった。

ここには来訪者を案内する**フォレスト**の表示はない。伝承に詳しい者は門柱を見ればわかる。てっぺんで当家の紋章に使われている獣が、後ろ足で立ち上がり、盾を抱えていて、苔に覆われた彫刻はクッションの役目をしている。門柱の両側に高い塀が続き、以前は境界をなしていた。塀はそこかしこでひび割れて崩れかけているうえ、てっぺんの笠石も外れているが、それでも障壁だった。ロッジ側の門柱からさほど離れていない一カ所は別として。そこにはオークの巨木が立っている。もともと塀の内側に生えていたが、年とともに枝葉を広げ、石積みにじりじりと詰め寄った。とうとう太い枝が曲がって塀を壊した場所には、倒れた雑草だらけの石が山になっているだけだ。しかし、オークの力はその破滅を招きそうだ。なぜなら塀は蔦に覆われていたからだ。蔦は木へ伸びて、幹を這い登り、包み込んだ。ついには幹が暗く艶やかな葉の塔となり、上のほうの枝だけが木を絞め殺すカーテンを押し分け、初夏につけた金色の若葉を突き出している。このオークはいずれ蔦に殺されてしまうだろう。すでに、蔦の茎が作る網目模様を通して、オークの大枝の一部が枯れているのがわかる。下のほうの枝も一本、とっくの昔に折れていて、木が朽ちて大きく口をあけたところに隙間ができている。梟《ふくろう》が巣を作れそうなほど深い穴だ。

オークの木をしばらく見上げてから、木立の陰から〈ホワイトスカー〉へと続く陽当たりのいい小道を歩いていった。

どこかでモリバトが喉を鳴らし、モリムシクイも長らく声を震わせて歌っていたと思うと、しいんとした。知らず知らず通路を進んで、さらに私車道を一、二ヤード歩いて森に入っていた。木陰で立ち止まり、広々とした野原とくぼんだ谷、陽射しに輝く白く塗られた門を眺めた。すると、短距離走のスタートに着くときのように緊張した。口の中はからからで、喉の筋肉がこわばっている。

何度か唾を飲み、深呼吸をすると、だんだん気持ちが落ち着いてきて、今ではよく唱えるおまじないを繰り返した。何かうまくいかない理由でもあるっていうの？　私はアナベル。我が家に帰ってきたところ。ほかの誰かであったためしはない。不安なことは忘れてしまわなくては。メアリー・グレイは二度と姿を見せなくていい。ただし、コンとリサの前では別だ。同時に、メアリーのことは忘れよう。頭の中からも追い出すのだ。私はアナベル・ウィンズロウ、我が家に帰ってきた。

私は崩れかけた門柱のあいだを足早に通り過ぎ、白い門を押しあけた。

門はきしみもしなかった。油をたっぷり差された艶やかな蝶番《ちょうつがい》で静かにひらき、小さな心地よい音を立てて背後に回った。〝カネ〟と聞こえた。

まあ、カネが私をここに連れてきたのよね。

私はフォレストの森の木陰を小走りに出ると、陽当たりのいい小道を上って〈ホワイトスカー〉に向かった。


明るい午後の静けさの中で、牧場のきちんと漆喰が塗られた建物は清潔に見え、まるでおもちゃのようだ。坂道のてっぺんから建物の配置がすべて見渡せる。リサ・ダーモットが丁寧に描いて、私が頭の中で何度となく歩いた見取り図にそっくりだ。

母屋は細長い二階建てで、昔の厚い壁に今風の大きな窓が作られている。ほかの建物とは違い、漆喰仕上げではなく砂岩造りで、年月とともに緑がかった金色を帯びてきた。屋根の苔は、こんなに遠くからでも、淡い青のスレートに沿って並んだ銅の聖体皿に見える。

母屋は庭の一片――芝生と花壇とライラックの木――に向かい、外壁の下側は川に接している。庭からは、白い小門が木道をのぞかせる。川はここではかなり広く、木に覆われた低い崖の下を流れている。ずっと向こうの水際はまだきらめいていて、淵になっているとわかる。水面《みなも》には橋と、木々と、絡んで重なったニワトコとスイカズラが映り、フランドル派の画家が使うパレットほど豊かに濃淡の色合いが重なっている。

母屋と庭に近いほうに牧場がある。ここからでも中庭が見える。コンクリートがきれいに仕上がっていて、ドアや門はペンキを塗り立てだとよくわかる。門は牛小屋と厩舎と納屋に囲まれていて、赤い屋根のある大きな納屋は去年積み上げた干し草の残りとヨーロッパアカマツの黒っぽいこぶのそばで目につきやすい。

私は目の前に広がった光景にうっとりしていた。三十ヤードほど先から近づいてくる男性に気づかず、彼の釘を打ったブーツが家畜脱出防止用の格子柵に当たってカチンと鳴り、ぎょっとした。

それは粗末な野良着を着た、がっしりした中年男性だった。好奇心をあらわにして、こちらをじろじろ見ながら近づいてきた。私に考える暇を与えない、と思わせるほどのスピードでぐんぐん距離を詰めてくる。

ほんの一瞬考える時間があるにはあった。私はウィンズロウ家の地所に乗り込んだだけで墓穴を掘るのだろうか。かといって、今更逃げ出すわけにはいかない。すると、私の手から問題が奪われたような感覚で、男性の赤ら顔がぱっとほころび、訛りの強い声が言った。「いやはや、アナベルお嬢さんじゃないですか！」

赤ら顔。青い目。肘までむき出しにした太い腕。雄牛に付けられた疵が目印になっている。この人はベイツだ。〈ホワイトスカー〉の牛飼い頭。〝ベイツのことは一目でわかるさ〟とコンが言っていた。それでも、私から名前を呼ばなかった。ここ三週間で得た教訓がまだ頭の中で蜜蜂の群れの羽音のようにうなりをあげている。**焦っちゃだめ。慎重に振る舞うの。あまり自信を持たないほうが……。**

ここは最初の関門だ。**なるべく本当のことを話す。**私はそのとおりにした。心の底から嬉しそうに。

「私がわかったのね！　ああ、よかった！　おかげで、いよいよ我が家に帰ってきたような気がするわ！」

両手を差し出すと、ベイツはそれを握った。私から手を差し出されるのはごく普通のことだと言わんばかり。ぐっとつかまれて、私は地面から浮き上がりそうになった。彼のお供をしている鉛色のコリーが私たちの周りを走り、鼻面を上げて、人をどきまぎさせる態度で私のふくらはぎをクンクン嗅いだ。

「あんたがわかった?」ベイツの声は喜びでしゃがれている。「そらもう、さっきあすこの坂を越えてきたときに。ミス・ダーモットに教えてもらわなくっても、原っぱのずっと向こうからでもあんただとわかったでしょうよ、お嬢さん! みんな、小躍りしてお帰りを喜んでます。嘘じゃありませんよ」

「帰ってこられて嬉しいわ。調子はどう? 元気そうね。ちっとも年を取ったように見えないけれど! とにかく、八つ年を取ったとは思えないわ!」

「おかげさんで元気潑剌でして。女房のやつも。俺がベッツィーと一緒になったのは知ってますか? 聞いてますよね? ああ《アイ》……。実は、お嬢さんが久しぶりに帰ってくるんで、女房はけさからずっと菓子を焼いて、台所をしっちゃかめっちゃかにしてますよ。ミス・ダーモットとふたりしてね。お茶の時間にゃティーケーキとシンギングヒニー（鉄板で焼いたレーズン入りケーキ）が出るでしょうな」

「シンギングヒニー?」

「いや《ネイ》、忘れたとは言わんで下さいよ。言われたって信じません。子供《ベアン》の時分にゃ、毎日あれをせがんでたもんです」

「いいえ、忘れたりしていないわ。ただその——久しぶりに名前を聞いて。いかにも、いかにも我が家に戻った気分」私はゴクリと唾を飲んだ。「覚えていてくれるなんて、ベッツィーは優しいのね。早く会いたいわ。ところでベイツさん、おじいさまはお元気?」

「そりゃもう、あの年にしちゃ、かくしゃくたるもんで。ただし、いつもカラカラ天気のときゃ快調なんです。じめじめしてると、背中が痛むんですよ。例の関節炎です。知ってるでしょう？　ろくすっぽ出歩けないこともありました。それが今度は、また別の病気にもかかったそうで。まあ、お嬢さんはそっちの話も聞いてるでしょうね？　ミス・ダーモットが言うにゃ、きのうお嬢さんから電話があって、おじいさんにそれとなく伝えてほしいと頼まれたとか。変わったことは教えてもらいましたかね？」

「ええ。ただ――どうしたらいいかわからなくて。手紙を書こうとしたけれど、やっぱり、コンに電話をしたほうが手っ取り早いと思い直して。そうしたら、ミス・ダーモットが出たの。みんなは外に出ていたのね。それで、その――ふたりで話し込んだのよ。彼女はこちらの様子を教えてくれて、私の帰国をコンの口からおじいさまに伝えさせると言ったの。おじいさまが脳卒中を起こしたのを知らなかったから、いきなり手紙をよこさなくてよかった。それはともかく、ここにずかずか入り込んで、みんなにショックを与える気にはなれなかったの」

ベイツの声はしゃがれている。「そういうショックで死ぬ人間はめったにいませんよ、アナベルお嬢さん」

「そう……言ってもらえると助かるわ。それでね、ミス・ダーモットがいろいろと教えてくれて……おじいさまがまずまず元気にしていて安心したわ」

「はい《アイ》、旦那様はお元気です」彼は皺の寄ったまぶたをさっと伏せた。「ただ、面変《おもが》わりしたと思うでしょうが」

「それはそうでしょうね。久しぶりに会うんですもの」

「そうですとも。ここを飛び出すなんざ、見下げ果てた所業ですよ、アナベルお嬢さん」

「わかっているわ」私は言った。「あまり責めないでちょうだい」

「俺にゃお嬢さんを責められません。いきさつは全然知りませんけど、お嬢さんと旦那様の仲がこじれたのはわかってます」ベイツは優しい笑みを浮かべた。「旦那様のお人柄は誰より知ってます。この三十年お仕えしてきたんですから。俺はいつでも、何があろうと旦那様に気を配るから、旦那様とはうまが合う。だけど、お嬢さんは親父さんみたいにじいっと黙り込んでる。ウィンズロウ一族はみんなそうだ。あんときお嬢さんがもちっと大人だったら、旦那様は口で厳しく言うほど怖いお人じゃないってわかったでしょうに、ほんの小娘だったし、いろいろ問題を抱えてたわけですな」

わずかに、息詰まるような間があいた。「いろいろ――問題を？」

ベイツはちょっと気まずそうな顔をして、杖で地面を突き刺した。「そいつは言いっこなしだったかもしれませんね。俺はただ、お嬢さんとコンさんがしっくりいってなかったのはみんなが知ってたと言っただけで。十九歳じゃ、ああいうことを深刻に受け止めるもんでしょうな」

私はほほえんだ。「たぶんね。とにかく、もう過ぎたことよ。忘れましょう。コンとおじいさまのことも責めないでね。私は若くて愚かだった。しばらくひとりで解放されたいと思ったんじゃないかしら。〈ホワイトスカー〉であれ――なんであれ、縛られたくなかった。あのときはまだ覚悟ができていなかった。だから、いざとなると、あとさき考えずに出て行ったの。十九歳の子は理路整然と考えないものよ。でも、こうして帰ってきたんだから、よそにいたことはなるべく忘れようとするつもり」

私はベイツから目を背けて、牧場のほうを見た。干し草置き場で白い雌鶏が羽を逆立て、屋根に鳩が何羽も止まっている。煙突の煙が澄んだ空気にまっすぐ立ち上っている。「ちっとも変わらないわ。

むしろ、前よりきれいになったみたい。それとも、これが〝遠ざかるほど思いが募る〟っていうもの？」

「いいや、ここがきちんと手入れをされないことはありませんや。どこもかしこも、旦那《ネイ》様の頃とほとんど変わらずに」

私はベイツをまじまじと見た。「おじいさまの頃って——昔のことみたいな言い方するのね」

ベイツはまたしても杖で地面を突いている。「そりゃま、昔だからでしょう」

「どういう意味？」

無愛想な目つきが再びさっと上を向いた。「今にわかります、アナベルお嬢さん。わかるに決まってますよ。時代は変わるんです」

突っ込んだ質問はしなかった。すると、ベイツがにわかに話題を変えた。私の背後を顎で示した。私が歩いてきたほう、そびえ立つ森がフォレスト館の敷地を取り囲むほうを。「さあ、あれが一番変わったとこですよ。しかも悪いほうにばかり。フォレスト家の近況を聞いてますか？」

「ええ」私は蔦で覆われたオークの木のてっぺんに視線を戻した。周囲の建物から一段と高くそびえている。蔦の葉が黒光りしているので、オークは森の若葉を背景に崩れかけた塔に見える。「ええ、ミス・ダーモットから聞いているわ。四年前の話、でしょう？　古いロッジがますますあばら屋になった気がするわ。あそこに誰かが住んでいた覚えはないけれど、私車道だけは使えそうだし、門もあけられたし」

「あすこは解体しましたよ。あの火事のあとで。ああ、俺《アイ》たちゃ館がないと落ち着きませんや。もっとも、きれいさっぱり片付いたわけじゃないんで。あっちじゃ、ウエストロッジの向こうの廐舎の隅で鶏を飼ってて、昔の菜園は活気が出てきましたよ。フォレストさんがじきじきに手がけてるんです。ジョニー・ラッドと――ジョニーは覚えてますか？　やつは今も向こうで働いてます。廏舎にゃ馬は一頭っきゃいないんですがね。フォレストさんは飼育場を処分しても、その一頭を手元に残したんです。そいつは昔っからいた〝マウンテン〟の一頭でね、フォレストさんも手放すに忍びなかったんでしょうが、今度こそ売るっきゃないでしょうなあ。やつは暴れるようになったわ、餌をドカ食いするわ、おまけに誰も近づけさせないときた」ベイツは私を見てにっこりした。「お帰りになったことだし、お嬢さんがやつを手なずけて下さいよ」

「私が？　とんでも――だから、もう無理よ。あの頃とは違うんですもの、ベイツさん」

「そりゃどうして？」

リサとふたりででっちあげた話がぺらぺらと口をついて出た。「実はアメリカで落馬して、背中を痛めたの。重傷ではなかったけれど、もう二度と馬に乗らないわ」

「そりゃもったいない！　お嬢さんが帰ってきなすったと聞いたら、ジョニーは有頂天になるでしょうに。ここんとこ忙しくて、馬にかまってやれないんです。毎年この時期は。このままじゃ仔馬もだめになっちまう。コンさんがたまには手を貸してましたけど、どうも仔馬があの人を毛嫌いしてるみたいで。近寄らせないんですよ。〈ホワイトスカー〉にゃ、馬に乗れる人間はほかにいませんから」

「とにかく、私は腕が鈍ってしまったわ」

「いやはや」ベイツは嘆息した。「さっき言ったとおりですね。時代は変わる。残念ですよ。この道を歩くたびに、ここは昔のまんまだと考えるんです。痛ましいもんですよ。由緒あるお屋敷が崩れて、ご一家はいなくなったのに、それが現実だとはね」

「そうね」蔦に覆われたオークの向こうの、木立のてっぺんが作る日光の透かし模様の陰に煙突が一本見える。角が取れた石に温かい陽射しが当たっている。大枝の合間に瓦屋根が覗いた。ひと筋の雲がゆっくりとたなびいて、かまどから立ち上る煙のように見えた。やがて雲は流れ、屋根が壊れているとわかった。

隣にいるベイツが藪から棒に「お嬢さんも変わりましたねえ」と言い出し、私はぎくっとした。

「さっきは早とちりで、さほど変わっちゃいないと思ったが、やっとわかりましたよ」

「何がわかったの？」

「さてね。大人になっただけじゃない。あんたは前とは別人だ、アナベルお嬢さん。気を悪くしないで下さいよ」親切な青い目が私をとくと眺めた。「向こうじゃ、さぞ苦労なすったんでしょう？」

ベイツの口ぶりでは、大西洋は黄泉の国の川《ステイクス》で、その彼方の地は外の暗闇（新約聖書、マタイによる福音書より。神の王国から追放された者が行く場所）だと言わんばかりだ。私は頬を緩めた。「まあね」

「ご結婚はしなかったんで？」

「ええ。自活するだけで精いっぱいだったの」

「なるほど。そりゃそうだ。ずっとここにいりゃあよかったんですよ、お嬢さん。自分の家じゃないですか」

私はコンのことを考えた。スキャンダルと、フォレストの森にひっそりとたたずむ、崩れかかった廃墟のことも。「そう思う？」私は乾いた笑い声をあげた。「まあ、とにかく帰ってきたわ。こうして我が家に帰ってきたからには、しっかり根を下ろすだけの分別があるといいわね」

「ありますとも」ベイツの言葉は重々しくて、口先だけのお世辞ではなかった。彼は私をしっかりと見据えている。赤ら顔に目だけはすさまじいほどだ。「じゃ、お引き留めしちゃなんですし。母屋のみなさんがお待ちかねでしょう。ともかく、ここにいて下さいよ、アナベルお嬢さん、おじい様のおそばにいて――二度と俺たちを見捨てんで下さい」

ベイツはふと頷き、口笛を吹いてコリーを呼ぶと、私の脇をずんずん通り過ぎ、ふり向きもしなかった。

私は〈ホワイトスカー〉に向かって坂を下った。

納屋の端が飼育場の門のなかばまで斜めに影を投げかけている。あと二十歩で着くというあたりでようやく、男が門にもたれているとわかった。身じろぎもせず、私が近づくのを見守っている。あれはコンだ。

さっきのベイツが最初の障害物だったとすれば、今度は水濠といったところ。でも、リサは自信たっぷりにコンは〝なんとも思わない〟と言っていた……。

どうやら、なんとも思わないらしい。おなじみのけだるく優雅な物腰で背筋を伸ばし、気まずさの名残すらない晴れやかな笑顔を見せた。そして、門の掛け金に手をかけた。

「やあ、アナベル」コンは招き入れるようなしぐさでさっと門をあけた。「お帰り！」

私はおずおずと返事をした。「ただいま」あまりきょろきょろしないで、近くに人がいないか確かめようとした。飼育場は人気《ひとけ》がないようだが、誰かに話を聞かれては困る。我ながら救いようのないばかだと思いつつ、私はこう言った。「その――帰ってこられて嬉しいわ」

「意外と早かったな。車で迎えに行くつもりだったんだ。荷物はどこだい？」

「石切り場に置いてきたの。あとで誰かに持ってきてもらえるかしら」

「俺が行く。なあ、ニューカッスルまで迎えに行かせてくれりゃよかったのに」

「だめよ。だ、だって、ひとりで来たかったの。でも、お気持ちだけいただくわね」女学生ではあるまいし、もごもごと口ごもる自分に腹が立つ。私は自分に言い聞かせた。誰かがこの場をたまたま見ていても、ぎくしゃくした、不自然なやりとりだと思うだけだ。そう思われても不思議はない。私は苦い気持ちを噛み締めた。いまいましいリサ。私がおおっぴらにコンと挨拶するはめになる前に、あらかじめ教えてくれたらよかったのに。そうすれば私はこの場を切り抜けて、コンと仕事の段取りをつけられた。


相変わらずコンと目を合わせることができずにいた。彼が門を閉めたのに、私は門のそばに立ったまま、取り乱して荷物の話を続けていた。「そうそう、大事な荷物はリヴァプールにあるし。それは取り寄せ――」

「そうだったね」コンの声に笑いがにじんで、私はふと目を上げた。コンは傍若無人にも愉快そうな顔をしている。私に話を続ける隙を与えず、両手を差し出し、私の手を包み込むと、こちらを見下ろしてにっこりした。声は温かく、感極まっていると言ってもよかった。「最高だよ……。今になって、またここで君に会えるとは。まさか……」コンはしばし感情を持て余していたと見え、低い声で付け加えた。「こいつは心がざわつく一コマじゃないか」〝そんなことわかってる〟私は声に出さなかったものの、目に浮かんだ気持ちをあっさり読み取られた。コンは目をきらきら輝かせている。あのことさらにまぶしい笑顔を向けて、私を抱き寄せてキスをした。私がはっとして、思わず抵抗したことがわかったのか、彼はすぐに腕を緩めて、早口でささやくように言った。「こっちを向いてる窓があるんだよ、メアリー。それにさ、こういう場合、俺は彼女にキスしたんじゃないかな？　そりゃ、あくまでも又従兄らしく愛情をこめてね」

コンは私の手を握ったままだ。私も負けじと優しく、口をきっと結んで言った。「大好きな又従兄のコナー、彼女はあなたの顔を引っぱたきたいと思わないかしらね？　あくまでも又従妹らしく愛情をこめてよ」

コンが体を震わせて笑ったのがわかり、私は手を引っ込めた。「じゃあ、誰かがこっちを見てるわけ？　話も聞こえるの？」

「それはない」

「よかった、だったら――！」

「しーっ。大声出すなよ。ひょっとしたらひょっとするぜ」コンは母屋に背中を向けて、私を見下ろしていた。「本気で俺に向かっ腹を立ててんのかい？」

「当然でしょ！」

「ま、無理もないか。リサの話じゃ、君は今回の申し出に納得したらしいな。とても俺の口からは言えなかったね。俺が臆病だとは思えないだろ？」

「不思議なことに、思えないわね。どうしてこう、押しの強い人は揃いも揃って、実は気が弱いんだと言い張るのかしら」私はコンをしげしげと眺めた。「ええ。リサが言ったとおりだった。彼女、しきりに言ってたわ。あなたはなんとも思わない、って」

明かりのスイッチが切られたようにコンの顔から笑いが消えた。「なんで俺が？　女の子の恋人だって言われてさ、うじうじ気に病む男がどこにいる？」

一羽の鳩が傍らにバサバサと飛び下り、首をそらして誇らしげに歩いた。羽が虹色に変わり、きらりと光る様子は、川のせせらぎに魔女の油をこぼしたようだ。

「そう言われたら、何も言えなくなるわ」ややあって私は口をひらいた。

コンの顔が再びぱっと明るくなった。「そんなことないよ。いや、ほんとだな。俺はみっともない真似をしたけど、この雰囲気のせいで我を忘れちまったんだ。勘弁してくれ」

「もういいわよ」

その瞬間、どうやら私たちは水濠を越え、軽やかに最終ストレッチへ入っていったようだ。私はほっと一息ついて、門に寄りかかった。私たちはある程度理解し合って、笑みを交わす。傍から見れば、この光景はふたりにふさわしいだろう。母屋からでも、私の頬が赤く染まったのがよく見えたはずだ。目の前に立っていたコンの態度は遠慮がちで、慎ましいとさえ言ってもよかった。そう、彼の目を覗き込まなければ。

コンが藪から棒に言い出した。「君はそんなに嫌なのか？」

「別れ際にあなたから頼まれた元恋人の役が？　いいえ、別に。あなたとの関係はおじいさましか知らないんですもの。私が嫌がるかどうかは、ひとえにあなた次第になるわね」

「と言うと？」

「あなたの足元にひれ伏しても元の鞘に収まる覚悟で帰ってきた、みたいな。私はこういうシナリオを演じるつもりはさらさらないってことよ、コン・ウィンズロウ」

コンはにやりとした。「だろうな。そいつは虫がよすぎる頼みっていうもんだ」

「さっきキスする前に考えてほしかったわ」私は門にもたれて、そっけなく言った。「ほんとにこんな結婚式を挙げたい？　教会の祭壇の前ではあなたが私を待ってて、通路の端にはショットガンを持ったおじいさまが立ってるの」

コンは唖然として黙り込んだ。我ながら大したものだわ、と私は思った。まんざらでもない。あの絶大な自信を揺るがしてやった。「そう、あなたとリサがそれを考えなかったとしたら驚きね。おじいさまは仲直りには遅すぎることはないという主義かもしれないし。それに、私も今回はあなたを受け入れるかもしれない」

再び沈黙が流れた。長い二拍分。

「おい、この小悪魔《アカシュラ》！」このやりとりで、コンが正真正銘の感情をむき出しにしたのは初めてだった。「誰がそんなことを――？」彼はふと話をやめ、大きな唇がカーブを描いた。「じゃ、やれるもんならやってみろ。実際、結婚式は俺たちの企みにぴったりの完璧なフィナーレだろうな。自分で思いつかなかったのは不思議なくらいだ。やれやれ、祭壇の前で君と並ぶはめになるよりも悲惨な事態が思い浮かぶよ！」コンは私の顔つきを見て笑い出した。「ほら見ろ。俺にはったりをかますんじゃないよ、かわいい人。さもないと、逆にかまされるかもしれないぜ」

「じゃあ、私にふざけた真似をしないでちょうだい、コン。さもないと、痛い目を見るわよ。ショットガンがあろうとなかろうと、私はいつでもあなたに喧嘩をふっかけられるんですからね。今回は、おじいさまは私じゃなくてあなたを追い出すかもしれないわ」

「まあいい」コンはぬけぬけと言った。「はったり合戦をしてたわけだが、これでおしまいだ」コンの長いまつげの下で目がきらきらしている。勝負《ゲーム》の形勢がどうなろうと、コンは心ゆくまで楽しむのだ。八年前の悲劇は、その勝負で使う持ち駒に過ぎない。当時はひどく傷ついたとしても、とっくに立ち直っているはず。「君のやり方に任せよう」コンは言った。「これからは言動に気をつける。嘘じゃない。さっきは悪気じゃなかったんだ」

「勝負するには私に任せるしかないの」

「ああ、そうみたいだな。とにかく、例の話はすまなかった。リサも俺も、さっさとこの一件を打ち明けときゃよかったが、ありのままを伝える気にはなれなくてさ。即座に手を引かれたって、責められないからね。ま、君はそんな子じゃないって思ったけど。見込んだとおりだった。事情を聞いた上で来てくれた」

「ええ、このとおり参上しました」

コンは相変わらず母屋の窓に背を向けていて、それが結果的に幸いした。顔はいつものように表情豊かで、素朴な興奮に輝いていた。「どんな言葉――それも君が決めりゃいい――を使おうと、すばらしい協力関係になりそうだな、メアリー・グレイ！　君はあっぱれな女だ！　なあ、俺たちは似た者同士だぜ」

私は軽くあしらうように言った。「まあ嬉しい。お褒めにあずかって」

コンは私の嫌みを聞き流したのか、気づかなかったのだろうか。「文句なしの協力関係だ！　さっきも言ったが、君が指図するんだぞ。いざとなったら、そうするっきゃない。女のことは俺よりもよく知ってるはずだからな。その――なんだ、こんなふうに帰ってきた女はどんな出方をするのかを。俺は臨機応変、君に調子を合わせる。ただし、ふたりで一緒に演じなきゃだめだ。こいつは二重奏《デュエット》で、決闘《デュエル》じゃない。君と俺がピアノを弾くデュエットで、リサは譜めくりだよ」

私はふと考えた。リサはこんなに適当に与えられた役割をどう思うだろう。「よくわかったわ。それじゃまず、キスは、又従兄らしくてもらしくなくても、とにかく禁止。『ハンニバル伯爵』（一九二二年に出版されたスタンリー・J・ウェイマンの歴史小説。主人公の妻は望まぬ結婚をする）を読んだことない？」

「あるともさ。どうせ、あの伯爵のせりふを思い出してんだろ。〝私にキスされたいのか、それともぶたれたいのかね、マダム？〟」

「そうそう。そして奥方はこう答える。〝ぶたれたほうが千倍ましです！〟まあ、そういうことよ、ムシュー」

「ああ、いいだろう。だけど、あの続きを覚えてるんなら――」

「伯爵は妻の頬をひっぱたいた。ええ、言われたとおりにね。でも、ちょっとやり過ぎだと思わない？　私たちの場合、波風を立てずに又従兄妹同士らしくしていれば――」

「君は今回のことを楽しんでるんだろ？」

「えっ？」唐突に尋ねられ、はっとして笑えなくなった。ぽかんとコンを見つめていたに違いない。

「楽しんでる？」

「ああ。楽しんでないふりはするなよ。俺に負けないくらいわくわくしてるくせに」

「それは――それはどうかしら。確かに、ちょっと神経が高ぶってる。誰だってそうなるでしょ。私だって人間よ」コンの手がぐっと上がって、門の一番上の格子に載せた私の手首を包み込んだ。「はいはい、脈が速いわね。そっちの脈も速いんじゃない？」私は握られた手を引っ込めた。「さあ、たっぷり話し合ったわ。おじいさまはいつ頃現れるの？」

「まだ君が来るとは思ってない。大丈夫だよ。リサの話じゃ、二階の部屋で待ってて、そこで君に会うそうだ。疲れが取れたらね。じゃ、おじいさんに会う前に牧場を案内しようか」

「とんでもない。先に地所を見て回るなんて。まずは人に会って、それから地所を見るものよ。早く私を母屋に連れて行って、リサに紹介したほうが身のためよ。あと、家政婦のベイツ夫人にも会うわ」

「落ち着いてるんだね?」

「もちろん。何はともあれ、最初の障害物をクリアしたんだもの」

「俺は障害物かよ?」

私は笑った。「あなた? あなたはもっと難しい水濠。障害物はベイツのことよ。本道から来る途中で、ばったり出くわしたの」

「しまった、うっかりしてた。ベイツが歩いてくのを見かけたけど、まさか君がこんなに早く来るとは思わなくてさ。で、やつをうまくやり過ごしたんだろ? お見事。ほらね、この先もトントン拍子に運ぶから……。ところで、やつの名前を呼んだのか?」

「いいえ。向こうが奥さんの話を出すまでは呼ばなかった。ベイツに間違いないと思ったし、腕の疵が決め手になったけど、用心するに越したことないから」

「どこで会った?」

「ハイリッグズを越えてるとき」

コンが目を丸くして、くすっと笑った。私は言った。「ねえコン、まだ修行が足りないわね。いちいちぎょっとした顔しちゃだめ。少しはリサを信用して。私がどれがハイリッグズかわかっても、差し支えないでしょう。あの坂はずっと昔から、ハイリッグズと呼ばれてるのよね」

コンは長々と息を吸った。「もっともだ。だんだんわかってきたよ。ただ、その、なおさら面食らうんだよな。こうして君がここで……この場にいるのを見るとさ」

「家に入りましょう」

「ああ。リサは台所にいるはずだ。ベイツのかみさんも一緒に」

「ここにいても、お菓子が焼ける匂いがするわ。ね、私にシンギングヒニーを作ってくれたと思う？」

私はごく自然にしゃべりながら、歩き出そうとしていたが、コンの顔にショックの色がありありと表れたのを見て、ふっと口をつぐんだ。彼は初めて会った人間を見るように、じっとこちらを見つめている。

コンの口がひらき、舌が出て唇を湿した。「君はまさか――いやいや――どうして――」

コンは黙り込んだ。ショックで凍りついた仮面の陰に、初めて会ったときに彼の顔に見えたものが垣間見えたような気がした。

私は両の眉を吊り上げた。「あらあらコン、この期に及んであなたに怪しまれたのなら、私も大したものよね！」

コンの緊張はみるみるほぐれた。まるで透明人間たちがほぐしたようだ。「ただその、すごく自然に聞こえたからさ。いかにもあいつが言いそうな……。おまけに、君はそこに立ってる。飼育場の門のそばに。まるで、ついきのうのことみたいだ」コンは一息ついた。しばらく息を吸っていなかったように見える。それから勢いよく首を振った。川から上がってくる犬みたいだ。「ごめん、俺もばかだな。ほんとだ、まだ修行が足りないらしい。だけど、いったいどうして、つまらない菓子のことがわかった？　リサは知らないはずだし、ベイツのかみさんは九分九厘、今までリサに話してやしない。

こうしてる間にも話したとしてもね」

「ええ、話したわ。ベイツに聞いたけど、ベッツィーは私のためにシンギングヒニーを焼くそうだから。ベイツには危うく尻尾をつかまれそうになったの。それにしても、シンギングヒニーってなんなのよ？」

「うん、とびきりのパンケーキだ」コンが笑うと、声はたちまち意気揚々と響き、かすかに安堵感も漂った。「じゃあ、君はその名前を十分前に覚えたばかりのくせに、生まれたときから知ってるみたいな顔で口に出したのか！　あっぱれだよ！　すばらしい協力関係だと、そう言ったろ？　参ったな、メアリー・グレイ——この名前で呼ぶのもこれが最後だ——君は俺にぴったりの女だよ！　金の卵だ。あの城壁で、君に目を留めたとたんにそれがわかったわけさ。約束を反故《ほご》にして君をかんかんに怒らせたうえに、ちょっとやり過ぎに見えたとしても、また君にキスせずにいられないね！　いやなに、心配ないよ。そんな目で見るなって。行儀よくすると言った以上、約束は守る」

「それはけっこう。さあ、ここでとんだ長居をしてしまったわ。家に入りましょう」

「いいとも……アナベル！　来いよ。まっすぐ次のフェンスに行け。お次は〝ビーチャーの川（英国の障害競馬グランドナショナルでの難所のひとつ）〟ってとこだろ？」コンの手が私の脇にするりと入った。触れ合うのは、コン・ウィンズロウにとって息をするくらい自然なことらしい。「いや、そっちじゃない。牧場の人間は正面玄関を使わない。覚えといてくれ」

「ごめんなさい」私はがらんとした飼育場をさっと見回して、人気《ひとけ》のない窓辺を見上げた。「誰にも見られなかったわ」

「ちっとも怖くないのか？」

「ええ。ぴりぴりしてるけど、怖くはない」

コンの手が私の腕をぎゅっと握った。「よくぞ言った《ザッツ・マイ・ガール》」

握られた腕をふりほどいた。「私はあなたの女じゃない。覚えといて」

コンはなおもあのいたずらっぽく光る目で、考え込むように、愛想よく私を見下ろしていたが、もはや愉快なことを面白がっているのではないという感じがした。彼は言った。「なあ、君が知ってさえいれば……」

「あのね」私は口を挟む。「あなたの言うように、私が知ってさえいれば、そもそもここに来てなかった。だから、あれはきれいさっぱり忘れることにしたのよね。おじいさまの前であなたと顔を合わせるだけで気まずくなる。ふたりきりになったら、あなたが気晴らしに私をからかわないようではね」

「俺はただ――」

「あなたが言ったことはわかってる。私はね、これからは例の話はしないと言ってるの。もし私が本物のアナベルだったら、昔の話を言い聞かせたい？　わざわざ……そんな真似を？　ついでに言えば、私におじいさまの前であの話を蒸し返してほしい？」

あるかなきかの間があいた。

「やれやれ」コンは笑い出した。「わかったよ、アナベル。キスされるよりぶたれたほうが千倍もまし、だろ。じゃ、ライオンの巣穴に入ろうぜ」

第六章

彼女はアイリッシュシチューを作れるし、
そうさ、シンギングヒニーだって……。
イングランド北部の民謡「ビリー・ボーイ」

コンに案内されて板石敷きの通路を通り、台所に入ると、ちょうどリサが焼き上がったパンをオーブンから出していた。室内においしそうな匂いが立ち込めた。

台所は広くて居心地のいい部屋で、天井が高く、新品のクリーム色の大型レンジを備え、縦長の窓は鉢植えのゼラニウムと六月のそよ風に揺れるインド更紗のカーテンで華やいでいる。赤いタイル張りの床には明るい色のラグが敷かれている。北欧の台所をすてきに見せるかぎ針編みのラグだ。レンジの前には古めかしい磨かれた鋼の囲いが置かれ、その中の、フランネルをかぶせた籠から、ひよこがピヨピヨ鳴く声がする。ロッキングチェアで寝ている黒白の猫は、かすかな鳴き声を気にも留めない。いくつかの小さな頭と体がそそのかすように布を膨らませても、つついても、我関せずといった様子。

私は台所に一歩入ったところで立ち止まった。

そのとき、今回の一件のどんなときにもまして、なりすまし詐欺を働いていることが悔やまれた。きっかけさえあれば、すぐにでも逃げ出していただろう。ニューカッスルでは、わくわくするし納得できるとまで思えた話が、ハイリッグズでは単純な話に、ついさっき飼育場では陰謀めいた話に思えた。それがこの家庭の匂いがする、にぎやかで楽しい部屋では、許しがたい話にしか思えない。ここはもはや、単に私がコンの要求をかなえるためにやってきた家でもなければ、私がプレイしているゲームの駒でもなかった。ここは家庭、ここの家族だった何世代もの人々に育まれた、みずからの命で呼吸している住まいだ。私はカナダでの先行きが見通せない孤独な生活に別れを告げて、ニューカッスルでちまちまとアルバイトしては将来を先送りにするだけだったから、あのみすぼらしい下宿では何もかもがまるきり違って見えたのだ。ところがここ、当の〈ホワイトスカー〉では、二流の陰謀が渦巻く世界は突拍子もなく場違いらしい。こういう場所では物事は単純であるはずだ。単純かつ善良と言うべきか。花模様のカーテン越しに降り注ぐ陽射し、焼きたてのパンの匂い、炉端でひよこが鳴く声。手の込んだ詐欺ではない。このアイルランド人の野心家と、この柔らかい手を握り締めた鈍重な女とともに、みすぼらしい部屋で企んだ、オッペンハイム（英国のミステリー作家、スパイスリラーを得意とした）風の突飛な陰謀。女はオーブンの天板を下ろして、私に挨拶しようと近づいてくる。

姉弟は私のためらいに気づいたらしいが、ほかに目に留める者はいなかった。洗い場に続く半開きのドアから、水が流れる音と陶器が触れ合う音がする。ベイツ夫人が皿を洗っているのだ。さしずめ、機転を利かせて奥に引っ込み、私と〈ホワイトスカー〉の目下の女主人を会わせたのだろう。

夫人に座を外してもらって、かえってよかった気がする。あの鈍重でいつも頼りになるリサが、いざ正念場を迎えてみると、意外にも私たち三人の中で一番そわそわしていた。ふだんは血色の悪い頬に赤みが差している。これはオーブンの熱で火照ったのかもしれなかったが。リサは進み出たものの、言葉に詰まったのか、ちょっと言い淀んだ。

コンは私のそばですらすらとしゃべっている。「ほら来たよ、リサ。予定より早く着いてさ、俺は門のとこで会ったんだ。歓迎してることを伝えようとしてたんだけど、そういうのはリサのほうが上手だろ。見るもの聞くもの、テストされてる感じがするんだって」こう言いながら、コンは例の魅力的な笑顔を私に向けて、兄のように私の腕を軽く叩いた。「アナベル、こちらが俺の異父姉のリサ・ダーモット。牧場のみんなの面倒を見てくれてる。それは知ってるね」

「私たち、一足先に電話で長いこと話したのよ」私は言った。「初めまして、ミス・ダーモット。会えて嬉しいわ。その――帰ってこられてよかった。言うまでもなかったかしら」

リサは私の手を取った。顔はにこにこしているが、目は不安そうで、柔らかい手は震えている。ところがどうして、リサはごく自然に話し出した。「大歓迎よ、ミス・ウィンズロウ。自分の家に帰ったのに、こうして私に出迎えられるなんて変な気分でしょうけど、これまでずっと、私もここを我が家も同然に思ってきたの。だから、みんながあなたの帰りをどんなに喜んでることか。私たち――ほら――昨日話したけど、みんな、あなたは死んだとばかり思ってた。これはおめでたい出来事だってわかるでしょう」

「まあミス・ダーモット、優しいのね」

「よかったら」リサはくだけた口調で話した。「リサと呼んでちょうだい」

「もちろん。ありがとう。それじゃ、あなたも〝ミス・ウィンズロウ〟はやめて下さいね。又従姉妹同士ですもの。それとも半又いとこかしら」私はリサにほほえみかけた。私が話し出したとたん、洗い場で響いていたカチャカチャという音がやんだ。半開きのドアの向こうで耳をそばだてている気配がする。私たちのやりとりは異様なくらいぎこちないのだろうか。今回、私が本当に初めてリサに紹介されたとしたら、これはどこから見ても気まずい状況だったはずだ。それこそ、言葉が出て来なかったかもしれない。

そのまま、自分の耳にはやけに甲高く、早口に、明るく聞こえる声で話し続けた。「何しろ、私はよそ者だから。と言うより、これだけ久しぶりだと、よそ者になった気分。こんなに歓迎してもらっては申し訳ないわ！　当然、ここはあなたの家よ……」私は周囲を見回した。「もう私の家じゃない。そうよ！　ここが今の半分もきれいだった覚えがないわ。すてきな台所にしたのね。新しいカーテン……塗り立てのペンキ……相変わらずの鶏。鶏は昔から家具の一部だったけれど……ああ、あそこに古い紅茶缶が。取っておいてくれたのね！」

リサに言わせれば、炉棚の上の使い古した缶の話を持ち出す場合ではなかったが、その缶はジョージ五世の戴冠式の絵が施されていて、無難なネタとされるだろう。「それに新型のオーブンも！　すごいわ！　いつ入れたの？」

「五年前よ」リサは手短に答えた。高圧的とも言えるほどだ。コンは敬意と思しきものをたたえて見守っているのに、リサは私が洗い場の聞き耳に慌てて飛びついたと思ったのが見て取れた。

私はリサにいたずらっぽい笑顔を向けて、炉端に向かった。「あらまあ、古いロッキングチェアが……やっぱりきしるのね……」私がもう一度椅子をきしらせると、寝ていた猫が細めた緑の目をあけ、こちらに険悪な顔つきを向けると、また目を閉じた。私はほとんど自然に笑い出し、かがみこんで猫を撫でた。「これでも歓迎しているのね。扱いにくいわ、この子は。ティビーはどうしたの？」

「老衰で死んだよ」コンが言った。「君のライラックの木の下に埋めてやった」

「あたしが思いどおりにしてたら、あの猫は長生きせずに中年で死んだでしょうよ」リサはテーブルに戻り、焼きたてのロールパンを天板からかき集めてふるいに載せた。作業に戻って、ほっとしているようだ。リサはコンのことも、私のことも見なかった。「猫たちの居場所はこの母屋にあるの。あの子たちもわかってるのよ」

「ティビーを外猫にしておかなかったの？」

「ティビーはさ」コンが声を弾ませる。「君の猫だったから、神聖にして冒すべからざる存在だった。君の部屋で暮らすことも許されたほどでね。ティビーのことは心配するな。しまいにゃリサまで手なずけて、贅沢三昧の一生を送ったよ」

私は笑みを浮かべ、黒白猫の耳を撫でた。「フラッシュと違って？」

「フラッシュ？」これはリサの声だ。にわかに不安げな響きが聞き取れた。まるで私がアドリブを入れた現場を見咎められたように。

コンはリサを見てにやにやした。「エリザベス・バレット（英国の詩人ロバート・ブラウニングの妻）の犬だよ。エリザベスはある朝早く家出した。アナベルと同じさ。すると、エリザベスの父親は娘が飼ってた子犬を処分させた。仕返しみたいなもんだな」

「ああ……そういうこと」

コンは私を見た。「そうさ、アナベル。フラッシュとはわけが違う。俺たちが真っ先に考えたのは……仕返しじゃなかった」

この言葉は聞き流した。「じゃあ、この子は？」私は訊いた。「どんな権利があって、台所で一番いい椅子を独占しているの？」

「トミーのこと？　そのデブのぐうたら？」リサは見るからに緊張している。この重大事に、よりによって猫の無駄話をするのは我慢の限界に違いない。リサはチュートン人的な徹底主義で、目の前の仕事をどんどん進めたがっている。次のレンガを一、二個積み、そこにモルタルをもう少し厚く塗り、真新しい構造をつなげるのだ。リサはぶっきらぼうに言った。「なんべん追い出したか知れやしないけど、また入ってきちゃうし、今日はどける暇がなかったのよ」

コンはのんびりと言った。「こいつのほうが根性があるからさ、リサ」私と同じく欺瞞のレンガは無駄話の藁で完璧になると考えている。「うーん。悪くない。今日のパンは食えるぞ、リサ。つまり、ベイツの奥さんが焼いたってわけだろ」

リサの気難しい表情が崩れて、あの甘いほほえみがぱっと浮かんだ。コンにしか見せない笑顔だ。

「ほら、バターを塗りなさいな、コン。さもなきゃ、お茶の時間まで我慢するか。いいかげん大人になってよ」

「ベイツの奥さんもここにいるんでしょう？」私が訊いた。

リサは私を一瞥した。視線にはほとんど安堵がこもっていたが、一抹の不安が残っていた。「いるわよ。洗い場のほうが終わったとこ。よかったら――」

だが、リサが言い終わる前に洗い場のドアがあき、絶好のタイミングで当の女性が戸口に現れた。おもちゃの箱舟に入っているノアの妻の人形と同じずんぐりした体型で、両手を腰に当てて肘を張った、いわゆる〝好戦的な〟体勢を取り、眼光鋭い小さな目で私をしげしげと眺めた。

リサが慌てて話し出した。「ああ、ベイツの奥さん、アナベルお嬢さんが着いたわよ」

「見りゃわかります。あたしゃ目も耳も悪かありません」ベイツ夫人の薄い唇が罠のように閉じた。刺すようにきつい目は私に向けられた。「今までずっと、どこにいたと思ってるんです？　いったいどうしてたんです？　ひどいやつれようじゃないですか。こんな痩せぎすになって。気をつけないと、まだまだ見てくれのいいとこが三十になるまでに消えますからね。アメリカに行くなんて、まったく！　生まれた家じゃ物足りないって言うんですか？」

ベイツ夫人はしゃべりながら何度も頷いている。頭をぐいと振る動きは、かつてはよく見た中国服姿の首ふり人形を思わせる。そして頷くたびに批判するのだ。コンがやきもきするような目で、私とリサを見比べた。でも、心配することはなかった。リサの状況説明は行き届いていた。〝あの女はアナベルをすごくかわいがってて、こっぴどくどやしつけ、お嬢さんの悪口には耳を貸さない。アナベルが家出したあとにウィンズロウ爺さんと猛烈な口喧嘩を始めて、世界一の暴君呼ばわりした……無礼千万で――本人は率直だと言ってる――あたしは恨まれてるけど、首にはできないのよ。旦那のベイツはこの郡で一番の牛飼いで、あの女もとびきりの家政婦だから……〟

「あたしたちゃ、やりきれなかったんですよ」ベイツ夫人は尖った声で言った。「お嬢さんは二度と帰らないと思い込んでたのに、のこのこ戻ってくるなんて。二言三言は言わせてもらいますからね、ほんとに。あたしゃお世辞言ったり遠回しな言い方したりしない、はっきりしものを言うほうでしょうけど、経験上、ばかな真似して、夜中にこそこそ家を飛び出すような人間は――」

私は笑い出した。「夜中じゃないわ。知っているはずよ」ベイツ夫人に近づき、肩に手を置いてぎゅっと抱き締め、かがみこんで、こわばった丸い頬にキスをした。そして優しく声をかけた。「歓迎してよ、ベッツィー。家に帰りにくくしないでちょうだい。私はあのことを悔やんでいるの。あなたに言われるまでもないわ。みんなを苦しめてしまったなら謝るけれど――ただ、あのときはひどく落ち込んでいたの。まだ若くて落ち込んでいたら、立ち止まって考えられないこともあるわよね？」

　私はベイツ夫人の反対側の頰にもさっとキスをして、背筋を伸ばした。小さな黒い目がこちらを睨んだが、口は動いている。私はにっこりして、軽い調子で言った。「それに、私はしかるべき手順を踏んだことをお忘れなく。おじいさまと大喧嘩をして、針刺しに書き置きを残してね」

「針刺し？　いったい針刺しになんの用があったんです？　まともに一日働いたためしもなくて、いつも犬やら馬やらを追っかけるか、自分の庭をほっつき歩くかで、若い娘が身を入れなきゃなんない家事もおろそかにして。針刺しが聞いて呆れますよ！」ベイツ夫人は鼻で笑った。「そんなものどこにあるんです？」

「あら」私は穏やかに言った。「どこに置いてきたかしら」

「例によって炉棚の上ですよ。お嬢様がちゃあんと覚えてるとおり！」ベイツ夫人は頷いて台所の向こうを見た。「あの朝、あたしゃ下りてきて、あの針刺しを見つけて、えんえん五分も立ち尽くしてました。それから、やっとこさ手に取ったんです。書き置きの中身はわかってましたよ。前の晩にお嬢様と旦那様が言い争ってたのが聞こえたもんで。そのあとでお嬢様が部屋に引っ込んだ音も聞こえました。それまた承知してたんでしょうね。この話をすることがあるとは思いもしませんでしたが、アナベル様、あんときお嬢様を部屋まで追っかけて、ドアの前で聞き耳立ててたんです」彼女はまた頷いた。さっきよりも力強く。「やったんですよ。自分のためでも恥ずかしいこっちゃありません。旦那様がハムレットみたいにつれなくしたせいで、お嬢様が取り乱してたんなら、まだねんねでしたしねえ、無理もないでしょう。若い娘にゃ年かさの女の話し相手が必要な時期がありますよ。ただのベッツィー・ベイツでも、いないよかまし。あの頃はベッツィー・ジャクソンでしたけど。けど、お嬢様がどえらい目に遭ってたと知ってたら――」

私はコンがすぐそばにいることが気になっていた。そこで、せかせかと言った。「ちょっと、ベッツィー――」

コンがつと体を動かしたのを見て、私は見当をつけた。ベイツ夫人の話を止められては困るのだろう。彼女にしゃべらせておくほうが私のためになると思ったのだ。

コンが心配するまでもなく、ベイツ夫人は私に一部始終を聞かせるまで口をつぐむ気はなかった。「だけど、物音ひとつしないんです。泣き声も。お嬢様がそっと動き回って、寝支度を整えてるみたいに。そこで、思ったんです。ありゃただの喧嘩だわ。朝になったら旦那様は反省して、アナベル様は、どんな悪さしたのやら、二度としないと約束してから、フォレストさんとこのエヴェレストに乗るのか、ここんとこよくやってるように遅くまで遊び歩くのか。昔気質の旦那様は女の子の夜遊びがお嫌いだからねえ。でも、思ったんです。朝になりゃ元どおり、昔っからそうだった。だから、あたしゃ咳払いして、廊下にいると知らせてからドアをノックして言いました。〝もう下がらせてもらいますよ、アナベル様〟すると、お嬢様はぎょっとしたみたいに足を止めて、ドアに近づいてきて、そこでしばらく立ってたけど、ドアをあけたときゃまだ服着てました。〝おやすみ、ベッツィー。お疲れ様〟って、キスしてくれたじゃありませんか。あんときのお嬢様は真っ青で具合が悪そうで、ひどい顔でした。〝そんなにやきもきしなさんな、アナベル様〟って、あたしゃ言ったんです。〝なんだって、しまいにゃうまくいきますよ。今がどんなに大変でもね〟そしたらお嬢様はにっこりして、〝そうね〟って言いましたっけ。あたしゃそれをしおに寝床に入り、物音は聞きませんでした。次の日はこうなるよと誰かに教えられてたら、どうでしょうね。お嬢様は朝早くに出てったきり、何年も帰ってこない。旦那様はお嬢様のことをひどく気に病んで、お身内はここにいるコンさんと、お嬢様にそっくりな、今週来るジュリー様しかいなくなる。誰かにそう言われてたら、もしかして――」

「ジュリーのことは知っているわ。リサに聞いたから。早く会いたい」私はまたベイツ夫人の手に触った。「もうカッカしないで。今はここまでにしておきましょう。私は、その、帰ってきたのよ、もうどこにも行かない。だから、昔の過ちをあまり責めないでちょうだい」

そこへリサが助け船を出してくれた。相変わらず、コースを外れたランナーを戻そうとしているらしい。「そろそろおじいさまが起きる時間よ。二階に行ったほうがいいわ。おじいさまはすぐあなたに会いたがるでしょう」リサはエプロンの紐に手を伸ばしている。「案内するわね。まず手を洗わせて」

ベイツ夫人がつんとして、よどみなく言った。「お気遣いなく、リサさん。あたしのほうが、そう、先に上がりますんで。わかってくれますね」

リサは流しまで行きかけて立ち止まっていた。煮え切らず、むしろ度肝を抜かれた様子だった。

ベイツ夫人はまたうんうんと頷いている。固く引き結んだ唇に、勝ち誇った表情が浮かぶ。コンがロールパンをもう一個食べ、眉をくっと上げて私に敬礼した。「わかるとも」彼は言った。「アナベルをよそ者扱いするなよ、リサ。大丈夫だぞ、アナベル。おじいさんは君に会ったら大喜びして、つらい昔話なんか持ち出さないさ」

コンはまたしても眉を上げて、この巧みな二重の意味を持つ約束をすると、出て行った。

リサはほっとして、多少は落ち着きを取り戻したように見えた。「ごめんなさい」声はいつにもまして淡々としている。「久しぶりに会うんだもの、誰にも邪魔されたくないわね。もう少しで忘れるとこだった。こんなことめったに――めったにないから。さあ、行ってらっしゃいな。三十分でお茶の用意ができるわ……。ベイツの奥さん、ティーケーキを並べてくれる？　あなたのほうがずっと上手だもの」

「当たり前ですよ。あたしゃ北国で生まれ育ったんですからね。よそ者がティーケーキをうまく扱えたためしはありません」ベイツ夫人は辛辣に言ったが、さっとテーブルに向かった。

リサは再びオーブンにかがみこんでいた。こちらに背中を向けている。私は言わずにいられなかった。まずまずのタイミングだ。「ベッツィー、シンギングヒニーをありがとう！　相変わらずおいしそうね！」

リサは天板をレールの上にがちゃんと落とした。「あらやだ。うっかりして」と、くぐもった声で言った。「大丈夫。何もこぼれてないわ」

「決まってんじゃないですか」ベイツ夫人はてきぱきと言った。「シンギングヒニーはお嬢様のために焼いたんです。さあさあ、急いで。おじいさまんとこへ」

ところが、そのぶっきらぼうな口調に合わせた頷きは、あからさまにこう告げていた。〝びくびくしちゃだめです。行きなさい。大丈夫ですよ〟

台所のドアはあけておいた。

私の正体にはなんの疑問も持たれず、ベイツ夫婦の記憶を刺激することはないとわかった。それでも最大の難関はこれからだ。万一詮索されることになったら、私のこの初日の一挙一動が鍵になるだろう。

　そんなわけで、ドアはあけたままにして、リサとベイツ夫人の視線を意識しながら、敷石が敷かれた裏口のホールを抜けた。緑色のベーズ張りのドアを押しあけて正面玄関のホールへ出て、躊躇せずに右に曲がると、背後でドアが揺れて閉まった。

〝単純な作りの家なのよ〟とリサが言っていた。〝Lの字みたいな形でね。ただし、縦棒より横棒のほうが長いけど。横棒、つまりウイングは台所がある部分。ほかにも洗い場とか、昔はバターやチーズを作ってた部屋とか。でも、そういう仕事は全部母屋でするようになったから、今じゃベンディックス社の洗濯機と電気アイロンが置いてある洗濯部屋よ。この台所棟は、緑色のベーズ張りのドアで母屋の本体から仕切られてるの。

　ここは元の農家じゃなくて、小さな領主館といったところね。百五十年くらい前に、取り壊された古い家の跡地に建てられたの。元の農家の版画は、ビューイック（英国の木版画家）の『ノーサンバランド』に載ってるわよ。あれは真四角の、薄気味悪い建物だったけど、今の家は似ても似つかない。小型のカントリーハウスみたいで、質実剛健でありながら優雅でもあって……正面の玄関ホールは大きくて、予備の部屋と言ってもいいくらい……玄関ドアの向かいに幅の広い階段があって……片側に客間、反対側には食堂、その奥に図書室。そこは事務室として使われていて……おじいさんの部屋は表側の広い部屋。客間の真上で……〟

　ベーズ張りのドアが閉まると、私はそこにほんの少し背を預けて、一息入れた。ハイリッグズでベイツに会ってから四十五分しか経っていないのに、頑張り続けたあげくにもうへとへとだなんて。ちょっとひとりになって、落ち着いてから二階に行こう……。

私はあたりを見回した。この豪華な玄関ホールが一般の農家に作られたわけがない。床はオークの寄せ木張りで、壁際に置かれた古い毛布箱も、オーク材に彫刻を施した逸品だ。二枚のブハラ絨毯は蜂蜜色の床に鮮やかに映えている。壁の色はなんの変哲もないアイボリーだ。瓶に差したマリーゴールドを描いた絵、ダーレー・アラビアン（一七〇〇年頃トルコから英国にもたらされ、サラブレッドの祖先となった一頭）の縫工筋の模写。ノースタインの古い着色地図には、昔の名でフォレフト館とはっきりと記され、円をきちんと分割した部分に小文字でフォレフト・パークと書いてある。ホワイトフカーも見つかった。

この地図の下の、オークの毛布箱の上には、青い硬質陶器の水差しと古い銅のミルクパンが置かれていた。鍋は磨き上げられ、打ち延ばした表面に絹のような光沢がある。そこに青と紫のパンジーと、黄色の野生のパンジーがたくさん挿してある。

〈ホワイトスカー〉はリサに管理されたせいで損害を受けてはいなかった。歩きながら、私はつらつら考えた。リサはベイツ夫人を誤解している。何も夫人はリサを嫌っているわけではない。夫人が誰に対しても公平に、ぎすぎすと悪たれ口を叩くのは、私にぶつけた激しい愛情をそこはかとなく思わせる。リサのようにこの家を切り盛りできる人間は、まず間違いなくベイツ夫人の忠誠心を得られたはずだ。同時に、ノーサンブリア人が〝よそ者〟に払ってもいいと思うくらいの敬意も払ってもらえただろうに。

広いオークの階段をゆっくりと上った。絨毯はモスグリーンで毛足が長い。歩いても足音がしなかった。階段を上り切ると、廊下の片側がギャラリーになっていた。突き当たりの窓から庭が見渡せる。

これが例のドア。やはりオークで、面取りされた枠に薄いパネルがはまっている。人差し指を伸ばして、面取りの部分をなぞってみた。階段のてっぺんは陽射しが溢れている。蜜蜂が一匹さまよいこみ、閉じ込められて、窓に向かってブンブンうなっている。その音は眠気を催し、心地よく、時間の観念を失わせる。それは数え切れない夏の午後に聞いた音だった。どれも同じ、陽射しの降り注ぐ長い昼下がりに、のんびりと寝てばかり……。

時間が消えていく。時が止まり、過去に遡《さかのぼ》る……。

よくある奇妙な記憶錯誤をなんと言ったっけ？　既視感《デジャビュ》？　前にどこかで見たような気がする。夢で見たのだろうか。前世で私はここに立ち、このドアに向かって、このパネルをなぞっていた。この彫刻は自分の手の皮膚と同じくらいなじみ深くて……？

奇妙なひとときがぷつんと途切れた。私はすばやくふり向いて、傍らの開き窓を押しあけた。蜜蜂は愚かにもしばらくブンブン飛び回り、それから陽射しに飛び込んだ。パチンコで飛ばした小石のように。私はそっと窓の掛け金を掛けると、ドアをノックした。

マシュー・ウィンズロウはとっくに目を覚ましていて、ドアを見据えていた。

老人が横たわっているのはベッドではなく、窓辺に置かれた昔風の大きなソファだった。白いハニカムキルト（蜂の巣のような六角形のモチーフをつないだもの）が掛けてある大型のベッドは奥の壁際に置かれている。部屋は広々していて、前の前の世代がこよなく愛する艶やかなマホガニーのどっしりした家具が並び、分厚いインドの絨毯が敷かれている。格子がついた細長い窓はなかなかすてきだ。開け放って日光を入れ、庭の下のほうにある川の水音を入れている。早咲きの薔薇アルバータインの枝が開き窓のすぐ外にぶら下がり、そこで蜜蜂がせっせと働いている。分厚い絨毯やら散らかった飾りやら重厚な古い家具があるのに、この部屋は変な臭いがしない。壁は陽向《ひなた》と薔薇の匂いがするのだ。

ベッドの脇の小さなテーブルに写真が三枚飾ってある。一枚はコン。開襟のシャツを着て、顔の平らなところにうまく光が当たっていて、はっとするほどハンサムに見える。もう一枚はジュリーだろう。若くて真剣な顔。輝く目とくしゃくしゃの細い金髪。三枚目は、ここからではわからない。

しかし、こうしたことはどれもこれも、ふとそんな気がしただけだ。目を引くのは、ソファでクッションにもたれて、膝にチェックの膝掛けを広げている老人の姿だった。

マシュー・ウィンズロウは、背の高い、痩せこけた老人で、ふさふさした白髪を生やしていた。これがかつては金髪だったのだ。今ではすぼんで、いかつい眉の下で落ちくぼんだ目は、灰色がかった緑色だ。以前は私の目とまったく同じ色だったはずだ。虹彩の端は色褪せているが、それでも若者の目のようにぎらぎら輝いて見える。口元も険しく、小鼻から口の両脇に深く刻まれた溝のあいだで細く引き結ばれている。目尻と口角のあたりにユーモアが隠れていなかったら、彫りの深い端正な顔立ちでありながら人を寄せつけない顔、といったところだろう。一目見ただけでは、マシュー・ウィンズロウは守られる必要がある人間だとは思えないはずだ。いかにも頑丈で抜け目ない男に見える。

しゃがれた声で呼び寄せられて、私は部屋に入り、静かにドアを閉めた。すると一瞬、あたりが静まり返った。ピンク色の薔薇に群がる蜜蜂の羽音が、飛行機が飛ぶ音のようにうるさく聞こえる。

「おじいさま?」私は痛ましいほどにためらいながら言った。

老人はいつも棘のある声で、厳しい言葉を話すのに、先ほどは唇を湿していて、今度もまた同じことをした。「うむ、アナベルか」

私はぼんやりと考えた。これの先例と思しきものは、新約聖書に登場する放蕩息子の帰還といったところか。〝父親は走り、息子の首根っこにかじりついてキスをした……〟

でも、マシュー・ウィンズロウは走れないわ。走るのは私の役目ね。

早足で歩いて行き、ソファの傍らにひざまずくと、老人の膝の、チェックのラグに両手を載せた。節くれだった青い静脈がくっきり浮かんだ、老人のかぼそい手が、私の手にぎゅっと重ねられた。驚くほど強く、温かい。

ようやく、何を言えばいいかわかった。私は言葉を飾らなかった。「ごめんなさい、おじいさま。帰ってきてもいいでしょうか?」

老人の手が動き、私の手をなおいっそう強く握り締めた。「だめだと言われても」老人はきびきびと答える。「自業自得でしかないぞ」彼は大きく咳払いをした。「おまえは死んだとばかり思っていた」

「ごめんなさい」

老人の空いたほうの手が伸びて、私の顎を上げた。私の顔を窓から差し込む光に向けると、しげしげと眺めた。私は老人と目を合わせず、唇を嚙んでじっとしていた。彼は長いこと黙っていてから、前と同じように刺々しい口ぶりで言った。「ずっと不幸だったんだな。そうだろう?」

私は頷いた。老人は私の手を離した。そこで、彼に顔を見せずにすむよう、やっとの思いで膝掛けに額をつけた。彼は「私たちも不幸だった」と言うと、再び黙り込んで、私の手を軽く叩いた。

横目でコンの顔写真を見た。形のいい唇がちょうどあの独特の微笑を浮かべたところ。やる気満々。ただのいたずら心では片付けられない何かがある。見る者の胸をときめかせる、そう、危険極まりない顔だ。さあコン、やったわよ。背水の陣を敷いて、引くに引けない重大決心をした。私たちはビーチャーの川を越え、カナル・ターンを越え、障害をいくつも乗り越えて、直線コースへ入った。ホームストレッチへ。

コンの目が見張っている。今、顔を上げて真相を語ったところで何になるだろう。〝あなたはかわいいコンに裏切られているわ。彼は私を雇い、あなたの孫娘のふりをさせているの。なぜなら、あなたはもう長くないと考え、お金と牧場を狙っているからよ〟さらに私の中の何かが、以前は耳を傾けたことのない小さな声が続けた。〝コンが確実に財産を手に入れてしまえば、私はあなたが死のうが生きようがどうでもいいのよ、おじいさま。ほんとに……〟

私はその場を動かず、口を利かなかった。

老人は何も言わない。蜜蜂はいなくなった。小鳥が一羽、ひらいた窓辺の薔薇の茂みに飛び込んだ。羽がばたばたして、鳥が舞い降りたときに小枝がとんと叩かれてしゅうっと音を立てた。

とうとう私は顔を上げて、老人にほほえみかけた。彼は手をどけて、突き出した眉の下からこちらを見た。顔になんらかの感情が表れていたとしても、もう消えてしまったはずだ。

「椅子を持って来て」老人が出し抜けに言った。「私から見えるところに座りなさい」

言われたとおりにした。背もたれがまっすぐな椅子を選び、姿勢よく、澄まして座った。膝を揃えて、背筋を伸ばし、両手を膝に載せる。牧師の前で教義問答を唱える女の子みたいだ。

老人の目が好意の光を放ったような気がした。「さてさて」彼は身じろぎもせず、急に居住まいを正したように、私の頭上にそびえたようにすら見える。「お互いに積もる話があるじゃないか。おまえから始めてはどうかな」

第七章

世の中には頭が悪い金持ちもいれば、頭がいい貧乏人もいる。頭が悪い金持ちは、頭がいい貧乏人のいいかもにされることは間違いない。

『ティッチボーンの訴訟人の備忘録』より

「それで？」リサが穏やかに尋ねた。谺《こだま》のようだ。

リサは階段の上り口で待っていた。玄関ホールの窓から一筋の日光が差し込み、パンジーを飾った銅の花器の縁がきらきら輝いている。リサは光に背を向けていて、表情はわからないが、穏やかに一言尋ねられただけで、彼女が台所で見せた、手が震えるほどの不安がいくらか聞き取れた。「どうだった？」

立ち止まってリサを眺めていた私は、重い足取りで階段を下りていった。

「そうね。予想をはるかに超えた出来映えだったわ」

リサはぶすっとした顔で、口を閉じたままほほえんだ。こうして待ち構えて、こうして慎重にささやいて、あなたを本来の居場所に戻しているんだと言わんばかり。あの陰謀を企んだみすぼらしい下宿で、私が自分の思いとか希望を語れる相手はコンとリサしかいなかった。渋々ながらも分かちがたく、私はあのふたりと結びついたのだ。

リサが言った。「だから心配ないって言ったでしょ」

「ほんと。ただ、〝良心は我々みんなを臆病にする（『ハムレット』第三幕第一場のせりふ）〟ものね」

「えっ？」

「なんでもない。ある引用。シェイクスピアよ」

リサはちょっぴりへそを曲げた顔をした。先ほど台所でコンと私に置いてけぼりを食わされたときと同じだ。文学作品を引用されたことが面白くないのか、私が自信満々の態度でおじいさまの部屋を出て来なかったと気がついたのか、以前の私には良心があったことを思い出したくないのだろうか。

とにかく、リサは再び私をあの陰謀の部屋に閉じ込めた。「今日はやけに文学づいてるのね。気をつけなきゃだめよ。らしくないもの」

私はにっこりした。「長らく外国で暮らして、教養が豊かになったの」

「へーえ。それより、向こうは別に——ちっとも怪しんでなかった？」

「ええ」私はだるそうに話した。「あなたとコンの読みがバッチリ当たった。おじいさまが私を怪しむ理由もないわ。怪しいなんて夢にも思わなかったでしょうよ」

リサは満足げに唇をすぼめた。「で、何があったの？」

私の心は階上の部屋で起こった数々の出来事に戻った。まあ、一から十まで納得できないわね。

そこで慎重に切り出した。「よかったら、大筋を説明しましょうか。私がおじいさまにいろいろと話したの。ここを出てから、どこで、どうやって暮らしてたか。ほら、なるべく本当のことを話すっていう取り決めだったわね」

「爺さんは……例の騒ぎについてあれこれ言った？　あなたが家出した理由は？」

「赤ん坊のことなら、私から言い出すまで黙ってた。私は単刀直入に、あのときは私が間違ってた、海外に出てから勘違いに気がついた、と言ったの。もちろん、手紙には書かなかった。おじいさまはコンの口から聞いてるかどうか、心配してたかどうかもわからなかったから。ざっとこんなところ。おじいさまはすっかり安心して……あらやだ、気にしないで。申し合わせたとおりにやったわよ、リサ。おじいさまによけいな話をするなんて、許されないでしょ。まあとにかく、例の部分はきれいさっぱり忘れていいわ。あちらは二度と触れないと思う」

「じゃあコンのことは？」リサがみるみる声を張り上げた。

「はっきりさせようとしたわ。過去に何があったとしても、絶対に——その、二度とコンとつきあったりしないって」私はリサの顔つきを見て、すらすらと言い足した。「もちろん、コンと私自身を守るためによ。おじいさまはいかにも私たちの和解を望んでいそうだから。私はくどくどと念を押さなきゃならなかった。私とコンとは——」私は言い淀んだ。「公平に、ぎすぎすと悪たれ口を叩き合う関係。そんなところだと」

「わかったわ。そう、それこそ——」リサは口をつぐんだ。またあの陰謀家の目だ。「あなたの言うとおりね。ほかにはない？　何か——この先の話は出なかった？」

「全然」

リサは周囲を見回した。「ま、この場で突っ込んだ話はできないわね。そりゃそうだわ。コンもじきに仕事から戻ってくる。夜になって、三人だけになったら、言われたことをすっかり聞かせてよ」

「報告書を出せと？　お断りよ」私はやんわりと言った。

リサの口があいた。私に殴られたようにぎょっとしている。「どうゆうこと？　まさか、そんなことしていいとでも――」

「どういうことか、あなたにわかるわけないわね。でも、こんなふうに言っておく。私は難しい役を演じてる。成功するには、役になりきって、役の人生を生きて、役を吸い込むしかないの。要するに、しじゅうアナベルの仮面を脱いで、自分はただのなりすましだと思い知らされたくないってこと。この役は短い場面の連続では演じられないのよ、リサ。いちいち幕間にあなたとコンに解説するなんて。一大事が起こったら、もしくは助けてほしくなったら、遠慮せずにそう言う。でも、一番ありがたい協力はね、ここ三週間の出来事をすっかり忘れて、できれば、私をアナベルだと考えることよ。慣れ親しんだ我が家に帰ってきた女だと。あれこれ訊かれてばかりいたら、いきなり役を外されて詐欺師のメアリー・グレイに戻されたら……。ねえ、リサ、私はそのうち役を混同して、失敗するかもしれない。ほんとに、大失敗しないとも限らないわよ。あっけなく」

間を置いてから、冗談めかして続けた。「ほら、また。メアリー・グレイは忘れて。そんな女がいたことも忘れて。ねえ、私は間違ってない。こうしなければ頑張れないわ」

リサはどうも納得できない様子だ。「そうねえ、いいけど……」

私は笑い出した。「あらやだリサ、変な目で見ないで。せっかく造った怪物に逃げられたフランケンシュタイン博士じゃあるまいし！　私は当たり前のことを言ってるだけ。コンと私が信頼し合ってることを思い出せばいいのよ。その信頼が、念のため、あのおぞましい〝供述書〟にサインをして交換しておく程度でもね。コンは私の供述書を四六時中、肌身離さず持ってるはず。なんなら遠隔操作とでも言えばいいけど、ちゃんとあるのよ！　アナベル・ウィンズロウがまた帰ってきたとしても、今度はコンの味方をして論戦するしかないわ！」

「えっと——ま、そうね、確かに。ごめんなさい、本気で疑ったわけじゃないけど、今日の午後はやたらに面食らうこと続きで。あなたは……この手のことに才能があるのね。あたしはずっとおろおろしてた」

「言っておくけど、私だって内心びくびくだったわ！　大丈夫よ。裏切ったりしないから、リサ。たとえその気になったとしても」

「その気になっても？」

私は返事をしなかった。するとやがてリサはうつむいた。「じゃ、そういうことで。さて、あなたはちっとも間違ってない。あたしは言われたとおりにするし、今までのことはきれいに忘れる。緊急事態になったら話は別だけど。でも、あなたは助けが必要になりそうもないわねえ。あの場を切り抜けた以上——」リサの頭がくるりと二階の踊り場に向かい、あとは口に出さずに締めくくった。

「まあね、切り抜けたわ。さあ、忘れましょう。さっき、お茶とかなんとか言った？」

「ちょうど淹れようとしたとこ」

「手伝いましょうか」

「帰ってきた初日から働かなくていいわ」

「だったら、ちょっと二階に行こうかしら。昔の部屋にいるわ」

リサはほほえんだ。「わかった。子供部屋のバスルームを使ってもらっていい？　ジュリーと共同で使うことになるわ」

「かまわないけど。ジュリーは私のことを知ってる？」

「ええ。あの子はゆうべ電話してきて、水曜に来るって言ったのよ。そしたらウィンズロウ爺さんがあなたの話をしてた。そこまでしか知らないわ」

「水曜日……」私は片足を一番下の段に置いて立ち止まった。「ということは、あと二日あるのね。ちょっとリサ、うっかりしてたわ。私のスーツケース――」

「コンがたった今運んできて、二階に上げたわよ」

「ほんとに？　さっそく手を打ってくれて、コンは優しいわね。じゃあ、お茶の時間にね。どこに行けばいい？」

「あたしひとりなら、たいてい台所で済ませる。でも、今日は客間を使うわ。おたくのおじいさんも下りてくるだろうし。そう言ってた？」

「ええ。あの人――あの人はお茶のあとで私に牧場を案内したいそうよ」

リサの茶色の目が必要以上に長く私の目を捉えていた。

「そりゃそうよ」リサは私の目から見れば必死になってコメントを差し控えた。「じきじきに案内したいのも無理ないわ。当然よ。そう――またあとでね」

私はふり向いて階段を上った。リサが見つめているのがわかり、私は躊躇せずに左手の通路を歩いてギャラリーの先頭を過ぎた。

〝あなたの部屋は二番目のドア〟そこは居心地のいい部屋だった。おじいさまの部屋のように格子の付いた細長い窓があり、やはりアルバータイン種の薔薇が外で首を振っている。窓の下には幅の広いベンチが置かれている。鳥と花と格子模様のペルシャ風の美しい模様の、わざと褪せた色に染められたインド更紗で覆われている。同じ布がカーテンとベッドカバーにも使われている。ここの家具は飾り気のない、白く塗られた品だ。そもそも〝子供部屋〟に置かれる物だが、今ではペンキを塗り直してコテージ風のすてきな家具になっただけだ。磨き上げられた床にはラグが二枚敷かれ、壁と天井はすっきりしたアイボリーに塗られている。

コンは私の荷物をベッドの足元の床に放り出していた。気を利かせてハンドバッグも持ってきてくれた。私が台所に置き忘れたに違いない。今はベッドに載せてある。

まだ荷ほどきをする気になれない。ハンドバッグを手に取って、窓辺のベンチに持って行った。腰を下ろし、バッグをあけて煙草を取り出した。

箱をゆすって一本出しながら、ドアをちらっと見た。錠に鍵が差し込まれている。ここまでは順調。私はしじゅうプライバシーを満喫して、何回戦もこなすゲームから回復しなくちゃならない気がする。今までは楽勝だったとしても、だんだん面倒なことになるかもしれない。

煙草をくわえ、ハンドバッグの内ポケットを手探りした。そこにブックマッチを入れておいたのだ。ところが、マッチがない。指先は紙切れに触れただけだ。イライラした。間違いなく、ここにあったわよね？　ニューカッスルで乗ったバスの中で煙草を吸っていて……。バッグの口を大きくあけて探してみた。すると、すぐに見つかった。〈カフェ・カスバ〉というロゴマークが記された真紅の小さなブックマッチ。反対側の内ポケットの奥に突っ込んであった。請求書とか買い物リストとかの類いを入れておくところだ。

のんびりと煙草に火を点けて、膝に載せたハンドバッグをつくづくと眺めた。気がついてみると、ほかにも証拠があった。口紅のうち一本の蓋が緩んでいる。持参した書類が、入れた覚えのない場所に慌てて戻されている。〈ホワイトスカー〉の電話番号を書き殴ったメモは、ほかの書類とまとめておいたのに、ふだんはマッチが入っている内ポケットに押し込まれていた。ハンドバッグを掻き回した人間は、犯行の跡をろくに隠そうともしなかった。

コンのしわざ？　リサだろうか？　私はひとりでにやにやした。あの人たち、この手のことをなんていうのかしら。逆スパイ活動？　リサの頭の中ではそんな評価がされそうね。呼び方はどうあれ、ちょっと手遅れだわ。今更私の身分証明書を調べるなんて。

ポケットの中身を手早く検《あらた》めた。ここの電話番号。これを走り書きしたのは当然だ。八年間で番号は変わっている。バスの時刻表は、あの日ここに来るために必要だった。ヘイマーケット劇場近くの下宿の領収書。これもあの日の朝に受け取ったものだ。大丈夫。宛名は〝A・ウィンズロウ様〟になっている。

そこで私はためらった。領収書を持ったままだ。本当に大丈夫かしら。おじいさまがあの部屋を見たり、調べたりするのはおよそありえないけれど、コンもリサもあそこに訪ねてきた。問題は片付けたほうがいい。領収書を握りつぶし、空っぽの暖炉に投げ込んだ。階下《した》に下りる前に燃やしてしまおう。

ほかの紙もひっくり返した。請求伝票が何枚か、使用済みのバスの切符、淡い緑色の折り畳まれた紙……。

その緑色の紙を取り出して、広げてみた。〝乗用車……メアリー・グレイ……〟に続いて、モントリオール近郊の住所が記載されている。ほら一目瞭然、カナダの車両許可証がある。肌身離さず持ち歩く所有者証明書だ。毎日、毎年持ち運び、更新の時期が来るまで見向きもしない……。

なるほど。私は許可証を丸めた。コンとリサはこれがよくあるミスだったと思ったわけね。ちょっと愉快だと感じつつ、あのふたりはどうやって私に注意するのかと気になった。あなたの荷物を調べたと白状するしかないではないか。とにかく、スーツケースまでは調べられなかった。鍵は私の首に掛けたチェーンに付けてあり、外さないことにしている……。

外のどこかでリサが呼ぶ声がして、コンがそれに応えた。彼が飼育場から母屋に向かってくる足音がする。小声で言葉が交わされ、彼は牧場の小屋に戻っていった。

私は立ち上がり、暖炉の領収書にマッチで火を点けてから、車両許可証もそっと火にくべた。そして火かき棒を火格子の隙間に突っ込み、焼け焦げた紙片が粉になるまで掻き回した。やがて陽当たりのよい窓辺に戻り、吸いさしの煙草を取ると、緊張を解こうとして、もうしばらく座っていた。

その窓から小さな前庭を見渡せる。砂岩の低い塀に囲まれた真四角の庭で、若干川のほうに傾斜している。玄関ドアから草ぼうぼうの砂利道が続き、白い柵のある門にまっすぐ伸び、この門が川べりと川に架かる橋に通じている。砂利道は荒れ果てたラベンダーの生け垣に縁取られ、その下で頑丈なパンジーとマリーゴールドが伸びている。この植え込みの裏は、左右とも、手入れがされていない芝生がかつては花壇だった場所まで生えていた。

なるほど大混乱だ。ルピナスがはびこって、明るい色は真っ青にかき消されている。芍薬《しゃくやく》はフクシアの絡みつく低木と花盛りのカラントの下でぶすっとしてうずくまり、どこでもかしこでも蔓性の蔦やヒルガオやヤナギランが嬉々として恐ろしい仕事を仕上げようとしていた。ぱっと見たところ、目が豊かな色彩にだまされて、やはり美しい庭だと思い込むかもしれないが、タンポポや伸び放題の薔薇の茂みや、二本並んだ白いライラックの木の下で茂りすぎた芝生の雑草を見れば……。

向こうの塀と白い柵の先には、羊が嚙んだ草地の端と、〈ホワイトスカー〉から町への近道である木造の橋がある。橋を渡ると、道が遠くの川岸にひしめく木立を曲がりくねって進み、やがて影の中に消えていく。

つかの間、視線はごちゃごちゃした庭に戻った。二羽のクロウタドリがライラックの木に飛んできて、激しく争った。大きな乳白色の花がぐらぐら揺れた。私の窓辺にもライラックの香りが漂った。

〝アナベルの庭よ。みんな自分で植えたの。どこに何があるのか、コンに訊くのを忘れないで……弟が知ってるならね〟

結局、コンは知らなかった。

私は身を乗り出して、窓の外にある石の台に煙草を押しつけて消した。

そろそろ階下に下りなくては。第二幕の始まりだ。コンとリサと一緒に陰謀の部屋に戻ろう。

コンはお茶に来ませんように、と私はついむきになって願っていた。

コンはお茶に来なかったが、それでも楽勝だという感じがした。おじいさまが少し遅れて下りてきて、客間のドアをあけた。そのとき私は長らく不在にした期間にさまざまな隣人に起こった出来事をにこやかにリサと話し合っていて、その後はいわば八年の断絶などなかったかのように振る舞った。

お茶のあとで、おじいさまは私を外に連れ出して、牧場にある小屋に向かった。老人はかなり早足で、痩せこけた体の背筋をしゃっきり伸ばしているようだ。西に傾いていく日を背に受けて、骨張った細面は影になり、白髪は若かりし頃のような金髪に見え、かつての活動的で頑固で短気な男に再会するのは難しくなかった。その男が長い人生を通じて多くのことを成し遂げ、〈ホワイトスカー〉に現在の成功をもたらしたのだ。また、コンが——老人に気に入られているのに——慎重にことを運ぶ理由もわかった。

　おじいさまは飼育場の門で足を止めた。「ずいぶん変わったか？」

「牧場が？　ええと——どうかしら」

　突き出た白い眉の下で視線がさっとこちらを向いた。「そりゃどういう意味だ？」

「つまり、変わったところもあるわ。ペンキが塗り直してあって——あの塀は新しいでしょう？　それにコンクリートと、あの排水路はどれも。ただ……そう、私はずっとここを離れていたから、長いこと〈ホワイトスカー〉の記憶にすがって生きてきたみたい。今の牧場は知らない場所に見える。私が知っている光景、というより思い描いた光景は、現実よりも現実に近くなってしまったの。たとえば」私はふふっと笑った。「牧場にはいつも陽射しが溢れている記憶しかないわ。そんなものでしょう」

「そうらしいな。おまえは出て行ったときの牧場を覚えていそうだと思ったが。あれは忌まわしい日だった」

「ええ。日が昇り切らないうちにここを出たから、どんなふうだったかわかるでしょう。雨と風と、畑は一面灰色でのっぺりしていた。なんとも気の滅入る眺めで——とにかく、あの年は小麦を植えていたの？　もう忘れたわ」

「蕪《かぶ》だよ。しかし、おまえの言うとおりだ。あの年、小麦はどこでも出来が悪かった」

「奇妙なのは」私が言った。「あの日をほとんど覚えていないことよ。精神分析医なら、こう言いそうね。雨と風と、あの灰色の早朝は家を出るみじめさとが頭の中でごちゃ混ぜになって、私はあえて忘れたんだって」私は笑った。「さあどうかしら。でも、ここを離れていたあいだ、私は陽射しだけを覚えていたの……からりと晴れた美しい日、いつもしていたあれこれ……たいていは子供時代の記憶ね」ちょっと間を置いた。「そのうち、実際の記憶が夢の光景に重ねられていったの。二、三年もすると、正確に描写できなくなったわ……そう、ここととか」

私は指差した。こぢんまりした庭。納屋の暗い部屋。廏舎の二段式扉は上段が掛け金で壁に留められている。

「あれはなんの石でできているかと訊かれたら、答えられなかったわ。それでも、こうして戻ってきたから、すべての物に目が留まるの。生まれてこのかた、そこにあって当然だと思っていて、以前はちゃんと見なかった些細なものを見るようになったのよ」

「うむ」老人は私をじっと見つめている。澄み切った灰色がかった緑色の目には優しさもなければ愛情もない。彼は出し抜けに言った。「コンはいいやつだ」

私はぎくりとした声で答えたに違いない。「ええ、本当に」

老人は私の不安げな態度を勘違いしたのか、口調が厳しくなっていった。「心配するな。八年前の話を蒸し返したりせん。あんなことがあっても、コンがかわいくてしかたないからな。あれだけは気に入らないが、少なくともコンはすべてを明るみに出して、まともな男らしく詫びを入れようとした」

私は何も言わなかった。老人は横目でこちらを見ると、むっとした声で続けた。まるで私にさんざん言い返されたかのように。「わかった、わかった。もう済んだ話だったな。これっきりにしよう。やめると言ったからには二度としない。しかしな、済んだ話や忘れた話はさておき、コンはいいやつだ。この八年、私にとってはせがれも同然だった」

「そうよね」

またしてもまぶしい、敵意のある視線が向けられる。「嘘じゃないぞ。おまえがばかな真似をして出て行っても、コンはここに残って、洗いざらい白状した。思ったとおりだったと私に言ったんだ。確かに口論はしたが、とどのつまりは、私にはほかに手の打ちようがなかった。コンがいなければ、ずっとお粗末な仕事をしていただろう。ここ一、二年は目も当てられなかったよ。コンは過去の出来事を償ってあまりある働きをした。知識のすべてをこの牧場に注ぎ込んでな」

「そう、よくわかったわ」

白い眉が私のほうに突き出された。「それで？ それで？」

私はほほえんだ。「なんと言ってほしいの、おじいさま？ 事実、そのとおりよ。私はばかな真似をしてここを出て、コンはばかな真似をしてここに残った。見上げたものね。ただし、私は自分の犯したばかな真似をあっさり忘れられなかった。コンよりも……おじいさまよりも手間取ったわ」

少し言葉が途切れた。やがて、老人がくっくっと大きな笑い声をあげた。「変わっとらんな」彼は言った。「じゃあ、おまえは私に喧嘩を売りに帰ってきたのか」

「おじいさまったら」私は言った。「違います。でも、おじいさまが何を言いたいのかわからない。コンがどんなに立派か吹き込もうとして。いいわ。これだけは言っておくわね。私もコンからいろいろ聞いているの。でも、ちょっと警戒するのは無理もないでしょう。八年前なら、この手の話から縁談につながった。その縁談を受け付けないことをはっきりさせておきたいの」

「ふうむ。そうは言うがな、女の言うことなど当てにならん。とりわけ、愛が憎しみに変わるだのなんだの、ゴタゴタ言い出すとな」

「そんなことは言っていません。コンを憎んではいないわ。そもそも嫌っていたら、コンがまだ住んでいる牧場に帰ってこないでしょう？　再会して、どんな気持ちになったか教えるわ。どうでもいいし、かなりばつが悪い。コンに二度と会わずに済むならなんでもするのに、彼はここにいて、どこにも行きそうにないから……」私は小さくほほえんだ。「まあいいわ、おじいさま。それはよしとしましょう。私はどうしてもおじいさまに会いたくて、それがコンに会いたくない気持ちより強かったの。さあ、おじいさまは冗談半分に人を褒めたりしない。何か思惑があるのね。いったいなんなの？」

老人は忍び笑いをした。「よしよし。これだよ。私が死んだら〈ホワイトスカー〉はおまえのものになると前々から知っていたね？　本来はおまえの父親が継いで、それからおまえという順になるはずだった」

「ええ。知っています」

「家を出ていたとき、私がほかの手を打ったかもしれないと思いついたか？」

「ええ。もちろん」

「それでも帰ってきたんだな？」

私は老人になかば顔を向けて、門に寄りかかった。先ほどコンに話しかけたときと同じ姿勢だ。

「要点を言ってよ、おじいさま」

老人の目が私を覗き込んだ。らんらんと光り、ほくそ笑んで、ほとんど悪意に満ちている。どういうわけか、ふとコンを思い出した。おじいさまとコンの外見はちっとも似ていないのに。「言うとも。こういうことさ。私が長くないことは聞いているだろう――」私がそんなことはないと訴えるようなしぐさをすると、咎められた。「いや、何も言うな。私の厄介な病気がどういうものか、みんな知ってるんだよ。さて、おまえは八年前に出て行って、死んだとしか思えなかった。ところがどうだ、こうして戻ってきた」彼は言葉を切った。「私は手に入ると思うものを取りに帰ってきた。それをおじいさまはなじっているの？」

私はたじろがずに言った。返事を待っているようだ。

老人はからからと笑った。「ばかを言うんじゃないよ。その心配は無用だ。ただし、そこに考えが及ばず、自分の立場がわからないとしたら、おまえはばかだ。ちゃんと考えたのか？」

「もちろん」

老人は満足したのか、頷いた。「そりゃ正直な答えだな。では、私も正直に言おう。こんなふうに考えてごらん。八年前におまえは家を出た。コンは残った。こうしてけろっと戻ってくるのはいいことだと思うのか。これまでコンを――ついでに言えば、あの愚かなリサ・ダーモットもだ――さんざん働かせておいて、その目の前で牧場をかっさらうのは。それが正当なことなのか？　断じて違う」

彼はぐっと頭を突き出した。「いったい何を笑ってる？」

「別に。笑ったりしてないわ。おじいさまはコンとリサに全財産を譲ったと言いたいの？」

再びあのいたずらっぽさがちらりと覗いた。あれは悪意だったのかもしれない。「そうは言っとらん。あのふたりにも財産がもらえるとは思わせるなよ。こっちはまだ死んでないんだ。だが、私がふたりに譲らない理由を思いつくかね？」

「全然」

老人はややどぎまぎしたようで、白い眉の下から私を見つめていた。そのとき、彼とコンのちょっと似たところに気がついた。要は表情なのだ。それだけのこと。傲慢で、権力を握る瞬間をことさらに楽しんでいる感じを受ける。マシュー・ウィンズロウはコンに負けず劣らずことの成り行きを楽しんでいる。しかも、同じ理由で。この機会に乗じて権力を握れることを気に入っているのだ。

　老人はせっかちに言った。「だから、何がそんなにおかしいのか知りたいものだね」

「ごめんなさい」私は謝った。「コンのことを考えていたの。〝策略家は自分で仕掛けた罠にかかる〟」

「なんだと？　そりゃなんの話だ？」

「引用したのよ（シェイクスピア『ハムレット』第三幕第四場より）」やれやれという調子で言った。「悪かったわ、おじいさま。ふざけているわけじゃないの、本当よ」

「まじめに話したらどうだ。引用とはな。なるほど、外国でのらくらしてきたわけだ。聞いた感じでは、今風のくだらん仕事をしてたとか。それで、コンのことはどう思ってたんだね？」

「これといって。ねえ、コンに有利な遺言状を書いてあげたと教える気はないの？」

「その気があると言った覚えはない。だから、コンに遺言状の話をするんじゃないぞ。私はな、おまえとはっきり話をつけたいんだ。おまえが今少し腰を落ち着けてから触れたほうがよかったんだろうが、たまたま、最近この件をよく考えていたんでね。ジュリーがこっちに来ることは知ってるな？」

「ええ。リサに聞いたわ」

「手紙でなるべく早く来いと呼び寄せたら、すぐに休暇を取れると返事をよこした。ジュリーが来たら、もろもろの手はずを整えたい。アイザックス――アイザックスを覚えてるか？」

「ええと――わからない」

「うちの顧問弁護士だ。感じのいい男だぞ。おまえにも会わせたはずだが」

「ああ、そう言えば。やっと思い出したわ」

「アイザックスが金曜に来て、来週もう一度来る予定だ。二十二日はどうかと言ってある」

「二十二日？　おじいさまの誕生日でしょう？」

「おやおや、覚えていたとはな」老人はご満悦の様子だ。

「リサはパーティの準備をしているのよ。本人に聞いたわ。ジュリーも含めて、みんなが揃うから」

「そうだな。家族の集いだ。しかるべき」またもや老人は乾いた、いたずらっぽい笑い声をあげた。

私は首を傾げて彼を見上げた。ちょっと愉快だと思う気持ちは消えてしまった。「おじいさま」

「うむ？」

「その――しかるべき――家族の集いで……」私は口ごもった。「みんなにそれぞれの立場を教えるつもり？」

「ハゲタカどもが老人の骨にたかる、昔ながらの楽しい集いで？　私が死んだらどうなるか、あれこれ話したいと思うかね？」

私は彼を見てにっこりした。「おじいさまが遺産の話を始めたのよ。現実的になれとも言った。それにしても、おじいさま――」必死で声を抑え、せっつく調子にならないようにした。「もし本気で、コンを相続人にするつもりなら……そう伝えて下さい。お願い」

「そんなこと言うわけなかろうが」

「ちゃんと――話してくれたら、私は気楽になるから」

「気楽にだと？　そりゃどういう意味だ？」

「ただ、その、今ほどコンに嫌われなくなるわ。コンだって現実的になるのはしかたないでしょう？彼がいろいろと当てにしていたのは、わかっているはずよ」

「もしも遺産を当て込んでいたなら」おじいさまは冷ややかに言った。「やつは底抜けの楽天家だな」

私の顔つきを見て、笑い出した。「私が財産をどうしようが大きなお世話だよ、アナベル。周囲に勘違いさせておいたとしても、勘違いしたのは本人の責任だ。わかったか?」

「はっきりと」

「よし。相続の件は伏せておくということだ」

「わかったわ。まあ、誰にも文句を言われる筋合いはないものね」

少し間があいた。老人は言葉を選んでいたらしいが、口をひらいたらそっけない言葉が飛び出した。

「昔からおまえにはコンと一緒になってほしかった」

「ええ、知っているわ。ごめんなさい、おじいさま」

「おまえたちが結婚するのが一番だという気がした」

「〈ホワイトスカー〉にとってはね。ええ、よくわかるけど、私にとっては一番じゃない。それに、コンにとっても一番じゃないのよ、おじいさま。正直言って、私たちが結婚してもうまくいかないわ。絶対に」

「あんなことがあったのに――いかん。その話はしないはずだった」

「あんなことがあっても」私はほほえんだ。「第一、結婚はふたりでするものよ。コンが八年前と同じ気持ちでいるとは思えないの」

老人の目がふと鋭く光った。「おまえに〈ホワイトスカー〉を付けてもだめか?」

「だめに決まっているわ!」そう答えたものの、動揺の色が顔に出てしまった。「大昔の嫁入りじゃないのよ、おじいさま」

相変わらず、老人はらんらんと輝く目で私を見据えている。「じゃあ、コナーに〈ホワイトスカー〉を付けたら？」

「それは脅迫なの？　それとも買収なの？」

「どっちでもない。おまえにはどっちも効果がなきに等しいとわかったからな。この牧場がコンのものになったら、おまえの将来はどうなるのかと考えているんだよ。ここに住み続けるのか？」

「そうはいかないわ」

「私の心臓にピストルを突きつけたということかな？」

「とんでもない。私のことは心配しないで。お母さまが遺したお金があるから」

「じゃあ、〈ホワイトスカー〉はどうなる？」

私は押し黙った。

「どうでもいいのか？」

「さあ――どうかしら。さっきおじいさまはこう言ったばかりよ。八年も家を空けておいて、すんなり戻ってこられると思うなと」

「ああ、そうとも。おまえがその事実に向き合ったと見えて嬉しいね。私はいつまでもここにいないんだからな」

「そうね。それでも、おじいさまがいる限りは私もここにいられる」

老人は鼻を鳴らした。「ご機嫌取りかね。いくら頑張っても埒が明かないぞ。そんな目で睨むんじゃない。睨んでも無駄だ！　そうか、おまえは自分を相続人から外して、ジュリーを好き勝手にさせ、牧場を一切合切コナーのやつに譲れというんだな？　それだけか？」

私は背筋を伸ばして、門から離れた。

「おじいさま、あなたは昔から癪に障る人だった。公正な判断を下したためしがない。あなたがどんな心づもりでいるかなんて、わかるわけないでしょ。その気になったら、どんな手も使うんだから、コンと私はなるようにしかならないわ。私たちは巧みに呪文を唱えない」私は続けた。「これまた引用よ。今度はのらくらしていたとは言わせないわよ。旧約聖書の詩編からの引用ですからね」

おじいさまの表情はちっとも変わらなかったが、目の奥に何かが見えた。笑顔だったのかもしれない。彼は穏やかに言った。「悪たれ口を叩くんじゃない、アナベル。いくらおまえが大人でも、その口を石鹼で洗ってやる」

「ごめんね」私たちは笑みを交わした。少し間があいた。

「おまえが帰ってきてよかった。どんなによかったかわかるまい」

「私はここに戻れてよかったと言うまでもないけれど」

老人は門の掛け金に手をかけた。「川辺の牧草地まで行こう。おまえが喜びそうな一歳馬がいるんだ」

芽を出しかけたメドウスイートとささやいている生け垣に挟まれた小道を歩いて行った。サンザシが赤茶色に染まり、枯れた花の塊は堅い実を付けようとしている。

小道の突き当たりで門が野原に向かってひらいていて、見渡す限りキンポウゲとタネツケバナが生えていた。灰色の雌馬が尻尾をふりふり近づいてきた。横腹は滑らかでどっしりしている。ブナの大木の木陰で、一歳馬がこちらを見ている。優しくて用心深い目は鹿の目のようだ。

「きれいな子ね」

「だろ?」老人の声には満足感と愛情がこもっていた。「こいつが産んだ最高の仔馬だ。フォレストはこいつに同じ種馬で産ませた三歳馬を飼ってたが、その馬は役に立たんだろう。そうとも、こいつはすばらしい雌馬だよ。かれこれ三年前に、フォレストが種馬飼育場を売り払った際に買ったんだ。やめろ、ブロンディー、やめなさい」これは雌馬への呼びかけだ。老人が私のために門を押さえていると、馬は鼻面で彼の胸をぐいぐい押し始めたのだ。「入れ。草はよく乾いてる。明日はもう少し歩きやすい靴を履いてこい」

　私は老人と一緒に野原に入っていった。「その三歳馬のどこが悪いの?」

「なんだと?　ああ、フォレストの馬か。どこも悪かないが、誰もろくすっぽ面倒を見なかったんだよ。まあ、古い〝マウンテン〟種の馬だから、手放しがたくて飼ってただけだろう。エヴェレストの子だ。エヴェレストを覚えてるか?　今はチョラーフォードの飼育場に移った。やつも年を取ってきたがな、相変わらずいい馬だ。あの一歳馬を見てごらん。フォレストの仔馬だって、調教する暇さえあれば名馬になったものを。ローアンという名前だっけな」老人は含み笑いをしながら雌馬の背中を叩いた。「父馬はエヴェレストで、毛並みが白っぽい金髪《アッシュブロンド》だからとな」

「マウンテンアッシュね（ローアンもマウンテンアッシュもナナカマドの英名）?」

「そのとおり。フォレストはいつも愚にもつかない名付けをした。種馬飼育場がなくなったことは知ってたか?」

「ええ、もちろん。ところで、あの仔馬にはどんな名前を付けたの?　同じ血統だという話だったわね」

「まだ付けとらん。付けるのは馬主の役目だからな」

雌馬は頭をそらして老人が撫でようとする手をよけると、すねたように尻尾をふりながら、ちょっと向きを変えた。それから私のほうに耳を立て、問いかけるように鼻面を伸ばしてきた。

私はそれを気にしなかった。「じゃあ、もう売ったのね？」

「ああ。残念ながら、今はおまえが乗れる馬がないんだよ。見てのとおり、ブロンディーはのろまだし、仔馬は来月にはいなくなる」老人は笑った。「ただし、フォレストの三歳馬を試すという手はあるぞ。頼んでみれば、乗せてもらえるはずだ」

雌馬が鼻面をくいくいと押しつけてくる。仔馬も興味が湧いたのか、仲間入りしようとやってきた。背後の、小道を少し戻ったところから足音が近づいてくる。私は雌馬からあとずさりして、門まで追い詰められた。雌馬はまた私に頭を押しつけて、ワンピースに荒々しく息を吐きかけた。

私は息も絶え絶えだった。「誰に頼むの？」

「フォレストに決まってるだろ。どうかしたのか、アナベル？」

「なんでもないわ。どうもしやしない」足音がいよいよ近づいてくる。

おじいさまは探るように私を見つめていた。「顔が真っ青じゃないか！　雌馬を怖がってると思われるぞ！」

私は笑い声を絞り出した。「この馬が怖い？　ばかばかしい！　ほら、ブロンディー……」そう言いながら雌馬の頭に手を伸ばした。手が震えていることをおじいさまに気づかれないといいけれど。雌馬は私のベルトのバックルをかじっている。仔馬は雌馬の傍らに来ていて、じっと見つめていた。今にも仔馬まで迫ってきそうだ……。

おじいさまの探るような、けげんそうな目から目をそらし、私は早口で言った。「フォレストさんはイタリアにいるんだと思っていたわ」

「今週あたり帰って来ると、ジョニー・ラッドから聞いてる。まだ当分戻らないはずだったが、イタリアの家の処分が思いがけずすいすい進んだんだろう」

私は雌馬の頭をぐっと押しのけた。相手が象だとしてもおかしくないくらいの勢いで。そしてあやふやな口調で言った。「てっきり――向こうに永住したんだとばかり。ほら、館が焼けて――いろいろあったから」

「いやいや。フォレストはウエストロッジに落ち着くつもりだと、ジョニーが言ってる。身の回りの世話をするラッド夫婦も一緒にな。フォレストは去年帰ってきて残りの地所を整理して、ジョニーと一緒に古い菜園の整備に取りかかった。今から続きをやるところだろうよ」

「ええ、確かコンが――」

コンの声が小道のカーブから聞こえた。「マシュー大伯父さん？　アナベル？」

「ここだ！」おじいさまが応えた。

雌馬は私の服を噛みながら、じりじりと退却している。私は門にぎゅっともたれかかったので、背中に横木が食い込んだ。おじいさまの顔がさっと曇った。「アナベル――」

「やっぱりね！」背後からコンが助け船を出してくれた。「まっすぐここに連れて来ると思ってました！」

小道のカーブを曲がるなり、コンは一目で事情を汲んだのだろう。おじいさまの関心は、仔馬と私のおかしな振る舞いとの二手に向けられていた。私は門にもたれてぜいぜいとしゃべりながら、どう見ても震えている手で、服の胸元にうっとりと息を吐いている雌馬を止めようとしていた。

コンの目が愉快そうに光ったと思うと、彼は門に身を乗り出して、しつこい雌馬を私からぐいっと引き離した。「もうやめろ」と言うと、雌馬は耳を伏せて尻尾をふりながらさっと向きを変えた。仔馬はかわいい頭を上げて、母馬についていった。私がほっと一息つくと、コンは門をあけて入ってきた。

幸い、おじいさまは仔馬が木陰へゆっくり駆けていく姿を見守っていた。「いい走りっぷりだろ?」愛おしそうに言う。

「すばらしいチビ助ですね」コンが頷いた。

「チビですって?」私は震える声で言った。「すごく大きく見えるわ!」

コンの目がきらめいた。今の私の言葉は、人生の大半を馬と過ごしたことになっている人間が口にしたとは思えない。しかし、コンはベテラン俳優のようにその場をうまく言い繕った。面白がっているせいか声に熱がこもっているけれど、ほんの少しなので、おじいさまは気づかないだろう。「ああ、本当によく育ったよ。一歳そこそこのわりには……」それからコンはこともなげにウィンズロウ老人と専門的な話を始めた。私に落ち着きを取り戻す時間を与えるためだ。

やがておじいさまが言った。「さっきアナベルに言っといたぞ。馬に乗りたかったら、フォレストに頼むしかないってな」

「フォレストに? ああ、戻ってるんですか?」

「まだだ。今週あたりだと。ジョニー・ラッドの話じゃ、どんなに早くても到着は秋になるはずが、フォレストはもうヴィラの処分を済ませて、帰って来てウエストロッジに住むらしい」

コンは私の隣で門にもたれている。斜めから私を見下ろした。表情の陰に笑みが隠れていた。「そりゃツイてるぞ、アナベル。あの人がマウンテン種の仔馬に乗せてくれるさ」

私はまだ震えていたが、これ以上私をだしにしてコンを楽しませるのはまっぴらだった。そこで、すかさず言った。嬉しくてたまらない証拠という証拠を見せつけた。「本当に乗せてくれるかしら？ すてきだわ！」

コンは目を丸くした。おじいさまは簡単に言った。「乗せてくれる。おまえが乗り方をすっかり忘れてなきゃな！　今から行って見てくるか？」

「ぜひ」

「また今度にしたら？」コンは言った。「疲れてるみたいだ」

私はちょっと意外な顔をして、コンのほうを見た。「大丈夫よ」

コンは背筋を伸ばした。その物憂げで優雅な動きはわざとらしく見えるが、実は息をするくらい自然な行為だ。彼はゆっくり動いたのに、近くで草を食んでいた雌馬が白い縁取りのある目をむいて、離れていった。

「あいつはおまえが嫌いなんだな」マシュー・ウィンズロウは言った。「じゃあ行こう、アナベル。コンも行くか？」

コンは首を振った。「いや、仕事が山ほどありますから。ただちょっと、十七エーカーまで来て草刈り機の具合を見てもらえないかと思って。ここんとこ切れ味が悪いんです」

「草刈り機だと？　やれやれ、いちいち私のところに駆け込まなくても直せないのか？」そうぼやきつつ、老人は足を止めてふり向いた。まんざらでもなさそうだ。「よし、そういうことなら――」

彼は私を見た。「三歳馬はいずれまたな。それとも、ひとりで行ってくるか？　ここから橋を渡った、ふたつの牧草地で草を食べてる。場所はわかるな。森の向こうだ」

「ええ」私は答えた。「わかるわ。これから行ってみる」

唯一の願いは、ここを抜け出して、ひとりになり、母屋に戻って彼らと過ごさなくても済むことだった。でも、話しながらふり向きかけると、コンの顔に正真正銘の不安らしきものがちらりと見えた。

そのとき、ふと気がついた。コンが都合よく現れたのは、偶然ではなかった。草刈り機の修理を頼みに来たのではなく、それからぐずぐずして私をからかったのでもない。計画的な救助作戦だったのだ。コンは私が放牧場に連れて行かれると見当をつけ、そこで起こりそうなことにも見当をつけた。おじいさまとのやりとりが長引けば、私の神経が参ってしまうことにも。もっぱら私を逃がすため、ウィンズロウ老人を引き上げさせるためにやってきたのだ。おそらく草刈り機はどこも悪くないのだろう……。

それにもし、コンがここで私をからかわずにいられなかったとしても、事情が事情だけに、彼にはからかう資格がある。今は辛抱強く立ったまま、きびきびした説教に耳を傾けている。若い者はできそこないだ。牧場で使ってるどの機械のどこが悪くなろうとも、二十秒で原因を突き止めて直せなきゃだめなんだぞ……。

じゃあ、公平にやろう。それなら、もうコンを心配しなくていい。私はおじいさまの説教を遮った。

「やっぱり行かないことにしたわ。母屋に戻るわね。だって、今日はもうたっぷり歩いたし」

マシュー・ウィンズロウは私を見た。目のまわりにけげんそうな皺を寄せたままだ。「なんだか動転しているな。どうした？」

突然、むやみと泣きたくなった。「なんでもない。本当に。なんでもないの。コンの言うとおりよ。

疲れちゃったわ」私は小さく身振りをした。「帰ってきた放蕩息子を演じるのは最高だったし、みんなすごく優しくて……優しすぎたほど。でもね、ひどく疲れるの。もう時間が一年戻っていて、何もかもがどっと押し寄せたみたいな気分よ」

私たちは小道に戻った。コンは門を閉めると、安心させるように私の腕を取った。

「そりゃ緊張してるせいさ。みんなよくわかってる。もう家に入って、夕食まで休むといい」

コンは今までどおりに優しく話した。おじいさまがコンの顔から私の顔へさっと視線を移し、また戻した。コンの気遣いに嘘がなかったことは誰の目にも明らかだろう。その理由は知っているけれど、マシュー・ウィンズロウに早合点されては困る。私はコンに取られた腕を引き抜いて、慌てて言った。

「そうさせてもらうわ」そして、老人のほうを向いた。「クリベッジの得点板（トランプゲームの得点を記録する細長い板。並んだ穴にピンを立てる）はまだあるかしら?」

老人の顔が晴れやかになってほころんだ。「あるとも。遊び方を覚えてるか?」

「忘れるわけないわ」（〝アナベルはよく爺さんとクリベッジをして遊んだものよ。古臭いトランプゲーム。あら知ってるの?　そりゃ好都合……〟）私は付け加えた。「おじいさまが私に莫大な借金があることも覚えているわよ」

「ばかを言え。私は毎回負け知らずだったぞ」

「それがねえ」私は声を弾ませた。「この八年でめきめき腕を上げたの。おじいさまの家も土地も巻き上げるから、用心してね!」

老人の乾いた笑い声を聞いて、隣でコンが身を固くした。コンが出し抜けに言った。「とにかく、今夜は遊ばないだろ?」

「だめだめ。この子は早く休まないと。第一、私はおまえと十七エーカーで夜なべじゃないか。あっちの仕事はどうなってる？」

コンが答えると、男たちは私を挟んで話し込み、三人でゆっくりと飼育場に戻っていった。そこに車を停めてある。コンが大伯父に接する態度は感じがいい。屈託がなく、のんびりしていて、親しみやすいのに、かすかな敬意がこもっていて、老人を喜ばせる。おじいさまは一見権力者に見えるとしても、北風が一吹きすれば飛ばされそうな、はかない抜け殻も同然だ。そんな男に、コンほど活発で有能な男から敬意が払われるのだから。

おじいさまがしゃべっている。「冗談じゃない！　草刈り機がちゃんと動くようになったら手伝ってやる」

コンはいつものきらめく人懐こい笑みを浮かべた。「そんなこと言ってる場合じゃありません。ぜひとも来て、俺たちをいびって下さい。それくらいしか任せてあげられませんけど！」

「人を丸め込む気か。まだ耄碌《もうろく》しちゃいないし、女子供みたいな扱いはごめんだ」

コンはにっこりした。「女子供扱いなんかしません。とにかく、その機械はまた動くようになったら、まだ役に立ちますよ！　なあ、アナベル、今でもトラクターに乗れるかい？」

「なんとか乗れそうよ。乗馬の腕は落ちてしまったけれど」私は冷静に答えた。

私たちは正面の庭の門に着いていた。そこに停まっていたフォードの大型車に、おじいさまはぎくしゃくと乗り込んだ。コンがドアを閉めてやった。

遠くの、ハイリッグズの向こうの野原から、草刈り機が休みなく快調にうなる音が聞こえる。私の勘違いではなかったら、草刈り機はどこも悪くなさそうだ。コンが車のドアを閉めてふり返ると、私と目が合った。その目は笑っていた。

「俺の出番だ」コンは声を忍ばせて言い、思い出したように訊いた。「そりゃそうと、ほんとにトラクターに乗れるのか？」

「これまでも乗ったから」

「それに」コンは言った。「乗用車にも乗った？」

私はしばらくコンを眺めて、それからほほえんだ。なんといっても、彼があんな真似をしたのは当然だ。「カナダでは車を持ってたわ。ついさっき許可証を燃やしたばかり。免許証は行方不明だけど、どうでもいいわ。必要なら、イギリスの免許を取るから」

「ふうん」コンは言った。「さて、もしよろしければ、うしろの門を閉めていただけませんか……？」

第八章

あそこの緑溢れる庭園を
愛しい人よ、ふたりでそぞろ歩きした。
あんなに美しい花を見たことはなかったのに
今は茎まで枯れ果てた。

バラッド「眠れぬ墓」

リサとおじいさまと一緒の夕食は、心配していたような苦行にはならなかった。おじいさまは二言目には〝覚えてるか〟と言い出したものの、ご機嫌だったし、リサは伏し目がちに私たち双方をやきもきしながら見ていたが、食事はスムースに進んだ。なんの問題もなかったと思う。そこにコンはいなかった。最近は日が長いので、好天が続く限り干し草畑で長時間働いているのだ。
夕食のすぐあと、おじいさまは手紙を書くと言って事務室に行き、私はリサを手伝って食器を洗った。ベイツ夫人は五時に立ち去り、台所と酪農場を手伝う娘は乳搾りが終わった時点で帰宅していた。リサも私も黙々と手を動かした。私はくたびれて、上の空になっていた。話したくないことを見抜かれていたのだろう。リサはおしゃべりしようと誘いかけてこなかった。九時過ぎに私が階上の寝室に下がったときも、引き止めようとしなかった。

私は開け放たれた窓のそばに座った。蔓薔薇のむせ返るほど甘い香りが夕闇に漂う部屋で、小動物が檻をぐるぐる歩き回るように、頭の中で昼間の出来事を何度も何度もたどる。

日光は見る見る薄れてきた。夕焼けで真っ赤に染まった長い雲がすっかり暗くなり、冷えてきた。夕雲の下では空が澄み切って、ひとしきり淡い緑に洗い流され、吹きガラスのようにもろくなった。夕闇がゆっくりと垂れ込めていく。巣につこうとやってきた鳥のようにふんわりと。やがて月が出る。

ひっそりとした夜だ。頭上で、小さな足が傾斜屋根の瓦を引っ掻く音がして、鳩がしゃがれた声を漏らして眠りに戻った。眼下の庭でライラックの香りがする。蛾が頰をかすめ、蝙蝠《こうもり》が空をナイフのように切り裂いた。手入れのされていない芝生では黒と白の猫がうずくまり、尻尾を振っていたと思うと、跳び上がった。芝生で何かが大声をあげた。

手の甲でいらいらと頰を撫で、煙草に手を伸ばした。静かな晩に、母屋の横手あたりでドアがすばやくあいて閉まる音がした。男の足音が飼育場を遠ざかり、どこかの芝土で消えた。コンが夜食を取りに来ていて、また戻っていったのだ。

私はさっと立ち上がり、ドアの近くのフックから薄手のコートを取った。煙草の箱をポケットに入れて、階下に下りた。

リサは台所でコンの食事の後片付けをしていた。私はせかせかと言った。「ちょっと歩いてくるわ。その、ひとりで見て回ろうと思って」

リサは気のない様子で頷いた。私は次第に濃くなる暗闇の中に歩み出た。

川べりの牧草地に続く小道で彼に出くわした。巻いた針金と金槌とペンチを持っている。私の慌ただしい足音を聞いてふり向き、待ち受けた。私を迎える笑顔は、私の表情を見るなりすうっと消えた。

　私は息せき切って声をかけた。「コン。話があるの」

「そうか」コンの声は警戒している。「どうした？　まずいことでも？」

「いいえ――とりあえず、あなたが想像してることじゃない。ただ、言っとかなきゃいけない話があるの。どうしてもすぐ会いたかった。今夜のうちに」

　私はコンのすぐそばに来ていた。彼の顔は深まっていく夕闇の中でもまだ表情がわかるが、喧嘩腰とも言えるほどこわばっていて、何が来ようと油断なく身構えている。コンの協力なんて、こんなものね。おとなしく言うことを聞いていればいいけれど、逆らったと思われたら……。

「それで？」

　理詰めに、淡々と、前もって考えてきた話し合いを正しく始めるつもりでいたのに、なぜか、唐突な、脅すような響きさえある一言に決意をこっぱみじんに砕かれた。いかにも女らしく、理屈も話し合いもいっぺんに忘れ、結論から始めてしまった。

「こんなの続けられないわ。わかってちょうだい。我慢できないの！」

　コンは立ちすくんだ。「どういうことだ？」

「言ったとおりよ！　もうやめたいの！　だいたい、こんなこと始めようと思っただけでもどうかしてた！」口をひらいたら最後、抑えが利かなくなった。この日は、我ながら嫌になるほど何度も動揺した。私はしどろもどろになり、コンがすげなく黙り込んでいるので、話はますます要領を得なくなった。

「何か――何かほかの手を――おじいさまに説明することを考えなくちゃ。何かしら考えつくわ！

ここで私が残ってもしかたないわよ！　たとえ今回はうまく切り抜けられたとしても――」

　コンがはっと息をのむ音がした。「うまく切り抜けられたとしても？　爺さんに嗅ぎ付けられたってことか？」

「いいえ、とんでもない！」自分の声が甲高くなるのがわかり、唾を飲み込んだ。そこは午後にも一緒に来ていた門の近くだった。私はコンから一歩下がり、門に手をかけて、気分が落ち着くかもしれないとばかりに、ぎゅっと握り締めた。そして震える声で言った。「コン……ねえ、ごめんなさい」

　背後でコンの声が冷ややかに響いた。「君は取り乱してる」

　それは紛れもない事実なので、言い返さなかった。コンは道具と針金を生け垣のそばに置き、門のところにいる私に近づいてこう言った。こんなに不機嫌な声でしゃべるのは初めて聞いた。「良心が芽生えてきたのかな。そういうわけか？　ちと遅いってもんだろ」

　コンが言葉で告げている内容よりも、口調のほうに神経を逆撫でされた。私はぱっとふり向いた。

「そうかしら？　私はそう思わない！」

「へえ？　よく考えろよ、別嬪《べっぴん》さん」

　私はコンを睨んだ。「脅迫する気なの、コナー・ウィンズロウ？　もしその気なら、どんなネタで？」

　すでにあたりは暗くなりかけていて、コンはいくらか光が残っているほうに背を向けて立っていた。門に肩をもたせかけようと向きを変えた。すっかりくつろいでいるらしい。私は見たというより感じたのだが、彼の目はまだこちらに油断なく、食い入るように、険しく向けられていた。ところが、口調は気軽だった。

「君を脅迫するって？　まさかそんな。それどころか、俺たちは一蓮托生なんだぜ。あの……取引を……さっさと忘れようったって、そうはいかない。君はここまで立派にやってる。思いがけないほど、ことはうまく運んで……おまけに、それが続きそうなんだよ、ダーリン。俺――と君もね――の欲しいものが手に入るまで。文句なしだろ？」

「そのとおりね」

月は鬱蒼とした木立の向こうに昇ろうとしているはずだ。川面《かわも》が初めてかすかに光るのが見えた。黒々としたダマスク織のような木の葉と枝のあいだに覗く空は、磨き立てた鋼の色をしている。あの雌馬は三十ヤード先で草を食《は》んでいたが、頭を上げてこちらをまじまじと見ながら、耳を立てた。暗くなっていく生け垣と木の影の下で、雌馬はかすかに光った。冷たく滑らかな白金のようだ。仔馬も母馬のそばに寄り、こちらを見つめている。

私は暗闇に目を見開き、いぶかるようにコンを見た。「どこまで……」

「うん？」

慎重に切り出した。「どこまでやるつもり？　欲しいものを手に入れるために」

「自分でもときどき考えた」コンは愉快そうだ。「君は驚くかもしれないな、又従妹くん。これまで自分の二本の手で作った――あるいは盗んだ――もの以外に何も持ってなかった人間が、どんなことをする気になるか。だいたい、どんなことをしようがいいじゃないか。自分の力を――」コンがふと口をつぐんで、かすかな笑みを浮かべたように見えた。「やれやれ。もうあっちこっちたらい回しにされるのはごめんだ……。できれば正々堂々とやりたいが、いざとなったら手段は選ばないね！」

「なるほど。じゃ、これでお互いの立場がわかったわね」私はポケットから煙草の箱を取り出した。

「吸う?」

「どうも。君は吸い過ぎじゃないか?」

「そうかもね」

「聞きたくない言葉がちょっと耳に入ったくらいで取り乱すようなばかじゃないだろうに。いったいどうしたんだ? 火なら持ってるぜ。ほら」

一瞬マッチの炎が上がり、コンの顔がはっきり見えた。軽い言葉を並べ、愛情表現をふんだんに使うわりには、その表情に好意はなく、どうかすると、人間らしい感情が影も形もない。仕事に打ち込んでいる男の顔だ。厄介で、危険ですらあり、ありったけの集中力が求められる仕事に。それは私だ。また協力させようというのだ。

マッチの火が消えた。今のは誤解だったのかもしれない。話し出したコンの声は優しくないわけではないのだ。「どうして取り乱したのか、教えてくれないかな? 何か理由があるんだろ? それはなんだい? 昼間の馬たちのせいか? 俺が助けに行ったとき、君はひどく具合が悪そうだった」

「ほんと?」

「なあ、気が進まないなら、フォレストの馬に近寄らなくていいんだよ」

「わかってる。大丈夫。馬のせいじゃないから」私はコンの隣で門にもたれ、煙草を思う存分吸った。「最初から間違えて、不安にさせてごめんなさい。約束を破るつもりなんかないの。今日は、その、大変な一日だった。ずっと成り行き任せだったのよ。ようやく、きちんと説明できる。理性的な人間らしくね。つまり、女の柄にもなくってこと」

「君が始めたんだぞ、ハニー、俺じゃなくて。さあ続けろよ。ちゃんと聞いてるからさ」

「計画変更について話したかったのは嘘じゃないの。ちょっと待ってよ、コン。問題は、事情が変わったことなの」

「変わった？　どんなふうに？　いつから？」

「今日の夕方、ここで私がおじいさまと話したときから」

「まあ……何かあったとは思ったよ」コンが息を吐く音がした。「だから言っただろ、ひどい顔色だって。あのばかな雌馬のせいじゃなかったのか」

「違うわ」

「それで？」

「要するにね、コン、こんな計画は無駄だったかもしれないってこと。もう動転したわ。おじいさまは――どのみち〈ホワイトスカー〉をあなたに遺すと思う」

「なんだって？」

「そう聞いたの」

「本人の口から正確に？」

「ほぼ正確に。そう言ったと誓ってもいい。ここの顧問弁護士さん、アイザックスっていうんでしょ？　金曜日に来るって知ってた？」

「いや、知らなかったな」コンは呆然としているようだ。声がかすれていて、語尾が聞き取りにくい。

「それがね、来るのよ。ジュリーは水曜日に着いて、アイザックスさんが金曜日に来る。おじいさまは詳しいことを何も言わなかったくせに、盛んに匂わせた。誕生日に家族の集いでもひらきたいんでしょう。その前に弁護士を呼び寄せたのは、遺言状の話をするためだと読むのは妥当な線じゃないかしら。〝もろもろの手はずを整えたい〟と言ってたから」

コンがぱっと動いて、門がきしんだ。「そうかい。しかし、そりゃ単なる読みだろ！〈ホワイトスカー〉はどうなる？　実際にはなんて言ってた？」

「大したことは言わなかったけど――コン、もういいわ。あやふやなんだから、教えなきゃよかった。ただ、おじいさまがあなたに遺産を残すつもりなのは間違いないわ。それはまあ、約束したわけじゃない。私の前でも、はっきり言わなかった。でも、すごく具体的な話だった」

「どんなふうに？」

「ええと、まず私が念を押されたのが、〈ホワイトスカー〉の全財産は昔からアナベルに約束されていたものだったこと。〝本来はおまえの父親が継いで、それからおまえという順になるはずだった〟」

「〝なるはずだった〟？」コンは鋭く訊き返した。

「ええ。そう言ってから、おじいさまはあなたを褒めそやしたの。息子も同然で、あなたがいなければ牧場は立ち行かなかった、とかなんとか。ここはあなたのものだと本気で考えてるのよ、コン。あと、こうも言ったわ。おまえはこうしてぶらぶら戻ってきて、コンの頭越しに〈ホワイトスカー〉を要求してもいいと思うのか？　そう、あなたの頭越しに。〝それが正当なことなのか？　断じて違う！〟これはおじいさまの言葉どおりよ」

「参ったな。君の言うとおりだとしたら！」コンは息をついた。「じゃあジュリーは？　あの子のことにも触れてたかい？」

「はっきりしたことは何も。二十二日に私たちみんなに話すつもりだとも、はっきりとは言ってない。それに、私が問いただそうとしたら――あなたが有利になるように遺言状を書き換えてるのかとずばりりと訊こうとしたら――答えをはぐらかされたわ。食い下がれなかった。どういう感じかわかるでしょう。みんなにあれこれ憶測させておくのが好きな人みたいね？」

「大好きさ。えいくそ！」

コンが急に悪態をついたので、私は口元に運びかけた煙草を止めた。昼間にコンが老人に話していた魅力的な物腰が鮮やかに、恐ろしいほど思い浮かぶ。おかしなことに、どちらの態度も同じように本物だと思った。

私は穏やかに言った。「要するに、コン、おじいさまはもう年でしょ？　昔ながらのやり方ができなくて、気を悪くしてる。だって、昔から――そう、専制君主タイプだったみたいね。今や牧場と現金が唯一残された権力のあかしなのよ。だから遺言を公表しないんだわ。若い世代に……特にあなたに、ひどい仕打ちをしてることを自覚してないようだから。おじいさまはただ――当然だけど――ここは自分のものだと考えて、気が向いたら悪魔の役を演じてるだけ。でも、いよいよ心が決まった。そのはずよ。アイザックスさんが呼ばれたんだから」

コンの煙草は指のあいだで見向きもされず、くすぶっていた。彼は身じろぎもしなかった。私が言ったことは要点だけが通じていたらしい。

コンはつらそうに言った。計画を見直すのは体に負担がかかるとでも言わんばかりだ。「爺さんが肚を決めたんなら、それは君がここに来たせい……ていうか、君が帰ってくるとわかったからだ。リサが知らせていくらもしないうちに電話をかけに行った。リサがそう言ってたのを覚えてる。あのときアイザックスに連絡してたんだな」コンは顔を上げた。「おいおい、君の登場で逆効果になったってことだぞ！　なんだって爺さんが弁護士を呼び寄せたりする？　遺言状から俺を外して君を入れるに決まってるじゃないか」

「そんなことしないわ。きっとそう。言っとくけど、おじいさまは私に質問を浴びせて、同じことをくどくど繰り返したようなものよ。家を出て八年も経つのにけろっと帰ってきて、遺産をもらえる気でいるのはずるいじゃないかと。だいたいそういう言葉遣いだった。そう、ずばりと訊かれたの。けろっと戻ってきて、あなたをさんざん働かせたあとで、目の前で〈ホワイトスカー〉をかっさらってもいいと思ってるのかと」

「へーえ、ほんとに？」コンは長々と息を吐いて、それから笑い出した。意気揚々とした、かすれ声だ。「で、君はなんと答えた？」

「それがね、一言〝いいえ〟と答えておけば無難だろうと思ったの。おじいさまは驚いたみたいな感じだった」

「無理もないだろ！　本物のアナベルなら俺に安物だってよこそうとしなかった。おまけに、爺さんも同類だってことを見抜いてただろうよ！」

「まあ」私は言った。「彼女は八年間で分別を身につけたのかも。世の中で一番大切なものに気づいたの」

「それを分別っていうのか？　戦うよりましだから、自分の権利を手放すのが？」

「〝権利〟ですって？　アナベルの？　ウィンズロウ老人の権利はどうなるの？　彼にだって、自分の財産を好きなように処分する〝権利〟があるんじゃない？」

「ない」

「あらそう？　とにかく、アナベルの件については言い争わないわ。あなたは自分の権利を主張したんだから、その件についても反論しない。それはさておき、あなたはお望みのものを手に入れることになりそうよ」

「何か知ってるのか?」コンが慎重に切り出した。「君はアナベルなんかよりずっといい人だ」

「まさか、知るわけないでしょ。気の毒なアナベルの相続分をあなたに譲るように、私はおじいさまをけしかけたのよ」

「知るわけないいな。君は俺に相続してほしがってると本気で信じてるからさ。それも、あとで手に入れる〝山分け〟のためだけじゃなく」

「まさかと思うでしょうね。私って、すこぶる打算的なのよ」私はあっけらかんと言った。

コンはこの言葉を聞き流した。「さっき、彼女は〝八年間で分別を身につけたのかも〟と言ったな。それで、本当に大切なものに気がついたって。本当に大切なものってなんだ——君にとって?」

コンには私の顔が見えないとわかっていたのに、それでも私はそっぽを向いた。そして手短に答えた。「私は女よ。それだけで答えになるわ」

その後は沈黙が続いて、馬が休みなく草を食む音が聞こえた。すぐ近くまで来ているのだ。牧草地を下ったところに川がぼんやりと見える。何かが影のように水面をよぎり、川岸で揺らめいた。形がなく音も立てず、まるで幽霊のようだ。仔馬が歩いてきて、母馬に寄り添った。

さっきの言葉をコンにどう受け取られるか、私がようやくそこに気がつく余裕ができた頃、彼はまた話し出した。ありがたいことに私の言葉には取り合わず、当面の問題に鋭く戻った。

「じゃあ、ほんとにジュリーの話はもう出なかったんだな?」

「全然」煙草の吸いさしを落として、踏み消した。「だって、どうしようもないわ。本当のことだから。どうしてかというと、あなたには一切話すなと口止めされたの」

コンのかすかな笑みが見えた。「そうかい」

私は辛辣に続けた。「私がおじいさまをあっさり裏切ったとは思わないでね。私だって、今の話をあなたに教えたくなかった。でも、計画を……変更してほしいと頼みたかったから」

コンはこの発言には口を挟まなかった。聞きたい話だけに集中するという類いまれな能力を備えているらしい。考え込むように言っている。「その話が本当だとしたら、よくわからないなあ。なんとも皮肉じゃないか。俺たちの陰謀ごっこの顚末としてはさ。俺は君を見つけて、わざわざ危険を承知で〈ホワイトスカー〉に送り込み、いかにも女らしくやましさを覚えている君に自分の正体をさらして野心まであらわにしたあげく……すべて無駄だったとは。爺さんは端《はな》から牧場を俺に譲るつもりだったのか」コンの煙草はシュッと音を立てて湿った草地に落ちた。「変だな、君の登場は逆の効果を生むはずだった。つまり、この際、俺のことは置いといて。この八年、君の名前を遺言状に入れたままにしておいて、いざ君が帰ってきたら削るってのは、どう考えてもおかしい。わからないよ。わかれば苦労はないんだが」

「わかるような気がするわ。おじいさまはずっと——なんて言えばいい？——夢のようなものを追い続けてきたの。それが真実ではないかと思い込んでしまったくらいね。みんなからアナベルは死んだとしつこく言われて、おじいさまはああいう人だし、あなたが〈ホワイトスカー〉を欲しがってることも知ってるはずだから、意固地になったんだわ。夢と、ただの強情っぱりから生まれた信念とにしがみついて、本当は嘘だろうとわかっていながら……。あなたを捕まえておくためでもあるのよ。そう、それが影響したんじゃないかしら……」私は一息ついた。「さあ、こうして私は戻ってきた。おじいさまはずっと自分が正しかったとわかる。それでも、夢の現実と向き合うことに気づいているのよ。あの夢は、あなたを過信させないための脅しに使ってたのね。おじいさまは何があろうとアナベルにここを譲ると、ずっとあなたに言ってたわ。さあ、彼女が帰ってきた。〈ホワイトスカー〉なんかどうでもいいとばかりに、八年間も忽然と消えていた娘。かたやあなたは、遺産の相続人にふさわしいと証明してみせた。そこで、おじいさまは急いで心を決めなきゃならない。そしていよいよ、最初からするべきだったとわかってることをするんじゃないかしら」

「そうかもな。筋が通らないからありそうな話だ」

「そのうえ」私は言った。「かなり自信がある点がひとつ」

「なんだ？」

「あなたはそもそも残余財産受益者だったはず。ジュリーもそうかもしれないし、違うかもしれない。おじいさまはね、心の底ではアナベルは死んだと思ってたのよ。頑固だから、アナベルを相続人のままにしておいたけど、この数年でいつでもあなたに財産を継がせたくなったのね。ところが、私が帰ってきてショックを受けた。早く遺言状を書き換えなくてはならない、法的に有効にしなくては、と思い立ったんだわ」

「そうだ。ああ、きっとそうだよ」

「そうとしか思えない」

「ジュリーの出番はどこなのか、それがわかりゃいいんだが」

「ええ、ジュリーは得体の知れない存在ね。さっき、おじいさまが彼女を呼び寄せたと言ったのは聞いた？　おじいさまがじきじきに誘ったと、リサは思ってる。手紙を書いたんですって。知ってた？」

「いいや」コンの口調がひねくれた。「ほらな？　君はここに戻って——十二時間、だよな？　なのに、要求しようがしまいが、爺さんからあれこれ聞いてる。俺はこの十二カ月で君ほど教えてもらえない」

「コン、やめてよ。そんなに悩まないで」

私は深く考えずにしゃべっていた。意外にもコンが笑い、雰囲気が和らいだ。「もういいよ、ダーリン、しかたないさ。しばらく様子をうかがって、君の読みが当たってるようにお祈りしよう。皮肉であろうとなかろうと、君はやっぱり俺の幸運の星だからね！」

「それはどうかな。私が現れなかったとしても、あなたの幸運は続いてたわ。ほかのいろんなものを手に入れたやり方で、今度も欲しいものを手に入れたはず。自分で言ったように、その二本の手でね」私はコンのほうにふり向きかけた。すると、思わず声がこわばった。「コン……なんの話をしに来たのか、まだ言ってなかったわ」

「ほかにもあるのか？　おいおい、まだうろたえてるな。うろたえるまでもなかったのに。そうだろ？　それとも、俺が君抜きで目当てのものを手に入れて、協定を守らなかったらどうしようって、心配になってきたのか？　落ち着けよ、ハニー。協定なら守る、大丈夫だよ！　とにかく君は取り分を手に入れる」彼の声にあの笑いが聞こえた。「さもなけりゃ君を信じたりしないさ。君は俺をさんざん痛めつけられるからな」

「取り分の心配はしてないわ。だから、あなたを痛めつけない。とにかく出て行きたいだけよ。さっきも言ったでしょ？」

「出て行く？」

「ええ。すっぱり手を切って。すぐに立ち去るの」

コンはぽかんとした。「君は——どうかしてる！」

「いいえ。どう見たって、私はもう必要ないから——」

「いいか——」

「嫌よ、コン、私の話を聞いて！　確かにあなたは、私が現れなくてもすべてを手に入れそうだった。いっぽう、私がここに来たせいで、おじいさまは決断を迫られた。おじいさまがどちらを選ぶのか、それはわからない。これまでのところ、遊び甲斐のあるゲームだわ。でも、もうゲームはしなくていい。そこに気づいたじゃないの。私がここにいる必要はない以上、いっそ出て行きたいわ。頼むから怒らないで。私が必要ならば、あなたを失望させたりしないけど、今では無用の長物だもの。本当に——出て行きたいのよ。これ以上説明させないで。説明できないから。良心が疼いたのかと笑われたら、我慢できない。今夜はもうだめ。すんなり納得してもらえ——」

「何一つ納得できるもんか！」私たちは堂々巡りをして、反目し合っていた。「君の良心が咎めるっていうなら、心配するな！　君は結局誰からも盗まないとわかったばかりで——アナベルが〈ホワイトスカー〉を相続する分を俺に譲渡しなくてもよさそうなんだぜ！　君は事情を重々承知の上でこの計画に加わった。たった一日で出て行く腹でいるなら、君にはもったいない上首尾に終わったとしか言えないね！」コンは一息つくと、機嫌を直してから続けた。「さあ、後生だから気を楽にしてくれ。君は誰も傷つけちゃいない。爺さんは君を迎えて大喜びなんだ」

「わかってるけど——」

「そもそも、今更どうやって出て行く？　教えてくれよ。みんなが――ウィンズロウさんは言うに及ばず――なんて言うと思う？　どんな言い訳を思いつく？　この際、本当のことを話すしかないんじゃないか？」

「あら、言い訳なんて簡単よ。ついさっきおじいさまのところに行って、おじいさまに会いに戻ってきたと言ったけど、やっぱり帰って来なけりゃよかった……コンのせいだ、と言うわ。だって、コン、おじいさまは私があなたと気楽に会えるとは思ってないはずでしょ？　この言い訳なら受け入れる。〈ホワイトスカー〉をあなたに継がせることにしたせいで、私がすねてると思うかもしれない」

しばらく待ってみたが、コンは黙っている。私は門に正面から向き合い、両手でてっぺんの格子を握り締めた。「コン、こうするのが一番なの。本当に。うまくいくわ。運が向いてきたのよ。今日、それがわかる。おじいさまになんて言うか考えたら、私は出て行く。明日。水曜日まではニューカッスルにいてもいいし――ジュリーに会えるまでいなかったらおかしいでしょう――おじいさまの誕生日に訪ねてきてもいい。それからロンドンに出る。いつでも戻ってこられるわ。もし――おじいさまの具合が悪くなったりしたら」また声を抑えられなくなっていた。口をつぐみ、小さく息をすると喉につかえた。むせび泣くような音が出たに違いない。「あなたが――私にここにいてほしいわけないわ、コン。わからない？　私が出て行けば、あなたにはいいことずくめ。私が今、すぐにまた出て行けば、おじいさまだって、それで踏ん切りがつくのよ。私には何一つ遺さない。現金も。あなたがここを手に入れるの。あなたとジュリーが」

コンは闇に紛れてすばやく動いていた。彼の手が鉤爪のように私の手をつかみ、格子にぎゅっと押しつけた。「やめろ！」彼は語気を荒らげた。「君はヒステリックになってる。よく考えろ。今夜はいったいどうした？　そんな話はばかげてると百も承知だろうに。今君が出て行けば、どういう質問をされると思う？　そうなったら、俺たちはどっちもおしまいだ。ついでにリサもな」

「ばれるとは思えない――」

「まだある。今出て行くもっともらしい口実がない。君にもわかる。ヒステリックな女でいるのはやめて、理性的な人間らしく振る舞えばな」

「だから――」

「いいかげんにしろ」コンはうんざりしたという口調で、すっかり腹を立てていた。「君が――君っていうのはアナベルのことだ――戻ってきたとき、俺と顔を突き合わせるのはわかってたはずだ。帰って二十四時間後に、もう俺を〝受け入れ〟られないと思ったなら、ウィンズロウさんはどう思うだろう？　抜け目のない爺さんだ。俺がいかがわしい真似に及んだと思い込むぞ。また手を出したと……過去を蒸し返して君を動揺させた……とかなんとか。今回ばかりは俺を許してくれないかもしれないな。だめだよ」

「まあ。そうね。確かにそうだわ。でも、ほかの口実を考えれば――」

「だめなんだよ！　だいたい、遺言状の条項がまだはっきりしないんだ。新しい遺言状が作られることになってるのかもしれない。君の言うとおりだとしても、爺さんに君を即座に相続人から外してもらいたいと、俺がそう思うっていうのか。明日君が出て行ったら、間違いなく外されるだろうよ」

私は隣に伸びた影をやっとの思いで見つめた。「どういう意味？」

「良心が咎めてるおばかさん、俺が爺さんに財産を三分割じゃなくて二分割させたがるっていうのか？　君が残れば、俺は君の取り分も加えて三分の二を手に入れる。君が出て行けば、運がよけりゃ、ジュリーと折半だが……これは現金の話だぞ。金がなけりゃ牧場を経営できないからな。単純なことさ」コンの手が私の手に伸びて、格子の上からきつく握り締めた。「そんなわけで、ダーリン、君はどこにも行かない。このまま悔い改めた放蕩娘を演じるんだ。期限は少なくとも、現金についてアナベルの正当な取り分を受け取れるまでだ。わかったか？」

「わから《ノ》ない《ー》」

「なあ、漫画でも描かなきゃだめなのか？　これ以上はっきり言いようがないぜ。どっちみち、わからなくてもいいけどな。俺の言うとおりにしろよ」

「嫌《ノー》よ」

沈黙。

私は震える声で言った。「わからないという意味じゃない。ただ嫌だと言ったの」

一瞬、コンの静けさが激しい怒りとなって爆発すると思った。怒りが彼の手首と手を伝い、私の手に流れ込むのが感じ取れる。やがて緊張感の質が変わった。彼は私をじっと見つめている。闇を貫いて私の表情を読もうとするように。

コンは慎重に切り出した。「こんなことを言い出した理由がまだあるんだな。じゃあ、あるとして……。そうだな？　何かをひどく怖がってるんだろ。いや……あの馬じゃない。大事なことだ……。それがわかるなら、なんだってしてくれてやる……」

コンの声ががらりと変わった。怒りは消え、そこには好奇心のようなものがあった。いや、ただの好奇心ではない。いってみれば熟考だ。

私はコンが怒っても怯えなかったのに、今度は、おかしな話だが、急に不安になった。そのあげくに慌てて言い繕った。「何も怖がってやしないわ。ただ……だから言ったでしょ、今日はうんざりするような一日で……ごめんなさい。ああ、もう何も訊かないで。お願い！　今日はさんざんあなたの役に立ったわ。今度はあなたが私の言うことを聞いて。必ずなんとかなるから。あなたが手を貸してくれさえすれば……」

　ここで初めて、私は自分の意志でコンに触れた。空いている手を伸ばして、もう片方の手を格子ごと握っている彼の手に重ねたのだ。

　そのとき、突如月が現れた。木のてっぺんの陰から白濁した空にするすると昇っていた。木々の影がこちらに伸びてきた。青黒く冷たい影が銀色に溢れた草地をよぎる。

　私の顔を覗き込んでいるコンの顔がはっきりと見えた。目の表情は隠れている。月の光がまばゆい外見からきらめきを奪い、すべてを隠してしまった。見えるのは瞳の奥の闇だけだ。またしても、あのコンの恐ろしいまでの、融通の利かない集中力を痛いほど意識した。ぎらぎらと光るうつろな目が私を見ていた。

　やがてコンは極めて穏やかに言った。「こういうことか？　きれいさっぱり手を引いて、出て行きたいと？」

「ええ」

「いいだろう。好きにしろよ」

　私は跳び上がったに違いない。コンがほほえんだ。私は疑うように言った。「つまり、手を貸してくれるの？　私を自由にして――計画を捨てて、ただ様子を見るのね……正当な手段で？」

「君がそうしてほしいなら」コンは言葉を切り、それから続けた。やけに優しい声だ。「今すぐ母屋に行って、君のおじいさんにこう言おう。この女はアナベルでもなんでもないって。この女はモントリオールのメアリー・グレイ、金儲けを企んだ流れ者で、英国《オールド・カントリー》で平穏無事に暮らし、定収入を得られる場所が欲しかったんです。俺たち三人、リサと俺と君――あなたが信用する人間ばかり――はあなたを裏切る計画を立て、日がな笑いものにしてました、ってさ。昼間、二階でどんな話をしたのか知らないが、爺さんはそうとう神経質になってたんじゃないか？　ああ、やっぱりな。で、この長い、幸せな一日の終わりに、アナベルは五年前から完全に死んでるだろうと俺たちに言われたら……。わかるだろ？」

馬の親子が丈の長い草を食みながら近づいてきた。垂れた枝越しに川面が明るさを増す月光にきらりと光った。川向こうで、一羽のアオサギがのたのたと歩いて翼を広げ、川下に向かってゆったりと羽ばたいた。

とうとう私は口をひらいた。「ええ。わかるわ」

「わかってくれると思った」

「引き受けなければよかった」

「でも、君は引き受けた。何もかも承知の上でね、かわいい人」

「本当のことを知ったら、おじいさまには命取りになるでしょ？　どんな騒ぎになることか……つまりね、私たちが今すぐ打ち明けたりしたらよ」

「間違いなく大騒ぎになる。ショックを受けたり、突然感情が揺れ動いたりすると。たとえば怒ったり、怯えたり。そうさ、ほんとの話は爺さんの命取りになる。だけど、俺たちは爺さんに死なれちゃ困る。まだな。だろ？」

「コン！」

コンは笑った。「心配するなって。それは計画に入ってない。ただ君に――えっと、現実を悟らせただけだよ」

「脅かしたってことでしょ」

「そう言いたけりゃそう言えよ。俺はどうしても欲しいものがあれば、手に入れる。些細なことは気にしない」

私は考える前にしゃべっていた。「それは知ってる。私にバレてないとは思わないで。あなた、以前にアナベルを殺そうとしたわね」

息詰まるような間が長々と続いた。やがてコンは背筋を伸ばして門から離れた。「やれやれ。おかしな解釈をしたもんだ。ま、そう思ってりゃいいさ。君がおとなしくしてるだろうし……。それで決まりだ。俺たちは計画どおりに動いて、美人さん、君は言われたとおりにする。いいな？」

「そうね」

コンの手は私の手を握ったままだ。空いているほうの手が私の顎の下に伸び、顔を月光に向けた。彼はまだほほえんでいる。恋が実るという女学生の夢が現実になった姿だ。

私は顔を背けた。「根に持たないでちょうだいね。きついことを言ったけど――あなただって、何が肝心かわかってて、こうするしかなさそうだとわかってる。それより、押しの強さにかけては期待を裏切らない人ね……今回のことは当然の成り行き。こうなると思ってた。これは反動としか言いようがないわ。あなたはひどく感情的な態度で、一日分としては我慢できないほど話を聞いた。だから、忘れましょう。ね？　朝になったら気分がよくなるわ」

コンが私の頬に触れ、軽く笑った。「まったく、俺はいい子に目をつけたもんだろ？　君のその良心のおかげで、俺は脅し合い協定でちょっと優位を保てるよな」

「はいはい。言いたいことはわかった。あなたはあくどいけど、私は違う。あなたが有利ね。さあ、放して。もう疲れたわ」

「ちょっと待った。この脅しは一度きりのキスにならないかな？」

「だめ。昼間も言ったとおり――」

「いいだろ」

「コン、今日一日うんざりするほどお芝居をしたのよ。今からあなたの腕の中でもがいたりして、喜ばせるつもりはありませんから。ほら、手を放して。この場面を終わらせてよ」

コンは言われたとおりにしなかった。私を抱き寄せ、まともな女の骨をとろけさせるよう考え抜かれた、甘い声でささやいた。「なんで俺たちは喧嘩ばかりして時間を無駄にしてるんだ？　俺は君に夢中だって知らないのか？　ぞっこんなんだよ」

「そう言えば」私はそっけなく言った。「あなたって、かなり独特な愛の告白をする人だっけ」

コンの手が緩んだ。私は溜飲を下げた。とにかく、これであなたもお得意の手が使えないわね。ところが、コンは調子が狂ったわけでもなかった。小さく笑って、私の言葉を内輪の冗談にすると、改めて私を抱き寄せたのだ。声は低くなってつぶやきとなり、私の左耳あたりで響いた。「月の光を浴びた髪が溶かした銀みたいだ。そうだ、俺は――」

「コンってば、やめて！　ひどいことは言いたくないけど、どうすればわかってもらえるの？」私はすがる思いで付け加えた。「コン、もう疲れて――」

そのとき、昼間はコン自身が私を救いに来たように、救いの手が現れた。あの灰色の雌馬は気ままに草を食んでいたが、いつの間にか門ににじり寄ってきて、美しい頭をついと上げ、私たちのあいだに突っ込むと、勢いよく息を吐き出して、くちゃくちゃと噛んだ。草のシミがついたつばがコンの白いシャツの胸元をぼこぼこと伝い落ちた。

コンは悔しそうに毒づき、私を放した。

雌馬は私に勢いよく頭をこすりつけた。笑うまいとして、私は片手で馬の前髪を撫で、もう片方の手でそっと口輪をつかんで、コンから遠ざけた。私は震える声で言った。「怒らないで！　この子――焼きもちを焼いたのよ」

コンは応えなかった。すでに一歩下がって、道具と針金を拾い上げていた。

私は慌てて言った。「頼むから怒らないで、コン。今夜はいろいろばかな真似をして申し訳ないけど、うろたえていたの」

コンが背筋を伸ばし、ふり向いた。怒っているようには見えない。なんの表情も浮かんでいない顔で、私と雌馬とを見ている。

「そうらしいな。だが、どう見ても、この馬のせいじゃない」

「この――そうね」私は雌馬の頭を脇に押しやり、門から離れた。「馬のせいじゃないと言ったはずよ。第一、すごく気立てがいい子じゃないの」

コンはその場に立って、私を見ていた。しばらくすると、妙に乾いた、つっけんどんな響きの声で言った。「ま、自分の立場がわかってるならいいさ」

「もちろん」物憂げに言った。「自分の立場くらいわかってる」

私はくるりと背を向けて立ち去った。コンは柵を修理する針金を持って、細道に立っていた。

フォレスト館に続く小道は百年間人っ子ひとり通らなかったように見えた。

あえてあの道を選んだ覚えはない。ただもうコンから逃れて、もうしばらくリサと顔を合わせたくない一心だった。気がつくと、なぜこっちへ向かったのかよくわからないまま、母屋からどんどん離れていき、館に続く川沿いの道を歩いていた。

苔が足音を消した。左手ではきらきら光る川面が道を照らす。大木が小道を縁取り、川べりにも並んでいる。小道に月光が斜めに差し込み、幹の影で波模様がついていた。去年のブナの実が足元でひび割れていて、ライムの花の香りがしたと思ったら、小道がフォレスト館を囲む高い塀に着いた。そこは手入れのされていない草木がはびこり、蔦や朽ちかけた木や野ニラやニワトコの花やらの強烈な匂いがした。

草が絡まった奥に、館の敷地に続く門がある。ニワトコの茂みと蔦が滝のように塀を垂れ下がり、門をほとんど覆い隠していた。押してみると、ぎいっと音がして、ひとつの蝶番《ちょうつがい》を支えに傾いていた。

森の中はなお暗かったが、ところどころで、月明かりの空の切れ端が枝に囲まれ、星を灼き、霜のような青白色に輝いている。風はなく、巨木は絡み合った枝を静かにしている。音を立てているのは川だけだ。

東屋《あずまや》は場所を知らなければ、あっさり見過ごしてしまいそうだ。小道から引っ込んだ木立の下に立っていて、前の川べりではシャクナゲがはびこっている。入口は、ほかの影のうしろでぽっかりあいた四角い闇にしか見えない。そこを通ったとき、梟《ふくろう》が低くかすめるように飛び去った。空飛ぶ雲の影みたいだ。私はぎょっとしてふり向いた。すると、屋根瓦に刃のような月光が当たっていた。苔で形がぼやけた奥行きのない階段が茂みの中を伸びている。

一瞬足を止めて、階段を見た。そして小道を離れ、階段を上りながらシャクナゲの尖った葉を押しのけた。葉はごわごわして、薬のようにきつい、秋と下水のにおいがする。

東屋はよくある、かつては趣があった〝装飾宮《フォリー》〟で、ロマンスを好んだ十八世紀頃のフォレスト氏が建てたものだ。小さな正方形のパビリオンは正面がむき出しで、漆喰が剝げかかったイオニア式の細い柱が並んでいる。床は大理石で、三方に幅の広いベンチが置かれている。どっしりした素朴な感じのテーブルが今でも真ん中に鎮座している。人差し指でテーブルに触れてみた。乾いているが、土埃と、鳥の糞と思しきものにまみれていた。夏の盛りに陽射しを浴びて、草木をすっきり刈り込んで、川が見えるようにして、ベンチにクッションを並べたら、この東屋はすてきな場所になるはずだ。今のままでは幽霊だって住み着かない。鳩は巣を作るだろう。クロウタドリなども。梟も屋根に巣をかけるかもしれない。私は東屋をそのままにして階段を下り、小道に戻った。

そこでちょっと迷った。そろそろ戻ろうかという気になったのだ。でも、今日一日の出来事がまだ胸に重くのしかかっている。森は静かですがすがしい。とても居心地がいいとまでは言わないが、私をとりあえずひとりにして、知らん顔をしてくれる。

もう少し先まで行ってみよう。せめて館まで。月が冴え冴えと光を注ぎ、小道が曲がって（すぐにそうなった）川から離れても見通しがきいた。

やがて再び樹木が減り、小道はあたりを覆い尽くすシャクナゲをふり払い、丘を避けて通った。丘の上ではヒマラヤスギの巨木が幾重にも重なり、空高く伸びていく。私はふとヒマラヤスギの影を歩み出て、月光が溢れる広い空き地に立った。向こう側に、はるかな木立の壁を背にして、館が見えた。

私がいる空き地は、かつては幾何学的庭園だったらしく、アザレアやメギがごちゃごちゃと生えた人工の土手に囲まれている。そこかしこに庭園の名残をとどめていて、一団の低木と観賞用の木が、芝生も花壇も等しく覆ったギザギザの葉に深く根を張っている。羊が草を食んだ芝土が房のついたマットになっていたが、その下に、小道と芝生の幾何学模様（月が斜めに差し込む影でたどれる）がはっきりしている。模様の真ん中に日時計があり、さまざまな低木に埋もれていた。庭園の向こう側で、飾り壺から石の手すりへ階段が伸びて、館のテラスに続いていた。

飾り壺のそばで足を止めた。フリル咲きの小さな薔薇の濃厚で甘い香りがして、スイカズラの匂いと混じった。薔薇の花びらは濡れていて、足元の草はじっとり湿っている。

館の骨組みはぽっかりとあいていた。その向こうで大木が地平線を作り、それを背景に月が壊れた壁や窓の形をざっとなぞった。館の片端はまだ屋根と煙突があり、ほぼ無傷でそそり立っているが、窓枠から森が見えると、無傷とは思えなくなる。

じめじめした草地を横切り、テラスの階段に向かった。どこかで梟の鳴き声がして、ほどなく梟が封印された窓の前をゆっくりと飛び、背後の森へ消えた。私はためらい、やがてそろそろと階段を上った。幽霊に出くわすとしたら、ここだろうな……。

ところが、幽霊はここにはいなかった。何も、過去の名残さえ、がらんとした部屋ではよみがえらない。細長い窓から中を覗いて、昔日の面影を見出した……。客間——黒焦げになった羽目板、壊れたドア、かつては優美だった暖炉の残骸。図書室では、まだ立っている壁の二面に本棚が並んでいて、傷ついたマントルピースには紋章らしきものが付いていた。細長い食堂では、トネリコの若木が壊れた床板を突き破り、壁の割れ目からシダが垂れ下がっている……。階段の踊り場では、背の高い窓に付いた尖頭アーチ枠は無傷のままで、月夜にくっきりと映えている。一瞬、そこに今でも鉛枠の飾り格子があるような気がするが、やがて壁のコンセントからシダが生えているのが見える。昼間に確かめれば野生のカンパニュラであろう花もある。その葉と固い蕾は、金属細工のように幾何学的だ。

そう、ここには何もない。私は引き返した。雑草だらけの砂利道はほとんど音を立てない。テラスの階段の下がり口で少し立ち止まり、ふり向いて息絶えた館を見た。フォレスト家の崩壊（ポーの怪奇短編「アッシャー家の崩壊」を連想したのか）。コンの嘲るような言葉がよみがえる。その冷ややかな言葉に続いて、ほかの言葉も浮かんできた。いつか読んで、ずっと忘れていた言葉……。

〝時は変革をもたらし、すべての一時的な物事に期間と終わりとがある。結末、名誉と尊厳の終わり、なんであれ、ド・ヴィア家の断絶であろう。ブーン家はどこにいった？　モーブレイ家は？　モーティマー家は？　いや、なかんずく、かのプランタジネット家はどこに消えたのだ？　彼らは埋葬壺や地下墓地に葬られる……（十字軍遠征について書かれた文。プランタジネット家は中世イングランドを支配した王家。その他の名は当時の有力貴族）〟

すばらしい言葉だ。この廃墟にはもったいない。これは崩れかけたお屋敷でもなければ、ブーンだの、シャンドスだの、モーティマーだのといった由緒ある家柄でもない。成功した貿易商の家系に過ぎず、カネで買った紋章を付けた者が戦場で突撃したためしはなかった。しかし、彼らはここに美しく威厳に満ちた館を建て、手入れをしてきた。その館が今では失われた。美と威厳も道連れになり、満ち足りた世界から美徳が水のようにすり抜けていった。

空き地の端の茂みで何かが動いている。足元で枯れ葉がカサカサ音を立て、重い体が灌木の藪をかきわけていく。何も私がびくびくすることはなかったが、ぱっとふり向いた。胸がどきどきして、石の手すりについた片手が急にこわばって……。

なんのことはない。雌羊がほとんど同じサイズの太った子羊を連れて、アザレアの茂みを突き進んできた。雌羊はこちらを見て、ぴたりと止まり、頭を上げた。月の光が目と刈り取った毛に落ちた露に反射した。子羊がびっくりしてあげた鳴き声は、谺《こだま》のように森へ戻っていつまでも漂うようで、わびしい共鳴板を叩いていた。やがて二匹は不器用な幽霊の如く姿を消した。

気がつくと、私はがたがた震えていた。足早に階段を下りて空き地を突っ切った。ヒマラヤスギの幾重にも重なった影の下を急ぎ足で歩いていると、とびきり堅い実を蹴飛ばした。それが転がってアザレアの植え込みに突っ込んだ。ねぐらに向かうクロウタドリが藪から飛び出した。派手な警告音は私をぎょっとさせ、ガチャガチャという音が木立の中でえんえんと続いた。綱を引いて揺らしっぱなしにした鐘のようだ。

私はまた立ち止まった。そこは川沿いの道に入るところで、道は月光から出て森に分け入っていた。その暗がりに向かって半歩踏み出して、また足を止めた。ひとりで気ままに時間を過ごした。ものには限度がある。私には家のようなものがあるのだから、そろそろ戻らなくては。

脇を向いて、私車道が空き地に入るところを見ると、その広い並木道を小走りで進み、並んだシャクナゲを通り過ぎ、荒れ果てたロッジと蔦の木を通り過ぎ、〈ホワイトスカー〉と書かれた門にたどり着いた。その向こうにはきちんと管理された道路が伸びていた。

第九章

ローマの城壁に沿って
ローマの城壁に沿って
過ぎし日のローマ人の振る舞いは
思い出すだにおぞましい。

ノーマン・ターンブル「ノーサンブリアの歌」

眠気を誘う昼下がりにお茶を飲もうとしていたら、ジュリーが到着した。どこもかしこも干し草の匂いがして、水路沿いにはシモツケがふんわりと咲いている。遠くで聞こえるトラクターの音は、薔薇の茂みを飛び回る蜂の羽音と同じくらい暑い午後の一部になっていた。おかげで車が近づいてくる音に誰も気づかなかった。そのうちリサが、私と一緒に男たちのためにスコーンを切ってはバターを塗っていたテーブルから目を上げた。「門のところで車が停まったわ。きっとジュリーよ」リサは唇を噛んだ。「誰が乗せてきたのかしら。あの子、ビル・フェニックに駅まで迎えに来させたのね」
私は慎重にナイフを置いた。リサはいつもの品定めするような目を向けてきた。「私なら気にしないけど。ほかにもいろいろ準備したんだもの、駅まで行かなかったのは大したことじゃないわ」

「あたしだって気にしてない」

リサはさっきよりもう少し長く私を見つめていたが、あの唇を閉じたままの笑みを浮かべて、ついに頷いた。私が〈ホワイトスカー〉に滞在した二日間で、リサは妙なヒステリーの発作を克服したものと見える。それどころか、こちらの言うことをよく聞いたので、ときに私は、ほんのいっときだが考えた。リサは本当に私をアナベルだと自分に言い聞かせたのだろうかと。いずれにせよ、私を本物として受け入れたようだ。それは保護色みたいなものだ。

「迎えに行ってくる」リサが言った。「一緒に行く?」

「先に挨拶してね。さあどうぞ」

私はリサのあとから敷石の通路を歩いて裏口を出て、ドアが落とす影の中で待ち、彼女は陽射しの中に出て行った。

ジュリーはオープンカーのハンドルを握っていた。彼女と同い年くらいのポンコツ車だ。エナメル塗料が丁寧に塗られた車体はうっすら汚れ、きらきらするクロムメッキの――とにかく、そう見える――いかにも怪しげなパーツがごてごてと付けられている。ジュリーがハンドブレーキを引いても甲斐なく、車は四ヤードくらいは滑ってようやく止まった。すると、ジュリーはエンジンを切ろうともせず、ドアから飛び出した。

「リサ!　ああもう!　こんなに汗だくのドライブは初めて!　無事に着いてよかった。焼きたてのスコーンの匂いがする。おじいさまの具合はどう?　彼女は来てる?　ねえ、ドナルドも連れてきたけど、かまわないでしょ?　これは彼の車でね、私には絶対に運転させてくれないの。世界一ヘマな運転するからですってさ。でもね、さっき私が外に出て門をあけようとしなかったから、彼もついに交代するしかなかったのよ。彼に泊まっていかないかと――別にいいわよね？　昔の子供部屋を使えばいいし、お世話は全部私がするから。それはそうと、彼女はもう来てる？」

ジュリーは白のブラウスと青のスカートを身につけ、細いウエストにトチノキ色の太い革ベルトをきつく締めていた。どれも飾り気のないデザインだが、高価な品であることは隠しようがない。髪は細い金髪で、日光を浴びて綿毛のような淡い色に輝いている。目は灰色がかった緑色で、澄み切っていて、川面《かわも》を見ているようだ。顔は小麦色に日焼けして、むき出しの手足も、肌はやはり滑らかで琥珀色に日焼けしていた。ずっしりした金のブレスレットが細い手首を目立たせている。

ジュリーはリサの手を握ったまま笑っている。キスはしなかった、と私は思った。大喜びして歓待するのはリサらしくないが、ジュリーのほうは胸にこみあげるものがあったのだ。喜びの泉が溢れた。ほかの人たちがそばにいたら、きらきら光る水滴がかかっただろう。

ジュリーはリサの手を放し、青いスカートを翻して、ある男性のほうを向いた。私は彼に初めて気がついた。男性は車体の陰で門を閉めていた。ここで、ジュリーの「ドナルド！　こっちに来てリサに挨拶して！」と呼ぶ声に応える前に、彼は車が停まっている場所まで黙って歩いた。車がエンジンの振動に合わせて揺れると、クロムメッキのパーツが陽射しを受けてきらきら光った。彼はエンジンを切り、キーを抜いて、ちゃんとポケットにしまい、それから進み出た。どこか遠慮がちな態度は、生き生きしたジュリーとは目を見張るほど対照的だ。

あとでドナルド・シートンはまだ二十七歳だとわかったが、もっと老けて見えた。まじめな仏頂面をしているせいだ。落ち着いたスコットランド人が学問に励むとこうなることもある。顔は面長で、頬骨が高く、ためらうように線を描く眉の下で目が落ちくぼんでいる。目の色は元が何色かわからないはしばみ色で、気分次第で軽薄にも有能にも見えた。実際、ドナルド・シートンの気分が変わるのはそこだけと言ってもよい。顔はしかつめらしい表情をめったに崩さないが、明るい光のほうにドアをあけるように、貴重ですばらしく魅力的な笑顔をさらけ出すときだけが例外だ。髪は細くてまっすぐで、聞き分けのない癖毛だが、茶色のくしゃくしゃになって降りかかり、日に当たると赤茶けた光が見えた。着ているのは年代物のくたびれきった服で、遠い遠い昔にも、〝よいもの〟であったことはなかった。彼の服を見ると、なぜか彼の車を思い出した。人柄は車ほど飾られていないのだが。ごく地味な幾何学模様《フェアアイル》のセーターにまで〝けばけばしい〟という汚名を着せそうな男性だ。頭がよくて、優しそうで、移り気なところはみじんもなさそうだ。ジュリーのすばらしい引き立て役を務めている。

そのジュリーは、相変わらず陽気にアドリブを連発するようにしゃべっていた。「リサ、こちらはドナルド。ドナルド・シートンよ。ダーリン、こちらはリサ・ダーモット。言ったでしょ、従姉みたいなものだって。もうすっごく料理が上手でね、びっくりするわよ！　リサ、ドナルドを泊めてもいいでしょ？　彼女にはどの部屋を使わせてるの？」

「ええ、そりゃまあ泊まっていただきましょう」リサはそう言いつつも、少しひるんだ様子を見せた。「初めまして。ロンドンからずっとジュリーを乗せてきたんですか？　ふたりとも、さぞやお疲れでしょうが、ちょうどお茶の時間なんです。さあ、ええと――シートンさん、でしたね？」

「おじいさまから聞いてなかった？」ジュリーが声をあげた。「あらやだ。おじいさまってば、いつも私のことそそっかしいって叱るくせに！　ちゃんと電話で教えたのよ。ドナルドが送り届けてくれるって！　そもそも、彼の都合で今ここに来てるのよ。八月とかじゃなくって。ドナルドはね、ローマの遺跡の発掘現場の有力者とかで、ウエスト・ウッドバーンで働くことになったの。そこにローマ時代の駐屯地が――」

「砦」とシートン氏。

「じゃ、砦ね。どっちでも同じじゃない？　とにかく」ジュリーは勢い込んで言った。「こう思ったの。今来れば、ドナルドが現場にいるときにここにいられるし、おじいさまが言ってた誕生日パーティにも出られる。そうでなくたって、六月は最高に美しい月で、八月は雨ばかりだ、って。ねえ、彼女はもう来た？」

このときばかりは、リサの表情に乏しい顔でさまざまな感情がせめぎ合っているのが見えた。ジュリーが〈ホワイトスカー〉と祖父の誕生日パーティにやってきた理由をあっけらかんと話すのを聞いて、リサは安心していた。そして、ドナルドに旺盛な好奇心を抱いて、あれこれ憶測し、近づくジュリーと私の出会いを懸念した。客をもうひとり受け入れる面倒な仕事をいきなり押しつけられても、牧場自慢の手際のいい段取りで、今回もなんとかするだろう。リサは何から何までこなしてしまう。それに――ジュリーがドナルドにさっと向けた笑顔をリサは値踏みした――なんとかするメリットがありそうだ。

「お泊めできますとも。お安いご用です」リサは温かい声でジュリーに答えた。「いいえ、ちっとも手間じゃありません。部屋はいつでも空いてますから。ジュリーのお友達なら――」

「それはご親切に。ただ、ご迷惑をおかけするつもりは毛頭ありません」シートン氏は淡々としゃべり、これで話は終わりというほどきっぱりしていた。「仕事場の近くに泊まらなくてはいけないと、ジュリーには説明してあります。学生が到着したら、発掘現場でキャンプする予定ですが、一晩か二晩はとりあえずホテルに泊まります」

「おやまあ」リサが言った。「そういう事情でしたか。それでも、お茶を飲んでって下さいな」

「ありがとうございます。喜んで頂きます」

「ばかみたい！」ジュリーは声をあげた。「ドナルドってば、ここに泊まったほうがずっと快適だって言ったでしょ。遠慮しなくていいのよ。あなたも来ることをおじいさまがリサに言い忘れてたからって！　ほんと言うと、私がおじいさまに言い忘れてたかもしれないけど、アナベルの話に興奮しちゃって、気がついたら三分経ってたの。あのときは下宿の公衆電話からかけたから。ほら、おじいさまって昔からドケチでね、先方払いを受け付けないの。ドナルド、とにかくウエスト・ウッドバーンなんかでキャンプさせませんからね。その発掘現場とやらを見てきたけど、牛がいたわ。それに、たまにはおぞましいローマ人とも手を切らなくちゃ。だから、どうしてもここに泊まるのよ。これで決まり。リサ、もう我慢できない。彼女はどこ？」

　私は通路の影でじっとしていた。だが、ジュリーがふり向く寸前、ドナルドが彼女の背後に目をやり、私が立っているのに気がついた。アナベルを知っていた人たちに会った際の驚きやショックは覚悟していたが、ドナルド・シートンの目に映った啞然とした表情にはぎくりとした。やがて気がついた。私はジュリーにそっくりに見えるのだ。ドナルドの目の表情は薄れ、たちまち消えた。ところが、私は首をひねった。ドナルドは何を見たのだろう。ジュリーが年を取って痩せた姿？　白髪が増えたなんてことはないけれど、白髪がちらほら見えるところ？　八年の月日が埃のように喉に引っかかっていた。

　ジュリーがこちらを向いていた。目が丸くなり、さっきと同じ表情がぱっと浮かんだ。

「アナベル！」

一瞬ジュリーは、歓迎とほかの気持ちのどっちつかずで立ちすくんだように見えた。その瞬間がいつまでも続き、砕ける前の波のようだった。リサは間違っている、と私は思った。最悪の事態はこれからだ。ジュリーに嫌われたらいたたまれない。でも、彼女には私を嫌う権利があるかもしれない。

「アナベルじゃないの！」ジュリーは叫ぶなり、私の腕に飛び込んでキスをした。砕けた波が打ち寄せてきた。塩水の滴《しずく》で目がヒリヒリと痛む。ジュリーは笑いながら私を抱き締め、リサを近づけず、ずっとしゃべっていた。恐れていたひとときは、ほかの時間に紛れてゆるゆると過ぎていった。

「アナベルったらひどい人。どうして今まで帰ってこなかったのよ。みんなをうんと悲しませて。ああもう、殺してやりたいくらいよ、ほんと。生きててよかった。こうして文句を言えるんだもの。人が死ぬのは何が嫌って、二度と帰ってこないところ……。別に、泣いてませんからね——小説だと、こういう場面は嬉し涙にかきくれたりするものだけど、あいにくそういうのは真に受けない……。ああ、すごいわ、ほんと！　帰ってきたのねえ！」ジュリーは私を軽く揺さぶった。「何か言ってよ、ダーリン。お願いだから。さもないと、あなたのこと幽霊だと思っちゃう！」

見ると、ドナルドは横を向き、気を利かせて納屋の側面を眺めていた。そこは波形鉄板が張ってあり、考古学者を研究にのめり込ませるとはお世辞にも言い難い。しかし、彼は実にすばらしいと思った様子だ。リサはジュリーの背後で一歩下がっていたが、臆面もなくこちらを見つめていた。

ふと心細くなり、ジュリーを見た。それじゃ、なんと言えばいいのだろう？

咳払いをして、ためらいがちにほほえむと、頭に浮かんだ唯一の言葉を口にした。「あなた——大人になったわね」

「なったつもり」ジュリーはとぼけた顔で言った。

私たちは顔を見合わせて笑った。笑い声はちょっとけたたましかった。リサが何か言いたげに私を見ている。そのときぴんときた。私がこの場面を下手くそに演じているから、リサは困惑している。私がおじいさまと接した様子を見たので、なおさらお粗末に思えるのだろう。あのとき見事に切り抜けたことを思うと、我ながら愉快になる。何も言うことなんかない。この場では、リサは人の気持ちがまるでわかっていない。私にどうしろというのだろう？　みんなに愛想をふりまけとでも？　この場面での私の役には、リサが思いもよらないほど真に迫った演技が必要だった。

次の瞬間、不気味にも、ジュリーが私の考えを口にしていた。「ねえ、ばかみたいよね？　前にも思ったけど、ずうっと会ってなかった人に会うこと。この瞬間をむちゃくちゃ待ち焦がれてきたのに、いざそのときが来て、挨拶したら、もう何も言うことがないなんて。〝これまでどこで、どんなふうに過ごしてきたの？〟なんていう、肝心の話は後回しね。とりあえず、あなたがここにいてくれるだけで満足よ。わかるでしょ？」

「もちろん。私もあなたがいてくれて嬉しいわ。ただ――どう話せばいいのか、よくわからなくて」

私はジュリーにほほえみかけ、それからドナルドにも笑みを向けた。彼はやりとりの外れで生真面目に待っていた。「これでも英国人の端くれでね、お茶はあらゆる緊急事態の特効薬だと思っているの。中に入って、お茶にしない？　初めまして、シートンさん」

「もうやだ、ごめんなさい」ジュリーは慌ててドナルドを紹介した。「後生だからシートンさんはやめて、ドナルドと呼んでね。みんなもそうしてる。少なくとも、彼が好きな人たちはそうしてるわ。彼は好きじゃない人にはそもそも話しかけないから、おんなじことね」

私は笑って、ドナルドと握手した。「仲良くなるには最高のやり方みたいね」

「うまくいきますよ」ドナルドは言った。

「そうそう」ジュリーが私のそばで言った。「ドナルドはなるべく面倒なことをしないで人生を生き抜くコツを身につけてるの」

私はちらっとジュリーを見た。今の言葉には鋭い棘があるのか、あるいはジュリーの言うことには裏表がないのか、ドナルドの顔を見ても皆目わからなかった。ジュリーはとびきりきれいで明るく、ドナルドのことを笑いものにしている。

ジュリーは勢いよく私と腕を組んだ。「おじいさまはどこ？　このお天気じゃ、まさか畑に出てないでしょ。恐ろしく暑いもの」

「横になっているわ。このところ、毎日午後はそうしているのよ」

「ほんと？　じゃ、起きてられないの？」

リサは言うなればドナルドを〝引っ立て〟ていた。お茶の前に手を洗って下さいといつものように如才なく声をかけ、先に母屋へ連れて行ったのだ。

私は答えた。「念のためじゃないかしら。おじいさまは気をつけなくちゃいけないの。うんと体を動かしたり、取り乱したりしたら、また発作を起こすかもしれない。いたわってあげてね、ジュリー。私が帰ってきたことも負担になったでしょうに、冷静に受け止めてくれたのよ」

「じゃあコンは？」ジュリーの横目はこちらが狼狽するほど狡猾だった。

私は冗談めかして答えた「あちらにもいたって冷静に受け止めていただきました」これが初めてではないが、どうにも気になった。当時十一歳だったジュリーが、従姉の失踪についてどれほど知っていたのだろう。「コンにはあとで会えるわ。畑で労働者の人たちと一緒にお茶を飲むでしょうから」

「あなたがお茶を運ぶの？　よかったら手伝うけど。ドナルドに来てもらって、一式運ばせてもいいし。こう言っちゃなんだけど、あなたはこの炎天下に大荷物を運べそうもないわ。いったいどんな仕事をしてたの？　そんなに痩せ細って。前はスタイル抜群だったのに。私はそう思ってたし、それは何かの意味があるんじゃないかな。だって、私が十一だった頃、理想は大天使ガブリエルだったけど、天使には体がないことになってるわよね」

「ジュリー！　十一歳の時はそんなくだらないことを言わなかったでしょうに。言ったとしても、私は覚えていないわ！　どこでそんなことを教わったの？」

ジュリーは笑った。「ドナルドから聞いたの」

「嘘でしょう」

「だって、彼は必要がない限り口を利かない人だもの、私がひとりの常識でふたりのために尽くさなくちゃ。そんなわけで、私の話は半分くだらないから、ドナルドの沈黙には百パーセント値打ちが出るの。ううん、二百パーセントかな？　わからない」

「なるほどね」

「それに、あなたもいたし」

「私？」

「あんなに与太話が巧みな人はいなかった。あなたがよく聞かせてくれた作り話といったら。今でも覚えてる。おかしいのはね、たくさんのお話のほうが実物のあなたより現実味があったこと。ていうより、お話はあなたの一番生々しい部分に感じたの」

「事実、そうだったんでしょう」

ふたりで母屋に入る際、ジュリーはこちらをさっと見て私の腕を握った。「あなたがそんな顔をすると悲しくなる」

「どうして」

「浮かない顔してるから。心からほほえんでないときは、いつもそんな顔をする。笑顔を繕うだけ。そんなのあなたらしくない……。だって、前はこうじゃなかった」

「だから、私がどんな思いでいるかと、どうしてそんなに気になるの」

「わからない？」

「ええ。私の身に何があったか、どうしてあなたが気にしなきゃいけないの？　私はしゃにむに逃げ出したでしょ？　それがこうして戻ってきた。眠りにつけない幽霊みたいに。あなたが気にすることないわよ」

灰色がかった緑色の目はあけっぴろげで、子供の目を思わせた。「だって、あなたが大好きなんだもの」ジュリーがあっさりと言った。

強烈な陽射しから解放された通路はほの暗い。そのおかげで助かった。ややあって、私は軽い口調で訊いた。「大天使ガブリエルよりも？」

ジュリーは笑った。「ああ、彼はもうトップじゃないの。とっくの昔に落ちた。あなたのほうがずっと好き」

ある意味で、ジュリーの帰郷は私の帰郷と同じくらいみんなを興奮させた。

ベイツ夫人は、例によって台所で待ち伏せしていた。「お帰りなさいませ、ジュリー様。すっかり垢抜けて、いかにもロンドン娘ですねえ。それにしても、BBCの働かせ方ときたら、あんまりですよ。おじいちゃんを見舞う余裕もないなんて。この一年であなたのお顔を見たかった人は、ほかにもいくらでもいたでしょうよ。だけどまあ、立派に独り立ちして。当然だって言うでしょうけど、残されたほうは耐えるっきゃありません。俗に言うように……。ところで、ミス・ダーモットと一緒に入ってったかたが、ジュリー様のいい人ですか？〝正式じゃない〟？そりゃどういう意味でしょ？あたしが若い時分にゃ、求婚中なら求婚中だってわかってましたよ。いいですか、自分たちがどのへんまで来てるか、ちゃあんと心得てたんです。さあさ、どうぞおかまいなく、アナベル様。労働者たちにはコーラがお茶を出しますから、手伝ったりしなくていいですよ。今日の午後はウィリー・ラッチも来てますんで。じゃ、入って入って。お茶を淹れたら、すぐワゴンで運びますから、そのケーキスタンドを……」

それからコンがいた。ふいに干し草畑からやってきて、これ見よがしにジュリーを歓迎したが、実は彼女を送ってきた人物に会いたくてしかたなかったのだ。

コンとドナルドの出会いを見ていると面白かった。私たちが静かに腰掛けて、ベイツ夫人とお茶のワゴンを待ち受けていたところへコンが入ってきた。礼儀作法を守って手を洗ったのだろうが、野良着――着古したズボンと、襟のひらいた半袖の白のシャツ――を着たままだ。コンはこの感じよく古風な部屋に陽向《ひなた》と干し草の匂いと――認めざるを得ないが――馬と戸外と太陽に照りつけられた汗のかすかな臭いを運んできた。彼は堂々として見える。

コンはドナルドと挨拶を交わした。感じているはずの好奇心は毛筋ほども示さなかった。ジュリーの新しい付き添いを自分の立場を脅かしそうな相手だと思っていたとしても、部屋に入ったとたんに不安が消えたとわかった。彼が見たのは、控え目な人物が、暖炉のそばの古風なインド更紗のカバーがかかった椅子におとなしく腰掛けた姿だった。コンがご満悦なこともよくわかった。ドナルドが握手しようと立ち上がったとき、自分のほうがゆうに三インチは背が高いと気づいたからだ。ふたりの男性は驚くほど対照的で、彼らを見ていたジュリーの目に妙な表情が浮かんだ。珍しく、リサの顔には思ったことが書いてある。雌鶏は孵《かえ》したばかりの雛を自分では白鳥だと見なしていて、得意げで満足げなコッコッと鳴く声が聞こえそうだ。この部屋でコンの抗いがたい美貌に気づかないのは、ドナルドひとりだけだと見える。彼は落ち着いてコンに挨拶すると、ふり向いて私との話を再開した。

そこへおじいさまがやってきて、すぐあとからベイツ夫人がお茶を運んできた。老人は杖をついていた。初めて見る姿だった。いつもよりどことなくやつれて、肌は青白いような気がする。

「おじいさま、ただいま！」ジュリーが立ち上がって祖父を迎え、愛情のこもった、不安そうな目を向けた。「具合はどう？」

「うむ。おまえは心配そうなところをちっとも見せなかったな。この前来たのはいつだった？　一年前か？」

「ほんの十カ月前よ」ジュリーが答える。「おじいさま、こちらはドナルド・シートンさん。ロンドンのお友達よ。親切に車で送ってきてくれたの。夏中、こちらに滞在するんですって。ウエスト・ウッドバーンで仕事があって」

「初めまして。孫娘がお世話になりました。ウエスト・ウッドバーンで働く、そうでしたか？　どういったご職業で？」

ドナルドが説明すると、コンはうわべはジュリーに話しかけつつ、注意深く耳を傾けていた。ベイツ夫人はリサの隣でぐずぐずして、ドナルドから目を離さなかった。

「ありがとう、ベイツの奥さん」リサはお茶を注いでいる。「これで全部揃ったわ……アナベル、カップを配ってちょうだい」

「僕がやりましょう」ドナルドがすかさず言いながら立ち上がった。コンはけだるい目で彼を見上げ、じっとしていた。

リサは——大変な自制心を発揮して——ジュリーとおじいさまにお茶を注いでから、コンに注意を向けた。だが、いざコンのカップに向き合うと、砂糖を入れただけでなく、かき混ぜることまでして、それをドナルドに渡して持っていかせた。ドナルドは顔色ひとつ変えずにカップを運び、コンはジュリーから目を離さずに受け取った。彼女は何かの話をしていて、にぎやかな笑いを呼んでいた。

ベイツ夫人はいっこうに出て行こうとしなかったが、これ見よがしに仕事に精を出し、スコーンを配った。小さな黒い目は決してドナルドから離れなかった。

「ロンドンから、だとな？」この声がしたのは、ドナルドが席を立ち、言ってみれば、おじいさまの周囲を離れた直後だった。「すると、この夏は北に向かったわけか」

「ええ」

「で、北部の感想は？」これは、使い古した手袋を投げて戦いに挑む闘士のような口調だった。「君たちロンドンっ子は、このあたりじゃまだ電灯もないと思ってるんだろうな」

「ないんですか？」ドナルドがぎょっとして、見るともなく天井を見上げた。

私は慌てて口を出した。「ベイツの奥さんに言わせると、ロンドンっ子はみんなもの知らずの南部人で、北極圏はリーズから始まるとかなんとか考えているそうよ」

「どうかな」ジュリーがソファから割り込んだ。「南部人が間違ってることもあるかも。今年はそうよ。どこに行ったってすばらしいお天気だった」

「ここでもそうか?」おじいさまが皮肉っぽく訊いた。

コンとリサのあいだで視線が交わされた。剣の切っ先から放つ火花を思わせた。

私は早口で言った。「ねえベッツィー、シートンさんは南部人じゃないわよ。スコットランドの出身だから」

「おやまあ」ベイツ夫人はちょっとだけ丸くなった。「あたしゃ、そっちに行ったことないんですよ。けど、ロンドンに住んでるんでしょ?」

「ええ、部屋を借りています。ただ、夏はたいていどこか——そう、田舎で過ごします。今年はウエスト・ウッドバーンで」

「夏中、ずっとそちらに?」ベイツ夫人がジュリーに向けたまなざしは、私が見ればいかにも狡猾だけれど、ドナルドの目にはそうは見えなければいいのにと思った。ところが、夫人は狡猾さをわざわざ強調したのだ。「ジュ、リ、リ、ー様は何日ぐらいお泊まりですか?」

「え?」ジュリーはコンの話を聞いて笑っていた。「誰、私のこと? できるだけ長く。三週間の休暇を取ったから」

「ベイツの奥さん」リサが口を挟んだ。「電話が鳴ってるみたいよ。出てくれる? すみませんね、シートンさん。ただ、あの人は昔から家族の一員みたいなもので、ジュリーのことも小さい頃からよく知ってて……ジュリーの友達はみんな同じグループに分けてしまうんでしょうね」

「となると」ジュリーは声を弾ませた。「ここには十三日くらいね。ドナルドはかまわないでしょ、ダーリン?」

「全然かまわない」シートン氏は、いわば反対尋問を受けながら、穏やかなユーモアをたたえてサンドウィッチとスコーンを勧めていたが、すでに腰掛けて、自分でも食べ始めていた。結局、スコーンとサンドウィッチが載ったケーキスタンドは、ドナルドの椅子と私の椅子の中間あたりに置かれ、どちらからもすぐに手が届いた。彼がサンドウィッチを食べ終え、そっと二個目を取る姿を見て、意地悪な策士ではないと私は思った。サンドウィッチはとてもおいしくて、私もお代わりをした。

「さてと」おじいさまが切り出した。ウィンズロウ家の男であるからには、主役の座に戻る頃合いだと思ったらしい。「ウエスト・ウッドバーンにあるローマ時代の駐屯地だが……」

「いえ、砦ですよ」ドナルドが訂正した。

「ほう、砦か。ハビタンカム。それが正式の名前じゃなかったか?」

「ハビタンカムとは」ドナルドは何気なく三個目のサンドウィッチを取りながら、質問者に興味津々という視線を据えていた。「これまで発見されたさまざまな碑銘に書かれていた名前です。ほかに文献がないので、地名はもっぱら碑銘を頼りに名付けられます。そこで、何を隠そう」彼があの意表を突くチャーミングな微笑を見せた。「僕にもよくわかりません」

「いやその、なんだ。私が知りたいのはだな――」

そこへ、ベイツ夫人がスコーンのお代わりとニュースを抱えて、きびきびと戻ってきた。

「このあたりで噂が広まるさまは魔法みたいですね。ジュリー様が帰ってきてほんの五分だってのに、もういい人から電話がかかってきました。あちらは待ってますよ」ベイツ夫人はスコーンの皿を音高くワゴンに置いて、ジュリーを睨みつけた。

ジュリーは一瞬ぽかんとして、かすかに頬をピンク色に染めた。「私の――いい人？」

「そうですとも《アイ》」ベイツ夫人はむっつりしている。「〈ネザー・シールズ牧場〉の息子、ビル・フェニックですよ。ジュリー様が車で通ったのを見たそうです。本道のそばで働いてたときに」

「フェニックのせがれが？」おじいさまが言った。「〈ネザー・シールズ〉の？　そりゃどういうこった？　どういうこった？」

「さっぱりわからない」ジュリーは陽気に言い、カップを置いた。「ねえ、私に用があると言ってた？」

「はい。ジュリー様は承知してるでしょうに。この前あなたがここに来てから、ほかの誰にも話してません。あたしに言わせてもらえりゃ――」

「ベイツの奥さんったら、いいかげんにして！」ジュリーは真っ赤になり、客間を駆け出しそうになった。ベイツ夫人はおじいさまとドナルドの中間あたりを狙って、恐ろしい形相で頷いた。「ありゃいい子ですよ、ビル・フェニックは。ただ、ジュリー様みたいなお人にゃ向きませんけど。これはほんとのことで、嘘じゃないです！」

「ベイツの奥さん、本当にもう――」リサが割り込んだ。

「あたしゃ見たまんまを話してます」ベイツ夫人が気色ばんだ。

「ふうむ」おじいさまが漏らした。「おまえはいろいろ見ちまうのが残念だね。ここはもういいよ、ベッツィー。お下がり」

「はいはい。では、どうぞごゆっくり。そのスコーンはあたしが焼いたんです。ロンドンじゃ、こんなの食べられませんよ」ベイツ夫人はドナルドを見て頷いた。「スコットランドだって無理です。ええと、あの猫は入ってきましたっけね？」

「猫？」リサが首を傾げる。「トミーのこと？　まさか。トミーはここに入れないことになってるのに」

「さっきドアをあけたら、あの猫が横を駆けてった気がしましてね」

「そんなばかな。夢でも見てるんだよ、ベッツィー」おじいさまは杖でソファの下をいらいらと突いている。「ここに猫はおらん。言い訳をするんじゃない。今すぐ出て行け。スコーンは絶品だ。ジュリーが電話を切ったら、部屋に湯を運んでやったらどうだ？」

「わかりました」ベイツ夫人は気を悪くせずに言った。「ほのめかしが通じない女だなんて言わせませんよ」ところが戸口で立ち止まり、捨てぜりふを吐いた。「そういや、フォレストさんのこと言いましたっけ？　もう帰ってますよ。金曜までは来ないと思ってたのに、すっ飛んできたんです。じきに電話がかかりますよ」そう言うと、クスクス笑いながら出て行った。

沈黙が流れた。

「やれやれだ」コンはだるそうにスコーンに手を伸ばした。「この味なら、あのおしゃべりに耐える価値はあるな」

「うむ」おじいさまは言った。「あれは大丈夫だ。ベッツィーにはなけなしの金だって預けるね。このご時世、そう言える相手はなかなかいないものだぞ。さてと、シートン、なんの話だったかな？」

「ハビタンカムの」コンが答える。「ちょうど発掘が始まる話です」

「おお、そうだった。で、何が見つかりそうなんだね？　教えてくれんか。このへんで値打ちがある品が見つかったら、君たち掘り屋が〈ホワイトスカー〉でも見つけてくれんかね。それはありそうもないかな？」

ドナルドの顔を驚いた表情がよぎり、それから戸惑いを隠そうとする表情に変わった。おじいさまはお茶を飲んでいて気づかなかったが、コンは気がついていた。つかの間、コンの目が考え込むような表情で細くなった。そのとき私は、この部屋にいるほかの人たちから隠されている事実がわかった。ドナルドはハムサンドウィッチを持った手を、椅子の腕からぶら下げていた。肘掛け椅子の裾材は床に着きそうだ。その下から白黒の前肢が忍び出て、またしてもハムサンドウィッチの端をぽんと叩いた。

「既存の地図でこのあたりと目星を付けたりしません」ドナルドは涼しい顔をして、足元の現象には見向きもしない。「ただ、ここには何もないと言っているわけではありません。畑を耕していてローマ時代の硬貨が出てきたら、すぐに知らせて下さい」こう言うと、ドナルドはサンドウィッチを皿に戻した。そして彼の手が、いかにものんびりと、椅子の腕に戻ると、そこには大きくちぎったサンドウィッチが握られていた。例の前肢がぱっと出てそれをつかんだ。あまり丁寧ではない。トミーらしき猫は、手の届くものはなんでもひったくる習慣が身についてしまったのだ。

「で、君はどのくらいこっちにいるんだね？」

「八月まででしょう。この仕事で滞在するのは」

「ということは」コンはにやりとした。「それほど畑を掘り返せないうちに、君は帰っちまうんじゃないか」

「そうですか？」ドナルドは申し訳なさそうに付け足した。「あいにく、僕は知識不足でして。君の――いや、ベイツの奥さんのロンドンっ子評はあながち間違っていません」

「なるほど」おじいさまが頷いた。「君が小麦と大麦を見分けられるなら、むろん見分けられるだろうが、私とコナーのこともよくわかるさ。こっちはローマの碑文とウィスキーの宣伝文も区別がつかん。コナーだって同様だ」

コンが否定する言葉と、私の「本当に?」という言葉が同時に出て、一同がどっと笑った。笑い声が響く部屋にジュリーが戻ってきた。けろりとした顔で、お湯の入った水差しを几帳面に運んでいて、みんなの注目がカチッと音を立てて彼女に集まったような気がした。コンとしては、ビル・フェニックがなんと言ったのか気になるところだが、その場でジュリーを問い詰めないようにするしかなかったのだ。

「ジュリー?」ウィンズロウ老人にはコンのような自制心が欠けている。「あの若造はなんだって?」

「ああ、話ってほどのことじゃなかった」ジュリーは軽く答えた。「ただ、元気か、こっちに何日いるのか、とか——まあそんな感じ」

「そうか。さてさて、おまえをよく見てみよう。隣に座ってごらん。いいかね、例の仕事だが……」

再び会話がよどみなく進み出し、放送協会に就職したジュリーが現在の仕事を説明すると、コンもリサも多少は興味がありそうに耳を傾けた。私の隣で、ドナルドの椅子の裾がむしゃくしゃしたように震え出した。私はやんわりと声をかけた。「シートンさん、サンドウィッチをもうひとついかが?あれはカニ入りよ。きっと——その、お気に召すでしょう」

ドナルドは目をきらめかせてカニサンドウィッチを取った。三十秒後、あの前肢がパン切れを小気味よくさばくと、あっと言う間にお代わりをねだった。美食に慣れたトミーは向こう見ずになってきた。

「なんにも食べてないじゃない」リサが私に言った。「ほらサンドウィッチを食べて。ひとつ残ってるわ」

リサがふり向いたとたんに前肢がぱっと飛び出し、最後のカニサンドウィッチが丸ごと消えた。皿はワゴンの一番下の段に載っていた。

「まことに申し訳ありません」ドナルドがぬけぬけと私に謝った。「ちょうど食べてしまいまして。よかったらマカロンをどうぞ」

第十章

身持ちが悪いからといって
なぜ哀しみを語らねばならないのか。
今では身内や友人と疎遠になり
愛する人も捨ててしまった。

バラッド「ベイビー・リヴィングストン」

その晩、ジュリーと私は一緒に出かけた。リサは玄関ドアまで目で追いかけてきたが、何も言わなかった。ドナルドは初志を貫いて、お茶のあとでしばらくして車でウエスト・ウッドバーンに向かった。おじいさまは暑さで嫌になるほど疲れたのか、早めに床《とこ》に入った。あれからコンは母屋に現れなかった。日がとっぷり暮れたら戻ってきて、遅い夕食をとるのだろう。トラクターのエンジン音が静かな夕方を抜けて黄昏に入り込む。

ジュリーに雌馬を見せに行くのはごく当たり前に思えるはずだったが、あの小道を歩くのはもうこりごりだった。そこで反対の方向に行き、庭を通って小門と川沿いの小道に向かった。ウエストロッジに続く道だ。薄明かりに照らされ、茂り過ぎた花壇では花が咲き乱れ、むせ返るほど匂っている。

アマツバメが出てきて、高く飛んでいる。鳴き声はか細く甲高い。聞くつもりのない音は、どれもこれもそう聞こえるように。たとえば、ハイイロアザラシの歌と蝙蝠《こうもり》のキーキーという声と、夜は荒れた海の岸辺で土中の巣にいるミズナギドリのうなる声。

こうしてふたりきりになったのに、私たちには驚くほど話すことがなかった。ジュリーのほうは、人生で大事なことは話し合うまでもないと、本音を言っていた。憧れていた従姉が死者の国から帰ってきたのは、その大事なことのひとつなのだろう。言葉であれ表情であれ、ジュリーが心の内を表すことはなかったが、私の登場が自分の将来に少しは影響を及ぼしかねないと思ったはずだ。あるいは、夢にも思わなかったかもしれない……が、すぐに思うようになる。本人は思わないとしても、ドナルドが思うかもしれない。

私たちは八年間の埋め合わせをしていた。私はカナダで過ごした月日の思い出を嘘偽りなく語り、ジュリーはBBCのドラマ制作部で働いてきた日々の痛快かつ恥ずべき（であってほしいものだが）出来事を語った。

「……違うの、ほんとに、アナベル、それ絶対ほんとだってば《ゴスペル・トゥルース》！」

「信じられないわ。あなた、〝絶対《ゴスペル》〟の意味もご存じないようね」

「〝よい知らせ〟でしょ」

「あきれた！」

「ショック受けると思った」ジュリーは得意そうだ。

「それもドナルドから仕入れたわけね？」

「〝待てば海路の――〟そうみたいね」ふと、ジュリーの声から輝きが失せていた。

私はジュリーを見た。「なかなかすてきな人ね」恐る恐る言ってみた。

「ええ、わかってる」ジュリーは気のない口調で答えた。去年のヤブジラミの枯れた茎を摘んで、川沿いの小道を縁取るキンポウゲの茂みから何気なく引っ張った。

「ベイツの奥さんを気にしちゃだめよ、ジュリー。冠婚葬祭が生きがいっていう人だから」

「わかってる。気にしてない。うん、私があの人に早合点させちゃったのかな」

「花壇に着いたわ。もっと歩く?」

「やめとく。そのへんに座りましょうよ」

私たちは二段の踏み越し段を上がり、幅の広い横木に並んで座った。またもや静かな晩で、牧草地を縁取る木々は相変わらず陰気な雰囲気を漂わせていた。小道はしばらく川を離れて右手に向かった。道沿いに、柳が刈り込まれずに流れを作り、長い髪を水中で引きずっている。

私は言った。「ねえ、私も早合点したような気がするわ。あの人たちの言うとおりならいいと思っていたの」

「ほんと?」

私は笑った。「あなたのドナルドが好きになっちゃった。うんとね」

ジュリーの顔がつかの間ぱっと輝いた。「そうなるよね。そんな具合だったの。私の場合も。彼ってすごく——かわいい人。今日みたいに、私が嫌な態度を取っても、いつも変わらない。えっと、その、とっても安心できる……」ジュリーはなんとも気の抜けた口調で締めくくった。「だから大好き。もう夢中」

「じゃあ、どうして浮かない顔しているの?」

「わからない」

しばらく様子を見た。

ジュリーはサンダルを履いた足を伸ばして、それを見下ろした。「嘘じゃないわ。本気でドナルドと結婚したいの。たいていの場合、早く結婚したくてたまらない。でも、ときどき、ふっと……」少し間があいた。「と言っても、まだ申し込まれてないけど」

私はにっこりした。「まあ、まだ三週間あるじゃないの」

「そうね」ジュリーはえくぼを作ったが、すぐにため息をついた。「ああ、アナベル。人を好きになると、苦しくてたまらないのね。せめて小説みたいにうまく説明できればいいのに、現実問題となると、そうはいかなくて。だって――」

「そんなに苦しむことないわ。時間はたっぷりあるんですもの。まだ十九歳でしょう」

「わかってる」ジュリーはまたため息をついて、がっくりと黙り込んだ。

ちょっと間を置いてから言った。「話題を変えましょうか？　私に話したくないことは話さなくていいのよ」

「ううん、ぜひ聞いてほしいの。それもあって、ずっと会いたいと思ってたくらい。あなたならわかってくれると思ってた」

「あらまあ」私は弱り切って言った。

「そりゃあ、まだ彼を知らないわよね。でも、よく知れば――」

「そういう意味じゃないのよ。つまりね、どうして私なんかが、少しでもあなたの力になれるかしらって。ほら――自分の人生だってめちゃくちゃにしたでしょう」

型通りの優しい言葉が反射的に返ってくるのではないかと思ったら、当てが外れた。ジュリーはすかさず言った。「だからこそよ。なんでも思いどおりにする人――そう、賢明な人じゃだめなの。そういう人には、他人にとって人生にどんな意味があるかなんて考える暇がないのね。でも、傷ついてきた人は、人生の意味がわかるはず。そのひとの人生はよみがえるの。そこだけが苦痛も役に立つところね。苦しむ者は救われるから。苦しみを歓迎するなんてイカレてる。みんな、できれば苦しまないようにするべきよ。病気みたいに……でも、苦痛に耐えなきゃいけないなら、最高の使い道は人を苦しめて優しくすることね。優しい人になるのは大事なことでしょ？」

「ジュリー、それはどうかしら。私はまだそういう話がよくわからないの。それに、雨の日には晴れの日とはまったく違うことを考えるから。それでも、あなたの言うとおりかもしれない。意地が悪い人は最低ですもの、優しい人が一番かもしれないわ。考えてみれば、これはたいていのことに当てはまりそう。隣人に優しく接するのは大事な務めね」

「じゃあ、ほかの大事な務めは？」

「ねえ、その務めが何か知っていると言えば嘘になる。私は自分の隣人に対する務めを果たすしかない。たぶん、それが肝心なのよ」

ジュリーは傍らの茂みに何気なく手を伸ばし、まだ枯れていないサンザシの花をちぎっていた。乳白色の花が束になって垂れ下がった。眠気を誘う濃厚な香りが漂ってくる。ジュリーが茎をひねったので、花が勢いよく揺れ、小さな回転木馬のように回った。彼女はふと幼くはかなげに見え、今にも秘密を打ち明けそうだった。

私はおずおず話しかけた。「ね、ジュリー」

「うん？」ジュリーは一心不乱に花を回しているようだ。

「ジュリー、今は何も訊かないで。ただ……そうね、あなたとドナルドがどうなっているかという話をしばらく伏せといてくれる？　つまり、世間の人が早合点する気なら、ベッツィーみたいにね、させておきなさいな」

サンザシの回転木馬が止まった。ジュリーがふり向いた。驚いて目を見開いている。「なんでまた？」

「ごめんね。うまく言えないわ。ただ、ドナルドに結婚を申し込まれたら――この三週間で彼をその気にできなかったら、私は手を引くわよ――承諾すると決めてあるなら、ふたりきりのときは好きなだけ喧嘩すればいいい。でもね、迷っているところをあまり他人に見せてはだめよ」

「そんなあ！」幸い、ジュリーは愉快そうだった。「それは〝アガサおばさんの若い娘たちへのアドバイス〟ってやつ？　それとも、その〝他人〟って特定の人を指してるの？」

一瞬、言葉に詰まった。あのとき、私はもう少しでジュリーに何もかも打ち明けそうになった。でも、結局こう言っただけだ。「おじいさまのことだと言ってもいいわね。おじいさまは発作を起こして怖くなったと思うの。将来を――私たちの将来を思い悩んでいるんだわ」

ジュリーがこちらに放ったまなざしは、急に大人びて賢そうだった。「私の将来、って意味でしょ。こうしてあなたが帰ってきたんだもの」

「ええ。おじいさまの世代の男はどんな感じかわかるわね。結婚に勝るものはないと本気で考えてて……あなたはまだとても若いことは私にはわかっているけど、おじいさまはあなたがドナルドみたいな男性と腰を落ち着けると思いたいの。それに彼のことが好きなのよ。だから――あまり波風を立てないで、ジュリー。ここにいるうちは」

「波風って？　あの弁護士さんはどうなのよ？」ジュリーは突然笑い出した。「むしろ、風を吹かしてるのはおじいさまじゃない！　このことは気にしないでね、アナベル。私は自分の人生を自分なりに、前向きに進んでいきたいだけ。たぶん、たぶんそこにはドナルドもいると思う！」ジュリーは門の格子に載せた私の手に手を重ねた。「でも、もう出てったりしないでよ。約束する？」

私は何とも言わなかったが、ジュリーはそれを同意したと受け取った。私の手をそっと握ってから放したからだ。そして、声を弾ませて付け加えた。「わかった。どんな波風も立てないから。我が恋愛の嵐はすべからくローマの駐屯地の上で――過ぎ去るべし？　巻き起こるべし？　吹きすさぶべし？　続くべし？」

「ローマの砦でしょ」

「もう、また間違えた。人生の重大事にはもっと正確な言葉を使うようにしなくちゃ。ローマの砦、と。見て、あそこにフォレストさんの馬がいる。まるで影みたい。すっごくおとなしいね。みんながあの子に首を振って、〝なかなかしつけられないだろうな〟って言うのは好きじゃない？」

「大好きよ。でも、本当にしつけが難しそう。ブロンディーの仔馬にはそういう評判があるから」

「ほんと？」

「聞いていないの？　おじいさまの話では、あの子はエヴェレストからもらったそうよ」

「エヴェレストから？　ああ、なるほど。それが父馬の名前ね」

「種馬ね、そう。エヴェレストを覚えていない？　あの馬にもやっぱり手こずったわ。マウンテン種はみんなそうだったけれど」私は笑いながらジュリーを盗み見た。コンの言うとおりだったようだ。

ジュリーは馬に詳しくない。さっきも客間でお茶を飲みながら、話題が牧場のことになると、あっけらかんと無知をさらけ出していた。おじいさまもそれに気がついて、彼女をじっと見ていたほどだ。コンも気がついていた。今、ジュリーを見ていてはっきりわかった。私が帰ってきたせいで、彼女は自分の居場所が奪われると感じている。それでも平気だと思っていることも明らかだ。私の気を楽にしているだけではない。本当に平気なのだろう。ジュリーにとって、この牧場は休暇を過ごす場所でしかないからだ。胸に安心感が湧き上がる。良心が咎めずに済むばかりか、これでコンがジュリーを恨まないで済みそうだ。どんな恨みか、というよりその恨みはどんな形を取るのか、まだ考える気にもなれないでいた。

ジュリーは花束を顔に近づけて、素人らしい手放しの褒めようでローアンを眺めている。

「きれいな子ねえ」ジュリーはうっとりした。「お話に出てくる馬みたい。この原っぱもすごくいい匂いだし。天馬《ペガサス》が理想郷で戯れてるところ、かな。玉髄《ぎょくずい》の飼い葉桶と真珠の付いた馬具を使ってるはずね」

「玉髄ってなんだか知っているの？」

「見当もつかない。ただ、すてきな響きがするの。あなたは知ってる？　炎と黄金が入り交じった大理石みたいなものでしょうね」

「ちょっと石鹸に似ているわ。体にいい石鹸。とにかく、実物を見たらがっかりするわよ。同じ石英の仲間の碧玉《へきぎょく》にも負けないわね。ヨハネの黙示録によれば、天国の門は碧玉でできているけれど、現実には――」

「やめて！　昔から碧玉の門に憧れてたんだから、イメージをぶち壊さないで！　ねえ、アメリカ暮らしのせいでこうなっちゃったの？　夢のないこと言わないで。あの子は炎と黄金とヒマラヤスギとトルコ石でできた飼い葉桶くらい持っててもいい、って言ってよ！」

「ええ、そうね」私は頷いた。「私がその桶をあげるわ」

馬は生け垣に沿って草をせっせと食べ続けている。そこでは背丈の高いテマリカンボクがサンザシの作る一ヤードほどの壁を壊していた。馬の肩が淡い皿型の花をかすめ、葉に隠れた。明るくなる月光が馬体のそこかしこを照らして、うねっている筋肉にまだら模様を描き出す。突然、馬は涙をほとばしらせて頭を上げた。

いななく馬の鼻腔から優しい挨拶が聞こえた。一瞬ためらいがちにこちらを見たようで、進み出てきそうだったが、やがてうつむいて、また草を食《は》み出した。「こっちに来るかと思ったのに」ジュリーが息を弾ませた。「前はみんな近寄ってきたよね、あなたに。ねえ、あの子のしつけを手伝ってくれない？　ジョニー・ラッドが言ってたけど、あの子は扱いにくいから、廏舎ではよその人間を近づけない、外で捕まえるのはまず無理だ、って」

「役に立つ動物みたいね」私はそっけなく言った。

ジュリーは笑った。「ペガサスに向かってなんたる言いぐさ！　あの子の美しさは否めないわよ」

「ええ、確かに美しいわ。ところで、昼間の毛は何色？」

「赤っぽい栗毛。たてがみと尻尾だけは薄いの。名前はローアン。あの子に話しかけないの？」

「やめておくわ。今夜は魅力的な野生の牡馬と過ごす晩じゃないもの」

「馬は片っ端から売られるなんて、すごく残念。フォレストさんが手放すときはものすごくつらかったでしょうに――でも、なにやかやがあっただけに、藁をもつかむ思いだったのね」

「ええ」

少し間があいた。それからジュリーがやや唐突に、馬から目を離さずに言った。「ね、私の前ではお芝居しなくていいのよ。何もかも知ってるから」

ほの暗い木立、サンザシの形、草を食んでいる馬の幻、そのすべてが一瞬かすんで見えた。私は何も言わなかった。

「えっと——知ってるってことを教えとこうと思って」ジュリーが言った。「ずっと前から知ってた。もう……もうあの人と話した？」

私は混乱して、またしても目の前の物がかすみ、ほかの形に変わった。「もう——どういう意味？誰と話すの？」

「フォレストさんに決まってるじゃない」

再び沈黙が流れる。私は話そうとしても話せなかっただろう。適当な言葉を探す間もなく、ジュリーがまたこちらを、横目でふっと見た。いい子がお仕置きをされそうな話を正直に打ち明けるように、彼女はこう切り出した。「ごめんなさい。でもね、ずっと知ってたことをどうしても話したかった。あなたとフォレストさんが恋人同士だったことを、私は知ってたの」

「ジュリー、なんてこと」

「ほんとにごめんなさい」ジュリーは切羽詰まったように繰り返した。「知ってたと言わないほうがよかったのかな。でも、知らせたかった。万一、言いにくく——なったりするといけないし。私は味方だからね。ずっと味方だった」

「ジュリー――」

「あなたのあとをつけたんじゃない。探られたなんて思わないで。ただ、ときどきあなたたちが一緒にいるのを見かけたの。十一歳の子供はうろちょろしてても人目につかないのよ。私はあの年、春休みも夏休みもずっとここで過ごしたから、知ってるの。あなた、館の古い門のそばに立つ蔦の木にしょっちゅう手紙を隠してた。子供心にものすごくロマンチックだと思ったの。でも、今考えてみれば、さんざんな目に遭ったんだね。あなたは、ってこと。あの頃は今の私よりも若かったんだもの」

私は両脇にある踏み越し段の横木をぐっと押さえつけていた。「ジュリー……ねえ……私たち……別に……」

「わかってる。別に不謹慎なことにはなってないよね。そう、間違いを起こしてない……」

このままジュリーにしゃべらせよう。見たこと、聞いたこと、知っていることを素直にしゃべってもらうのだ。せいぜい、他人の恋路の端っこをさまよった思い出がよみがえるだけではないか？　恋物語？　アダム・フォレスト。コン。ふたつの名前が目の前で燃え上がる。まるで踏み越し段の横木に焼き印を押されていたかのように……。

「しかたなかったよね。恋をする相手は選べない」ジュリーはおざなりの文句を並べていた。あたかも、まだ封を切っていない万能薬であるかのように。「恋ってそういうものよね。だから、あなたはさんざんな目に遭ったと言ったの。つまり、既婚男性に恋したら、どうしようもないでしょ」どうやらジュリーにとって、恋をするという行為は説明がつき、意志の力ではまず抑えられない、伝染病にかかるようなものらしい。その意志があえて引っ込んで欲望が解放される瞬間が訪れたのは、彼女にはなじみのないものであったと同時に何か身に覚えがあった。そのとき意志が引き下がらなかったら、欲望は受け流されて、結局、人生は穏やかに流れていっただろうと。

「そうなったら逃げ出すしかない」とジュリー。「ただそれだけのこと。あなたが出て行った事情はわかる。本当によくやったね。知ってる？　私、しょっちゅう泣いてたのよ」

私は冷ややかな硬い声で言った。「泣いたりしなくてよかったのに」

ジュリーはふふっと笑った。「ううん、あの頃の私には悲劇どころじゃなかった。そりゃあ、悲しかったけど、美しい出来事でもあって。おとぎ話みたい。寝ながら自分なりのハッピーエンドに作り替えようとしたけど、絶対にうまくいかなかった。だって、彼女が――あの人の奥さんね――死なないとだめだったから。いくら奥さんがひどい女だったとしても、物語では、ハッピーエンドを邪魔する人物を死なせるのはいんちきでしょ。当時の私はあのことを、現実の知り合いに起こった出来事というより物語と見なしてたの。あのときはすごくつらかった？」

「ええ」

「あれから、たまに考えてみたの」ジュリーは言った。「人生がみんなにとって耐えがたいものじゃなかったらって。人はときどき……ああ、気にしないで。私が話したことはなんとも思わないでしょ？　とにかく、私は知ってたことを知らせたかったの。それだけ。なんなら、二度とその話はしない」

「かまわないわ。終わったことだから」

ジュリーはショックを受けたという顔をした。「終わった？」

「ジュリーったら、私をなんだと思っているの？　生き方に大きな穴をあけたら、昔のままの光景は望めない。戻ってきて、問題を片付けなきゃだめよ。自分であけた隙間には元どおり収まれない。収まりたくもない。とにかく終わったの！」

「だけど、私が思うに――」

私はジュリーの言葉を遮った。自分が神経質になっていて、声が尖るのがわかる。「あなた、本気で思ってるの？　私は彼がまだここにいると知りながら、戻ってこようなんて考えたと」

「知らなかったの、か？」

「知るもんですか！　ここにいるはずないと思ったわ。さもなければ、絶対に来なかった。まあ、駆け足でおじいさまを訪ねて、彼とも世間話くらいはしたかも。でも、ここに滞在するのは……無理」

「でも……」ふいにジュリーの声が子供の声のようにしょんぼりと響いた。「でも、あのときとは事情が違うでしょ？　ほら、あなたはここに来て、あの人はいる。それに……」ジュリーは言葉を濁した。

「それにクリスタル・フォレストは死んだ、と言いたいの？」私はそっけなく訊いた。

ジュリーが小さく息をのんだ。「その……ええ」

私は笑った。「かわいそうなジュリー。あなたのハッピーエンドがやっとのことでかなうのね。お気の毒に」

「アナベル――」

「もう忘れて、ダーリン。いい子だから忘れてちょうだい。忘れてくれたら、いずれ感謝するわ。コンやほかの人たちのことを考えるとね。あの人たちには知られたくなかったの。コンは彼なりの……仮説を立てて、私が家出した理由を考えているから」

ジュリーの声がたちまち大人びて、好奇心もあらわになった。「コンが嫌いなのね。なんで？」

「さあね。それに、〝嫌い〟という言葉は間違っているわ。コンを信用していないと言って。ねえ、ジュリー……」

「ん？」

「いったいあなた、私と――私とアダムのことで、具体的にどんなことを知っているの？」

「さっき話したことだけ。あなたたちが会ってたこと、あなたがせっせと手紙を書いてたこと、それを蔦の木のうろに入れてたこと。だからてっきり、それは――それは道ならぬ恋なんだと。何笑ってるの？」

「ごめんね。あなたの言葉遣いが古風だから。さあ続けて。あれは道ならぬ恋だった」

「わかった」ジュリーは私の言葉を根に持たなかった。「私は的外れな本ばかり読んでるみたい。でも、あなたはこの言い方を悪く取ってる。本当にもうどうでもいいのよね」

「ええ」

「そうなの」ジュリーはがっかりしたようにため息をついた。「結局は丸く収まるといいけど。ほら、あの人たちは不幸だったのはみんなが知ってる。あの人と奥さんのことよ。あの人がどう思ってたかはわからないけど、奥さんのほうは体面を繕ったりしなかったものね。だって、あの夫婦がどこだろうと人前で一緒にいると、なんだかつらくなってきた。まだ子供だった私でも感じたのよ。やっぱりあのふたりはうまくいかなかったね」

「ええ」

「それでも、別れるっていう噂は絶対に流れなかった。あの夫婦は離婚したらいいのに、あの人は奥さんの財産と別れない、って、みんなが言ってたし」

「みんなが言いそうね」

「そう。おまけに、フォレストさんがあなたに恋するのは当然だと思ったの。誰だってそうなる」

「かわいいジュリー、私たち、人前で容姿を褒め合うのはほどほどにしておかないと」

ジュリーはにっこりした。「言えてる。でもねえ、ここだけの話、あなたって十九歳にしてめちゃくちゃかっこよかった。認めなさいよ！」

ジュリーは昇っていく月に照らされて、笑いながらこちらを見ていた。私も彼女を見定めるように眺めた。「そう言われれば、かっこよかったような気がしてきたわ」

「あなたってすてきよね」ジュリーは無邪気に言った。「うーん……まだどうしても、話しておくべきだって気がするな。あなたを不幸にしないように。ただそれでも……あれからずっと悩んでたの。どうしてあの人は、財産があろうとなかろうと、奥さんと別れなかったんだろうって。奥さんはカトリック教徒じゃなかったはずだし。お金の問題だったのかな、アナベル？　嫌みを言うつもりはないけど、やっぱり、あの人じゃフォレスト家を存続できなかった――」

「アダムはフォレスト家の存続をそれほど気にしているかしら」そう言ったとたん、なんて奇妙な返事だろうと思ったが、ジュリーは気づいていなかった。

「じゃあなんで？　なんであの夫婦は別れなかったの？　なんであの奥さんはご主人に無愛想だったの？　フォレストさんがとんでもないことをしでかしたみたいに。あなたのせいじゃない。だって、もうずっと前から続いてたことだもの。なんで？」

「わかるわけないわ。彼は――そういう話はしなかった」そのとき突然、見当がついた。「あの奥さんには子供がいなかった」

「ああ……そうか」ジュリーが言った。ゆっくりと。「じゃあフォレストさんは……?」

「生きることじたいを責任として受け止める男性もいるのよ。たぶん、そういうことでしょうね。彼は奥さんの不幸を我がことのように感じたの。別れろと言われても無理な話よ。ほかに頼れる人がいない家族を見捨てられないわ」

「ねえ」ジュリーが言った。「ずいぶんと冷めた言い方するのね。まるで他人事みたい」

「まさに他人事を聞いている気分なの」私は言った。「さあ、もう中に入りましょう。行くわよ。あなたったら、赤ちゃんみたいにあくびばかりして。今日は長旅をしたんですもの。疲れているはずよ。これからおしゃべりする時間はたっぷりあるわ。明日、ドナルドは来るの?」

「と思う」

「また会うのが楽しみだわ。明日は彼のことをすっかり教えてね。今夜は私の問題につきあわせてしまったけれど、これからはきれいさっぱり忘れましょう。いいわね?」

「あなたがそうしたいなら」

「私はそうしたい」

「いいわ」ジュリーはまたあくびをした。唐突に、恥ずかしげもなく、動物か子供のように。「ああもう、眠い。マンドラゴラ（かつて催眠剤として使われたナス科の植物）を飲まなくても、私のドナルドがいない長く空しい時間を眠って過ごせそう（シェイクスピアの『アントニーとクレオパトラ』より、クレオパトラのせりふを借りた）」彼女はクスクス笑った。「彼はどんなロマンチックな設定にもはまらないなあ」

「そのほうが無難かもしれない。あなたが読むことになるものを考えれば」

「そうかもね。ああ、アナベル、あなたがここにいてくれてよかった。それ、もう言った?」

「聞いたわよ。ありがとう、ジュリー。よく眠りなさい」

「ええ、そうする。ロンドンから来ただけに、この不気味な静けさにはうっとりしちゃう。あの梟《ふくろう》が鳴き出したら撃ち落としてやる。たとえあいつが母さん鳥で、蔦の木では七つの子がおなかをすかして待っててもね」

「あの種類の梟には三つの子がいるのよ」

ジュリーは庭の門の掛け金を外してあけた。「なんでもかんでもよく知ってるんだ」

「嫌だわ、ジュリー！　まるで私がおぞましい自然児で、梟と友達づきあいしたり、野生の馬を操ったり、夜は森を飛び回ったり――」私は口をつぐんだ。

ジュリーは私の様子に気づいていたとしても、その気配を見せなかった。「入らないの？」

「まだ外にいるわ。気持ちのいい夜だし、私は疲れていないから。外をほっつき回る自然児よ。おやすみ」

「おやすみ」ジュリーは言った。

第十一章

今日は風が吹く、愛しい人よ。
ぽつり、ぽつりと雨も降る。
僕が心から愛する女はひとりだけ。
今は冷たい墓に横たわる。

バラッド「眠れぬ墓」

木の幹を囲む崩れかかった低い城壁に立ったら、ちょうどうろの中に手が届く。私は片手で曲がりくねった蔦の茎につかまって、頭上のうろに手を伸ばした。とうに朽ちて落ちた大枝が作った空洞だ。おずおずとうろに手を差し入れた。ジュリーの梟《ふくろう》と架空の七つの子が中にいて、巣を守ろうとしているとわかっていたら、あるいは誰かの机の私用の引き出しを掻き回すとしたら、こうするだろうというやり方で。逢い引き。ニノスの墓。恋人たちの木（ギリシャ神話より。ピュラモスとティスベーはニノス王の墓の桑の木陰で会う約束をした）。なんの権利があってそこに幽霊がいて、覗き見しているの？

どのみち、覗き込む物などなかった。この蔦の木が過去にどんな秘密を抱えていたとしても、今ではただの木でしかない。郵便ポストは空っぽの穴で、底はひびが入って裂け、裂け目には火口のように乾いたぼろぼろの朽ち木が詰まっている。小枝と朽ちかけた藁があるところを見ると、かつてムクドリがそこで巣を作ったようだ。頬をかすめる蔦は陰気な匂いがして、埃まみれの忘れ物を思わせる。城壁を下りて、ハンカチで手を拭った。

傍らでは、壊れたロッジを迂回して、手入れの悪い並木道がカーブして影に消えていく。私は頭を巡らした。木立が下ろした闇の向こうで月に皓々と照らされて、白い門はどこで光ったのだろう。門のてっぺんの横木に書かれた黒い字が見えるような気がした。〈ホワイトスカー〉そちらに向かいかけて、思いとどまった。〝来たるべきものは、今来なくとも、いずれやってくる（『ハムレット』第五幕第二場のせりふ）〟それなら、成り行きに任せよう。

私はハンカチをしまい、壊れたロッジを足早に通り過ぎ、私車道のひっそりした苔を踏んで、館に向かった。

月は満月に近く、夜はかなり更けていた。館の骨組みはしゃっきりと立っていて、木々が作る書き割りが線と角とを切り取り、むき出しの窓の飾り格子を目立たせている。羊が一、二匹、アザレアの茂みで草を食《は》んでいる。羊が草を食べながら立てるすさまじい鳴き声が、風のない夜に響き渡った。日時計を埋め尽くした薔薇とスイカズラの匂いがする。苔の生えた階段を下りて、芝生の上を歩いて日時計を目指した。文字盤には葉と巻き鬚が敷き詰められていた。小人のシャンデリアのようなスイカズラの花をつまんで、顔に寄せた。長い雄しべが頬をくすぐり、狂おしいまでに甘い香りがする。夏の夜の夢のようだ。私はスイカズラを芝生に落とした。

階段の一番下の、土台が芝生に突き出した段に腰掛けた。這っているスイカズラをそっと押しのけると、日時計の指針がむき出しになっていた。月光が斜めに差し込み、広がった苔の下にある彫刻にかすかな影ができた。

苔を少し引っ掻いて取り、ゆっくりと、探るように指先で文字をたどった。

時はある。時はあった……。

下にもう一行続いている。指先で文字をたどるまでもない（引用はエリザベス朝の喜劇「ベーコン修道士とバンギー修道士」のせりふ）。

時は過ぎた……。

十ヤード向こうで雌羊が慌てて進路を変えなくても、小さな足が引き下がっていく音がしなくても、自分が正しかったことがわかった。彼は来ていた。私が来ると思ったとおり。

私は乾いた苔に両の手のひらを押しつけた。手を流れる血が跳ね上がり、冷たい石にぶつかる感じがする。しばらく、じっと様子をうかがい、日時計の踏み段にしゃがんで、両手に力を込めた。

さあ、なるようになれ。早く済ませてしまおう。自分の立場を理解するのよ。来たるべきものは、今来なくとも、いずれやってくる。

私はゆっくりとふり向いて、操り人形のようにぎくしゃくと立ち上がった。

彼は二十ヤード足らず先の、森の外れに立っていた。ちょうど木々の影になっているが、あれはほかの誰でもない。私車道を通ってきたのではなく、東屋《あずまや》から小道を歩いてきたのだ。

私は身じろぎもせず立った。肩のうしろに月が、背中に日時計が張りついた。体を支えるように日時計に手をかけたままだったが、意外なことに、彼の姿を見て強烈に湧き起こった感情は、安堵感だったように思う。こうなると一番始末に負えないし、こんな感情を受け入れる余裕はない。でも、湧いてしまったからには乗り切らなくては。とにかく、無難な言葉をかけて……。

彼はかなり時間が経ってから動いたように見えた。皓々と照る月の光を浴びて近づいてくる。この距離からでも、彼が幽霊でも見るような目で目を凝らしているのがわかる。斜めに差し込む白い光で、顔は青ざめて芝居がかって見えるが、それでもある激しい感情のせいで疲れ切り、顔が仮面と化したのは一目瞭然だ。頑丈そうな骨から肉が削げているようで、そこは、言うなれば、平面と角、光と影の集合体となった。目は黒々として、眉はその上に伸びる二本の黒い棒だった。頬には深い切り傷が走っていて、口元の細い皺は冷静さか忍耐力を養っていた。ところが、彼が口をひらいてしゃべろうとしたとき、ふと、その防壁の薄さが見て取れた。声もまた弱々しく、ためらいがちに聞こえる。これは決して自分は受け入れられると確信している男性ではない。もっとも、自信を持てるわけがない。そのとおり。

彼はようやく言った。およそ表情がない、ささやきのような言い方で。「アナベルかい？」

「アダムなの？」こう訊きながらも、この名前が探るように、遠慮がちに響くと私は思った。これまでいっぺんも呼んだことがないみたいに。

彼は一ヤードばかり手前で立ち止まっていた。苦しいほどに長い間があいた。それから言った。

「事情を知って、すぐに来た」

「ここで私に会えると思って？」

「わからない。ただ……はて、何を考えたのかな。そんなことはどうでもいいだろう？　君は来たんだ」

「ええ」私は言った。「だって――どうしても会いたかった」

覚悟を決めてアダムの返事を待っていたが、彼は何も言わなかった。声は淡々として表情に欠け、ろくに話に身が入っていないようだ。「どうして帰ってきた？」

「おじいさまの具合が悪いの。あまり――長くないみたいで。もう一度会いたかったから」

「そうか」再び間があいた。あの単調でうつろな声がまた聞こえた。「来るとは言わなかったね」

アダムは見知らぬ女に話していたのかもしれない。恋人同士でも、こうしたピリピリした雰囲気になり、言葉が空回りすることはあるけれど、恋人たちにはふたりだけに通じる言葉がある。私たちにそんなものはない。アダム・フォレストの愛は死んで、言葉が出て来ないのだ。

私はいつものように答えた。「あなたがまだここにいるとは知らなかったの。たまたま聞いたばかりよ。このあいだの晩、おじいさまと話していたついでに。あなたはイタリアに永住したと思っていたわ。そもそも私がイングランドに戻ったのも、まさかあなたの――」口をつぐみ、息をのんで、とりとめのない話を始めた。「私はフォレスト館がなくなったことも知らなかった」

「君は話の筋道を無視するんだね？　さっき言おうとしていたのはこうだろう。クリスタルが死んだことを知らなかった」

「あの――」

「そうじゃないか？」

「そうよ。私、聞いていなかったの。お悔やみを申し上げます」

アダムは軽く頷いてお悔やみを受け入れると、この話題にはもう触れなかった。彼は六フィートほど離れて立っている。月光が私たちのあいだに、私の肩の後ろから、斜めに射し込んだ。影が傾いていて、彼の表情が読み取りにくい。しかも、こちらのほうが肝心なのだが、彼のほうからは私の姿がはっきり見えなかった。それでも、彼は身じろぎもせず、私をじっと見つめていて、その揺るぎないまなざしのせいで落ち着かなくなった。

アダムがのろのろと言った。「じゃあ、こういうことかい？　君は事情を――僕がここフォレストにいて、自由の身だということを――知っていたら、帰ってこなかったと」

背後の日時計が、枯れた苔でガサガサしている縁が手のひらに食い込んだ。結局、案ずるより産むが易し、だったのかしら。それとも、その逆だったの？　アダムの声にも、顔にも、一切の感情が表れない。彼が私を気にかけている気配が見られないけれど、そう言う私も彼を気にかけていない。彼が私を気にかけるわけがないわ。八年は長い年月だ。私はどこかほっとした口ぶりで言った。「ええ。そういうこと」

「なるほど」初めてアダムの凝視がつかの間それたと思うと、ぐいっと戻ってきた。「だが、今夜は僕に会いに来たんだね？」

「だから言ったでしょう。あなたが来るんじゃないかと思って、来てみたの。どうしても会いたくて。ゆうべ、あなたがイタリアから帰って、今もここに住んでいると知って――その、うろうろしていて、人前であなたに出くわすのは嫌だったから」

「殊勝なことを言ってくれるね」単調な声に皮肉はこもっていない。

私は顔を背けた。荒れ果てた庭園の向こうに、めちゃめちゃに壊れた館が屹立している。「あなた

ね。やりきれなかったでしょう」

い方はふさわしくないけれど、なんて言えばいいのかしら。ここでは何もかもうまくいかなかったの

の家が」私は感情を抑えられなかった。「……あちらの件もお悔やみ申し上げます、アダム。この言

ここで初めてアダムの顔つきが変わった。私は幽霊がほほえむ姿を見たのだ。「まあそうかな」

私はもじもじした。楽勝ですって？　こんなの耐えがたい。確かに私は彼と対面して話すのを恐れていたし、これほどすらすら切り抜けられるはずがないとも思っていた。あれこれ訊かれ、非難の応酬になり、怒られることだってあるはず……が、ここには生気のない声と凝視しかない。彼はたった今（私がふと月光を仰いで館を見上げた瞬間から）私に焦点を合わせていくというように鋭く目を細めた。

私は日時計から離れて、傷がついた手のひらをこすり合わせた。

「行かなくちゃ」あたふたした、不安げな口ぶりで言いながら手を見下ろした。「もう遅いわ。これ以上話すこともなさそうだし。その――」

「なぜ出て行った？」

この質問は急に飛び出したので、やんわりと訊かれたけれど、私ははっとしてアダムを見上げた。彼は相変わらず、あの揺るぎない、無表情な目つきで私を見つめていた。「いいかい」彼は言った。「あんなふうにふいっと出て行ってはだめだ。話し合うことが山ほどあると僕は思っていた。だから、ふり出しに戻りたい。なぜあんなふうに出て行ったんだい？」

「どうしてか知ってるでしょう！」自分の声がどれほど震え、緊張感を帯びているかがわかるのに、抑えが利かなかった。私はまたアダムを押し戻そうとした。危険な場所から遠ざけようとした。「お

願いだから蒸し返さないで！　もう耐えられなかったの！　過ぎたことよ。あなただって、よくわかっているでしょう。八年前に終わったから、もう——もう忘れるのが一番よ。何もかも忘れたほうがいい……」私は激情をこらえた。「私はもう忘れたわ。本当に。他人の身に起こったことみたいに。あれは——私にはなんの意味もなさそう。人は変わるものよ。これだけ時間が経てば、人は変わるわ。あなただって変わった。このまま……そっとしておきましょうよ、アダム？　今夜あなたに会いに来たのは、できれば……どうにか……」私は必死に何か言おうとして口ごもった。「あなたも同じ気持ちでいるのはわかっているわ。今夜ここに来たのは、私たちがお互いに——」

「あれはもう忘れたと同意するため？　わかるよ、君」アダムの声はいやに優しい。私には唇を嚙んで涙をこらえる理由もなければ、ぱっと顔を背けて黄色い薔薇の茎を引っ張る理由もなく、それを指になんべんも巻き付ける理由もなかった。だいたい、こんなやりとりは私にはなんの意味もないのだ。

「心配しなくていい」彼は言った。「君を苦しめたりしないよ。ほかに好きな人がいるんだね？」

「いいえ！」こんな言い方をするつもりはさらさらなかった。アダムは眉をちょっと吊り上げた。

「それとも、いたのかな？」

私は首を振った。

「八年間でひとりも？」

私は指のあいだで潰れた薔薇の花を見下ろした。「ええ。そうじゃないのよ。ただ——」

「人は変わるもの。ああ、よくわかるよ。君はすっかり変わったね、アナベル」

私は顔を上げた。「そうかしら？」

アダムの口元がゆがんだ。「そう見えるね。どうかな、君は今のところ——いや、きのうまではと訊くべきかな――〈ホワイトスカー〉に腰を落ち着けるつもりかい？　こうして戻ってきたからには」

とりあえず、目の前に無難な道が見えた。私はそこへ駆け込むと、早口でしゃべった。「きちんと計画を立てていないの。さっきも言ったけれど、おじいさまに会いに来ただけだから。ここに来るまで、つまり北部に来るまで、おじいさまがあれほど衰えたとは思わなくて。心臓発作を起こしたのは知っているでしょう？　実は、その話を知らないうちにおじいさまを訪ねようと決めていたの。おじいさまに――ここのみんなに〈ホワイトスカー〉で歓迎してもらえるかどうか、自信がなかったけれど、おじいさまが承知してくれるなら、一目会いたかった。どんな雰囲気になるかわからなかったけれど、おじいさまはとても優しかったのよ」私は言い淀んだ。「みんなが優しくしてくれた。帰ってきてよかった。ずっとここにいたいわ……おじいさまがいる限り。でも、そのあとは……」そこで言葉を切った。

「そのあとは？」

「そのあとはここにいないと思う」

間があいた。「じゃあ、地所は？　〈ホワイトスカー〉はどうなる？」

「コンがいてくれるわ」

私は裂けてねじれた薔薇の茎を丁寧にほどいた。親指に棘が刺さって血が出ていた。肌に艶やかに流れた黒い血の滴《しずく》を私は見るともなしに見た。いつのまにかアダムが近づいてきたらしい。彼の影が滑るように進み、斜めになり、傍らの芝生に落ちて、ようやく気がついた。

「〈ホワイトスカー〉をコナー・ウィンズロウに任せるのか？」

私はほほえんだ。「そういうことになりそう」

「はぐらかさないでくれ。どういう意味かわかっているだろう。地所が君のものだったら、住み着くのか?」

「いいえ」

「そう決めたのは、僕のせいでもあるのかな?」

私は息をのんだ。「それもあるとわかっているでしょう」

出し抜けにアダムの声が生き生きとした。霜焼けが治った肌がそうなるように。彼は言った。「君は僕がいなくなったと思ったから帰ってきた。僕がまだここにいると知って、また出て行くことにしたわけだ。おかげで事情がよくわかったよ、アナベル」

私はできるだけ冷静に言った。「わかってもらおうとしているの。ごめんなさい」

また間があいた。やがてアダムは口をひらいた。別にどうでもいいことを穏やかな調子で私に言い聞かせているみたいだ。「いいかい、僕はあの夜の言動を、何もかも後悔している。君の後悔なんか及びもつかない。自分を許せるかどうか、わからないくらいだ。かっとして、最後に君と会ったときにひどいことを言っただけでなく、いろいろなことを……ある段階に進めてしまった。だいたい、君はまだ若かった。年長者の僕がわきまえてしかるべきだったんだ。クリスタルとああいう生活を送っていたことは――君に夢中になった口実にならない。君を傷つけただけだからね」

「やめてちょうだい。何もそんな――」

「あの夜の過失を弁解しているとは思わないでくれ。身動きが取れなくなって――さもなくば、そう思った。もちろん、口先ばかりで行動しなくてはだめだ」アダムは息をついた。「だから、しまいにかっとして、君に頼んだ――君を脅した、かな。駆け落ちしてくれ。〈ホワイトスカー〉とフォレストから離れて、うちの妻も、どいつもこいつも放っておけばいい。するとどうだ。君に断られた」

「断るしかなかったでしょう？　ねえ、あの夜のことを蒸し返さなくてもいいわ。忘れるのが一番だと言ったじゃないの。そもそも深入りしてはいけなかった。お先真っ暗だなんて、うかつだったわ」

「あのとき君はそう言ったね。そのとおりだが、僕に言わせれば、もう手遅れだ。確か、君は僕に近づかないようにするとまで言った」アダムは微笑を洩らしたのに、顔をゆがめたように見えた。「すると、僕はこう言った」彼は切り出した。「この申し出を受ける覚悟ができないなら、二度と会いたくないと。ああ、すまない」最後の言葉は、私がびくっとした際にかけたものだ。「乱暴な言い方をしたつもりはなかったが、がさつでとりとめない言葉（『ハムレット』第一幕第五場より）をさんざん浴びせてしまったのをおぼろげに覚えている。君がこの地方を出て行くか、あるいは僕が出て行くか、という意味だったが、しょせん僕はフォレストの土地と妻に縛られていたからね……」彼は大きく息を吸った。「しかし、アナベル、まさか君が出て行くとは思わなかった」

「私が出て行くほうがましだったの。そう思ってくれなくちゃ」

「そうだろうね。今にして思えば、疑問があるけど。いずれ僕は理性を取り戻していたはずだし、僕たちはなんらかの……安らぎを見つけたはずだ。どちらも根はまっとうな人間だし、少なくとも君は道徳を破らなかった。あれから、八年経って……」アダムは言葉を切り、背筋を伸ばしたように見えた。「うん、そこが問題だ。君は若かった。僕はひどい態度を取り、君を怯えさせて傷つけ、君は出て行った。だが、君は大人になったね、アナベル。今ならもう少し事情をわかってくれるはずだ。僕がクリスタルとどんな生活を送っていたか。あのときはなぜあんな行動に駆られたのか」

「わかる、わかるわ。ただ、そうじゃないの。どうか誤解しないで。私はあのときのことを恨んだりしていない。今のこの気持ちは、あの出来事とは関係ないの。それは信じてちょうだい」私は声を落として続けた。「何を言われようが、されようが、もう過ぎたことよ。八年も前にね。謝ることなんかないわ……。だから、思い出すこともないと見なしましょう。忘れるのよ、アダム。これからは。もう話さないほうがいいわ。おやすみなさい」

私はアダムにさっと背を向けたが、彼の影が芝生を横切った。今回は鉤爪のようだった。彼に腕をつかまれ、何が何やらわからないうちにふり向かされた。

「待って。聞いてくれ。だめだ、こんな形で別れられない。とにかくこっちの話も聞いてくれ。聞くべきじゃないか」

「どういうことか――」

「君がもう少し落ち着くまでここにいたら、今は行かせるよ。ただし、どうしてもまた会わないと」

私はアダムから手を引き離そうとして、息を切らして言った。「お断りよ！」

「どうしろと言うんだ？　土下座しろとでも？」

「アダム、さっきから説明しようと――」

「おいおい」アダムが言った。「僕はいったい何をして、君にそこまで嫌われたんだ？」

「嫌ってないわ！　言ったでしょ」

「それならあと一分ここにいて、話を聞いてくれ。いいかい、アナベル、泣かないで。大丈夫だから。ただ僕に――一分だけ時間を与えて、話をさせて……。君はすべて終わったことだと言ったね。僕を愛していないと。いいだろう、受け入れる。わかった、その言葉を甘んじて受けよう。参ったな、ほかの言葉を期待できるわけがない。でも、僕がウエストロッジにひっそり隠居して、なんの手も打たないとは思えないだろう？」

ヒマラヤスギから遠く離れたどこかで、梟《ふくろう》がホーと鳴いた。私は震えながら言った。「何に手を打たないと？」

「また君に会おうとすることさ」今度はアダムのあいているほうの手が伸びた。彼は私の腕に両手を軽く添えて、少しあいだをあけた。「ほら」彼は言った。「僕たちがうやむやにしたことがもうひとつある。僕にとってはまだ終わっていないんだ」

私は体がこわばるのを感じた。アダムも感じ取ったに違いない。慌てて先を続けたからだ。「いや、大丈夫。さっきも言ったように、君が過去を忘れたいことは受け入れる。ただ、そうは言っても未来はあるからね。君に好きな人はいないそうだし。君が帰ってきたからには、僕は手をこまねいているのはごめんだ」彼はふとほほえんだ。初めて彼の声が温かみと、軽やかさすら帯びた。「それに、僕は君に求愛する義務がある。そうだろう？　もう人目を忍ぶ恋はしなくていいんだよ！　蔦の古木に手紙を忍ばせなくていいし、寒々とした月夜に東屋で逢い引きしなくてもいい。シャクナゲの葉がびしょ濡れで、君は蝙蝠《こうもり》が髪に入ると大騒ぎしていたね！」彼は私をそっと揺すった。微笑が広がった。「いや、僕は今回きちんと求愛する。真っ昼間から、作法に従って。まずは君のおじいさんにご挨拶を――」

「やめて！」今度こそ、アダムは私の全身を突き抜けたパニックの紛れもない衝撃を感じたのか、軽く握っていた手で私をぐいっと引き寄せた。これは思ってもみなかった展開だ。今夜私は、何を言えばいいのかきちんと考えないままアダムに会いに来たけれど、八年前の恋愛沙汰を、なんとかしてコンには秘密にしなければいけないことだけはわかっていた。八年は長い月日だ。それでも愛情が残っていて、くすぶり、焼けぼっくいに火が点いて燃え出そうとしている、とはこれっぽっちも思わなかった。伏せておくのはいとも簡単そうに思えた。何しろ、アダム・フォレストに事実をありのままに言えば、それでよかったのだ。もうあなたは好きじゃない。あの過去は死んで、埋葬された。このまま眠らせておきたい。

やがて、話し合いはいったん終わった。なごやかに、長らく疎遠になっていた恋人たちが礼儀正しく挨拶して……。私からは裏切らないことを望んでいた、というより裏切らないと知っていた。ところが、このていたらくだ。ここで仮面の生活を順調に続けただけに、この展開を夢にも予期しなかったのは危険だった。

私は必死に考えをまとめようとした。でも、筋が通ったことはひとつしか思いつかなかった。コンに知られてはいけない。ふと、あの小道のシモツケの傍らで、私を見ているコンの顔が目に浮かぶ。彼の背後で、リサのキャラメル色の目が見張っている。

「お願い」私はわなわなと震えた。「そんなことしないで。〈ホワイトスカー〉には来ないでちょうだい。〈ホワイトスカー〉に来ないと約束して！」

「ああ、わかったよ」アダムは私の言葉を聞いて手を放し、こちらをじっと見つめている。ほほえみは消え、眉間に深く皺が刻まれていた。「では、約束しよう。君を悩ませたくないからね。君の望むことはなんでもする。ただし、二度と会わない約束はできない。君がここ〈ホワイトスカー〉にいるとわかっていて、おとなしくしていられない。今後も顔を合わせるに決まっているし、僕が――」一瞬、笑みが戻った。「たびたび会うように仕向けるからね。もっとも、心配はいらない。君の気持ちはわかるから、尊重するつもりだが……その気持ちを変える機会を奪わないでくれ。お互いに自由の身だからね」

「自由？」またしても幻影がどっと押し寄せた。コン、リサ、おじいさま、ジュリー……。私は苦々しい声で言った。「いったいどっちが自由だっていうの？」

「ねえ――」

アダムの物静かな押しの強さにはぞっとする。何かが、パニックかもしれない感情が胸の中で膨れ上がり、言葉がほとばしった。「もうあなたは自由だ、ってことね！　都合次第で私を厄介払いして――八年も忘れて――いたくせに、私が帰ってきたら、この前別れたところからよりを戻そうというわけ？　暇なときに愛人を囲いたい、そういうこと？　〝僕にとってはまだ終わっていないんだ！〟」私は意地悪くアダムの口真似をした。「ええ、終わっていないでしょうよ！　あなたは家に腰を落ち着けて、奥さんは亡くなったんですもの、私をそばに置けたら好都合に決まっているわ！　でもね、私には都合が悪いの！　もっとわかりやすく言わなきゃだめ？　なるべく丁重に断ろうとしたのに、ちっともわかってくれない。もう終わったの。おしまい。だから、お願いだから、放してちょうだい。もう私にはかまわないで」

おぼろげな光の中でもアダムの表情が変わるのがわかり、私はなんだか不安になって言葉を切った。やがて気持ちが落ち着いた。ここには危険がある。それは忘れてはだめだ。何があろうと、私が彼に何を言おうと、この仮面の生活を続けようと続けまいと、危険があるのだ。ならば、いっそ危険を冒して、この場で切り抜けてもいいではないか。生きとし生けるものは一度死ななくてはならない。アダム・フォレストは何年も前に危険を切り抜けた。また危険に近寄って、骨折り損だったでは済まされない。それを防ぐ手はただひとつ。なんと言っても、コンは手持ちの札の使い方を教えてくれた。

ところが、ここでどの札を切るべきかわからない。私はアダムを見つめて、黙って立っていた。

ぐずぐずしているうちに決められなくなった。アダムは私の考えたとおりのことを話したので、合図《キュー》に従っていたのかもしれなかった。「荒唐無稽な話ではなかったら」彼はゆっくりと切り出した。「黒魔術めいて聞こえる常軌を逸した話ではなかったら……君はアナベルのはずがないと言うところだ。たとえ八年経っても、君がこれほど変わるとは思えない」

私ははっと息をのんで、喉を詰まらせ、早口で言い返した。ちょっと声が大き過ぎたかもしれない。「ばかばかしい！　私でなければ、ほかの誰だって言うの？」

「そこだよ」アダムはいっそうゆっくりと話した。「僕もそれを聞きたいね」

このやりとりで、私の対策が貧弱だったことが露呈したと思う。私はその場に立ち尽くし、アダム・フォレストを見つめて、流されていく不思議な感じを覚えた。これは運命だ。月明かりの逢い引きを見守る、あの闇の神々が私を助けて、だましたあげくに裏切って、この皮肉な結末を用意するなんて。私は口をひらこうとせず、ひたすらアダム・フォレストの顔を見つめた。信じがたいことに、彼にはわかりかけてきたのだ。

アダムがすばやく一歩進み出て一フィート足らずまで近づいても、私は動かなかった。彼はゆっくりと言った。「頭がおかしくなりそうだ。まさかそんな。ありえない」彼は手を差し出すと、私をくるりと、いたわるように一回転させ、月に向かせた。私は彼と目を合わせなかった。うつむいて、唇の震えが止まるようきつく閉じた。長い間があいた。

やがて、アダムが再び手を下ろし、ぱっと背を向けた。そして、足早に離れていった。それきりになるのかと思ったら、彼はどこに行く気だろうと、一瞬恐ろしくてたまらなかった。ところが、彼はふと立ち止まり、こちらに背を向けてしばらくたたずみ、地面を見ていた。

「本当なのか？」

胸が痛むほどためらった。その一瞬は一年にも思えるほど続いた。結局、ためらいが答えになっていた。私は何も言わずに頷いた。

「君はアナベル・ウィンズロウではないね？」

私は咳払いをして、やっとのことで、落ち着いて言った。ほっとした思いさえ漂わせて。「ええ、私はアナベル・ウィンズロウではないわ」

「君は……アナベル……ではない」アダムは繰り返した。さっきの鋭い質問がぼやけて当惑の言葉に変わった。

今度は何も言わなかった。逃げ出したい、ほっとしたいという理屈に合わない感情が残っている。皓々と照らす月明かり、廃墟の館とそびえ立つ木々という背景は、ひっそりとして動かず、まるで風景画のようだ。小さな日時計は、私たちの影の横にくっきりとした影が差して、この風景にどこまでも非現実的な雰囲気を添えている。私たちは日光の降り注ぐ昼間に食べたり働いたりしゃべったりする人間ではない。空想の世界の生き物であり、月明かりの舞台にいる存在であり、情熱にのみ従って生き、繊細かつ洗練された、詩を思わせる声でのみ、愛と死と苦痛を語ることができる。これは不幸な運命の黒い帆船の世界。魔法にかかったカップ。くちばしに金の毛を一本生やして、開き窓から飛んでくる燕。私たちはパーヴァネとラフィ（戯曲「バグダッドのハッサンの物語」より。罪を犯した恋人たちが幽霊になる）で、幽霊のように夜の庭園をふわふわと漂った。私たちにとって、愛の死は詩になるはずだ。恐怖でもなく、諍《いさか》いでもなく、駅のホームによくある薄汚い物でも、返事のない電話でもなく、行方不明になった手紙でもない。ましてやじりじりと長引く寂しさでもなく……。

月の光が日の光のように激しく日時計に当たる。時はあった。

私はまだ月の光に顔を向けていた。アダムが再び近づいていて、私の顔をためつすがめつ見た。

「顔は似ているし、しぐさも似ている。だが、声は違う……どこかほかにも……。どこだと訊かないでくれ。それにしても……途方もないな。理屈に合わない」

私は穏やかに言った。「でも、本当なのよ」

アダムは小さく笑ったが、面白くもなんともなさそうだった。「今夜君はたっぷり時間をかけて、いろいろな真実を説明したね。とにかく、これが一番受け入れやすかったよ」彼はなかばふり向いて、日時計の文字盤からスイカズラのもつれた巻き鬚を押しのけた。「君は何者だ?」

「それって大事なこと?」

「どうでもいいだろうね。ただ、君がここにいて、こんな真似をしている理由は極めて重要だ――君がどんな真似をしているのであろうと。君はごまかそうとはしなかった。ちゃんと説明してくれてもいいだろう。僕には知る権利があるからね」

「あるかしら?」

アダムはむっとしたようにふり返った。「あるとも。君は僕の恋愛沙汰をよく知っているらしい。知らなければ、今夜僕に会いに来なかっただろう。誰から聞いた? アナベルか?」

「アナベル?」私はぼんやりとして訊いた。

「ほかに誰が教えたって言うんだ?」アダムは日時計のそばに戻っていて、人差し指で図形をなぞっているようだった。口調はぶっきらぼうだ。「頼むから教えてくれ。どこで彼女に会い、何があったのか、どんな話を聞いたのか。彼女のどんなことを知っているのか」

「そうじゃない！」私は声をあげた。「そんな成り行きじゃなかった！　私はアナベルに会ってない！　教えてくれたのはジュリーよ！」

「ジ、ジュ、リー？」

「そう。心配しないで。あの子はあなたとアナベルのことを、実際には何も知らないから。でも、あなたたちが森で話してるところを見かけて、蔦の木にポストがあるって気づいたの。ある日アナベルが手紙を入れるのを見て、別の手紙を取り出すのを見た。あの子は——ただ、あれは秘密の恋をするにはうってつけの、ロマンチックな方法だと思ったの。誰にも言わなかったわ」

「なるほど。じゃあ、ジュリーは君にどんな話をしたんだ？」

「今言ったことだけよ。森の中の逢い引きと蔦の木のポスト。あの子は、自分が知ってたことを私に知ってほしかったの。あの子——私があなたにまた、すぐに会いたがってると思い込んでたのね」

「うーん」アダムは日時計に向き直り、一心不乱に苔を爪で削り取った。「ツイていたね？　たまたまジュリーが事情を知っていて、それを君に話したことは。そうでもなければ、初めて僕と会ったらはっとしていただろうに」薄い苔がはがれ、その下にある一インチほどの青銅をアダムはしげしげと眺めた。「ジュリーの話は本当にそれで終わりかい？　彼女がスパイの役割を果たしたという意味ではないよ。当時はほんの子供だったから、事情がわからなかったはずだ。しかし、秘密を誰にも知られていないと思いたいのが人情だからね。わけても子供には——」

「本当に、ジュリーの話はそれだけだったのよ」

「それにしても、君は見事に役柄を演じたね」アダムの声には険があり、いじっている文字盤を刻めそうだった。「ろくに内情を知らないとは思えない。たぶん、コナー・ウィンズロウがどうにかして探り出し――」

「違う！」私がぴしゃりと否定したので、アダムは驚いてこちらを見た。「とにかく、コンからは何も聞いてない。彼はあなたのことにほとんど触れないし」軽い調子で続けた。「私は名女優だもの。おわかりでしょうけど。あくまで合図《キュー》が出たら演技をするのよ。難しくはなかった。だって、この手のゲームに加わったら、それくらいのことは覚悟するわ。それに、あなたがさっきのやりとりを正確に思い返したら、私はそちらのサーブを打ち返しただけだとわかる。何かを言い出したのは、決まってあなたのほうだった」

アダムがはがれた苔を文字盤に落とした。すると、苔はカサカサと音を立てた。彼はほっとしたかのように背筋を伸ばしたが、声は険しいままだった。「ああ、そうだ。なかなか巧妙だったね。だが、あの程度ではだめだろう。突然、目の前に恋人が現れたら、それなりにショックを受けるはずだ。君の勇気は認めよう。実に見事に……。さてと、質問に戻らせてくれ。君は何者で、君が始めたという〝ゲーム〟とはなんなのか？」

「ねえ」私は言った。「私は嘘なんかついてないし、あなたに卑怯な真似はしてない。言っとくけど、あなたに見当をつけさせるまでもないわ。私は誰も傷つけない。自分が損をしないように躍起になってるだけ。いいかげんに放して……私が誰かを傷つける現場を見るまでは放っておいて。だいたい、〈ホワイトスカー〉の内情が、どうしてそんなに気になるの？」

「なぜ気になるのかと？　君はアナベルになりすましてここに戻ってきたくせに、なぜ気になるのかと訊くんだね」

「あなたと彼女のことはジュリーしか知らないし、私たちはなんでもないとジュリーにはもう説明して――」

「問題はそこじゃない」アダムが鋭く言い放った。「ごまかさないでくれ。君の名前は?」

「メアリー・グレイ」

「君はアナベルにそっくりだが、それぐらい承知しているんだろうな」アダムは私をしげしげと眺めた。「とうていありえないことに思える。メアリー・グレイか。やれやれ、小説でもあるまいし、こういうことが起こるとはね! まじめな話、君は〈ホワイトスカー〉にもぐり込んで、アナベル・ウィンズロウになりすましているわけかい?」

「ええ」

「なぜ?」

私は笑った。「なぜだと思う?」

言葉が途切れた。アダムは愉快ではなさそうに言った。「おかしな話だ。君は買収できそうに見えないね」

「生活費を稼ぐのに苦労してみたらいいのよ」私は言った。「あなたにわかりっこない。無一文になって、お金が入るめどもつかない人間がどうなるかなんて」

アダムの唇が引き結ばれた。「もっともだね」

「ああ、うっかりしてた。あなたにはよくわかるのね。今では食べるために、それも必死に働いてるって聞いたわ。ねえ、どうしても手を汚すわけにはいかなかったの?」

「えっ、どういう意味だい?」どういうわけか、アダムはぎょっとしたような訊き方をした。

「あなただってあぶく銭にありついたでしょうに。稼ぐ機会があって、やってみても悪くないなら」

「一度ありついたことがある。まあ、じきにその話も耳に入るだろう。それより、自分がどんな害を及ぼすか、どうやったらはじき出せる? 誰が君に指示しているんだ?」

ずばりと尋ねられ、私はぎくっとした。「えっ?」

「君ひとりでできることじゃない。誰かが指示を出して、ここに送り込んだ。思うに、ジュリーはコナーが牧場を相続するチャンスを潰したいのかな?」

私は笑った。「まさか。黒幕はそのコナー当人と、お姉さんよ」

アダムは信じられないとばかりに私をまじまじと見た。「コンが? リサ・ダーモットまで? それを本気で信じろというのかい?」

「本当の話だもの」

「コナー・ウィンズロウが〝アナベル〟を連れ戻して、自分を相続人から外すとでも? ばかにしないでくれ。それなら喉を掻き切ったほうがましじゃないか」

「私はコンを相続人から外さない」

「そうだな。しかし、ジュリーなら?」アダムの声がこわばる。

「いいえ。外すとしたら、アナベル本人でしょう」

「アナベルは死んだ」アダムはそう言ってから初めて、その言葉を耳にしたようだった。まるで、ほかの誰かが言ったように。彼は耳を傾けているようにふり返った。最後の長い音節が森中に響き渡り、じわじわと静寂を破る石にも似た音が聞こえると思っているように。

「フォレストさん、ごめんなさい……。私、事情を知ってたら――」

「どうぞ」アダムの声は今までのように尖っていた。「弁解すればいい。コナーの手引きでアナベルの名を騙《かた》ったんだね。アナベルがホワイトスカーの土地を相続する権利を奪うために。いったいどういう筋書きなんだ？」

「すごく単純よ。おじいさまはアナベルの死を受け入れようとせず、遺言状を書き換えようともしなかった。全財産をアナベルに譲る、という内容ね。このままでは、〈ホワイトスカー〉はアナベルのものになり、権利を譲渡したジュリーには将来に財産を受ける権利が認められる。こうなると、はっきりしてくるわ。おじいさまも結局は賢明になり、アナベルは死んだに違いない、地所はコンに譲ると言ったでしょう。事実、まさにそうするつもりじゃないかしら。でも、今は具合が悪くて、ひどく悪いの。おじいさまって人を知ってるわね。相続の問題をいじくり回しては、ひたすらまわりの人を苦しめたあげく、取り返しがつかなくなるの。コンはいずれにせよ〈ホワイトスカー〉を手に入れるかもしれない。法的なすったもんだの末にね。だって、ジュリーは牧場を欲しがってないのに、コンは牧場のほかにはおじいさまの現金の一部しか受け取れないのよ。それじゃ思ったように経営できない」

「そうか……わかった」

「わかってくれると思った」

「で、君は何を手に入れる？」

「家よ。今のところは。私には目新しいもので、気に入ってるわ。ちょっとした資産よね」

「ちょっとした！」アダムはカッとした。「何を言ってる、嘘つきの泥棒が。あれはかなりの資産だぞ！」

私はにっこりした。この話し合いが始めは現実味に欠けていたとしたら、幽霊たちと激情の夢が私たちのあいだをさまようと、今ではどれほど限りなく偽物に近づいたのだろう。私はこの場に立って、ポケットに両手を突っ込み、冷静にアダム・フォレストを見上げてお金の話をしている。「現実的になってよ、フォレストさん。コン・ウィンズロウが慈善行為で私を連れてきて、アナベルに渡る全財産をまんまとせしめるところをぼんやり眺めてると、あなたは本気で考えるわけ？」

「そうとも。僕は間抜けだった」アダムは天気の話でもしているみたいな口ぶりだ。「君は財産の大部分をコンに引き渡す代わりに、〝ちょっとした資産〟を取得できるからくりか。すばらしいアイデアだね。泥棒も仁義を重んじるとしての話だが……。ところで、コナー・ウィンズロウとはどこで知り合ったんだ？」

私は返事を濁した。「ああ、あるときコンが私に出くわしたの。私はニューカッスルで働いてて、日曜にこのへんの田舎に来たの。ほら、一日歩いて回ろうと。彼は私を見かけて、又従妹が帰ってきたと思ったのよ。あなただってそうだった。彼は私のあとをつけて、私が何者か突き止めた。それからふたりで話したわ」三週間の準備を詳しく話す必要があるとは思わなかった。また、そもそも私はコンの計画に反対していたことも教えなくてもいいだろう。

「君たちふたりでこの計画を企てたと？」アダムの見下げ果てたという口調は隠し切れなかった。

「それで、ここまでは君が鮮やかにやってのけたようだね……。できない理由はあるまい。何しろ財産は莫大だ、君が持ち逃げしても不思議はない。その度胸と、情報と……幸運があるんだから」

「あら」何食わぬ顔で答えた。「運は尽きたみたいね」

「いかにも」アダムの声は優しく、抜け目ない。彼は私に憎しみすら抱いているけれど、それは勘弁してもいい。私に本性を見せてしまったのだから。アダムは慎重に言った。「そう、君は抜け目がなかった。〈ホワイトスカー〉の人たちをよくもあっさりとだませたものだが、君はジュリーから話を聞いて、僕にそんな詐欺を働いたらただでは済まないと気がついた。かつての恋人が帰っていると聞いて、さぞや肝を冷やしたに違いない」

「背筋が凍りついたわ」私はたじろがずに言った。

「それはよかった。だが、君はいたって冷静だね、抜け目ないミス・グレイ。君はわざわざ僕をここで探して、話しかけた。人前で初めて会う機会を待とうとしなかった。つまり、危険を覚悟してやってきた。なぜ東屋に行かなかったんだ?」

「東屋? 向こう側の端の、シャクナゲの茂みにある小さな休憩所のこと? そこがあなたたちの逢い引きの場所だとは知らなかった。今あなたの口から聞いて、初めて知ったわ」

「ここで会えたはずがないだろう」アダムは冷たい声で言い、こちらを見つめている虚ろな窓をちらっと見た。

「それはよくわかってたわ。でも、ここはいかにも待ち合わせの場所に見えるから。てっきり——あなたが来るとしたら、こっちを見に来ると思って」

「そうだよ、来てみたんだ。ここまでは、君の読みはことごとく的中したね、ミス・グレイ。しかし、今度はどうなる? 君はこの件を平然と受け止めているんだろう? 僕が一部始終を暴露しないとでも思っているのか?」

私はまた両手をポケットに突っ込んだ。そして冷ややかに言った。「あなたのすることなんて見当もつかない。明日あなたが〈ホワイトスカー〉に現れて、今夜わかったことをおじいさまに伝えるというのも、大いにありうる話だもの。やっぱりアナベルは死んでいた、この八年間コンは恨みを抱えていて、〈ホワイトスカー〉を手に入れる計画を練り……おじいさまの死を待ちわびている、とか。そうそう、念のため、ジュリーが結婚を考えてる話も加えたほうがいいわ。夫の仕事の都合で〈ホワイトスカー〉には住まないことも」

沈黙が流れた。アダム・フォレストは感情を交えずに言った。「この人でなし」

「あなたは私みたいに考えるかと思ったわ」（コンがあの小道で私にほほえみかけたとき、声は共謀者や恋人たちがささやくように物柔らかだった。そう、コンはこの声の使い方を教えてくれた）「誰にとっても、こう考えたほうがずっといいでしょ」私は穏やかに締めくくった。

「ことの正否を判断するのは、どれだけの人を傷つけるかという問題じゃない。これは間違っている」

私はいきなり語気を荒くした。「よくも私を批判できるわね、アダム・フォレスト？」

アダムははっとした。ふと目を細めて私を見ると、妙なため息をついて緊張をほぐした。「じゃあ、ジュリーはどうなんだ？　君の案が彼女にとって〝いい〟とは思えないね。君たちが考えた犯罪になる取り決めは、ウィンズロウ老人を始めとするほかのみんなには都合がいいかもしれない。何しろ、老人は死ぬまで偽の楽園に住んでいられるからね。だが、ジュリーはどうなる？」

「ジュリーには自分の財産があるわ。恋人もお金があるし、〝出世してる〟そうだから」

「それは」アダム・フォレストがやんわりと指摘した。「大した問題ではないよ」

「れっきとした問題よ。あなたが——我々詐欺師が使う言い回しはなんだっけ——垂れ込もうという気なら、話は変わるけど」

アダムはまたしても、値踏みするように目を細めて私を見ている。「垂れ込もうと思えばできるんだよ。いや、するしかない」

「今更おじいさまを説得するのは至難の業だとわかるでしょうね。コンとリサが言いくるめて、この私がすっかり孫娘の座に納まってるのに。さすがにジュリーにも笑われるのがオチよ」

またもや沈黙が訪れた。アダムは身じろぎもしないのに、私は一発殴られるとでも思ったのか、産毛が逆立った。

アダムが口をひらくと、口調はごく普通で、親しげだった。そうとも言える。「アメリカ人のようなしゃべり方をするんだね」

「正確に言うと、カナダ人」私はびっくりして、用心した。「これはなりすましを働く者にはメリットのひとつよ。彼女はアメリカに行ったし、私の身の上話では、アメリカからカナダに渡ってるから」

「カナダから来るにはパスポートが必要だぞ、ミス・グレイ」アダムは急に笑い出したが、耳に心地よい響きではなかった。

「誰も思いつかなかったのか?」

私はしゃがれた声で言った。「どうしてそんなこと考えるの? みんな、つべこべ言わずに私を受け入れた。普通、他人の書類を見せてくれとは言わない。怪しい点があるならともかく」

「それさ」アダムはにこやかに言った。「まさにそれが言いたかった。パスポートを破棄しても無駄だよ。出入国記録はたどりやすいからね」

私はこぶしを下げて、そのままじっとしていた。

「フォレストさん――」

「うん？」

「これからどうするつもり？」

「どう思う？」

「あなたは状況をよくわかってない。だっておじいさまが――」

「状況なら百パーセント理解している。君とコナーはおじいさんの病気と高齢につけこんだ。一目瞭然じゃないか。ただ、僕が考えているのはジュリーのことだ。ジュリーと、自分の嫌悪感だよ。こんな大嘘つきがのうのうと暮らしているのが生理的に許せない。ここで僕が口をつぐむと約束したら、それはひとえにウィンズロウ老人のためを思ってのことだ。ただし、彼が死んだら――」

私は噛みつくように問いかけた。「どこまでばかになったら気が済むの？　おじいさまが遺言状を書き換えずに死んで、あなたがアナベルを墓場に投げ返したら、ジュリーはどうなると思うのよ？」

今度の沈黙は刺激的だった。夜は静まり返り、自分の鼓動が聞こえるほどだ。アダムも彼の鼓動を聞いているだろう。十マイル先の踏切で、列車が汽笛を鳴らした。

それがふたりとも目覚める合図であったかのように、アダムが言った。「ばかを言うな」けれども、声は不安のせいで弱々しかった。

「おかしな話だけど、私は大まじめよ。コン・ウィンズロウのことはあなたよりも多少はよく知ってるつもり」

「確かにそうだろう」アダムの声は（私に言わせると）必要以上にそっけない。「もしその――絵空事――が事実だとしたら、君はこのまま〈ホワイトスカー〉で安穏に暮らそうというのか？」

「いよいよとなったら覚悟を決めるわ」

「コンに結婚してもらえるとでも？　ついでにそっちの役も演じるわけか？」

「言っとくけど――！」私は息巻いたが、すぐに言葉を切って唇を噛んだ。どのみち、話の先は見えている。「いいえ」強く言い切った。「私はコン・ウィンズロウにとってなんでもないし、彼にとって私はなんでもない……。ただの共犯者ね」

「それは申し訳ない」アダムの詫びの言葉は意外なほどすばやく、口先だけには聞こえなかった。「すると、こう理解していいのかな。君がジュリーを守っているのは……〝ちょっとした資産〟に対する見返り？」

「お好きなように理解すればいいわ。とにかく、私がしてることでは誰も傷つかないけど、あなたが信じてくれるとは思わない。信じるわけないわね。私はただ、関係ないことに首を突っ込まないでとお願いするだけ……。不正な行為を見咎めるまでは」

アダムは言った。疲れがどっと出たような口ぶりだ。「言っていることがわからないよ」

「わかる必要あるかしら。でも、私はまじめに言ってるの。覚えておいて。それに、ことの真相を話してるのよ。私は自分が得をするようにこのゲームをしている。それはわかりきったことよ。貧乏で働きづめの生活から抜け出して、いわゆる陽の当たる場所を捕まえる機会を見つけて、こうして手に入れた。間違ってるのはわかってる。でも、私は悪くないし、誰かが苦しむはめになるなら、どんなことがあってもしない。ねえ、あの人たちは遺産をたんまりもらうの。私がもらうはした金は私にはすごく大切なものになるけど、どの相続人にとってもなんの意味もないのよ」

アダムは怒りもあらわに言った。「それは道徳に反するたわごとだ。しかも、およそどうでもいい話だね」

「わかってる」私は笑った。「それでも考えてみてよ、フォレストさん。これはよくある話よ。正しいことをすれば他人を傷つけるだけ。だから、現状でよしとしましょうよ。あなたの良心を抑えて、おじいさまに近づかないで。だって、あなたには関係ないんだから」

「君のことを信じられたらね。君の狙いがわかればいいんだが」

「それは気にしないで。私の先行きも。あなたには関係ない」

アダムはため息のような息をついた。「関係ないね。わかった。口出ししないでおこう。とりあえず、当面は。しかし、気をつけたほうがいいぞ……アナベル」私が息をのむと、アダムは語気を荒らげた。「君のゲームにつきあうなら、あるいはサイドラインで観戦するだけでも、君を〝ミス・ウィンズロウ〟と呼ぶわけにはいかない」

「ということは……私のゲームにつきあう気？」ささやくように訊いてみた。

「そのつもりだ。なぜかわからないが。これから頭を冷やして検討して、監視の指示は保持する、というところだな。ただし、これだけは約束する。万一――なんだっけ――〝垂れ込み〟をしようと考えたら、まずは君に警告する」

私はかすれた声で言った。「どうしてそこまでしてくれるのかわからないわ」

「僕にもわからない」アダムは物憂げに言った。「とにかく……気をつけて」

「そうする。あと――いろいろ言ってしまって、ごめんなさい」

「どんなことを？」

「あなたがアナベルを捨てたのに、ふたりの——情事を再開させたがったこと。ひどい言いぐさだったけど——実は、あのとき怯えていたの。何かしら言わなくちゃと……あなたに追い払われるようなことを」

「そうか、わかったよ」

私はためらった。「おやすみなさい……アダム」

アダムは答えなかった。私はふり向いてアダムをあとに残した。

シャクナゲの暗い葉がアダムの姿を隠す直前に、「おやすみ」という声が聞こえたような気がした。

第十二章

私が恋人を愛していないはずがない。
恋人が私を愛していないはずがない。
あの人を追いかけて
飛ぶように駆けていってもいいじゃない。
誰が見たって愛は自由だから。

民謡

暖かく晴れ渡った日々が過ぎていった。干し草作りが真っ盛りで、刈り取られた畑は至福の匂いがして、青空の下で畝のある黄金《こがね》となっている。野薔薇が四方八方の生け垣からこぼれ出て、太った黒白猫のトミーは周囲の予想を裏切って子猫を七匹産み、みんなを仰天させた。

いっぽうアダム・フォレストは何もしなかった。

私はパスポートを銀行に預けて、少しは気が楽になったものの、あの月夜の出会いから一日か二日は、ウエストロッジと〈ホワイトスカー〉を挟む私車道に目を光らせていた。二日、三日と過ぎても、アダムが動く気配がないので、私はこう考え始めた。彼は〝よくよく考えた〟末に私の言葉をそのまま信じることにして、おじいさまのために、よけいな口出しはせず、成り行きを見守っているのだと。あれから一、二度ジュリーにどうしてもと誘われ、川沿いの牧草地を抜けて、ローアンという馬を見に行ったけれど、もうアダムには会わなかった。アダム・フォレストが何を考えていようと、こちらはできるだけふだんどおりに振る舞ったほうがいい。それにジュリーは、私が仔馬に強く興味を引かれていると思っていた。

私はそれ以上ジュリーと親しくなろうとしなかったし、誘われることもなかったが、ついつい勘ぐってしまった。ジュリーとドナルド・シートンはうまくいってないのではなかろうか。彼女はどこまで気持ちを固めているのか、どうにもわからない。彼女はまだ若く、気まぐれで、ちょっと甘やかされているのだろうが、本人からわずかに聞いた話によれば——彼女の口数が少なかったせいかもしれない——真剣な恋をしているのだ。私としては、ドナルドと知り合った際に、好意も敬意も抱ける男性だとわかった。あれ以来、ドナルドは二、三度〈ホワイトスカー〉を訪れて、そのたびに彼が好きになった。ただし緊張感が、若いふたりのあいだにはないとしても、ジュリーの心にはある理由がわかるような気がしたのだが。ドナルドの物静かで控え目なところが、十九歳の社交的な娘には手強く、かつしたたかに見えたのかもしれない。ジュリーは、ロンドンの〝グループ〟の男性陣からざっくばらんに褒められることに慣れているからだ。静かな川は流れが深い、すなわち、穏やかな人ほど深い情熱を秘めている、とことわざにいうけれど、十九歳ではこの事実をなかなか理解できないものだ。

最初の夜にジュリーが冗談めかして文句を言ったのも、あくまでもこの事実のせいだった。ドナルド・シートンは〝どんなロマンチックな設定にもはまらない〟のだから。さらにジュリーは陽気で垢抜けているにもかかわらず、きらきらした恋に憧れるほど幼くて、男の冷静な態度を無関心だとか、よくても逃げ腰だと勘違いしては傷つくほどもろいのだ。早い話が、ドナルドは期待外れだった。好意、愛情、同志意識、すべてが最初の愛の種からすくすくと育っていった。これは十九歳のジュリーが求めているものではない。彼女は幸せではなく、激しさに焦がれていたのだ。恋人としては、あの物静かなスコットランド人はジュリーが愛読する小説のヒーローにかなうはずがないし、あるいは（身近なところでは）八年前に、愛人への手紙を古い蔦の木に残した不幸な男にもかなわない。かわいそうなジュリー。もしあの子が知っていたら……。はからずも、私は驚くほど熱っぽく願っていた。どうかドナルドが早くローマの遺跡から出てきて、本当の気持ちを話してくれますように。

いっぽう、ドナルドは仕事を終えてから、夜に〈ホワイトスカー〉に電話をかけてきた。あるときジュリーはウエスト・ウッドバーンに様子を見に行った。ひょっとしたら、本気で発掘作業について学ぼうとしたのかもしれない。

ジュリーの勉強ははかどらなかったようだが、ドナルドのほうは一歩歩み寄ったかに見えた。彼はジュリーを牧場に送り届け、夕食まで滞在して、彼女が生き生きと――意地悪く――語る彼の仕事ぶりに対して何も言わず、いかにも面白そうに耳を傾けた。

「穴の中に座って」ジュリーが言う。「嘘じゃないのよ、一日中ちっちゃな穴に座って、泥を削り取るの。それも、ティースプーンくらいの道具でよ！　ひたすら泥だけを、えんえんと！　スプーンがいっぱいになるたびに、大粒の宝石みたいに保存されるの。こんなに幻滅したのは生まれて初めて！」

「金貨は出てこないの？　彫像もなし？」私はにっこりした。

「そうそう、ローマ時代の靴紐があったような気がする」

ドナルドの目が輝いた。「あれは僕たちの記念すべき日だった。しょっちゅう胸がわくわくすると思ってはだめだよ」

ジュリーは口をひらいて、それから閉じた。笑顔がこわばっているみたいだ。私は慌てて言った。

「それはそうと、どんな作業をしているの?」

「年代測定の予備作業だけです」

「年代測定とな?」おじいさまがチーズの皿から目を上げた。

ドナルドは例の遠慮がちな目をおじいさまに向けて、その問いかけが正真正銘の興味であり、ただの礼儀ではないと確認してから答えた。「そうです。作業には、ジュリーが言ったように、ただ地面を引っ掻くことも含まれます。我々は砦の壁と城壁に予備トレンチを掘りました。次は層ごとに掘っていき、連続する城壁を調べます。掘っているうちに、どんな瓦礫でも――陶器の破片など――出てきます。こうして、ローマ時代の砦にはどんな建物があったのかが判明します。ゆくゆくは分類されて、あの土地の歴史概説に載りますが、現時点では――」ドナルドはジュリーにかすかにほほえみかけた。「ジュリーの言うとおりです。ひたすら地面を引っ掻いているだけで、恐ろしく退屈に見えるでしょう」

「そりゃあ、あなたは面白くてたまらないんでしょ」ジュリーは言った。私に言わせれば、彼女は皮肉な言い方をしたのではなく、すねているように聞こえた。怒った子供が口答えをしたといったところ。

ドナルドはそれに気づいた気配がなかった。「まあ」彼は言った。「発掘現場でもおおかたの職場と変わらず、たいていは型通りの退屈な仕事ばかりですよ。ただ、最高の瞬間には、それが訪れると、すごくわくわくするんです」

「へえ」ジュリーはそう言って、唐突に笑い出した。生来の陽気なところを見せようとしたらしい。「それじゃあ、いつその瞬間が訪れそうなのか、教えてちょうだいな。みんなで見物に行くから！ とりあえず――」この言葉は私に向けたものだ。「彼は水曜日に泥から出てくるの。もう話したっけ？ ついでに私もね。ニューカッスルに行くのよ。〈ロイヤル〉に」

「劇場に？ まあすてき。でもダーリン、水曜日は……おじいさまのお誕生日よ。忘れてしまったの？ お祝いすることになっているのよ。みんなが揃っているから――」

「そうそう、わかってる。だから昼の公演《マチネー》を見るんだもの。ドナルドは土曜日じゃなきゃ休めないって言うけど、席が残ってなかった。だって、ジョン・ギールグッド（英国の俳優、演出家。シェイクスピア劇で有名）の新作よ。絶対に見逃せない。で、ドナルドは水曜日の昼食が済んだらこっそり抜け出して、私と出かけるわけ。おじいさまは知ってるし。私たち、余裕でパーティに間に合う時間に戻れるわ。ドナルドもそのまま泊まって、パーティに出るから」

「そのほうがいいわね。リサがすばらしい計画を立てているけれど、詳しく教えてくれないの」

リサはほほえんだが、どこか上の空だった。食堂を出て、台所に戻れるまでは気が揉めるのだろう。台所に戻れば、コンの夕食の支度にかかれる。コンが遅くまで働くとき、リサは何時になろうと台所で食事をとらせる。リサにとって、その三十分が、コンを独り占めできる時間が一日のうちで至福のひとときなのだ。

「いいかい」ドナルドがあの感じのいい、控え目な口調でしゃべっている。「招いてくれたのは嬉しいが、家族の集まりだとは知らなかったよ。たぶん、僕は――」

「さあ、約束を取り消すんじゃないぞ」おじいさまが口を挟んだ。「我々としては、君が来てくれたらありがたい。どこの家族の集まりでも、赤の他人がいたほうがうまくいく。家族というやつは、集まると不愉快なものだ。ことにウィンズロウ一族はな。君がここにいれば、我々も行儀よくするしかあるまい」

ドナルドは笑った。「はあ、そうおっしゃるなら……」

「言うともさ。家族じたいに言うべきことはかっきり三分で言える。ベッドに入るまでにな」老人の猛々しく色褪せた目がテーブルを見渡し、空いているコンの椅子でしばらくとどまった。「そろそろ寝るとしよう。もうしゃべりすぎた。死んでもいないのに解剖されては我慢がならん」

あまりにひどい言葉を聞いて、私は息をのみ、ジュリーは目を丸くした。最後の言葉をかけられたドナルドは、消え入りそうな声で答えた。「まったくですね」

私は彼に助け船を出した。「じゃあ、また水曜日に会えるのね？　嬉しいわ。ジュリー、なんのお芝居を観るの？」

ジュリーは顔が晴れ晴れとして、怒りを忘れ、楽しそうに芝居の話を始めた。気づいていない（というより、気にしないのだろう）が、一言話すたびに、心は〈ホワイトスカー〉やフォレスト・パークの静かな飛び地から遠く離れていることが表れていた。おじいさまが妙な表情を浮かべて、ジュリーを見つめている。いいの、と私は思った。これが一番なのよ。私はリサを盗み見て、おじいさまの反感が募っていけばコンは有利になるのかと確かめた。だが、彼女は腕時計を見て、客間にコーヒーを出すとかなんとかつぶやいていている。

「では」おじいさまはややそっけなく言い、椅子を引いた。「楽しんできなさい」

「ええ、もちろん！　でも、それまでは」ジュリーはドナルドにえくぼを作った。「心置きなく泥遊びをさせてあげる。しかたないから、コンのお手伝いでもするかな。どのみち、干し草作りのほうが楽しいし、人類にとってはるかに役に立つもの」

「たぶんね」ドナルドは穏やかに言った。

約束どおり、ジュリーはそれから二、三日を干し草畑で過ごし、コンのためにトラクターを運転した。

私ははらはらしながらジュリーを見守った。ことによると（腹を立てた、落ち着きのない、目的にかなわない田舎の休日に早くもちょっぴり飽きている）ジュリーはドナルドを嫉妬させるという古臭い手を試したくなるかもしれない。彼女には万一の備えがあるからだ。〈ネザー・シールズ牧場〉の息子ビル・フェニックは、暇さえあればたびたび訪ねてくる。干し草作りに〝手を貸す〟名目だが、実のところは、どう見てもジュリーのそばにいるためだ。コンと一緒に働きたい気持ちもあるらしい。私は無意識にビルを無視したが、傷ついてほしくないとだけ思った。だが、コンはビルとは違うタイプだ。こんな形で利用される男ではないし、どんな形であれ人に仕向けられる男でもない。それに、たまらなく魅力的だ。これまでジュリーより年上の常識がある女たちは失恋から立ち直ると、刺激のない男たちで手を打った。万一コンが、ウィンズロウ家の遺産を三分の二もらうより、三分の三もらいたいと思い立ち、本気でジュリーに目を向けたら……。

心配する必要はなかった。ほかのときなら、コンは即座にジュリーの気を引いていたのだろう。雄の鳥が雌の前で羽を広げてみせるような本能的な誇示行動だ。しかし、今のところコンはもっと大事なことを考えている。弁護士のアイザックスさんがきちんとおじいさまの呼び出しに応えていて、金曜日の午前中はふたりで事務室にこもっていた。おじいさまはこの話し合いの内容こそ言わなかったけれど、アイザックスさんは数日中にまた来ると知らせた。つまり、彼の、おじいさまの誕生日の朝だ。目的は考えるまでもなくはっきりわかるし、コンに及ぼす影響も、私にははっきりわかる。この二、三日で彼は見る見る緊張感を募らせている。口数が減って、ぴりぴりしているようだ。私たちは彼にほとんど会わない。彼はめったに食卓を共にせず、ずっと干し草畑にいて、気力もすさまじい体力も注いで働いていた。脇目も振らぬ仕事ぶりはめざましい。いくらコンであってもだ。これはひとつには彼が生来の働き者だからだが、ひとつにはまといつく緊張感をほぐすためもあり、またひとつにはおじいさまから逃げるためでもあるのだろう。とにかく、賽は投げられた。どうやらコンの有利なほうへ投げられ、コンはなんの危険も冒していないようだ。

この件については、コンは賢明だったかもしれない。弁護士の訪問以来、おじいさまにもはっきりとした変化があった。コンは緊張感と不安を募らせ、仕事に鋭い集中力を向けた。いっぽう、おじいさまは日に日に気難しく、何を始めるかわからない人になり、かっとしやすく、(これまでになくぼんやりしていたり、上の空だったりしている。暑い日が続いたせいか、具合が悪いようだ。疲れやすくなったが、じっとしていると、ますます機嫌が悪くなり、なるべくコンに八つ当たりをするようだ。おじいさまはようやく決断をした。権力を握ろうとする意志を捨てたらしい。権力が生きる原動力だったので、心のたががが緩んでしまった。体まで縮んだように見える。以前は手強い人だったのに、今では不機嫌な老人でしかない。コンにチクチクと(これまでは若い者に任せ切っていた問題で)小言を言うのは、もはや暴君の激昂ではなく、年寄りの繰り言だ。

〈ホワイトスカー〉で、神経を参らせる緊張感に影響を受けないように見えるのはリサだけだった。まるで彼女も権力を放棄したかのようだ。だんだんわかってきたが、リサは彼女なりに意志の強い性格であり、コン一筋に生きていて——というより、コンを通して生きている。コンの活気と野心がリサを充電するのだ。彼女はコンにある方向へ誘導されると、そこを文句も言わずにずんずん突き進む。ところが、決めるのは——得をするのも——コンひとりだ。彼が成功を収める姿を見られるならば、リサは手伝いですこぶる満足していた。リサが異父弟を愛してやまないおかげで、コンは今の彼になったのだが、ときどき私はこう思った。実は、リサもコンを縛りつけてはいないのだろうと。コンが手に入れたのは、リサの母親のような、息が詰まるほどの愛情であり、彼はそれに突き動かされている。コンは自分のために生きていて、リサはその姿勢が悪いとも、間違っているとも思っていない。

リサが異父弟と同じ不安を感じているとしても、それを顔には出さなかった。ただし、彼のがむしゃらな働き方に対する心配となると、また別だ。リサは暑さをものともせず、せっせと家事に打ち込み、最高のフランス料理をコースで出したが、ほかの人たちからはお義理の褒め言葉しかもらえなかった。コンは硬い表情で考え込んでいて、ちっとも気がつかず、その態度には閉口した。リサがどんな仕事をしていても、私は手伝おうと申し出る礼儀をわきまえていた。

私としては、突然注目されなくなってほっとした。コンには、さしあたり、もう関心を示されず、リサにはすっかり受け入れられていた。彼女は当初私に抱いていた嫉妬を、とっくにジュリーに移していた。あの子は（公平に言えば）嫉妬されるようなことを何もしていない。私はむしろリサに好かれているようだ。ちょっと困ってしまうが、リサは融通が利かない、弟中心の考え方で、私が〈ホワイトスカー〉にいることを感謝している。おじいさまはリサを他人も同然だと、いわば貧乏な親類兼有給の家政婦と見なしているからだ。ベイツ夫人のことはやや嫉妬深い北部人だと思い、コン自身には無造作な愛情を抱いていて、細やかな世話を始めとして、なんでもしてもらえて当然だと思っている。

そうこうするうちに暑さがますます厳しくなり、空に雷鳴が轟いて、ねっとりした空気がざわめいた。日ごとに巨大な石鹼の泡のような雲が南西にゆっくりと盛り上がり、雷鳴タワーを作った。木々の枝は重そうに垂れ下がり、暑さでへたばっているように見え、空は何かを待っている藍色だ。

そしてコンは黙ったまま雲を見つめ、自分と労働者たちをガレー船を漕ぐ奴隷よろしく追い立て、天気が崩れないうちに草刈りを終わらせに行った……。あのさっきと同じ硬い表情で考え込みながら、実によく似た理由で、彼はおじいさまを見つめている……。

水曜日になっても、まだ恐ろしい嵐の危険が迫っていた。空気が少し軽くなり、そよ風が吹いてきたのに、そびえ立つ美しい雲はぴくりとも動かない。でも、うっとうしい気分（それとも胸騒ぎ？）は消えたように思える。

アイザックスさんは正午のちょっと前にやってきて、おじいさまがまっすぐ事務室に連れて行った。私は十分待ってから、食堂にシェリーを取りに行った。

玄関ホールを歩いていると、ジュリーが手袋をはめながら階段を下りてきた。

私は立ち止まった。「あら、ジュリー！　今から出かけるの？　まあまあ、すてきだこと！」

これは本当だった。ジュリーは真新しいコットンのワンピースを着ていた。服の色はレモンイエローで、手袋は白だ。艶やかな淡い色の髪はおしゃれで凝った形にまとめてある。〈ホワイトスカー〉

から二百マイルは離れた町で考案されたスタイルだろう。片手にワンピースと揃いの丈の短いコートを持っている。

「とーってもいいわ！　だけど、どうしてこんなに早く？　ドナルドは昼食後まで出られないんでしょう？」

ジュリーはもう片方の手袋を引っ張ってはめ、ずっしりした金のブレスレットを乱暴に見えるほど思いっ切り引き上げた。「ドナルドは」彼女はてきぱきと答えた。「一日中出られないの」

「えっ？」

「一時間前に電話をかけてきて、結局行けないって」

「そんなのひどいわ、ジュリー！　どうして？」

ジュリーが注意深く保っていた冷静さがやや乱れた。風を浴びてうっすらと皺が寄るように。目は怒り狂っている。「彼はね、私の望みなんかどうでもよかったの。そういうこと！」

私は事務室のドアをちらっと見た。「食堂に行きましょう。ちょうどアイザックスさんとおじいさまにお出しするシェリーを取りに行くところで……」食堂に入ると、私は切り出した。「さあ、もったいをつけないで話してしまいなさい。どうしてドナルドは来られないの？　何があったの？」

「ロンドンのお偉方が現場にひょっこり現れた、ってわけ。委員会の嫌なやつで、ドナルドと一緒に働いてる人。ドナルドはどうしてもその人に会わなくちゃいけないって言うの。彼の話では――ああ、もうどうでもいい。どうせ聞いてなかったし。どうせ、いつもこうなるんだから。一度なんか、お大事なローマ人どもと手を切るって言ったくせして――」

「ジュリー、ドナルドは来られるものなら来てくれたわ。しかたなかったのよ」

「わかってる！　あのね、問題はそこじゃなくて！　ええっと――何もかも！」ジュリーが声を張り上げた。「おまけに彼は落ち着き払ってて、分別くさくって――」

「いつものことでしょう。火事に遭ってもそんな態度でいるはずね。そういうものなの、男の人は。そのほうが女は落ち着くとかなんとか思っているのよ」

「ふうん。だけど、ドナルドは私まで分別をわきまえるべきだと思ってるみたい！」ジュリーはかりかりしている。「ばかを言うにもほどがあるわ。アナベル、笑ったら殺すからね！」彼女はしぶしぶながら笑顔を作った。「とにかく、私の言ってることわかるでしょ」

「ええ、よくわかる。今日のことは残念よね。でも、ドナルドも気の毒じゃないかしら。男の人には仕事があって、顔を出すべき事情が持ち上がれば――」

「ああ、はいはい。私だってそこまで世間知らずじゃない。でもね、ドナルドは私がひどくがっかりするってわかってた。君と出かけなくても平気だよ、みたいな言い方しなくたってよかったのに」

「そんなつもりじゃなかったわよ。ドナルドは自分の気持ちをだらだらとしゃべって聞かせるタイプじゃないもの。彼だって普通の男性と同じように残念だったはずだけど――そう、おしゃべりの才能に恵まれていないの」

「ほんと、口下手もいいとこ」ジュリーは恨みがましい声を出す。そして、椅子に放っておいたコートを取ろうと横を向いた。

「ジュリー――」

「もういいの。我ながらばかみたいに大騒ぎしてるけど、どうしようもないのよ。万一彼が――ちゃんと――」ふとジュリーの声が幼く聞こえた。「私が大事に思われてるっていう自信が持てたら、話は違ってた」

「彼はちゃんとあなたを大事に思っているわ。そうに決まってる」

「だったら、なんでそう言わないの？」ジュリーはわめいた。彼女はコートをさっとつかんだ。「あもう、こんな話をしてなんになるの？」

「ドナルドは今夜のディナーには来るの？」

「なんとかするとは言ってた。好きなようにすれば、って言っといた」

「ジュリーったら！」

「何もそのとおりに言ってないわよ。感じよく話したんだから」ジュリーは消え入りそうなほほえみを見せた。「分別があると言ってもいいくらい……。でも、胸の中ではどんな思いが渦巻いてたか。それをドナルドが知ってたら……」

「彼らはたいていのことを知らないほうがいいの」

「彼ら？　誰？」

私はにっこりした。「男たち」

「ああ、男ども」ジュリーはうんざりしたように言った。「なんで男たちなの？」

「それなら簡単に当てられるけど」

「一番無難な答えは、この世に男がひとりもいなかったら困っちゃうから、じゃないかな」

「どんなこともね。以上」

「うん、それは言えてる」ジュリーは頷いた。「でも、とっくの昔からそうだったとは言わせないで。ああ、アナベル、おかげで元気が出た。もう行かなくちゃ。車が来てるから」

「車が？」

ジュリーは伏せたまつげの下から横目を投げてよこした。「このお芝居は見逃せないって言ったでしょ。ビル・フェニックと一緒に行くの」

「わかったわ」

「で、何がわかった？」

この言葉には取り合わなかった。「でも、そのお芝居はもうじきロンドンでも上演するんでしょう？　向こうでも見るの？」

「それは」とジュリー。「どうでもいいの」

「確かに。ドナルドは現場を離れられないから、あなたはビル・フェニックに電話して、連れて行ってと頼んだのね。そういうこと？」

「そうよ」ジュリーはつっかかるような口調で言った。

「ビルは頼まれたら、何もかも放り出して駆け付けてくれた？」

「そうよ」ジュリーは私を睨んだ。「それのどこが悪いの？」

「どこも悪くないわ」私は陽気な声を出した。「〈ネザー・シールズ牧場〉では今日の仕事が終わっているといいわね。それだけよ」

「アナベル」ジュリーが優しい声で言った。「失礼な女になろうとしてる？」

私は笑った。「とっくに失礼だったわね。私のことは気にしないで、お芝居を楽しんでいらっしゃい。ディナーの席で会いましょう。あ、ジュリー――」

「なあに？」

「もしドナルドが来たら、彼に愛想を尽かしたところを見せてはだめよ。いいこと――」ジュリーがじりじりと身を動かす。「これはアナベルおばさんのアドバイスじゃないの。あなたとドナルドの仲はあなたたちの問題。私はまったく違うことを考えていて……あとで説明するわ。今は時間がないから。でも、帰ってきたら顔を見せてくれる？　話があるの」

「わかった」

ジュリーの背後で玄関のドアが閉まった。私はシェリー用のグラスとトレイを出したが、そこにデカンタを載せると、事務室のドアがあいて、おじいさまが出てきた。

おじいさまは台所の通路に通じるベーズ張りのドアに向かっていたが、グラスが触れ合う音を聞いて、足を止め、ふり返り、あいている食堂のドアを覗いて私に気づいた。一瞬ためらって、それから腹をくくったようだった。食堂に入ってきて、静かにドアを閉めた。

「ちょうどシェリーを持っていこうとしていたのよ」私は言った。「私を探していたの？」

「ベッツィー・ベイツとあのコーラという娘を呼んでこようとしてたんだ。遺言状に連署してもらおうと思ってな」おじいさまは冷ややかで辛辣な口調で言った。

「まあ」私は話の先を待った。おじいさまはドアのすぐ前に立っていて、頭をかがめ、眉の下からこちらを見つめている。

「アナベル――」何を言いに来たのか、よくわからないようだ。

「はい？」

「おまえが言ったことをそのまま信じる」

安堵感が全身を駆け巡ったことをおじいさまに知られてはならない。「よかった」

「そうだろうとも」

私は力を込めて言った。「それでいいのよ、おじいさま。ご自分でもそれだけが公正なやり方だっておっしゃっていたわ。誰にとっても一番いいの。コンや私、この牧場、おじいさまの心の平穏のためにも」

「ジュリーはどうなる?」

「ジュリーにも」私はたじろがずに言った。「ジュリーはこの牧場を愛しているわ。愛していないはずがないけれど、はたして経営していけるかしら」

おじいさまは大声で笑い出した。「正直言って、無理だな。もっとも、こうも考えた。じきにフェニックのせがれと一緒になれば――」

私は慌てて口を挟んだ。「そんな話はないわ。ジュリーのお相手はドナルド・シートン。知ってのとおり、発掘作業をしていないときはロンドンに住んでいる人よ」

「ふうむ。噂が立ったようだな。いやいや、まだ耄碌しちゃいないぞ。あれはまっとうな男じゃないか。紳士だし、まあそういった感じさ。ひとつ問題は、金があるように見えないことだ」

私は笑った。「あの服とか車のせいで? あれは現場に出ているときの見せかけよ。ロンドンではぴしっとした格好をしているはずね。今の年収は千八百ポンド、二千五百ポンドに昇給する予定で、実家も裕福だもの」

「どうしてわかる?」

「ジュリーから聞いたの。あの子はドナルドを調べたのよ」

「なんとまあ」おじいさまは感心したらしい。「とにかく、あの子はわきまえてる」妙なため息をつくと、老人らしいこわばった笑みを浮かべた。「ま、そういうことだな。これで片はついた。だが、おまえには正直に言っておく。結婚話は気に入らなかった。なるほどシートンはいいやつだが、同族ではないからな。近頃の若い者はそこをわかっちゃおらんが、本当のことだ。たまにコナーにも、いかにもやくざな外国人の顔が出るじゃないか」

「外国人？」私はぽかんとした。

「アイルランド人だ」おじいさまは言った。私はドナルドのことを考えて、内心にんまりしたが、おじいさまには気づかれなかった。彼は私の肩越しに、窓の外を見ている。「おまえの父親が、あるいはジュリーの父親が生きていたら、また話は違っていたんだが」

「そうね」私は穏やかに言った。

老人の目が私のほうに戻った。「おまえとコナーは一緒になればよかったんだ。まだ遅くない。古い話を持ち出す気はないが、あんなことがあっただけに――」

「だから言ったでしょう。絶対にうまくいかなかったって」

「そうだな、あのときは。どっちもウィンズロウの血が濃くて、折り合えん。しかし、今なら……おまえがなんと言おうと、観客のほうがゲームの行方を冷静に見てるもんだ。私は今でもまたとない縁組みだと思ってる。この牧場にとって、コナーにとって、そう、おまえにとってもな。夫のせいで損をする女なぞいるものか。そこでにやにやしてないで、こっちへおいで」

私はおじいさまに近づいて、目の前に立った。彼は手を挙げて、私の頬に当てた。ひんやりして、かさかさしていて、葉っぱのように軽い。「なんとも嬉しかったよ。帰ってきてくれて。私の秘蔵っ子じゃないなぞと思うなよ。おまえこそ秘蔵っ子なんだ」

「昔から言ってるけど、おじいさまってずるい人」

「おまえには金を残した」おじいさまがぶっきらぼうに言った。「かなりの額だ。ジュリーにもな。知らせておきたかった」

「おじいさま、私――」

「もう決まった話だ。ここで感謝することはないし、言い争うこともない。おまえにはずるい人間だと言われたが、私は自分で公平だと考えるとおりに相続を取り決めた。感想を教えてほしいね。弁護士のたわごとで頭の中がこんがらがってるが、要するにこんな具合だ。〈ホワイトスカー〉はコナーへ。家も、家畜も、農機具も、何もかも遺す。おまえはこの条項に異議を唱えないな？　ジュリーもそうだな？」

「ええ」

おじいさまがニヤリとした。「どうせ唱えられまい。アイザックスが法律用語でまとめてしまった。くだくだと理由を並べてな。おまえはのちのち、偏屈じじいが遺言を書いたという非難を止めるしかなかろう。さあ、すべて決まった。〈ホワイトスカー〉はコナーの〝献身的な働き〟に対する感謝として遺される。しかもそれは、私がこれまでにやった〝不適切な補償〟だからな。そうとも。まあ、どうしようもない。さて、次はおまえが受ける補償だが」

「私が？　私が何をしたって言うの？　家出をしただけでしょう？」

「〈ホワイトスカー〉を失うことに対する補償だ。この牧場はおまえのものになるはずだった。ところが、おまえを差し置いてコナーに渡した」

「ああ」返事のしようがなくて、様子をうかがった。

「つまり現金だ」おじいさまはテーブルに手を置いて、そこに寄りかかっていた。白い眉毛の下から、老いてなおらんらんと光る目が私を見上げた。色こそ薄くなったが、おじいさまの目だとすぐにわかる。「現金は三分割した。三分の一をジュリーにやる。無条件でな。あの子がもらえるのはこれだけだ。〈ホワイトスカー〉をめぐってコナーと争ったりしないだろうな。例の相手と結婚するなら、好条件が揃ってる。で、残りの三分の二を信託にして、そこからおまえの終身年金を支払う」

「信託――財産にして？」

「今そう言っただろう。アイザックスと相談して、信託が一番だと決めた。おまえが〈ホワイトスカー〉を失う分を返金したいし、何不足なく暮らせるようにしておきたい。しかし、その金がたちまちこの土地から出て行っては困る。おまえは私が死んだらここにはいないと言ってたな。覚えてるか？ だから、現金はおまえが死ぬまで信託に預ける。おまえが死んだら、全額がコナーに戻るか、コナーの相続人に渡される。いっぽう、コナーが先に、子供を作らずに死んだら、〈ホワイトスカー〉はおまえのものになり、現金も全額おまえに渡される。コナーが死んだら、おまえがここの面倒を見てくれるな……？　いい子だ」おじいさまの手が上がった。「いや、待て。まだ話は終わってない。もうひとつある。おまえがコナーと結婚して――」

「おじいさま」

「おまえがコナーと結婚して、〈ホワイトスカー〉に住んだら、現金はおまえのものになる。全額だ。わかったな？」

「え、ええ」

本当は、老人がどうあっても現金を〈ホワイトスカー〉に縛りつけようとしていることしかわからなかった。牧場と、私と、同時に、できるものならコンにも縛りつけたい。強制結婚の出口には復讐が待っているのに。私は頭がくらくらして、聞いたばかりの話がもたらしそうな結果を考えた。「でも……私が三分の二で、ジュリーが三分の一？　コンはどうなるの？　もし私が――つまりその」しどろもどろになり、口をつぐんだ。しつこく言ったところで無駄だ。おじいさまには夢を見させておこう。

「コンにも少し分けておいた。リサにもな」

「でも、おじいさま――」

「いいか、アナベル」おじいさまは急に怒りっぽくなった。「誰もおまえがコナーの有り金残らず搾り取るなぞ思うものか！　気は確かか？　おまえとジュリーの頭越しに牧場が手に入るなら、コナーはほかにには何も当てにしちゃいかんのだ！　わずかな資金しかないと、コナーはつらかろうが、当座資産は全部使えるんだから、なんとか切り抜けるだろう」

おじいさまは言葉を切り、ぜいぜいと息を切らした。ふと気がつくと、彼は片手にすっかり体重をかけていた。胸ポケットから手探りでハンカチを取り出し、口元に当てた。「コンはいいやつで、頭も切れるし、きつい仕事をいとわない。おまけに、ここの土地は肥えてる。これで万事円満に片付いたってとこだろう」

「ええ、そうよ！　円満に折り合ったわ！　もう相続のことを考えるのはやめて。解決したんだから、みんなでこの話は忘れて、おじいさまも忘れましょう」私はおじいさまに笑顔を見せた。「私は感戦には我慢がならないの」

おじいさまは私の頬を軽く叩いた。「じゃあな」そう言って、ふいと部屋を出て行った。

コンがどれほど自制心を発揮したかわかるはずもないが、彼は昼食に来なかった。アイザックス弁護士は食後ただちに牧場を発ち、おじいさまは自室に引き取った。私はその日の午後にベリンガムに行って買い物をするとリサに約束していた。彼女はすでにディナーの準備で忙しかったが、私に手伝わせなかった。「だって」リサは簡単に説明した。「特別な行事は楽しいし、あたしは自分勝手だから。でも、よかったらテーブルをセットして」

私は笑った。「いいわよ。それなら文句なし。働きもしないであなたのごちそうにありつけるなら、私としてはオーケーよ」

「あら、皿洗いはできるわ」リサが穏やかに言い、例の、決して消えない底意地の悪さを漂わせて続けた。「ジュリーに手伝わせればいいじゃないの」

買い物はそれほど時間がかからず、私はベリンガム四時発のバスに乗って、小道の突き当たりで降りた。持ちにくい荷物の包みをまとめて、下り坂を歩き出した。

使われていない石切り場の入口に、初日に荷物を置いた場所に着くと、そこに車が一台停まっていた。古い車のクロムメッキの外装が陽向《ひなた》でやけにきらきらしている。ドナルドの車だ。

轍《わだち》のできた進路をゆっくりと歩いて、石切り場に入った。そこにドナルドがいた。パイプをくわえ、ズボンのポケットに両手を突っ込み、心持ち頭をそらせて、石切り場の背後の高い塀を見渡しているらしい。この塀は砂色の石でできていて、風化で黒ずみ、そこかしこで赤い鉄分の亀裂が入っている。大きな石切り場は、幅は狭いが奥行きがあり、通じ合っている区画がいくつか連なり、突き出た石壁で仕切られている。崖のてっぺんには森があり、密生している木々が種をばらまいたので、ありとあらゆる岩棚や崩落した岩に緑が生え、石切り場の地面を隠す木苺とジギタリスの真上には、オークの若木が黄金色の縁取りのある葉を突き出していた。ここで最後の石が切り出されてから、もう十年以上経ったに違いない。

ドナルドは私の足音を聞いてふり向き、くわえていたパイプを外し、にっこりした。

「やあ、こんにちは」

「こんにちは」私はややぎこちなく、買い物籠と包みを手で示しながら続けた。「車を見たら、ちょっと思いついちゃって。〈ホワイトスカー〉に行くところでしょう?」

「そうじゃなかったとしても」ドナルドは如才なく言った。「こうなったら行くべきですね」

私は笑った。「もう逃げられないわよ。我ながら図太い神経をしてるわね」ドナルドを盗み見たところ、珍しく一分の隙もない正装だった。私の視線がわざとらしくなければよかったけれど。「それはともかく、ディナーには来てくれるのよね?」

ドナルドは決めかねているように見えた。私はすかさず言った。「ジュリーの話では、都合がつくかどうかわからないということだったけれど、みんなで待っていたのよ。楽しいパーティだから、出なかったらもったいないわ。鴨の肉が出る噂もあるし」

「もっともですね。ミス・ダーモットは料理がお上手ですから。では、本当にご迷惑でなければ――」

「迷惑だなんて。あなたが来られるといいって、みんなが思っていたんですもの。ジュリーが喜ぶわ。今は出かけているの。結局ニューカッスルに行ったけれど、ディナーの時間には戻ってくるから」

「そうですか。じゃあ、芝居を見逃さずに済みましたね。それはよかった。あの又従兄さんに連れて行ってもらえたんですか？」

「コン？　いいえ。ビル・フェニックよ。ビルを知っている？」

「ジュリーから名前を聞いたことは。ところで、荷物を車に載せてはいかがですか？」ドナルドは車に近づいてドアをあけ、私の荷物を引き取った。

「ありがとう。助かるわ」私はほっと息をついて荷物を渡した。「さあ。こうしておけば、あなたを確実にディナーに呼べるわね。あとは、早く連れて行きすぎたってことにならないといいけれど」

「いいえ、僕はこのままお邪魔しません。まずフォレストさんにお目にかかりたいので、あなたを〈ホワイトスカー〉にお送りしたら——」ドナルドはにこっと笑った。「門をあけてくれる人がいたらいいですね」

「そうね。そこに門がひとつ増えたの。家畜用の格子柵がひとつ壊れているから、その門を通るしかないのよ」それから好奇心に駆られて尋ねた。ドナルドが石切り場の地形に目を戻していたからだ。「何が気になるの？　ここは地質学者が好む場所でしょう？　考古学者じゃなくて」

「そうですとも。ただ、面白い点があります。これはこの地方特有の砂岩です。建築用の石で、このあたりの古い家や、たいていの塀にも使われていますよ。ここは昔の石切り場ですね。前から聞いていましたが、一九一〇年に切り出しを停止したそうです。いつ開始したのか、どれほど昔のことなのか知りたいんです。まったく記録がないもので」

「ひとつ教えてあげるわ。ただの伝説かもしれないけれど。ここはホワイトスカーの名前が生まれた石切り場とされているの。フォレストもそうじゃないかしら。ホワイトスカーのほうが古株ね。とにかく、石切り場から取った名前なのよ。この種類の石は、磨き立てだと白く見えるって言えない？」

「むしろ青白いでしょうね。ええ、その話は聞いたことがあります。ビューイックの『ノーサンバランド』で読みました。最初の〈ホワイトスカー〉は一五〇〇年代に作られたんですね？」

「そうよ。それで、フォレストの主要部分は一七六〇年か、そのあたりに作られた。とにかく、この石切り場で切り出しが始まったのは、おそらく四百年前くらいね」

「もっともっと昔でしょう」ドナルドはほほえんだ。「〈ホワイトスカー〉が作られるずっと以前から、石切り場はここにありました。考えてみれば、すでに名所だった石切り場――白い疵痕《ホワイトスカー》――にちなんで牧場の名前をつけ、それから家を建てる石を切り出したんですよ」

「そうかもしれないわね。それは当てずっぽう？　それとも、どうにかして説明できる？」私は周囲の草に覆われた岩をなんとなく眺めた。

「説明できます」濃いはしばみ色の目に興奮の火花が散った。「こちらへ来て、僕が見ているものが見えたら教えて下さい。こちらへ。足元に気をつけて。古い鉄の破片などがまだ転がっています。石切り場の最古の一画はこっちにあり、浸水しました。先に行きますね」

　ジギタリスやサワギクの芽の中を抜けると、砕けた石や錆びついた鉄の破片があり、歩くのが危険になってきた。イラクサの藪から兎が飛び出し、割れ目には見えない割れ目に飛び込んで姿を消した。

「よく肥えたやつですね」ドナルドが兎を見て言った。

「あなた、お料理とリサの腕前を考えていたの？」

「違います。粘液腫症（ウイルスによる兎の致命的な病気）のことを考えていました」

「まあ。兎たちが戻って来たのを見て、ってことね？」

「ええ。作物には有害な小動物ですよ。しかし、あれを忘れられるでしょうか。兎がよたよた歩いて、苦痛で死にかけていたら、殺処分するしかありませんが、方法がよくわからず、初めてのときは手際よくできるかどうかも怪しいものです。しまいには吐き気を覚えるくらい巧みになりますが。牧場のお嬢さんにこんなことを言うのは間違っているでしょうが、兎たちがよく肥えて、免疫をつけた体で戻ってきて嬉しいです。願わくば、彼らをわざと病気にさせる人でなしの土地で草を食い尽くしてほしいものです……。いや、あなたは思い出しませんよね。あなたがここにいなかったのを、僕はいつも忘れてしまう。あなたはそれほどまでに〈ホワイトスカー〉の一部になっている気がします。ここは美しい土地ですね」

「ねえ」私は言った。「三段論法だと承知の上で訊くけれど、私のことも褒めてくれたの？」

ドナルドはびっくりした顔をした。「そう聞こえましたか？」彼はじっくり考えているようだ。「ええ、やっとわかりました。褒めましたよ。いやあ、気がつかなくて。最初からわかっていたら、真剣に言ったんですけど」

「そりゃそうね」私は笑った。「ただし、最初からわかっていたら、あなたは絶対に言わなかったわよ」

ドナルドはかすかにほほえんだ。「おそらく。スコットランドの呪いは、南京錠が掛かった舌でして」ところが、彼の目は笑っていない。

私はよく考えずに言ってしまった。「そうかも。でも、アイルランドの呪いよりましじゃないかしら。あちらの舌には錠どころか、掛け金もないんですもの（伝統的にアイルランド人はおしゃべりだとされる）」

ドナルドはようやく相好を崩した。そのとき彼はコンのことを思い出していて、私もそうだったが、もはや後の祭りだった。でも、ドナルドはよけいなことは言わなかった。「またはイングランドの呪いよりましですか。そちらは二枚舌ですね？」

私は笑った。「私たちには亀裂が入ってしまったわね。昔から続く争いで。ありがたいことに、どちらの側にも悪気はなくて……。ところで、南部の暮らしは楽しい？」

「とても。ロンドンには快適な住まいがあって、この仕事なら思う存分に遠出ができます」

「ロンドンに腰を据えたいの？」

私たちは落石の山をよじ登って越えた。これは時間の経過と共に固まって、粘土の土手と化している。眼下に、石切り場のまた別の方向の周囲に、水面が見えた。

ドナルドが足を止めた。相変わらずパイプを持っている。火は消えていた。彼はパイプをよくよく見たが、なんだか上の空だった。これはなんだろうと思っているようだ。やがてパイプをポケットに突っ込んだ。「ジュリーと結婚するのかということですか？」

そこまでずばりと尋ねるつもりはなかった。「ええ。ええ、それが訊きたかったの。本当は失礼だと――」

「ジュリーと結婚しても、僕は発掘作業が必要な現場に行かなくてはならず」ドナルドは単刀直入に答えた。「現場はウエスト・ウッドバーンとは限りません」彼はこちらを向いた。「ジュリーにはここに引っ越して住む気があるというんですか？」

「いいえ」

「ああ。まあ、彼女は牧場に根付いている感じはしませんでした」

「ジュリーに牧場との絆はないわね」ちょっと言いあぐねてから、ドナルドに負けないくらい単刀直入に言った。「絆が生まれる見込みもないわ」

ドナルドが私を睨みつけた。傍らで、銀髪に似た細い草の茂みがけばだって、青白い種がレース編みを作っていた。私はそこに指を通して、小さなけばを見つめた。そして息をついて、話し始めた。

「ねえ、大事なことじゃなかったら、あなたにこういう話をするなんて考えもしなかったわ。よけいな口出しだと思うでしょうけど、たとえよけいであっても、勘弁してちょうだい」

ドナルドはかすかな、なんとも言えない音を立てた。北部では、それは同意や非難や興味や異議や謝罪——なんでも聞き手が読み取ろうとする意味——を表してしまう。「うん」と言ったように聞こえ、一連の（完全に理解できる）会話をその一音で進められる。タイン川の北ではどこでもそうだ。ドナルドの発音では、意味がよくわからなかった。

私は手をひらいて種を粘土にこぼしていった。「もうジュリーに何か言った?」

ドナルドはあっさり答えた。「いいえ。何しろ——慌ただしい話なので。まだ知り合って八週間なんです。だからといって、僕は決めかねているわけじゃありませんが、ジュリーのほうが……その、まだ若いことですし」

「あの子は十九よ。今どきの女の子は十九になれば心が決まるわ」

「そうですか?」そのときドナルドがいささか躊躇した。八年前の〈ホワイトスカー〉にいたもうひとりの十九歳をふと思い出していたのだろうか。彼が言った。「どう見ても、ジュリーは心が決まらないというサインを出していましたが」

「ビル・フェニックのこと?　いい人よ。でも、彼のことを心配しなくていいわ」

「僕が考えていたのはビル・フェニックじゃありません」

「じゃあ、誰なの?」

「コナーです」

「コン?」私は一瞬宙を見据え、それからそっけなく言った。「私に言わせれば、あの子はコンが好きでもないわ」

ドナルドはパイプを取り出していて、また煙草を詰めていた。吸いたいからというより、いじる物が欲しいからだろう。彼はパイプ越しに目を上げた。まなざしが険しくなったようだ。「コナーはまさに女の子が恋をしそうなタイプだと思っていたんです」

「おっしゃるとおり、コンは魅力的よ」私はじれったくなった。「圧倒的と言ってもいい。だけど、ジュリーがコンに恋している気配を見せたことなんかないわ。恋をする機会なら掃いて捨てるほどあったのに……まぶしいほどハンサムだった十五か十六のコンに引っかからなかったなら、この先も無事でしょうね。お忘れかしら。あの子はここで育てられたのよ。コンのことは兄のように……あまり好きではない兄のように思っているはずね」

「そう思いますか? そういう事情に疎いもので。ただ、相手がコナーだったらぴったりだし……ふさわしいような気がして」

「ふさわしい? どうかしら! ジュリーはばかじゃない。もし本当にコンに恋をするならたっぷり時間があった。でも、恋をするどころか……」間を置いて、紫色の薊《あざみ》のはち切れそうな蕾にさっと触れた。「今の〈ホワイトスカー〉では——事態が——ちょっとややこしいの。理由はうまく言えないけれど……心のありようの問題かしら」

「わかります」意外にもドナルドが頷いた。「誰も彼もがほかの人の行動をちょっと気にしすぎているようですね」

「あなたも思った？　じゃあ、話が早いわ。そのせいもあって、私は帰ってきたのよ。それにおじいさまの発作や、遺言状の書き換えも……あれやこれやで。でも、恐ろしくて、落ち着かないの。ジュリーもそう思っているはずだし、ばかな真似をしないかと心配だわ。その心配がなければ、私は喜んで一息ついて、ジュリーの良識に任せるけれど、今のところは……」私の声はぎこちなく消えていった。

「さっきの話ですが」ドナルドが言った。「あなたがそのつもりで言ったかどうかはともかく、あれは褒め言葉でしたね？」

私はドナルドをちらっと見た。愉快そうで、くつろいでいて、自信に溢れていて、静かに煙草をパイプに詰めている。ふと気がついた。これまでずっと風をなだめていたら、成長しきった、落ち着き払った子羊になっていたのだ。私はドナルドを見くびっていた。それは（私は心の中でほくそえんだ）ジュリーも同じことだ。

私はほっと息をついた。それから意地悪く笑った。「気にしないで。あれは私の二枚舌。あなたのことを言ったなんて、なぜわかるの？」

ドナルドの目がきらめいた。「ほかの人だとは思えませんでした。自分の価値には絶対の自信を持つ。それがスコットランド人であるありがたみのひとつです」

「じゃあ、その自信にしがみついて、コンのことは忘れるのね」私は言った。「あらあら、私ったらどうしちゃったの？　ドナルド、私には理由を訊かないで。なんだかんだ口を挟んだと責めないで。さっさとあの子にプロポーズしてちょうだい！」

ドナルドはあの急にがらりと姿を変えていく笑みを浮かべた。「喜んで。さあこっちへ。そこの坂に気をつけて。石ころが転がっているかもしれません。ほら、僕の手を取って。そうです」

「まあ、ここは深いわね」

「確かに。そこをぐるっと回って。大丈夫、縁を歩けます。その岩は安全ですよ」

水面は静かで、私たちが立っている岩棚の陰でビリヤード台を思わせる緑色をしている。水たまりの縁は水泳プールの縁くらい鋭く切り出されていた。二面が高い崖の直角に支えられ、私たちがいる面は石切り場が平らな岩で溢れている。コンクリートのように滑らかな岩は目の前でがくんと低くなり、四フィートあまり下の水面に届く。

足元の水は岩棚の陰になり、ややくすんだ、どことなく物騒な油絵の具の緑色を呈しているが、日が当たると、雑草の筋がついた若草色が光沢を帯び、水面下では切り出された岩が深さによって、緑がかった金色と金色がかった翡翠色にくっきりと色分けされている。シャルトルーズ（フランスの最高級のリキュール。緑色と黄色がある）に漬けた桃のようだ。

私は言った。「なぜ神々しい大自然は、たとえば火山や氷壁や砂漠などでさえ、人間が作っては打ち捨てたものに比べると親切で無邪気に見えるのかしら？　これは薄気味が悪いわ」

ドナルドは笑った。「考古学者の立場から言うと、すべては打ち捨てられていた年月によりますね。ものはかなり古くなったら、汚らわしい残骸を一掃するのではないかと。たとえば、錆びた鉄とか、そこの古靴とか。いったいあの乳母車はどこから来たんでしょう？　言ってみれば、腐りかけの死体じゃなくて、清潔な骸骨を見つけるようなものです」

「勘弁して！　ゾッとするわ。死体を見せるためにここへ連れてきたの？」

「いいえ」ドナルドが水中を指差した先には傾いた石板があり、控え壁のように水たまりの一面を下支えしている。「あの石ころが見えますか?」

「石板にのっている石? ええ。成形された石みたいに見えるわね。きちんとした長方形で」

「成形されているんですよ」ドナルドの声の何かに引かれ、私は彼を見た。「もう一度見て下さい。印がありませんか?」

水中を覗き込んでみた。「ええと……あるみたい。はっきりしないわ。表面を斜めに走っている荒い引っ掻き傷らしきもののこと? あれは人が付けたものではないでしょう?」

「人為的なものだと思います。あの石材は長期間水に浸かっていました。たとえ淀みでも、水は石の表面を滑らかにするんです。時間があれば」

私は立ち上がってドナルドを見た。「時間があれば?」

「どれほどの長さかはわかりません。石切り場のこの部分がいつ浸水したのかわかりませんから。ただ、あそこの石が切り出されたのは二千年ほど前ですよ」

「にせ――」ふと口をつぐみ、ぽかんとして訊いた。「というと、ロ、ー、マ、人が?」

「あくまでも僕の推測です。約二千年前、ローマ人はここに石切り場をひらきました。後年、かなり後年になって、森の中で〝ホワイトスカー〟が再びひらかれて仕事が再開されたはずです。おそらく、ローマ人の作業場はすでに浸水していたでしょうが、とにかくあらたな石切り場がひらかれ、当初のものは雨ざらしにされたのです。そして今、今年の、この乾燥した春が来て、日照りが続き、ちょうど水位が二フィート下がる頃に僕がこのあたりをうろうろしていて、あの石を見つけました。そういった次第です」

「それって――重大な発見なの? ばか丸出しの質問をしてごめんなさい。でも、何がわかるの?

ローマ人がここで建築用の石材を切り出して、城壁を作ったこと以外に」

「城壁を作ったんじゃありません。とにかく、彼らがあの石を玄武岩に沿って打ち込んでいたときは。彼らは城壁を作る石をその場で切り出したんです」

「じゃあ、ウエスト・ウッドバーンにある砦のためね？　ハビタンカム、あなたが発掘している現場でしょう？」

「同じことが言えます。向こうにも石がありました。可能な限り現地で作業員を見つけ、時間と移動手段を節約しています」

ドナルドは返事を待っているのか、甘い期待を抱いてこちらを見ている。少しして、極めて単純な結論がおのずと出た。

「ああ！　そう、わかったわ。でもね、ドナルド、このへんにローマ人ゆかりの地はないでしょう。少なくとも、私は聞いたこともない。もしあったら、一インチ地図（一マイルを一インチで表す詳細な地図）に印がついていたんじゃないかしら」

「確かに」

私はもう少しドナルドを見つめていた。「ああ……そうか！　何かあるかもしれないと思っているのね？　まだ発見されていないローマ時代の遺跡が？」

ドナルドはパイプをポケットに押し込むと、水辺に背を向けた。「わかりません」彼は言った。「ただ、僕が見るのは止めようがありませんよね？　さてと、よろしかったら、〈ホワイトスカー〉までお送りしましょう。それから僕はフォレストさんに会って、地所をつつき回すお許しをもらってきます」

第十三章

たとえ死んでも愛しい人の元にはたどり着けません。
タイン川があの人と私のあいだを流れています。

イングランド北部の民謡

牧場に着くと、どこか気もそぞろといったリサが私を探していた。クリームトライフルと黒白猫のトミーにまつわる大惨事の話をしようというのだ。

「また搾乳場に近づいたら絞め殺してやる」リサにしては珍しく、乱暴な物言いだ。

私はやんわりと言った。「トミーは八匹分食べていることを覚えておかなきゃ」

「冗談じゃない」リサが言った。「何日か前にもやられたのよ。ああ、言いたいことはわかる。そりゃね、いくらあいつが七匹の子猫にお乳をやってるとしてもよ。子猫どもが見つかりさえしたら、一匹残らず川に沈めてやる。あなたのおじいさんの誕生日のディナー用に作ったトライフルの飾りを丸ごとぶんどる言い訳にはならない」

「ちょっと待って」ドナルドが割って入る。「今日の僕はあんまり冴えてませんが、誰がトライフルを取ったんです?」

「あのトミーの野郎よ」

「黒白の猫ですか？　太ったやつで――この前、お茶の会に出ていた？」ドナルドは猫好きで、どんな猫とも仲良くなった。鶏小屋の下で幽霊みたいに暮らしている半野良の三毛猫とも。

「それよ。でも、もうそんなに太ってないわ。子猫が生まれたから。それより、トライフルを半分とクリームを一パイント――」

　私はドナルドの表情を見ながら力なく言った。「いいのよ。自然の法則が機能しないことはなかった。これまでは。ここのみんなはトミーのことを誤解していたけれど――ウエストロッジの赤茶色の虎猫はちゃあんとわかっていた。私はあの猫のしわざだと睨んでいるの。だって、トミーの正体がばれた今、何マイル探してもほかには雄猫がいない。もう、私だって混乱してきたわ。トミーがデブ猫なのは食べ過ぎのせいじゃなくて――とにかく、私たちが考えたようなことじゃなくて、おなかに子猫がいたせいだった。七匹もね」

「で、アナベルは屋根裏で子猫どもを見つけたのに、翌朝まであたしに知らせなかった。その頃には悪党猫が引っ越しを終えてた。抜け目ないやつでね、お乳をやるとこを見せちゃくれないのよ」リサはバスケットをテーブルにどすんと置いた。

「一匹残らず川に沈めるんじゃないんですか？　一匹残らず？」ドナルドはどうとでもとれるような口調で訊いた。動物に優しいと思われるくらいなら、矢を浴びて死んだほうがましだという男の雰囲気だ。

「そりゃ沈めるわよ。ついでにトミーも。やつがまた搾乳場に入ったら」

「もうトミーは雄猫《やつ》じゃないのに、急には変えられないのね」私はドナルドに向かって、弁解がましく言った。「トミーはトマシーナ（トーマスの女性名）に改名されるのも嫌がりそう。息を引き取るその日まで、トミーのままでしょうね」

「その日はさほど遠くないわよ」リサは言った。「さすがのあたしもあの悪党を手にかけて、哀れな子猫たちを飢え死にさせる気はないけど。でも、あんまり大きくならないうちに見つけたら、やっぱり川に沈めてやるから。シートンさんはこれからウエストロッジに行くと言ってた？　ねえアナベル、一緒に菜園まで行って、苺をもらってきてくれない？　さっき電話したら、ジョニー・ラッドが摘んどいてくれるって。用意できてるはずだから、急いで戻ってきてね。こっちでえりわけなきゃいけないから」

私の顔になんらかの感情が出ていたのだろう。リサが落ち着きを取り戻した姿を数日ぶりに見たからだ。リサは私がまだ菜園へは行っていないことを忘れていたに違いない。

ちょっと算段したリサの目がきらめいた。彼女がドナルドのほうを向くと、彼が先に話し出した。彼もやはり私の顔を見ていた。見なくていいところまで見てしまう人だ。ただし、私がためらったのは、単に体調のせいだと思ったらしい。

「アナベルは疲れています。どうでしょう、僕が菜園に寄ってもいいですよ。ウエストロッジの手前にあるんですよね？」

私は言った。「大丈夫よ、ドナルド。お気遣いありがとう。疲れていないわ。それに、あなたはウエストロッジでフォレストさんに会う用事があるなら、着いた頃にはおいとまするようになってしまうわ。だいいち、せかせかしたくないでしょう。よかったら、菜園まで一緒に行って。苺をもらったら、抜け道を通って戻ってくる。それからへたを取ればいいわ。ジョニー・ラッドにも会いたいし。

菜園にいるのよね?」リサに訊いた。

「ええ」リサの目はこちらに向いている。「帰ってきてからジョニーに会ってなかった? 白髪が目立ってきたけど、あんまり変わってないわよ。この時間まで働いてるのは、あの人くらいのもんね。待てそうなら待つって言ってた。若い者ふたりは五時に帰るの。でも、フォレストさんが菜園にいたら——」

「あら、言ったかしら?」私は確かめた。「この前、会ったって」

「会ったの?」もう少しで刺々しくなりそうな訊き方だ。「話した?」

「ほんの少しね。内容は忘れたけど、彼はずいぶん変わったような気がしたわ」私はバスケットを持った。「なるべく早く戻るわね」


フォレスト館の古い壁に囲まれた菜園だったところは、廏舎の隣にあった。現在アダム・フォレストが住んでいるウエストロッジからは四分の一マイルほどの場所だ。ここにたどり着く私道は館の門から伸び、〈ホワイトスカー〉の先の植林地を抜け、半島の真ん中にある一マイルほどの湿原にかかっている。〈ホワイトスカー〉からでこぼこ道がこの私道に急勾配でつながり、ロッジで終わっていた。

このウエストロッジですら、かつてフォレスト家が華やかだった日々の名残を多少はとどめていた。廏舎の前にある馬の練習場——今は小さな農場になっている——の入口は堂々としたアーチ道であり、当家の紋章の獣が盾を抱えている。フォレスト館の門柱で信じがたい姿勢を見せびらかしていた獣だ。アーチの向こうには古い時計塔がそびえ、てっぺんには金メッキされた風見鶏が付いている。小道の反対側には木立が密生して、そのすぐ先に川面《かわも》が光っている。私道は轍《わだち》ができ、雑草で緑色に染まり、路肩は野草で埋もれているが、アーチ越しに覗く練習場の丸石は清々しくきらめき、波に洗われた浜辺の小石のようだ。少し離れた、キングサリとムラサキブナの木立の先で、ウエストロッジの煙突が日を浴びて光った。その一本から煙が立ち上っている。フォレスト・パークでの生活の場がそこに移っていた。

練習場の向こうに、菜園の高さ十二フィートの塀が伸びている。そこに錬鉄の門が付いていた。

「ここ？」

「そうです」

ドナルドは車を停め、私は車を降りた。

「さあ、私のことは気にしないで。畑を突っ切れば近道になるから。そっちから帰るわ」

「本当に――」

「本当に本当よ。乗せてもらえて助かったわ。ディナーのときに会いましょう」

車が走り出した。私は門を押しあけた。

小道の最後の直線はほの暗い木陰に続いていた。こうして私は門を抜け、二本のイチイの大木のあいだを通って、まばゆい陽向《ひなた》に入り、目をしばたたいたり細くしたりした。

ところが、私の足を止めたのは明るさだけではなかった。ここでは月明かりを浴びたフォレスト館との違いが目につくうえに気がかりにもなった。この菜園では、四面の高い塀の中に日光とぬくもりといい匂いが溢れている。一見、何もかも十八世紀の館の全盛期のままであろうと思わせた。

塀の一面はガラス張りで、下には桃とアプリコットとそれより熟した葡萄が見える。丁寧に剪定して蔓を柱に巻き付かせてある。真下にはトマトとキクの質素な植え込みがあり、ところどころ色が散っているのは市場に出すアジサイかベゴニアが花をつけたしるしだ。ほかの三面の塀では、果樹を垣根仕立てにしてある。きらめく緑の小粒の実がたわわになった枝が、温かい砂岩に張りついている。

菜園の真ん中を幅の広い芝の歩道が通り、芝が美しく刈り込まれている。両側には花壇があり、イングランドの六月のありとあらゆる色で螺旋を描き、まだら模様を散らし、ちらちら光っている。ルピナス、デルフィニウム、芍薬《しゃくやく》、ポピー、アイリス、風鈴草。すべてが淡い紫色のイヌハッカの花飾りに留められ、背丈の高い素朴なトレリスに支えられていた。そこに蔓薔薇が華やかな花の噴水を作っていた。通路のずっと向こうの端にある、並木道の中心に、もう使われていない石造りの噴水の水盤が見える。二体のブロンズ製の鷺が水たまりだった場所を今でも守っていた。この噴水を敷石が囲み、そのあいだには一群のラベンダーやローズマリー、タイム、セージが入念に計画されて入り交じって植えられている。この菜園じたいと同じくらい古い花たちだ。昔のハーブ園から抜いてきたのだろう。ここは花の並木道だ。あとは食べられるものばかり——そら豆やエンドウ豆、蕪《かぶ》、じゃがいも、きちんと管理して作られる果物の低木。ほかにも失われた栄光を語るものは、菜園の片隅にある高い円形の建造物だけだ。これは鳩舎《コルンバリウム》と呼ばれる古代ローマの納骨所を模していて、荒れ果てた外壁にスイカズラとクレマチスがはびこっている。屋根に釘付けされた瓦は梁にだらりと垂れ下がり、帆布が縄にまとわりついている。瓦は日を浴びて赤銅色になり、もとのくすんだ青色は、琥珀色の輪を広げるきれいな苔の輪に覆われて淡い色になり、睡蓮の葉のように、古く美しい物を覆っていた。鳩舎の扉は朽ち果て、空っぽの眼窩のようだ。ムクドリが飛び立つのが見えた。

だが、ほかの場所はどこも整然としていた。雑草の一本も生えていない。ここをアダム・フォレストとジョニー・ラッドだけで、ふたりの若者の手を借りて、管理しているのなら、私がアダムを労働の意味を知らないとばかにできるわけがない。ここの農作業はひどく骨が折れるに違いない。

初めはまったく人影がなかったので、芝の歩道を足早に進み、温室を目指して、薔薇が咲いているトレリスを左右に覗いた。やがて、ひとりの男性が塀のそばでラズベリーの茎に埋もれて働いているのが見えた。こちらに背中を向けてかがみこんでいる。色褪せた茶色のコーデュロイのズボンと青いシャツを身につけて、古い茶色の上着を傍らの杭に吊している。

私は近くの小道で立ち止まった。「ジョニー?」

男性が背筋を伸ばしてふり向いた。「すみませんが――」彼は言いかけて口をつぐんだ。

「あなたなの?」どうしても疑うような言い方になってしまった。この人は間違いなく、先日の夜に言葉を交わしたアダム・フォレストだ。でも、こうして昼間のまばゆい光の中で向き合うと、記憶に残っている顔とはまったく違っている。先日の、夢のような出会いで私が見たのは、遠い昔に撮影された映画の場面を見るようなもので、彼は今より十歳、いや十五歳若かった。その夜のどこか現実離れした感じがなじんでいた。彼の端正な顔立ちを覚えている。月光を浴びた若々しい肌の滑らかさを、黒い髪と光が消え失せた目を。月明かりの中で、彼はただ背が高く、がっしりして、軽快に動き、あの強さ――あるいは相続した財産――にふさわしい自信に満ちているように見えただけだった。こうして彼が陽だまりで背筋を伸ばして私に向き合うと、あたかも映画でみるみる時間が早送りされて、巧みな老けメイクを施された俳優が時の流れを裏付けるようなものだった。かつては漆黒だった髪も、今ではこめかみに白髪が交じっている。それも上品な感じではなく、あちこちにシミが飛んだごま塩頭だ。たくましい骨格は変えようがないが、月光では見えなかった皺があり、あの体型にしては不自然なくらい痩せている。以前はごく普通の服を着ていて、服が切れているとか、質が悪いとか気がつくことはなかった。ところが、明るい場所で見ると、このみすぼらしい――本人は何気なく着ている――作業着が日常の一部になっていたのだ。頭のどこかで、ごく当たり前だという声がする。野良仕事には野良着を着るものだ。でも、頭の別のどこかの、そんなものがあったとは知らなかった場所では、彼の顔の皺と、白髪をみすぼらしい服に重ね合わせ、彼を気の毒に思ってたじろいだ。本人は気の毒に思われたくないはずだし、私には彼を気の毒だと思う資格はない。見ると、彼は手袋をはめている。私はあの手を嘲ったことを思い出し、うしろめたくなった。

アダムは陽射しに目を細めて、私にほほえみかけた。目の色は灰色がかった青で、目尻に皺が寄っている。彼は私に会っても気まずくないとばかりに、さりげなく話しかけた。

「やあ。ジョニー・ラッドを探してたのかい？　どこかへ行ってしまったよ」

「苺をもらいに来たの。猫にトライフルを食べられちゃって。今日はおじいさまの誕生日だから、リサが電話でSOSを出したら、ジョニーが苺を少し分けてくれるそうなの」

「だったら、ジョニーは苺を梱包小屋に置いておくな。見に行こう」

私たちは一緒に小道を歩いた。アダムがこちらを見ていることに気がついた。さっきの私に負けないくらいじろじろと、日の光があらわにしたものを確かめようとしている。

私は言った。「ジュリーの恋人に会った？　ドナルド・シートンさんに？」

「いいや。どうして？」

「ついさっき出くわしたの。あなたに用があるそうよ。今日の仕事を終えただろうから、ロッジまで行ってみると言ってたわ」

「へえ。用事ってなんだろう？　知ってるかい？」

「ええ。でも、私の口からは言えない」私はアダムをちらっと見て、かすかにほほえんだ。「ああ、心配しないで。悪気はないのよ。あなたはまだ安全な身分だもの」

私たちは温室の裏手の塀にある扉に着いた。扉をあけると、この菜園の作業場だった。ボイラー室、瓶詰め小屋、冷床（人工的な熱を加えずに保温する苗床）。アダムは扉の取っ手に手をかけて立ち止まり、ふり向いた。そのとたん、彼の目がどんよりしていることに気がついた。どうやら、よく眠れないようだ。「安全な身分？　僕が？」

「もちろんよ。あなたは事後共犯じゃなかったら、なんだっていうの？　結局、私のパスポートを探さなかった。〈ホワイトスカー〉には来なかったし、おじいさまの前で私をやり込めて尻尾をつかまなかった。やろうと思えばやすやすとできたのに。あなたは何もしなかった。どうして？」

「どうしてかな。本当にわからない」アダムはまだ何か言おうとするように口ごもった。やがて何も言わず、ただふり向いて、扉をあけてくれた。「さあ、こっちへ。扉はあけたままでいい。シートンが僕を探しに来るかもしれないからね。ジュリーも一緒かな？」

「いいえ。あの子はビル・フェニックとニューカッスルに出かけたわ」

アダムがぱっとこちらを向いた。「それで困っているのか。どうして？」

「だって、コンが絶対に嫌がるし」私はてきぱきと答えた。「おまけにコンは……衝動的な人だから」

「ばかばかしい」アダムは前と同じような言い方をしたが、いささか説得力に欠けていた。

「暴力沙汰になる一歩手前は、いつもばかばかしい雰囲気なの——それがいきなり風向きが変わって、そして、ドカン！　気がついたら、タブロイド紙の中の出来事だと思ってた混乱の真っ只中にいるのよ」

「ここに来る男はどうなんだ。シートン、だったね？」

「話が違うわ。彼はジュリーを〈ホワイトスカー〉から引き離すほう。ふたりはロンドンに住んで、彼は年の半分はどこかでテント暮らしをしながら発掘するのよ。ご想像のとおり、コンはこの話に大賛成で――ふたりがここから遠く離れれば、それだけ好都合なんだもの。いっそウズベキスタンとか、ロプ砂漠（中国新疆ウィグル自治区）とか。ローマ人がそこに行ってたらの話だけど。どうかしら」

「肝心のジュリーは行く気になっているのかい？」

「行く気満々」私はうきうきとして言った。「安心して。私がまとめたような話なの。前にも言ったけど、ジュリーの面倒は見るから」私はアダムと目を合わせて笑った。「なあに？」

「これは――無謀な仕事だよ。僕だって負けず劣らず無謀だが。それは分別ではなくて勘に従った結果だろうね。女性は毎日そうしているんだろうが、僕は慣れていないし、好きじゃない。君はやはり理性的とは言えないね。今の状況を考えてごらん。僕は君が何者かわからない。何をしているかもわからない。間違ったことをしているのはわかっている。だが、なぜか君の好きなようにさせておくつもりだ」

「私が何者か、何をしているか、それはもう話したわ」

「ああ、確かに。この件に関しては、君は正直だった。それに、君の行為を容認しそうな立場に僕を追い込んだ。深入りしてたまるものかと思っているがね。まあ、君のためと言うより、多分にウィンズロウ老人のためを思ってのことだ。妙な話だが、君にならジュリーを任せられる。どうも、大切な他人は彼女だけになったような気がするよ。実は、君が来る前にちょっと考えていたんだ。ウィンズロウさんが亡くなったら、〈ホワイトスカー〉の仕組みはどうなるんだろうって。君はジュリーの利益の〝面倒を見ている〟そうだね。うん、ジュリーが被害を受けない限り、君とコナーがとことんまでやりあってもかまわないさ。君が牧場を手に入れたとしても、僕は君の〝能力〟を妬まない」

「心配しなくていいわ。安心してジュリーを任せてちょうだい」

アダムはため息をついた。「不思議なことに、君を信じているんだ。それだけでも、君のすぐあとから事後共犯の罪で刑務所に送られてもしかたない。さあ、ここが梱包小屋だ。ジョニーが苺を置いていったかどうか、確かめよう」

小屋は広くてひんやりしていた。基本的にはゼラニウムと湿った泥炭の匂いがして、そこにスイートピーがぎっしり詰まったタンクの匂いがめまいがするほど重なっていた。菜園と同じく整然としている。植木鉢と箱は大小取り揃えてあり、印字ラベルが（おそらくアルファベット順に）並べてある。また、ラフィアは輪にして吊してあり、もつれたりぷつんと切れたりしそうもない。窓際のフックには清潔そうな綿の手袋が二、三組掛けてある。

アダム・フォレストが作業場を横切り、手袋に手を伸ばす姿に見とれてしまった。窓の左手のベンチに苺が入ったケースがふたつある。「これで足りそう？」

「たぶん」

「鳩舎の脇の床に熟れたやつがもう少しあるかもしれない。まだ時間があるなら、摘んでこようか」

「いいえ、おかまいなく。ここにあるだけで十分よ。それに急いで戻らないと。ディナーは七時半だから、それまでに苺をえりわけるの。ほら、籠を持ってきたのよ。ここに全部まとめて入れれば、ケースを返せるわ」

「そのほうが安上がりだからな」アダムはまじめな顔で頷いた。

私は一瞬ぽかんと口をあけてアダムを見た。私たちはみるみる親しくなっていたが、どういうわけか、このときはいつにも増して決まりが悪かった。リサが何も言わなかったので、私はお金を持ってこなかった。今の今まで考えもしなかったのだ。私は口ごもった。「あの――この場ではお支払いできないわ」

「牧場に請求するよ」アダムは落ち着き払っている。ノートに手を伸ばして、細かく表にした〝ウィンズロウ〟という見出しのあるページにざっとメモをする。彼は私の視線を捉えて、にっこりした。すると突然、影が落ちた小屋の中で八年の歳月が消え、そこに月夜の逢い引きの恋人が現れた。昔の映画に出ていた俳優だ。私は息をのんだ。アダムが言った。「〈ホワイトスカー〉はつけで買うんだ。向こうは野菜を作る暇がないらしくて……誰もここの菜園に手を出したことがなさそうだ」彼は帳簿を閉じて元の場所に戻した。「君が家を出て以来。気をつけて！　苺がこぼれてるぞ！　どうしてそんなに驚いたんだ？」

「よくわかってるくせに。わざと言ったんだわ。私を……いらいらさせたのよ」

「僕だっていらいらした」アダムは言った。とにかく、そう言ったような気がしたが、小さな声だったのではっきりしなかった。彼はその言葉を呑み込んで、ぱっと扉のほうをふり向き、今度ははっきりと言った。「あれがシートンさんだね？」

「そうそう……ここよ、ドナルド。ええ、フォレストさんはまだここにいるわよ。アダム、こちらはシートンさん……」

ふたりの男性は挨拶を交わした。ドナルドが言った。「苺は手に入りましたか？」

「ええ。あなたのディナーは確保したわ。ねえ、あなたが会いたがっていたことをフォレストさんに伝えたけれど、理由は伏せておいたから」

「気を遣わなくてよかったのに」ドナルドはアダムのほうを向いた。「アナベルからお聞きになったでしょうか。僕は考古学者です。王立委員会――歴史的記念物委員会――に所属していて、今はウエスト・ウッドバーンで進行中の発掘作業を担当しています」

「その発掘が始まったことは聞いている」アダムが言った。「いったい何をしたいって言うんだ?」

「ええと、当委員会の仕事は現存するローマ遺跡をひとつ残らずリストアップして、詳しく説明することです。地図や写真なども使い――徹底的な調査を行い、ゆくゆくは全国まで網羅するのが目標です。これは州規模で行われていて、僕はノーサンバランド州に配属された班の一員です。今の現場では、まだあまり調査は進んでいません。ダラムとロンドンから来た学生たちが手伝ってくれていて、掘削の予備トレンチに追われて……」

私は苺を全部籠にあけたが、少しその場に残っていた。ドナルドの申し出がどうなるのか、それを聞きたかったのだ。彼はアダムに発掘の話をかいつまんで話してから、あっぱれなほどスコットランド人らしく時間と言葉を節約して、さっそく用件に移った。

ドナルドが石切り場で〝ローマ時代の石〟を見たことを説明していたとき、アダムが興味を引かれた様子が見て取れた。「すると君の考えでは、あの石切り場が元々はローマ人のものだった以上、付近にローマ人が作った建物があるかもしれないんだね?」

「かなり近くにありそうです」ドナルドは答える。「その石じたいはどうってことはありません。切り出された石ですね。うまい言い方ができずに恐縮ですが。たとえば大理石であれば、長距離を運ぶ必要があったとしても、加工されたはずだと思うでしょう。しかし、あの手の砂岩はなんの変哲もない石です。ローマ人があそこで採石を始めたのなら、それはあくまでも地の利があったからです。要するに、彼らは現地で建物を作っていたんです」

「なるほど」アダムは頷いた。「このへんに記録は残っていないと考えていいんだね？　ローマ人に関連する本を読んだ覚えがないな。昔から郷土史には関心があったんだが」

「おっしゃるとおり、記録はありません。せいぜいフォアロウズでの野営といったところですね。さらに、それがデレ・ストリートというローマ街道上にあるため、建築用材は国中からではなく、街道上のどこかで調達されたはずです。そこで、ふと思い当たりました。石切り場がここに、半島に作られたのなら、川の縁に沿って同じ石が現れて……そこではさらに入手しやすくなるわけで……どんな建物を作っていたにせよ、この半島じたいに建てたのではないか、と考えた次第です」

「つまり、フォレスト・パークのどこかに？」

「ええ。できましたら許可を頂いて、敷地を見て回りたいのです」

「いいとも。森林委員会が管理する土地には僕の権限が及ばないが、牧草地と館の敷地は自由に見てかまわない。どこへでも行ってくれ。しかし、いったい何を探そうというんだ？　そりゃあ何かがあっただろう。今では木の下を何フィートか掘ることになるのでは？」

「まったくです。ただ、手を貸していただけないかと思っています。石切り場へ至る道に何かほかのものがあったことを覚えていませんか。草ぼうぼうの穴蔵とか、人工の土手とか――そういうものがわかりますよね」

「今は思い当たらないが、よく考えてみよう。穴蔵で思いつくのは、フォレスト・ロッジのそばにある古い氷室だけだな。あれは木立の根元を深く掘ってあるが、かといって――いや待てよ！」

アダムは言葉を切り、思い出そうとして眉根を寄せた。私はなんとなくわくわくして彼を見守り、ドナルドは冷静そのものだった。ドナルドは私なんかよりずっと、その〝発見〟は、発見ならばの話だが、めったにない、思いがけないものだと気づいていた。

「氷室だ」アダムが言った。「氷室と言ったら思い出した。ちょっと待ってくれ。はっきりしないが、いつか、どこかで、子供の頃に……フォレストで何かを見たような気がする。石……ローマ時代のものに違いない」彼はもうしばらく考えて、首を振った。「いや、あれはなくなった。僕が見た石は、君が見た石と同じものだったんだろうか？　石切り場にあった石と？」

「からから天気の季節でない限り、今の場所より水面に近い場所にあったとしても、目に留まらなかったでしょう。そう思いませんか、アナベル？」

「確かにそうね。それにしても、専門家でなければ、あの石がローマ時代のものだと推測できなかった。私には何の変哲もない石に見えたし、子供に言わせたらクズみたいなものだわ」

「ごもっとも。フォレストさん、もう少し思い出せませんか？　なぜそれがローマ人の石だと思われたのでしょう？　なぜ氷室が出てくるのですか？　ところで、氷室とは？」

「原始的な冷蔵庫かな。大邸宅ではたいてい敷地の一角に作られた。十八世紀にね」アダムは説明した。「涼しい森の奥に正方形の大きな穴を掘ることが多い。湾曲した屋根が付いていて、ひさしが地面にぴったり重なる。片側にある扉が穴をふさいでいる。昔の住人は冬に湖――館の向こうに小さな池がある――から氷を切り出して、藁を重ねて地下に保存しておき、夏になったら取り出した。フォレスト家の氷室のひとつは、森の中の古いロッジのそばにある」

「すると、森でその氷室を見たのかもしれないと？　後年の建築業者がローマ時代の石に手を加え、再利用したのはよくあることです。あれは良質な石塊でしたし、見事に成形されて化粧仕上げを施されていました。昔の石切り場にまだいくつか、水位より上に積まれていたら、地元の十八世紀の建築業者がその石を取って――」

「地下の貯蔵室だ！」アダムが声をあげた。「そうだ！　氷室じゃない。あそこには入れてもらえなかった。危険だからと施錠されていた。貯蔵室にも入れてもらえなかったが、こちらは話が違った。とにかく、入りやすかったからね」彼はにっこりした。「どうも記憶に曖昧なところがあるらしい。だから、これまで誰にも話さなかったんじゃないかな。今の今まできれいさっぱり忘れていたんだ。そう、フォレストの貯蔵室で見たと断言するよ。それしか思い出せないが、あの当時は石に施された彫刻に、子供らしくわくわくしたものさ。逆さだったから、どんなに頑張っても、なんと書いてあるか――」

「なんと書いてあるか？」ドナルドにしては珍しく、鋭い口調だ。

アダムは意外そうな顔をした。「ああ。君は石に彫刻がされていたと言わなかったかい？　確か、銘文のようなものが刻まれていた。あと、何かの……動物が」

「〝のみで彫られていた〟とは言いましたが、〝文字や図案が彫刻されていた〟とは言っていません」ドナルドが答えた。「おっしゃるとおりなら、碑文をご覧になったようですね。僕が見たのは、ごくふつうの工具細工を施した跡です。のみの目を並行に残すやり方ですね。こんなふうに……」彼が上着の内ポケットを探ると、分厚い紙束が出てきた。そこには（財布と数十通の手紙と運転免許証のほかに）ノースタインの陸地測量詳細地図、薄い小冊子が入っているらしい。小冊子はなんだか――ありえないが――対数の本みたいだ。ドナルドはこうした品々を見るともなく見ると、二年前の消印がくっきりと見える使用済みの封筒を選び、あとはポケットに戻した。

アダムはドナルドに鉛筆を渡した。「どうも。これが」ドナルドは使い古した封筒に、美しく簡潔な線で、正確に絵を描いた。「僕が見た石のようなものです」

ドナルドが封筒を渡すと、アダムはそれをしげしげと眺めた。「なるほど。いや、これを見てもピンとこないな。ローマ人の石だったとは思いもよらなかった……。今でさえそうなんだから、十歳の頃には夢にも思わないさ。さて、どう考えても、現場に行ってみなくては。そうだろう？　ますます面白くなってきたぞ。その碑文がローマ時代の第九連隊あたりのものだったら、フォレスト家の消えた財産が元に戻るだろうか？」

「そうですね」ドナルドは慎重に答えた。「テレビ局に話を持ち込んでもかまいませんが……。館はもう壊れているとか。今でも地下室に入れるのでしょうか？」

「階段が見つかるはずだ。気をつけろと言うまでもない。どんな状態かわからないが。どこへ行ってもかまわないよ。よし、計画を立ててあげよう」

アダムはそばにある棚に手を伸ばして、紙――送り状に見える――を取り、ベンチに広げた。ドナルドは鉛筆を返した。私はアダムの手元を覗き込んだ。彼は線を二本引くと、小さくいらだちの声をあげ、綿の手袋を引き抜いて、ベンチに放り投げ、鉛筆を握り直した。「手袋をはめたままじゃ描けない。かまわないかな？」

「かまわないとは？」

それでわかった。アダムの両手には醜い傷痕がある。やけどのせいに違いない。皮膚は青白くて生気がなく、プラスチックのように滑らかで、あちらこちらで引き攣った痕が紫色になっている。手の形はほかの骨格と同じく美しいのだが、傷痕がその美しささえもゆがめてしまい、おぞましい、見る人を愕然とさせるものにしていた。隠すべきものに。今までアダムは両手を隠していた。こればかりは、あのロマンチックな月の光もあらわにしなかった。

私はかすかに声を漏らしていたらしい。はっと息を吸い込んだのだ。アダムの鉛筆が止まり、彼はこちらを向いた。

アダムの手を見たら、たいていの人はこんな反応を示すのだろう。一瞬、ぞっとして目を見張ると、すばやく顔を背け、何も言わず、ほかの話をして、何も見なかったふりをする。

「アダム、その手は、お気の毒に……。いったいどうしたの？」

「やけどをしたんだ」

フォレスト館の火事。アダムの妻。〝すでにベッドに火がついてたんだ。フォレストは奥さんから寝具を引き剥がして階下《した》へ運んだ……〟

アダムはむごたらしい手を伸ばして、投げ捨てた手袋をつかんだ。目は私から離さなかった。そして、静かに言った。「やっぱりはめておこう。悪かった。そう言えば、君は知らなかったんだね。ぎょっとするよね、初めて見ると」

「別に――別にかまわないわ。私に気を遣わないで……。もう帰らなくちゃ」私はやみくもに籠に手を伸ばした。頬に熱い涙が溢れ、とめどなく流れた。ドナルドのことをすっかり忘れていたら、「はい」と彼に籠を渡された。私は弱々しい声で言った。「急いで帰らなくちゃ。またあとでね」アダムとドナルド、どちらの顔も見ず、籠にかがみこんで、ふり向きざま、走るように梱包小屋を出て行った。

　あとに残した静けさと、アダムのことが気になった。彼はぱっと背筋を伸ばし、鉛筆を持ったまま私の後ろ姿を見送っていた。

第十四章

右に曲がればニューカッスルへ
左に行けば故郷へ向かう。
そこでふたりの恋人たちが待っている……

民謡「麗しのマーガレットと優しいウィリアム」

結局、私が持って帰った苺があれば、夕食には事足りた。ジュリーは戻ってこなかったのだ。

おじいさまの誕生日祝いのディナーは実においしかったけれど、おめでたい雰囲気とは言えなかった。ここ数日間で溜まった緊張感が食卓にみなぎっていたかのようで、地平線でじっと控えている入道雲よろしく、じわじわと募っていった。

コンは早めにやってきて、口数少なく、油断なく目を見張っていた。小鼻から顎にかけて皺があることに初めて気がついた。おじいさまは昼寝をして元気を回復したようだ。目はぎらぎら光り、ちょっぴり悪意がある。テーブルを見渡すと、食卓に垂れ込めているぴりぴりした待ちぼうけの空気を感じ取った。今は彼が権力を握っているときであり、それを百も承知していた。

この緊張感が限界に達するには何かが必要だったとしたら、ジュリーの不在が格好のきっかけになった。初め、彼女は遅れるものと思っていたのに、食事の時間が過ぎていき、来ないことがはっきりした。おじいさまは、若い連中は忘れっぽくて恩知らずだ、とくどくどと愚痴りだし、周囲の同情を買うはずが、機嫌が悪いと思われただけだった。

コンはおおむね黙って食べていたが、緊張が緩まず、喧嘩腰になるほどだった。おじいさまがそう思っているのは明らかだ。なぜなら、ぎらぎら輝く冷たい目をコンに向けたまま、一度か二度は彼を怒らせるような言葉を向けそうになったからだ。ここ何日間も、老人は甥の息子をチクチクと責め続けていた。私は臆面もなくしゃべり続けて、あえて顰蹙を買い、老人の関心をほとんど引きつけたと得体の知れない満足感を覚えた。ただ、その関心の一部にはどう見ても愛情が――あからさまに――こもっていて、たまにコンと私の視線が合った。青い火花が散ったように。あとでコンにもわかる、と私は思った。あのせわしない、みずからをさいなむ野心がついにおさまったら。もう大丈夫。何もかも大丈夫……。

おじいさまが予想したとおり、ドナルドがいてくれて助かった。彼は親切に私の努力を補い、おしゃべりにはけっこう長い返答をしてくれた。それでも、さすがのドナルドも時計から目を離せなかった。いっぽうリサは、小鴨のルーアン風と苺をホイップクリームに放り込んだシャンティ、という極上のごちそうを取り分けていた。取り付く島のないほどそっけなく。そのため、苦り切った顔に見えた。

食事が終わり、コーヒーを飲んでも、ジュリーは帰ってこない。私たちは揃って食堂をあとにした。コンが椅子を引いて、急に言い出した。「〈ネザー・シールズ〉に電話してくる」

「なんでまた?」おじいさまがつっけんどんに訊いた。「あの子がディナーを忘れることにしたんなら、忘れさせておきゃいい」

「忘れるなんてジュリーらしくありません。事故にでも遭ったのではないでしょうか」

「なら、〈ネザー・シールズ〉に電話してどうなる？　向こうが何か知ってるなら、とっくに知らせてきただろう。あの子は忘れたんだ。電話などして、時間を無駄にするな」

「とにかく、電話してみます」コンはやにわに食堂を出て行った。おじいさまはらんらんと光る底意地の悪い目でコンを追っていた。

おじいさまの出鼻をくじこうと、私はすかさず言った。「ジュリーが本当にパーティを忘れたのなら、ビル・フェニックと一緒に〈ネザー・シールズ〉で夕食をとったのかもしれないわ」

「ばかを言え」おじいさまは容赦なく切り捨て、足音も荒く食堂を出た。

客間では、リサがカップだけを見つめてコーヒーを注いだ。おじいさまはありがたいことに黙り込み、自分の指をいじり、コーヒーには手をつけなかった。ドナルドは相変わらず時計を眺めているが、すでに目的は変わっていた。私自身は、長い、長い散歩に行きたかった。できれば〈ホワイトスカー〉から数マイル歩けるならば、なんでもしただろう。

「あの子の身に何かあったなら——」ようやくおじいさまが口をひらいた。

「何事もあるはずないわ」私は言った。「事故があったなら、とっくに連絡が入ったでしょう。ジュリーが電話をかけたか……誰かが知らせたはず。大丈夫よ。じきにあの子は帰ってくるわ」

「人里離れた場所で車のタイヤがパンクしたら」ドナルドが気休めを言った。「手間取っても不思議ではありません」

「この時間になるまでか？　もう九時だぞ」

「はあ」ドナルドは引き下がる。

私ははらはらしながらおじいさまを見た。まばゆい悪意は薄れていた。年相応に見え、口をつけていないコーヒーの入ったカップを押しのけた手はかすかに震えている。

コンが客間に戻ってきた。

「別に」コンはひとことだけ言った。「ただ、ジュリーがディナーの時間にはここに戻るはずだったのを、フェニックの奥さんは知ってました。ビルは七時までに帰ると言ったそうです。でも、帰ってくる気配はないと」

「だから電話をしても無駄だと言ったろうが！」おじいさまが嚙みつくように言った。「それでも、おまえはどうしたら一番いいかわかっとる。例によって」

コンは、リサがかき混ぜて手渡したコーヒーを受け取った。「もしかして、と思ったんですよ」やんわりとした言い方だ。「それに、みんなにも少しは安心してもらえるかもしれないと」

「いきなり他人に気を遣うようになったもんだな、コナー。どうしてそうやきもきしてる？　家族が勢揃いしてるところを見たいからか？　私が昼食の席で言ったことをリサから聞いたのか？　え？」

断じて許しがたい。よりによってドナルドの前で、コンをこんなふうに問い詰めるとは。だが、ふだんなら誰も気に病まなかっただろう。コンの反応は物静かな表情の陰で募っていったプレッシャーを示していた。

コンは蒼白になり、飲みかけのコーヒーを下ろした。カップを置く場所も見ず、何もないところにやみくもに置こうとしたが、リサがそっと手を伸ばして取ったので、事なきを得た。一瞬コンとおじいさまが睨み合い、私ははらはらしながら安全弁が飛ぶのを待っていた。

やがてコンが言った。「何か用があったら、俺は畑にいますから」そう言って、彼は大伯父に背を向けた。「おやすみ、シートン」相変わらず物静かに話したが、ここより自由で、汚れのない場所へ逃げ出す人間のように、客間を出て行った。

意外にもおじいさまはくっくっと笑った。「いいやつだ」と頭から決めてかかり、魅力的な笑みらしきものをドナルドに向けた。「君には断っておいた。そうだろ？　内輪もめを見せつけるはめになっても勘弁してもらうと」

ドナルドが如才なく返事をしたので、当たり障りのない話題に戻った。ところが、それから三十分過ぎても、まだジュリーが帰ってくる気配はなく、電話も鳴らなかった。私の不安を気取られたようで、おじいさまが文句を言う間隔がどんどん短くなり、「あの子はいったいどこに行った？」でなければ、「なんで電話の一本もかけられない？」と繰り返す。とうとう、ドナルドのあっぱれな神経までおかしくなってきた始末だ。驚くことではないが、彼は礼儀に反するほど早く席を立ち、そろそろ帰ると言った。

誰もドナルドを引き止めようとしなかった。リサはあからさまにほっとした様子で立ち上がり、彼にコーヒーカップを台所まで下げさせた。

私も立ち上がった。「ドナルドに門をあけたらすぐ戻るわ、リサ。お皿はあとで洗うから。そこに置いといて」

大きな納屋の陰の薄暗がりにドナルドは車を停めていた。そこに行っても、彼の姿はなかった。私はまごついて、車の傍らで立ち止まり、暗がりを覗き込んだ。

やがて静かな足音がして、私はぱっとふり向いた。ドナルドが納屋の角をそっと曲がってきた。練習場の方角からだ。私が車の横で待っているのを見て、彼はふと立ち止まった。薄暗がりの中でも、当惑しているとわかった。なんと言ってよいかわからず、彼を見つめた。いかがわしい行為にふけっていた現場を押さえられた男に見える。

よくある、いたたまれない間があいてから、ドナルドがほほえんだ。「大丈夫ですよ。別に納屋の裏に銀食器を隠していたわけじゃありません。友達を訪ねてきたんです」

「友達を？」私はきょとんとした。

ドナルドは笑った。「さあこっちへ」

私がドナルドのあとから練習場に入ると、彼はがらんとした廏舎の二段式扉を押しあけた。中に入ると、馬と干し草の乾いたいい匂いがする。扉の向かいは、馬を放し飼いにしておく広い馬房だ。ブロンディーが草を食べに行ったので、今は横木が下りている。ドナルドが明かりをつけ、馬房に案内した。そこには幅いっぱいに鉄製の深い飼い葉桶が置かれ、清潔な藁が半分ほど入っていた。雌鶏が卵を産むこともありそうだ。

「ここです」ドナルドがささやく。「一家を紹介しましょう」

私は飼い葉桶にかがみこんだ。藁の中に巣があるが、卵は入っていない。そこにいたのは七匹の子猫だ。生後数日で、まだ目もあかず、体はふにゃふにゃ。みんなでもこもこした塊になって丸まり、ぐっすり眠っている。黒と白としょうが色。ドナルドは温かい毛皮に優しく指を触れた。すると、幽霊のような黒白の猫が、彼の手近にある飼い葉桶に飛び上がり、優しい声を出して、子猫たちの脇を滑り降りた。毛皮がのたくり、ぶつかり、位置をずらしてから、トミーがすとんと腰を落とした。目は満足げに細められ、前肢はかさかさ音を立てる藁をひっきりなしに揉んでいる。

「どうやって見つけたの?」私は声を落として訊いた。

「さっきトミーが教えてくれました。ウエストロッジから戻ってきたときに」

「安心して、この秘密は守るから。ここには誰も来ないわ。馬が外に出ているうちは……。本当にこんなに早く帰るの?」

「もう失礼させていただいたほうがよさそうです」

「うーん、そう。言いたいことはわかるけど」私たちは暗い廏舎をそっと出て行き、車のところへ戻った。そこで私はちょっと迷ってから、すばやくドナルドのほうを向いた。「ねえ、ドナルド、心配しないでね」

「心配していないんですか?」

「そりゃあ、心配せずにはいられないでしょ? でも、何事も起こらないわよ。見てなさい。あのふたり、どうせディナーのことをけろりと忘れて、のんびり夕食でもとっているのよ」

「それはまず考えられませんが」

「そうね、車が壊れたのかも」

「うーん」

「一緒に待ってみない? それほど長くかからないはずよ」

「いいえ、せっかくですが、やめておきます。ところで、僕はミス・ダーモットに夕食のお礼を言いましたっけ?」

「とても丁寧に言っていたわよ。待って、門は私があけるわ」

「ああ、それは助かります……」ところが、ドナルドは車のドアから手を放さなかった。何か言いたそうだったが、気が変わったように見えた。結局、おずおずとこう言った。「いいやつじゃないですか、フォレストは」

「ええ」

「あの石切り場に興味があるようですね。明日、地下室を見に来て、一緒に石を捜してくれるそうです」

「見つかるといいわね。その石は本物じゃないか、っていう感じがする？」

「なんとも言えませんが、可能性はあると思います。何年経っても、フォレストの記憶に焼きついて離れなかったのは、あれがローマ時代のものだったからでしょう。石には言葉が一、二語は刻まれていて、彼と妹さんはまだ十歳くらいでしたが、ラテン語だと考えたそうです」ドナルドはにっこりした。「当時読めたのはESTかSUBくらいだったとか。彼の言うとおりだといいですね」

「わくわくするわね」

「せいぜい」ドナルドは陽気に話した。「石に刻んであるのは、こんな単純な文言でしょう。〝石切り場の親方選挙ではP・ヴァロに一票を。労働時間は短く、給料の支払期間は長くします〟」

私は笑い出した。「まあ、とにかく幸運を祈るわ」

「あなたも明日の午後に来て、一緒に捜してくれませんか？」

「残念だけど――いろいろと用事があって」

「ああ」ドナルドは言った。今度はおぼろげに同意を伝えたらしい。彼がまたしてもためらい、私はふと気になった。ジュリーからアダムのことを聞いているのだろうか。

私は目を上げてドナルドを見た。「ごめんなさい。午後はうろたえていて。あの人――気にしていたと思う?」

「そうは見えませんでしたよ」ドナルドはひどく早口でしゃべったので、彼は本心からこう言いたかったのだと気がついた。私を安心させるためでも、この話題を持ち出したくなかったのだ。「何も言いませんでした。きっとわかってくれますよ。僕なら心配しませんね」

「じゃ、私も心配しない」私は言った。「おやすみなさい、ドナルド」

「おやすみなさい」

エンジンが轟音をあげてかかり、年代物の車がガクンと動き出した。私の横を通り過ぎるときにドナルドが手を挙げた。車はがたがた音を立て、ハイリッグズと丘のてっぺんに向かって闇の中へ消えていった。

私は食器を洗い終え、みんなが客間に戻った。リサはコンのために繕い物をして、私は上の空でおじいさまとクリベッジ（二人でするトランプゲーム）をしていると、ついに車が飼育場に入ってくる音がした。車が停まったとたん、どこかでドアがばたんと閉まった。短い間があいて、かすかに話し声がしてから、車はまたすぐに走り去った。そしてハイヒールの靴音が庭を足早に横切って台所のドアに着いた。ジュリーの足音が聞こえる。台所の通路を歩いて緑色のベーズ張りのドアをあけて、玄関ホールへ出た。それから、せかせかした足音が玄関ホールを横切り、絨毯が敷かれた階段を上っていく。

おじいさまがトランプをテーブルに叩きつけた。「ジュリー！」

大急ぎの足音が止まった。間があいた。

「ジュリー！」

ジュリーはのろのろと階段を下り、玄関ホールを歩いて客間のドアの前に来た。頭のどこかで、私は丘を越えていく車のエンジン音を聞いていた。

客間のドアがひらいた。ジュリーは一瞬足を止め、それから入ってきた。ぱっと室内を見渡すと、おじいさまに目を留めた。オープンカーに乗ってきたので、髪が乱れている。顔が赤く、目は光を浴びると瞳孔が拡張して、きらきら輝いている。ジュリーはとてもきれいだ。また、恋人に抱き締められたばかりの若い女が急に光を当てられ、視線を浴びて、困惑している姿を描いた月並みな絵にも見える。しばし、うんざりして考えた。私は誤解していたのだろうか、ジュリーはビル・フェニックを本気で好きなのかしら……。もうわからなくなった。でも、ジュリーと私は似たもの同士で――そのときぴんときた。さっきジュリーの困惑した目がきらきらしていたのは、恋とばつの悪さのせいではなく、かっとなりやすいせいだ。

リサがむっちりした手を止め、想像を巡らせるような目をジュリーに向けると、繕っていた靴下がゆっくりと彼女の膝に落ちていった。

「ジュリー！」おじいさまは怒っているようだ。「今までどこにいた？　みんな、やきもきして待ってたんだぞ。何かあったんじゃないかと気が気じゃなかった。祖父の誕生日のような、取るに足りないことを覚えてろとは言わないが、それでも――」

「ごめんなさい、おじいさま」ジュリーの声はまずまず落ち着いているが、ドアノブを握った手は真っ白だ。「私――私たち、帰るつもりだったの。お誕生日を忘れたりしなかったけど――事故があって」

「事故だと？」老人はトランプを広げたテーブルにぺたんと手をついた。腕に通した糸に引っ張られた操り人形の手のようだ。

私はすばやく顔を上げた。「怪我人はいないのね？」

ジュリーは首を振った。「ええ、ばかみたいな話よ。ビルのせいじゃないの。スピードを出してなかったし。制限速度区域だったから、ビルはのろのろ運転をしてた。そしたら、修理工場からバックしてきた車が突っ込んできたの」

「ビルの車は壊れたの？」

「ええ。前輪をぶつけられて、ドアパネルがへこんだ。向こうのタイヤが外れてないか、前輪連結棒とかなんとかが曲がってないかって、ビルは心配したけど大丈夫だった。それから警察を呼んで、なんやかやと面倒だったわ」ジュリーは息をのんだ。「わかるでしょ。おまけに車を修理工場に戻して、被害の具合を見せなくちゃならなかった。ビルはまたあとで車を持ち込んで、修理してもらう段取りをつけたの。だから私――私たち、どうしようもなかった。本当にしかたなかったのよ」

「そりゃそうよ。しかたないわ」私は言った。「ねえ、夕食は済ませたの？　だって――」

「電話くらい、できただろうに」おじいさまが手厳しく言った。息遣いが荒い。落ちたトランプに囲まれた細い指が引き攣っている。

「ごめんなさい」ジュリーは繰り返したが、どこか追い詰められたような口ぶりだ。戸外で飼育場の門がガチャンと音を立てると、ジュリーははじかれたように立ち上がった。「電話もしなくて悪かったとは思うけど、帰り道まで思いつかなかったの。だってね――わかるでしょ。次から次へといろんなことがあったんだもの。ビルの車は壊れるし、相手の男は嫌な態度を取って、警官に嘘八百を並べるし。結局、こっちの言い分を信じてもらえたけど……」ジュリーの声が震えて止まった。

おじいさまが何か言おうとしたが、私が先回りした。

「気が動転して、電話どころの騒ぎじゃなかったのよ、おじいさま。どんなに小さな事故でも事故ですもの。うろたえてしまうわ。まあ、その程度で済んでよかった」それから私はジュリーに言った。「そんなことだろうと話していたのよ。あなたがパーティをすっぽかすなんて、何かあったとしか思えなかった。ねえ、ジュリー――」私は立ち上がった。「あなたったら震えているじゃないの。すぐ二階に行って、ベッドに入ったほうがいいわ。食べ物は運んであげるから。たくさん残ってるのよ……。あなたが食べ損なったすてきなごちそうが。エイルズベリー種のアヒル料理、摘み立ての苺。そうそう、トミーがトライフルを食べちゃって」

「ほんと?」ジュリーはぼんやりと訊いた。「リサ、ほんとにほんとに悪かったけど――」

リサがジュリーを遮った。「ドナルド・シートンさんは来てくれました」落ち着いた、生気のない口調からでは、リサがことさらに悪意を向けたのかどうかはわからなかった。

悪意があろうとなかろうと、結果は同じだ。ジュリーは唇を嚙み、口ごもり、今にも泣き出しそうな顔をした。「ここに? まさか――来るとは思わなくて」

私は優しく声をかけた。「私がベリンガムから戻る途中でシートンさんに会ったの。ロンドンの同僚が早めに帰ったから時間ができたと聞いて、こちらにお招きしたのよ。シートンさんも来たいと思っていたようだったから」私はほほえんだ。「きちんとしたスーツに着替えてきてくれたの」

「しばらく前に帰りましたよ」リサが言った。「あなたに会うまで待つんだとあたしたちは思ったんですけど、帰らなきゃいけないんですって」

ジュリーはリサのほうをふり向いたが、見るともなしに見ているだけで、ちゃんと見えていないようだった。私は努めて軽い口調で言った。「いろいろあったけれど、お芝居は楽しめたのよね? 無事に見てこられた?」

「ええ、見たわ。すごく――すごく面白かった」

「それじゃ一休みしたら」私はてきぱきと言った。「見てよかったと思うわね。事故があろうとなかろうと。ほらダーリン、そろそろ――」

ベーズ張りのドアがあいてすばやく閉まる、シュッという音がした。コンが足早に玄関ホールを歩いてきて、ジュリーの背後のひらいた戸口で立ち止まった。

コンはまた野良着に着替えて畑に戻っていた。開襟シャツとズボンを身につけて、屈強に見え、すこぶるハンサムにも見える。それはジュリーがきれいに見えたのと同じ理由からだ。コンもやはり激怒していて、このふたりが大喧嘩をしたばかりだというのは、水晶玉をじっと覗き込まなくても察しがついた。

ジュリーは戸口をふり向こうともしなかった。ぎこちなく肩をすぼめただけで、コンを隙間風のように扱い、リサに言った。張り詰めた、高い声だ。「ドナルドは何か言ってた?」

「なんのことで?」リサが訊いた。

「何も言わなかったわ、ジュリー」私は言った。

おじいさまの手が目の前のトランプをいらだたしそうにつかんだ。「これはなんの騒ぎだ? なんなんだ? あのシートンという若造か? あいつになんの関係がある?」

「関係ないわ」ジュリーが言った。「なんの関係もない!」声が細く、甲高くなった。「言っとくけど、コンにも関係ないから!」彼女は肩越しにぱっとコンをふり向いた。散弾銃の一斉射撃にも負けないほど愛想がいい。

「コンだと？」おじいさまの目がジュリーとコンを見比べた。「コン？」彼は不機嫌な声で繰り返す。「この話のどこにコンが出てくるんだ？」

「まさにそこ！」ジュリーは物騒な言い方をした。「コンは出てこない。いくら彼がここの主人気取りで、私には彼に釈明する義務があると思ってても！　ひどいでしょ？」ジュリーは言葉を呑み込み、自制心を失いかけて震える声で続けた。「ついさっき、帰ってきて、ビルがハイリッグズの門で車を停めたら——ほら、鉄格子が壊れてるから、門を通るしかなくて——そう、コンが私を叱ることにしたみたいで、どこ行ってやがった（汚い言葉を使ってごめんなさい、おじいさま。でも、言われたとおりに話してるの）、どうしてこんなに遅くなった、とえらそうに訊いたの。おまけにビルまで責めて！　ビルが悪かったような言い方して！　仮に悪かったとしても、あなたにあんなこと」くるりと又従兄のほうを向いた。「言われる筋合いはない！　なんであんなに怒鳴りまくったの？　ビルにあんな口利いて、さんざん悪態ついて、私をばかにして……ビルがまたここに来てくれたら驚きね！　彼はすっかり腹を立ててたけど、無理もないわ！　あなたの代わりに謝らなくちゃ。どう思う？」

「なあ、コナー」おじいさまがやんわりと言った。「怒鳴っちゃいけなかったな。ジュリーが事情を説明してくれたよ。何もフェニックのせがれが悪いわけじゃ——」

「そういう問題じゃない！」ジュリーが声をあげた。「わからない？　あの事故がビルか私のせいで起こったとしても、コンの知ったことじゃない！　私が朝帰りをすると決めたら、それは私の責任でしょ！」

「私の責任でもあるぞ」ふと、おじいさまの不気味なユーモアが顔を出した。

「はいはい」ジュリーは折れた。「おじいさまの責任です！　でも、コンには関係ない！　コンはばかみたいに責任を負いすぎなの。昔っからそう！　そろそろ誰かがなんとか言わなくちゃ。誰にも気づかれないで、ずうっとこの調子なんだもの。あげくにこれ――こういうこと――があっては、私はもう我慢できない！　いたずらっ子じゃあるまいし、ビル・フェニックが見てる前で叱られて。それというのも――」ジュリーはコンの声音を真似た。「〝俺たちがここに揃ってることが肝心だったのに、おまえのせいでマシュー大伯父さんはかんかんだ！〟」彼女はコンに向き直った。「だからどうしたの？　私はおじいさまに説明した。それだけのことよ。なんであなたが首を突っ込むわけ？　あなたはまだここの主人じゃない。私に言わせれば、永久になれっこない！」

「ジュリー！」私は厳しく言った。「もう十分よ！」

　ふたりとも私に取り合わなかった。おじいさまは頭を突き出して、しかめた眉の下から真剣な目で見ている。「そりゃどういう意味だ？」

「ただ」ジュリーは答えた。「ここは私の家で、コンは――。コンはこの家の人間でもないのに！　私は、ここに私たち両方の居場所はないって気がしてきたの。もう昔とは違うんだから！　私がこの先もここに来られるようになれば――」

　おじいさまが目の前にトランプを叩きつけた。「さてと、そろそろ話をさせてもらおうか！　みんな、忘れてるようだが、ここは私の家だ……まだな！　どうせ、老いぼれの病人は明日にもくたばると言うんだろう。私だってばかじゃない。確かに先は短いかもしれんが、今夜あんな騒ぎを起こしたところを見ると、私と縁を切りたいようだな！　いや、黙ってろ。もうたくさんだ。おまえは事故に遭って動揺した。それなら勘弁しよう、もう何も言うまいと決めたが、これだけは言っておく。ここは私の家だ。私が生きているうちは、家の中では礼儀正しく振る舞ってもらう。これが守れないなら、ジュリー、それにコナーもだ、ふたりともよそへ行ってもらうからな！　さあ、今度こそ私は寝るぞ」おじいさまは震える手を椅子の腕に掛けた。

ジュリーはすすり泣き、耳障りな声で言った。「ごめんなさい、おじいさま。あの、ちょっと動揺したみたいで。おじいさまを不愉快にさせるつもりじゃなかったの。食事はいらないわ、アナベル。二階に行くわね」

ジュリーはそこにコンがいないかのように隣を通り過ぎ、部屋から駆け出した。

コンは身じろぎもしなかった。そのとき、みんなの注目が彼に集まって初めて、私は気がついた。彼はこの部屋に入ってきてからひとこともしゃべっていない。顔から怒りまでかき消えて、虚ろになったように見える。目はとろんとしている。

「それで？」おじいさまが声を尖らせた。「何をぐずぐずしてる？」

コンは黙って踵《きびす》を返し、玄関ホールへ戻っていった。ベーズ張りのドアが何やらささやいて、彼の背後で閉まった。

私はおじいさまの椅子のそばに立った。「おじいさま、あまり怒らないでね。今夜のジュリーはぴりぴりしているから。思った以上に動揺したのね……。コンは……コンは根を詰めて働いてきたでしょう、疲れているのよ。ジュリーを問い詰めるなんて浅はかだった。でも、ふたりともいらいらしていなければ、困ったことにはならないわ。朝になったら、お互いに謝るんじゃないかしら」

おじいさまが見るともなしにこちらを見た。最後にひとしきりしゃべって、力を使い果たしたかのようだ。急に老け込んで、疲れた様子が見える。私が誰だかよくわからない感じだ。私にというより、つぶやくように言った。「いつも同じだ。いつも同じだよ。神経が張り詰めていると。まさにそう、おまえの母さんがいつでもそう言ってた。ジュリーの母さんもな。二度あることは三度ある」色褪せた目が私に焦点を合わせた。「アナベル。おまえはそもそもコンと一緒になるべきだった。私が望んだとおりにな。そうすれば、ふたりとも落ち着いた。この話も片付いた。さてと、もう寝るとしよう」

私はおじいさまに手を貸そうとかがんだが、彼は立ち上がるなり私の手をふり払った。「助けはいらん。なんとかなる。いい、ついてくるな。女の群れは目障りだ。おまえも同じことだぞ、リサ。いまいましい、私がひとりで寝床に入れないとでもいうのか？」

おじいさまはのろのろとドアに向かった。本当に年をとった、と私は思った。背が高く、にわかに気力を見せるせいで、ごまかされてしまう……。じりじりと迫ってきたものは寂しさだったのかもしれない。いや、不安だろうか……。

おじいさまは立ち去った。あとに残されたリサと私は顔を見合わせた。

みんなはリサがそこにいたのを忘れていた、とはっとしたのを覚えている。彼女は何もかも聞いていた。コンが言われたことも……。

リサは静かに繕い物を片付けていた。その姿を見る限り、さっきの騒ぎはなかったような気がした。リサがドアのほうに歩き出すと、私は慌てて声をかけた。「おじいさまの話は脅しじゃないわ。私なら、よけいなことを言って怒らせないけど」

「何も言わないわよ。もう寝るとこ。おやすみ」

リサはのんきに自室に下がり、私はコンを探しに行くという格好になったが、あのときはなんとも思わなかった。

コンは台所にいた。レンジのそばのロッキングチェアに座り、長靴を履いている。およそ彼らしくない、あの呆然とした、心を閉じた表情を浮かべたままだ。ちらっと目を上げたが、また目を落とした。

「コン、気にしちゃだめよ。ジュリーがカッカしてるのは、ドナルドと喧嘩して、今夜は会えなかったせいなの。悪気はなかった。心にもないことを言ってしまったの。きっとそうよ」

「俺の経験じゃ」コンは表情を変えず、長靴に片足を突っ込んで引っ張り上げた。「人はカッカすると本音を口にするもんだ。あいつはたまげるほどずばりと言ってくれたよな?」

私は返事をしたものの、自分の言葉の意味もよくわかっていなかった。「こんなことで傷つかないで」

「傷つく?」コンはまた目を上げた。青い目には奇妙な表情が浮かんでいる。私の嫌いな輝きとともに、戸惑いが見えた。それでも彼はほほえんだ。意識して作った魅力的な笑顔。私の背筋にぞくっと鳥肌が立った。「それがどんなにおかしな話か、アナベルちゃんにわかるもんか」

「あらそう」私は穏やかに言った。「おかしな話であろうとなかろうと、この件を冷静に見ようとしてちょうだい。もう聞いたかもしれないけど、今夜ジュリーとビル・フェニックが接触事故に遭ったの。だから、あの子は帰りが遅くなって、もうへとへとなのよ。ビルだって——車が損害を受けたのに、心穏やかじゃいられない。しばらくすれば、ほとぼりが冷めるけど」

「なんで君が弁解するんだ?」コンは立ち上がり、ドアに掛けてあった上着に手を伸ばした。「俺には関係ないね。ここの人間じゃないんだからさ。リサと俺はただの使用人だ」

「どこに行くの?」

「作業小屋」

「ねえコン、もう遅いわ。今日はさんざん働いたでしょ。疲れてないの？」

「ずたぼろだよ。だけど、冷却器が故障してるから直さなきゃ」再びあのきらめく笑みがぱっと浮かぶ。「さすがのジュリーも、修理はやらせてくれるだろ？　それとも、これもあいつの牧場経営にいらぬおせっかいをすることになるのかな？」

「コン、お願いだから――」

「わざわざ傷口に手当をしてくれて嬉しいけどさ、そんなに深い傷じゃないよ」

「ほんと？」コンの手は早くもドアの掛け金にかかっていた。私は言った。「待って。言うべきじゃないけど、言わせてもらう。あなたはもう心配しなくていいの」

コンは立ち止まり、トカゲに影が落ちたようにひっそりとした。やがてふり向いた。「どういう意味だ？」

「あなたはれっきとした、ここの人間よ。自分で居場所を作った……。あなたが言ったとおり……その両手で。あなたは本当に家族のひとり。それだけは――言っておかなくちゃ。わかってくれるわね。ここまでにしておくわ」

ふたりとも黙り込んだ。コンの顔の鎧戸は再び上がっていた。彼が何を考えているかはわからないが、わかってもいいはずだった。彼はようやく言った。「で、遺産はどうなる？　現金は？」沈黙。「何か聞いたのか？」

私は頷いた。

「で？」

「これ以上言っていいのかしら」

「よせよ。ほんとなら、今夜、本人からみんなに話があっただろうに。あのばか娘が騒ぎを起こしやがって」

「やっぱり言っちゃいけないような気がする」

コンがじれったそうに歩き出したので、私はここ数日の今にも噴火しそうな火口を思い出した。ちょっと言い過ぎた、と思った。仲直りをしよう。

コンは腹立ちまぎれに、低い声で言っている。「君はどっちの味方なんだ？　まったく、君のせいでわからなくなってきた。君はジュリーと爺さんとやけに仲良しじゃないか！　君が私腹を肥やそうと思い立ったら——！　信用できるとわかるもんか。なんの権利があって、爺さんから聞いた話を伏せておくんだ？」

「いいわ。こういうことよ。大筋はあなたが予想したとおりだった。ただし、名義上は、わずかな現金があなたに譲られる」

「なんだって？」コンの目はらんらんとして、射るようにこちらを凝視している。

「現金はジュリーと私に分けたそうよ。少額が無条件であなたに贈られる。厳密にいくらになるのかは言わなかった。あなたは私たちを差し置いて牧場を相続するんだから、少額でいいと思ったのね」私はさらにおじいさまから聞いた話を説明した。「現金の大半を三分割したうち、やっぱり三分の二が私の名義。それを計画どおりにあなたに譲ることもできるわ」私はほほえんだ。「脅迫するのはお互いさまだっていうのをお忘れなく」

コンはほほえみを返さなかった。私の話をろくに聞いていないようだ。「ジュリーか。あいつは遺言状の内容を巡って争う気があるかな？　そうする理由はあるぜ」

「争ったりしないわよ。牧場を欲しがってないもの」

「確かに。俺がここを出て行くべきだと思ってるだけだ」コンはついとそっぽを向いた。「ま、俺は重労働を苦にしないんだから、よそでなんとか生きてける、ってわけだろ？」

「コン、ちょっと待って――」

「おやすみ」

コンは出て行った。私はしばらくその場にたたずみ、眉をひそめて彼を見送った。まったくもう。なんだかいらいらする。私はコンにも同情して、口論に巻き込まれなくちゃいけないの？　コンは自分で自分の面倒を見られる。これまでもずっとそうだった。ずっとそうするしかなかった……。私は体を震わせてしゃきっとした。ちゃんと事実を認めよう。コンは手強い相手だ。それを覚えておいて、なるべく争わないように……。

のろのろと階上へ向かい、しばらく踊り場で考えていた。今ジュリーに会っておくほうがいいだろうか？　それとも朝まで待ったほうがいい？

さっきはコンを安心させようとしたら、ちっともうまくいかなかった。ジュリーにも同じことをしようとして、ドナルドの打ち明け話をばらしてもいいのだろうか。もっと急を要するのは、また別の問題だ。私の正体について、ジュリーにどこまで話してもいいものやら。なんらかの話をしなくてはいけない。それはわかっている。どの程度話すかを決めかねていた。でも、コンはどんな人間か、彼にはどんな真似ができるか、ジュリーがもう少しはっきりわかるように仕向けるべきではないか。

ジュリーの部屋のドアと私の部屋のドアのあいだをしばしうろついていて、思いついた。今彼女に会えば、一石二鳥になるだろう。ドナルドのことで気持ちがはっきりすれば、〈ホワイトスカー〉の地所を喜んでコンに任せられるはず。仲直りをしよう……。

ジュリーの部屋のドアに近づいて、そっとノックした。返事がない。ドアの下や隣のバスルームから明かりが漏れていない。

まさかまだ寝ていないわよね？　またノックして、静かに声をかけた。「ジュリー。私よ、アナベル」

応えはない。ぐずぐずしていると、傍らの通路で静かな足音がした。リサの声が穏やかに言った。「あの子は出て行ったわ」

私はきょとんとした。「えっ？」

リサはにこっとした。「〝二度あることは三度ある〟って爺さんが言ったわね。あの子はあたしたちを見捨てたの」

「ばか言わないで！」私はショックを受けて、声を荒らげた。リサは肩をすくめただけだ。頑丈な肩を冷淡にひょいと動かしてみせる。

「部屋はもぬけの殻だった。ほら」

リサは私の横から手を伸ばし、ジュリーの部屋のドアをあけて明かりを点けた。一瞬、プライバシーを侵害しているような気がしたが、リサが言うとおり、誰もいなかった。ジュリーは寝る支度をしていなかった。カーテンすら引かれておらず、そのせいでよけいに室内ががらんとして見える。

「ほら」リサは繰り返した。彼女が差している指を目でたどると、しゃれたハイヒールのサンダルが床に脱ぎ捨ててある。「わかるでしょ？　ぺたんこの靴に履き替えたのよ」

「でも、外には出てないかも」

「出たに決まってる。さっき上がってきたら、ここのドアはあけっぱなしだった。あたしの部屋の窓からジュリーが見えたの。あの子、橋を渡ったわよ」

「橋を渡った？」私はすぐさま窓際に近づいた。月はまださほど明るくない。庭園の門から伸びる細い橋が母屋から広がる光でかろうじて見える。「でも、どうして？」私は振り向いた。「リサ、冗談だったのよね？　まさか本当に――あっ！」たんすの扉をあけたら、声が漏れた。「荷物はあるわ」

「大丈夫。遠くには行ってない。そうそううまくいかないわよ」

するとと、客間での揉め事が堪《こた》えていたのか。私はカチッと音を立ててたんすを閉めた。「それにしても、いったいどこに行ったの？　逃げ出したいだけなら――月夜の散歩をするとか――見通しがつく牧草地へ行ったでしょう。それとも、フォレスト館のほうかしら？」

「さあね。なんであんな分別のない娘を心配するの？　おおかた、彼氏に泣きつこうとして飛び出したのよ」

「そんなばかな！」

リサはまた肩をすくめた。「十九の女の子なんて、ばか丸出しよ」

「そりゃそうね」

「とにかく、あの子が出てくのを見たの」

「でも、ウエスト・ウッドバーンまでは何マイルもあるわ！」

そこで初めてリサの視線が鋭くなった。「ウエスト・ウッドバーン？　てっきり〈ネザー・シールズ〉だとばっかし思ってた」

「とんでもない」私はしびれを切らした。「ビル・フェニックは絶対に関係ない！　あなたは知ってると思ってた。今夜ジュリーにドナルド・シートンのことを突っ込んだくらいだから」

「知らなかった。気にはなってたけど」リサの声は相変わらず落ち着いていて、我関せずという調子だ。

まだ不安だと気づかなかった感情に、私はひどくいらいらした。「ジュリーがどこに行ったにせよ、こんな夜更けに田舎をさまよってるとは思えない！　行き先がウエスト・ウッドバーンにしろ、〈ネザー・シールズ〉にしろ、車を出したでしょう！」

「コンがキーをポケットに入れてるのに？」

「そうか。それじゃだめね。でも、私が来るまで待ってれば――」

「で、あなたと一緒に」リサが言う。「台所でコンに頼むわけ？」

私はじっとリサを見つめた。わけがわからないといった顔で。やがて言った。「ねえ、ジュリーがそこまで分別がないはずないわ。あの子は袋叩きにされるとでも思ったと、あなたはこう言いたいの？　コンと私がぐるになって？　どこまで呆れたこと考えるの？」

リサにきつい言葉をぶつけたのは、さっきコンを追いかけて台所に入ったのはなぜか、我ながらよくわからないせいでもあった。リサが柄にもなく吹き出すと、私はぼんやりと彼女を見つめてから、おもむろに口をひらいた。「ええ、確かにおかしな話だわ」

「コンにはなんて言ったの？」

「別に大したことは。ジュリーの代わりに謝りたかったけど、コンは急いでたから」

「急いでた？」

「外に出るところだったの」

キャラメル色の目が一瞬私の目と合った。「ふうん」リサは言った。「とにかく、あたしなら帰りを待ったりしない。おやすみ」

ひとり残された私は、窓辺に近づいた。庭園から、あるいは川沿いの道から歩いてくる人影はない。目を凝らし、木立を抜けて戻ってくる薄手のコートを捜す。右手には、コンが修理をしている牛小屋から漏れる光が見え、機械がうなる音もする。眼下の庭園は闇に包まれていた。

確かあのときは、雑念を払おう、目の前の問題――ジュリーとドナルド、コンとリサ――に集中しようとしていたはずが、そこに立って闇を見つめていると、なぜかアダム・フォレストの手を思い出して……。少しして、そんなことを考えた理由を探った。あの最初のまだ明るい夕方、猫が草むらに飛び込んだら、何かの動物が苦しげな悲鳴をあげたっけ。

あのときは薔薇の茂みで蜂が飛んでいた。今は規則的な機械音が闇に溢れている。リズムが崩れず、揺るぎない……。〝二度あることは三度ある〟とリサは言っていた。

何かが意識の隅に引っかかり、ぐいと揺すぶって起こされた。形のない、恐ろしい考えが確信に変わる。ジュリーは走ってきて靴を履き替え、コートをつかみ、たぶん、忍び足で階下に駆け下り、外に出たのだろう……。コンは台所にいて、ドアがあく音を聞き、窓の外をジュリーが通り過ぎるのを見る……。やがてジュリーは闇の中で川沿いの道を走り、険しい小道を上る。そこは深い池に高い土手があって……人を石で殴って気絶させることもできるし、枯れ木で倒すこともできる……。

〝コンは外に出るところだったの〟と私が言うと、リサは微妙な顔をした。〝とにかく、あたしなら帰りを待ったりしない〟

牛小屋の機械が順調に動いている。明かりが点いている。
私はコートも持たず、こっそり部屋を出て、一目散に階段に向かった。

第十五章

おお、私の若き美男子よ、
いったいどこにいたのです?

民謡「ランダル卿」

結局コンは小屋の中にいたのかどうか、私は確かめもしなかった。理性に取って代わった何かが、彼はそこにいないと告げていた。念には念を入れる暇はなかった。飼育場を駆け抜け、川沿いの小道を橋へ向かう。橋の突き当たりにある小門があいている。暗がりに白いペンキのせいで実体が乏しく、芝居の大道具のようだ。

ジュリーが家を出てからまだ数分しか経っていない。コンにはせいぜい小道の端に並んだ踏み石まで行く時間しかなかったはずだ。そこで踏み石を渡り、池の向こうの小道でジュリーを待ち伏せできる。ただ、彼が台所で慌てていた様子を思い出し、先を急ぐことにした。私は走った。

小道は急坂になっていき、木の根がはしごの横木のように地を這っている。地面は乾いていて固い。木々は黒い雲となって静かに垂れ下がり、木の葉一枚そよがない。あたりは真っ暗だ。私はがくんとつまずき、またつまずいて、スピードを落として歩き出した。広げた両腕は、ぼんやり見える木々の幹へ伸ばしていた。ジュリーもゆっくり歩くしかなかったはず。そこまで遠くには行っていない……。行く手で物音がしたような気がした。これまで聞いたこともない音だ。ここで黙っていることはない。あれがコンだったら、私が来るとわかっているのだから、それだけで十分だろう。私は甲高い声で呼びかけた。「ジュリー！　ジュリー！　コン！」

するとと、目と鼻の先でジュリーが声をあげた。悲鳴ではなく、ただの短い、息を切らした叫びが、ほとんど声にならずに漏れただけだ。まるで喉を殴られたかのように。

またジュリーの名前を呼んだ。私の叫び声も、彼女の声と同じ恐怖とショックを響かせた。必死に走り、ハンノキやハシバミの鞭のようにしなる大枝をすり抜けて、池の先にある空き地に駆け込んだ。ジュリーが地面に倒れている。池に向かう急斜面を小道が迂回しているところだ。なかば仰向けになり、片手を放り出して、頭は斜面に落ちそうだ。後《おく》れ毛は月の光で青白く見え、顔はなおも青白くぼやけて見えた。傍らにコンがいて、片膝をついている。ジュリーにかがみこんで、つかもうとしているのだ。

「ジュリー！　だめ！」私は木立の下から駆け出して、空き地の向こう側から離れた影に引き止められただけだった。影はつかつかと四歩で空き地を横切ってきた。コンがふり返る暇もなく、影から手がさっと伸び、ジュリーから引き剝がされた。コンは悪態をついたが、それはしばし取っ組み合い、ハシバミの茂みを踏み潰す音に呑み込まれた。

身のすくむような恐怖のひとときが過ぎると、私はジュリーのそばに駆け寄った。目を閉じているが、普通に息をしているようだ。私は薄暗がりにすばやく目を凝らし、ジュリーの体に痣や傷痕がないかと調べたが、まったく見つからなかった。彼女が倒れていた場所は、地面は固くても、ヤマアイがたくさん茂っている。幸い、頭は桜草の葉の柔らかいクッションに載っていた。私は震える指で彼女の髪をそっと払いのけ、頭に触れて、傷はないか確かめた。

ジュリーを助けてくれた人物が背後に近づいてきた。私は言った。「この子は無事よ、アダム。気を失っただけみたいね」

アダムは息を切らしている。やはり、ジュリーの悲鳴を聞いて駆けつけたのだ。私が大声を出していたせいで、アダムの足音はコンに聞こえなかったのだろう。「どうなってる？」アダムが問いかけた。「これは君の従妹のジュリーかい？　あっちの男は？」

私は手短に答えた。「又従兄のコンよ」

「ああ」アダムの声の変化はわずかだが、はっきりわかった。「彼はこの子に何をした？」

「何もしてないわ、私が知る限り。あなたはちょっと早合点したようね。ねえ、なんとかして川から水を汲んでこられない？」

「いったい――？」

「しいっ」私は言った。「意識が戻りそう」

ジュリーが身じろぎして、小さくあえいだ。目をしばたたくと、のっぺりしていた顔に黒く生き生きした目がしっかりとあいた。その目が私のほうを向いた。「アナベル？　ああ、アナベルね……」

「何も言わないで。もう大丈夫よ。ここにいるわ」

背後でハシバミの枝がめりめりと割れる音がした。ジュリーが言った。「コンが――」

「心配いらないわ、ジュリー。何事もないから。フォレストさんがいてくれるの。おとなしく寝ていてね」

ジュリーは子供のようにひそひそ話をした。「コンが私を殺そうとしたの」

アダムがはっと息をのんだ音が聞こえた。それから、うしろのほうでコンの声がした。「フォレストだって？　いったいなんの真似だ？」

コンは立っていた。足元が覚束《おぼつか》ないのか、肩で木の幹にもたれている。彼は手の甲を口に当てた。

「ここで何してやがる？　気でも違ったのか？」

アダムは静かに言った。「彼女の言ったことが聞こえたか？」

「聞こえた。なんでそんなたわごとを聞き出そうとするんだよ。いくら――」

「僕は彼女の悲鳴も聞いた。釈明するのは君のほうじゃないか？」

コンは顔から手をどけた。血の手触りを感じているようにうつむいていた。

コンは語気荒く言った。「ばかな真似はよせ。いったいなんのおふざけだ？　ジュリーを殺す？あんた、頭がおかしいのか？　酔っ払ってんのか？」

アダムはコンをじっと見つめた。「いいかげんにしろ。そもそも、どうして彼女が気を失ったのか説明したらどうだ」

「知るもんか。おおかた、俺を幽霊だと思ったんだろ。こっちはひとことも言ってないのに、あいつは道端でぶっ倒れたんだ」

私はジュリーに訊いた。「それ本当？」

ジュリーの頭がわずかに動いたのが、答えになっていたのだろう。彼女はまた目を閉じて、私の肩に顔を埋めた。コンは憮然として言った。「本当だって言えよ、ジュリー」彼はふり返って、黙っているアダムを見た。「実を言うとさ、今夜ジュリーと俺は口喧嘩したんだ。理由はどうでもいいだろ。

ともかく、めちゃくちゃ言い合った。そのあと、こいつが事故に遭ったって聞いてさ、喧嘩したのを悔やんでね。こいつが母屋を飛び出してったのを見たんだ。さっき階上《うえ》に行ったとき、すっかり動転してたのを知ってるからな……。おいアナベル、これが本当だと言ってやれよ！」

　アダムは私を見下ろした。

「コンの気持ち以外に」私は言った。「なんの手がかりもないけれど、今の話のとおりだったわ」

「だからさ」とコン。「ジュリーを見つけたら捕まえて、いろいろ悪かったと言おうとしてた。なのに、こいつは小道で俺に出くわしたとたん、キャーッと悲鳴をあげてひっくり返った。で、様子を見に行ったら、たちまち茂みに引きずり込まれたんだぜ。まあいいって、あんたがしまったと思うのは当然だから、謝罪は受け入れる。だけど、君は——」コンはジュリーをわずかになだめるように声をかけた。「こんな的外れな非難をしないでほしいなあ、ジュリー！　謝ってほしいんなら謝る。怖い思いをさせて悪かった。それと、怪我をしたなら気の毒に。さあ、頼むから起きてくれよ。俺がアナベルに手を貸して、送っていくから！」

　ところが、コンが近づいてくると、ジュリーは私の肩にすり寄って身を震わせた。「来ないで！」コンは足を止めた。アダムはコンとジュリーのあいだに立っている。表情は見えないけれど、途方に暮れているのがわかる。その場の雰囲気はメロドラマと笑劇のあいだを行ったり来たりしているようだ。やがてコンが口をひらいた。かんかんに腹を立てている。「勘弁してくれよ！」コンは踵《きびす》を返して空き地をあとにした。足音はゆっくりと、川の流れに沿って、橋に向かっていく。

　コンが三人に残した静けさは、拍子抜けの静けさにほかならなかった。今夜どんなことがあったにせよ、コン・ウィンズロウは名誉を守った降伏をして立ち去ったのだ。

そのときアダムが何か言おうとした。ジュリーに質問するのだと思って、私はそれを遮った。「事情を聞くのは後回しね。ジュリーを母屋に連れて行きましょう。コンは本当のことを話したわ。ジュリーは今夜の事故でショックを受けて、今はひどく怯えているし、早く寝かせたほうがいい。ジュリー、起きられる？」

「たぶん。ええ、大丈夫」

アダムと私がジュリーに肩を貸して、立ち上がらせた。ジュリーはまだぼうっとしていて、ちょっと震えている。私は彼女をコートでくるんだ。「さあダーリン、歩ける？　家に帰らなきゃ。そもそも、どこに行こうとしていたの？」

「ドナルドのとこに決まってるでしょ」これは愚問に答える人間の口調。

「それはそうね。でも、明日になれば会えるわ。さあ来て、心配しないで。アダムと私がいれば大丈夫だから」

ジュリーは私が促す腕に応えて、空き地を歩き出したが、足取りがよろよろしているので、すぐにアダムがやってきて手を添えた。

「僕が抱えていくよ」アダムは言った。「そのほうが早い」

「重すぎるわ」ジュリーが口を尖らせる。彼女らしくもない震える小声のままだ。

「何言ってるんだ」アダムがジュリーを抱き上げると、彼女はさりげなく彼の首に腕を回してつかまった。私は先に立って、揺れている枝を押さえ、橋に着くと、門をあけて押さえておいた。コンはあんなに怒っていたのに、わざわざ門を閉めて掛け金をかけていた。

裏口のドアはあけっぱなしだった。台所は暗く、母屋はひっそりしていた。明かりを点けても、コンの姿はどこにもない。

アダムは中に入ると立ち止まり、息を弾ませて言った。「このまま階上に連れて行こうか？　なんとかなるよ」

ジュリーが顔を上げ、明かりに目をしばたたいた。「私はもう平気。ほんとに平気。下ろしてちょうだい」

アダムはジュリーをそっと立たせたが、彼女の肩に腕を回していた。それを見て、よかったとつくづく思った。ジュリーはまだ青白いが、月明かりで見たときの顔とは似ても似つかなかった。彼女はアダムに弱々しい笑顔を作って見せた。「ありがとう……何もかも。いろいろ手間を掛けちゃって。ねえアナベル、もう寝るけど、まずはちょっと腰掛けて暖まってもいい？」

「アダム、この子をレンジのそばのロッキングチェアに座らせて。ブランデーを取ってくるわ。一杯どう？」

「頂く。もしあれば、ウィスキーがいいな」

飲み物を運んでくると、ジュリーはロッキングチェアに座り、ぐったりと背にもたれていたが、だんだんいつもの彼女らしくなっていった。アダムはテーブルのそばにたたずみ、私を見つめている。その表情を見て、私は気が滅入った。

「アダムは自分で作ってね」私は言った。「さあどうぞ、ジュリー」

「ブランデーは大っ嫌い」ジュリーは反抗心を覗かせた。

「飲めば好きになるのに」私はレンジのカバーを外して、コンロにやかんをかけた。「あと、ベッドに湯たんぽを入れておくわ。あなたを寝かせたら、すぐにスープか何か持っていくわね」私はアダムをちらりと見た。「気絶したのも無理ないわ。このおばかさんは夕食を食べ損ねたし、乗っていた車が災難に遭ったうえに、コンと大喧嘩したんだもの。ジュリー、夕食の残りのスープがあるわよ。飲めそう？　すごくおいしかったわ」

「ほんと言うと」ジュリーは病人の役を捨てる気配を見せつつあった。「すっごく飲みたい」

「じゃあ、ブランデーを飲んじゃいなさい。そのあいだにスープを温めて、ベッドに運んであげるから」

アダムがこの見え透いたヒントを聞いたとしても、それを顔には出さなかった。私がスープが入った鍋を持ってくると、彼はジュリーに声をかけていた。「少し具合がよくなってきたみたいだね。気分はどうだい？」

「どこも悪くないわ。おなかがすいてるだけ」

「倒れたときに、頭を打つとか、怪我をしなかった？」

「ええと――しなかったと思う。痛くもなんともない」ジュリーは試しに頭をつついてみて、アダムにほほえみかけた。「生き延びられそう」

アダムの顔にはジュリーに応える微笑は浮かんでいない。「じゃあ、そろそろ話してくれないか」彼は言った。「なぜコンに殺されそうになったと言ったのか」

私がスープ鍋をコンロに載せると、コツンと音がした。「ジュリーはまださっきのことを話せないんじゃないかしら。私はその場に居合わせたけれど――」

「僕もだ。僕もジュリーが言ったことを聞いた」ジュリーの頭越しに、アダムの目と私の目が合った。彼の目は冷ややかで、声には敵意がこもっていた。ジュリーが私たちの顔をさっと見比べた。こんな場合にも、子供時代に描いた失われたロマンスをちょっぴり惜しんでいるのだ。

「なんだか君はやけに」アダムが言った。「ジュリーに話をさせまいとしているみたいだね」

「ことの次第は聞いたはずよ」私はきっぱりと言った。「今更話したところでどうにもならない。だらだらと長引かせたら、おじいさまが目を覚ましてしまうかも。今夜はただでさえ機嫌が悪かったのに。さっきコンは本当のことを話したわ。最後のところも、たぶん本当でしょう。ジュリーはコンの姿を見て、ぎょっとして気を失った。結局そういうことだった、と私は思うわ」

「君はそうだろうね」アダムは言った。彼の口調を聞いて、ジュリーがふり向いた。

「いいかげんにして！」私はぞんざいに言った。「まさか、まだあれは殺人未遂だったと証明する気じゃないわよね！」

ジュリーが小さく息をのんだ。「アナベル――」

「なんでもないわよ。確かにあなたは殺されそうだと言ったけれど、自分が何を言っているかわからなかったんだわ。コンが木立からあんなふうにぬっと出てきて、ひどく怖い思いをさせたんですもの。さあ、もうよかったら――」

「ジュリーに話をさせてくれないかな？」アダムが言った。

私はひとしきりアダムを見た。「いいわ。ジュリー、どうぞ」

ジュリーは恐る恐るアダムを見上げた。「そう、コンの話はほんとのことよ」声はけげんそうで不安げだが、途方もなく説得力がある。「私は確かに言ったわ。〝コンが私を殺そうとした〟って。それで――あのときは、一瞬、てっきり殺されると思った。理由は言えないけど」ジュリーはふと口をつぐみ、眉を寄せた。「でも、実際はさっきコンが言ったとおりだった。アナベル……嘘ついてるわけじゃないの、フォレストさん、ほんとに。コンは――コンは私に指一本触れなかった。なんだか間抜けな話に聞こえるでしょうけど、昼間の自動車事故がなかったら、ちゃんと食事してたら、気絶なんかしなかったし……コンにああして、いきなり、暗がりで出くわして――」ジュリーは怯えた笑みを浮かべた。「はっきり言うと、コンにはちょっと用心しようって気分だった。だって、ひどいこと言っちゃったし……まあ、覚えてるのはこんなとこ」

私は言った。「フォレストさんにお願いして、さっきの件を警察に通報してもらう?」

「警察に?」ジュリーは目を丸くした。「なんで?」

「コンが本当にあなたを殺すつもりだったらいけないからよ」

「コ、コンが? アナベル、よくもそんなこと思いつくね。ねえ、まさか本気じゃ――」

「ええ、ええ、本気じゃないわ。でもね、フォレストさんはコンに殺意があったと考えているみたい。彼はコンを茂みに放り込んだのよ」

「ほんと?」ジュリーは啞然として、やがて、情けなさそうに忍び笑いを始めた。「ああもう、おかげで助かったけど――かわいそうなコン! 彼が次は本気で私を殺そうとしても、責める気になれないな!」

私はアダムを見る勇気がなかった。慌ててジュリーに声をかけた。「ねえ、そろそろ二階に上がりなさい。音を立てちゃだめよ。アダム、本当に申し訳なかったわ。さんざんな目に遭わせて――たいへん、スープが!」

しみひとつないコンロで、スープが鍋から静かに吹きこぼれていた。「ああ、リサのご自慢のコンロが。スープを煮立てちゃだめなのに! これは」私はふきんをつかんで、琺瑯引《ほうろうび》きのレンジを必死に拭いた。「料理とお芝居の見せ場は両立できないという証拠になるわね。この殺人の話だけど――

アダム、悪く思わないで」

「なんとも思わないよ」アダムの顔は仮面のようだ。「もう帰らないと」彼はジュリーのほうを向いた。「おやすみ。朝になったら気分がすっきりしているといいね」また私に向き直った。「僕が浅はかにも助けようとしたせいで、スープがだめになっていないといいね」

アダムの背後でドアがひそやかに閉まった。

「ねえ、アナベル」ジュリーが言った。「今のは嫌がらせだと思う?」

「嫌がらせとしか思えないわね」

冷却器小屋は清潔で、ぴかぴかしていて、がらんとしていた。床は少し前に洗い流されていて、まだ乾いていない。裸電球に強く照らされて、ぎらぎら光っている。アルミは冷たく輝き、琺瑯は白く乾いた光を放つ。機械はうなりをあげ、それが、人の姿はどこにも見えないこの小屋をますます殺風景に見せた。

私はねじった黒いホースをまたいで、あいているドアから牛小屋を覗き込んだ。そちらもまた、明かりががらんとした場所を照らしていた。

「コン?」

答えはない。湿った床を歩いて、冷却器のスイッチを切った。冷却器が止まった。静寂が押し寄せた気がした。背筋が寒くなるほど、びっしりと、しっかりと。どこかで蛇口から水が漏れ、しきりに金属を叩いている。私は牛小屋のドアまで戻り、明かりのスイッチに手を伸ばした。私の足音がものすごい音を立てた。スイッチをカチッと切った音も。そして冷却器小屋に戻った。

アダムが静かにやってきて、戸口を入ったところで立ち止まった。私ははたと足を止めた。心臓がどくどくと脈打ち始めた。疲れ果て、ひどい罪を犯して、顔は蒼白だったに違いない。私は何も言わなかった。

ややあって、アダムが言った。「証拠隠滅かい？」

「えっ？」

「共犯者のためにさ。どういう意味かわかるだろう」

「たぶんね」

「それで？」

「ねえ」私はひたすら理性的に聞こえるよう努めた。「あなたの気持ちはわかる。でも、まさかと思うでしょうけれど、さっき私たちは本当のことを話したの！　頼むから、もうこの話題を引きずらないで！」

「放っておけるとでも思うのか？　今夜みたいなことがあったのに？」

「そもそも、今夜は何もなかった！」

「いいや。僕はあの場にいたから納得できない。君もいたから、納得できないだろう」

「まさか私が――」私は言葉を呑み込んだ。「ジュリーが言ったことを聞いたはずよ」

「君が言わせた言葉を聞いたんだ。もうひとつ聞いたのは、彼女がコンに殺されそうになったことだよ」

「別に根拠はないって、本人が認めてたじゃないの！　あの子はコンを怖がってたから、ぎょっとして――この話を蒸し返してなんになるのよ？　ジュリーが深刻に受け止めてることはわかるでしょうに！」

「ジュリーは君を信用している。それこそ僕には認められないことだ。どうやら彼女も愚か者のようだが、まだ若くて、君の悪い情報を何も知らないいんだから言い逃れもできる」

私はまじまじとアダムを見た。

アダムは硬い笑みを浮かべた。「ジュリーが君を信用しない理由はないと言ってるだけだ。それにひきかえ、僕には立派な理由がある。〝昔の色恋沙汰にうんざりしてる〟愚か者だっていうだけでね。そう、あれは過ぎたことだ。君はもう僕の愚行につけこめないよ」

「でも、ちゃんと言ったはず――」

「君ははっきりと言った。君とコンが。さらにジュリーが繰り返した。君たちは胸を打つ身内の連帯感を見せてくれたよ。わかった、あと三つの質問に答えてくれ。ひとつ、そもそもコナーはなぜ川を渡ったのか」

「それもコンが説明したわ。あのときは――」

「そうそう、忘れてた。コンはジュリーに謝ろうとしてたんだね」皮肉っぽい言い方。「まあいい、今のは無視してくれ。さてと、それじゃ。なぜコンは機械を動かしたまま、小屋を出て行ったのか？音が聞こえたよ。機械はずっと動いていて、明かりも点けっぱなしだった。奇妙だと思わないか？ああいう注意深いタイプが。茂みに放り込まれて人殺しだとなじられても、門をきちんと閉めるような男だぞ」

「それは――大したことじゃないわ。ここに誰かがいたのかも」

「こんな夜更けに、ほかに誰が？　今は誰もいない。だが、これも飛ばそう。三つめの質問だ。君はなぜジュリーのあとを追いかけたのか？」

「それは、あの子が動転してるのに、あんなふうにひとりで出て行くのは気になったからよ」

「コナーが途中で彼女をつかまえようと外に出たのは知ってたのか？」

「いいえ、知るわけないでしょ！　とにかく、牛小屋の明かりが点いてた。コンはここで働いてると思ったのよ」

「じゃあ、君はなぜ」アダムが重ねて訊く。「悲鳴をあげて――怯え切った声に聞こえたぞ――森を走り抜けたんだ？」

「だって――ジュリーの悲鳴を聞いたから。怯えるに決まってるわ！」

「君が悲鳴をあげてからジュリーが金切り声をあげたんだよ」

「ほんと？　私はジュリーを止めたかったんじゃないかしら。私が行くまで待つように」

「もしそうなら、なぜ〝ジュリー！　ジュリー！　コン！〟と叫んだ？」

沈黙。

「つまり、君はコンがあそこにいると思ってたわけだ？」

「いるかもしれないとは」

「だから怯えていた」

「ええ」私は言った。「ええ、そのとおり！　なぜかなんて訊かないで。ちゃんと説明しました！コンが暴力をふるうかもしれないと私が言ったら、ばかばかしいと片付けたのはあなたなのよ」

「確かに。君は大げさに話していると思ったんだ。それもあって、ジュリーの面倒を見られると君に言われて、言い分を鵜呑みにしてしまったんだから。いやはや、もうそんなに間抜けなことはできないね」

「ねえ聞いて、アダム――」

「話はさんざん聞いたよ。さて、この一件を僕の視点で見てみよう。君は詐欺か何かの片棒を担いでいるが、最後は丸く収まると言っていた。だから口出しするなと。そんなわけにいくかと思うが、君に言いくるめられた。ところが、今夜はこのざまだ。たまたま僕があの場に居合わせたから、被害はなかった。だが、さすがの君にもわかるはずだ。コナーはジュリーを傷つけるつもりだったかもしれない。危険人物かもしれないと」

「それはずっと前からわかってる」

「ならけっこう。だが、もはや君を信用するわけにはいかない。そもそも、信用するに足る理由がない。ただし、ひとつ……いや、ないね。今夜のようなことがあっては」アダムは、きらりと光る殺風景な小屋をじっくりと見て、今は静まり返った機械に目を移した。「まったく理由が思い浮かばないよ」

　私は少ししてから言った。「それで？　私にはあなたを止められない。これからどうする気？　警察に通報する？　コンがジュリーを死ぬほど怖がらせたって言うの？　なんらかの証拠があったとしても――ないわよね。ジュリーがコンを訴えても――まず訴えないわ。たとえあなたが私を証人にしても――あなたはそうしなかった。何を証明できる？　何も証明できやしない。なぜなら、証明すべき事柄がないからよ。あなたのお手柄はとんでもないスキャンダルを起こして、おじいさまを参らせることだけ。なんの意味もなく」

「警察に君を調べさせるのは、手柄と考えていいんじゃないか」

「私を？」一瞬、私はきょとんとしてアダムを見た。「ああ、あれね」

　アダムがなんの話をしているのか、一瞬、本当にわからなかった。それは一目瞭然だったに違いない。彼は戸惑ったようだが、きっぱりと言った。「警告すると言っておいた。さあ、これが警告だ。今から二十四時間の猶予を与える。コナーと手を切って、ここを出て行くんだ。どんな作り話をしようと、弁解をしようとかまわないが、この件だけはきちんと終わらせて、姿を消してくれ。くれぐれも、ウィンズロウ氏が死んだら戻ってこられるなどと思うんじゃないぞ。万一、氏の遺言状で〝アナベル〟が遺産の受取人に指定されていて、君が一ペニー残らず請求したら、身元を徹底的に調べさせるからな。ダラム刑務所から十年出てこられないぞ。コナーと姉さんのほうも、どうなろうと知ったことじゃない」

　それから続いた静寂の中を水道の蛇口から水がポタポタと落ちた。神経を逆撫でする小さな音。ハープシコードで同じ音を、繰り返し、やや調子外れに弾いているみたいだ。

「アダム」私は必死に自分を抑えていて、声はばかばかしいほど生気がなかった。強烈な光を浴びて、アダムの顔は石のようにこわばり、得体が知れない。そこに浮かんでいるのは疲労と嫌悪感だけだ。

「アダム、その――今ここで話すつもりはなかったの。まだ――ちゃんと事実に向き合えないような気がしたから。でも、そんなふうに思われたまま別れるのは……」言葉を切り、この小屋の風通しが悪いかのように息を吸った。事実、息苦しかった。「この前の晩、日時計のそばであなたに嘘をついたの」

「へえ？」アダムが眉をくいっと上げたのは、残酷なほど皮肉なしぐさだった。

「あなたが思ってるような嘘のつき方じゃない！　あなたは嘘と真実を逆転させたのよ。私はそれを訂正しなかった。もう真実には耐えられなかったから……。私は嘘つきの詐欺師だと思わせたほうが気楽だった。自分自身としてあなたに向き合うのはつらかった。実は」私は締めくくった。「私は本物のアナベル・ウィンズロウよ」

「それで？」

「私の……私の言うことを信じないのね」

「君の途方もないゲームにつきあうのも面白そうだ。しかし、今夜はその気分じゃない」

「でも、私はアナベルなの！　正真正銘の！」

「このまま牧場で暮らせば、証明するチャンスは山ほどあるさ」

なんとか抑えていた声が震え始めた。「そんなふうに証明しろと無理強いして、あなた、気まずくならない？」

アダムは笑った。「こんなに大騒ぎしたあげく、ゆすりまでしようというのか」

「そんな意味じゃないわ！　まだ疑問が残ってると言いたいの。それには私――とあなた――しか答えられない。でも、あなたがその態度でいるなら……」私は冷却器の金属面に手を叩きつけ、大声でわめいた。「こんなばかげたことに手を出さなけりゃよかった。わかっててもよかったのに――ちゃんとわかってた！　ジュリーときたら、未熟でロマンチックなたちなのよ！　あの子の目で見たら、私は一生大人になれない。蔦の木のうろに隠した手紙、東屋《あずまや》での逢い引き。そして今度は、私はそんな浅はかな女じゃないはずがこれ――この愚かな、愚かな計画。私を安心させるように練られたのに、死ぬほど怖がらせただけだった！」私はアダムを睨みつけた。「いいわ！　信じてくれないのね！　さあ、私の化けの皮をはがせばいい。何を訊きたいの？」

アダムはもうしばらくその場に立っていた。目はうつろで、ショックを受けている人の目のようだ。やがて、何も言わず、ふり向いて牛小屋を出て行った。


気がつくと、私は冷却器の冷たい金属面に寄りかかっていた。震えは治まっていたが、まだ寒気がして、冷や汗をかき、けだるい感じがする。たったいま嘔吐した人のようだ。頭がずきずきして、ベッドに入って眠りたいというぼんやりした気持ちしか感じられなかった。

「やれやれ！」コンの声がした。真後ろだ。

それでも、私はゆっくりとふり向いて、コンを見つめた。ぽかんとした顔つきだったに違いない。

「どこにいたの？」そして、私の声が張り詰めた。「どこまで聞いたの？」

コンは笑い、小屋の奥からのんびりと明かりの中に歩いてきた。やけに落ち着き払っているように見える。目はきらきら輝いて、自信満々の表情。口角が少し切れていて、擦り傷が腫れているが、それさえも彼に向こう見ずな魅力を与えているだけだ。

コンが近づいてきて、立ち止まった。両手をズボンのポケットに突っ込み、体を前後に揺らした。しなやかで落ち着いたしぐさだ。「どこって、距離を置いてたんだよ！　フォレストと俺じゃ、話すこともなさそうだしね。君のほうがあいつをうまくあしらうだろうからさ。どうやら、読みが当たったらしい。冷却器のスイッチを切ったのは君だろ？」

「ええ。とっさに思いついた殺人のアリバイにしては悪くなかったわ、コン」

輝く目が一瞬すっと細くなる。「誰が殺人の話をしてるんだ？」

「私よ。あなたはここの明かりを点けて、冷却器のスイッチを入れた。母屋から明かりが見え、エンジン音が聞こえるようにね。それから川沿いの道を走って、踏み石を渡り、空き地でジュリーに会ったのよ」

「で、俺がそうしてたら？」輝く目は細くなり、危険だった。コンは体を揺らすのをやめていた。私はふと気がついた。こんなにそばに来る前にわかっていてもよかったのに。コンは酔っている。息がウィスキー臭い。「俺がそうしてたら？」彼は優しい声で訊いた。

「アダムの言うとおりだった。あの場でジュリーを殺す気だったのね、コン」

しばし沈黙が流れた。コンの視線はぴくりとも動かない。彼は重ねて、やんわりと訊いた。「俺がそうしてたら？」

私はたじろがずに答えた。「ジュリーを殺されそうになっても、私が見て見ぬふりをすると思ったなら、あなたはとんだ大ばか者よ。それとも、何も考えないの？ いったい私をどんな人間だと思ってんの？ あなた、つい最近こう言ったわね。君はまっとうな人だとわかってる、でなけりゃ、逆にだまされやしないかとびくびくしたよ、って。ねえ、うかつな詐欺師さん。そのまっとうな私が、あなたがジュリーを殺すところを見たら、身の破滅を招いても、計画をぶち壊しにするとは思わないの？」

コンはげらげら笑っている。悪びれた様子はみじんもない。「わかったよ。殺しは禁じ手だろ？だけどさあ、俺は君が言うようなばかじゃないぜ。君はなんにも知らないことになってたんだ。ああ、朝になってジュリーの溺死体があがったら、君はあれこれ勘ぐったかもしれないが、それで何が証明できる？ 結局は口をつぐんで、爺さんの手を握っただろうよ」

「なんてこと」私は言った。「今夜あなたを気の毒に思ったなんて。あんまり寂しそうだったばっかりに」

「おいおい」コンは面白がっている。「何事もなかっただろ。俺がフォレストからささやかな記念品を頂戴しただけで」彼は頰に触れた。「結局、あいつを口止めできたのか?」

「どうかしら」

コンはまた体を揺らし始めていた。きらきら光る目の奥でからかいと警戒心と憶測が入り交じり、なぜか私は鳥肌が立った。

「さっき、〝アダム〟と言わなかったか? どうしてあいつを〝アダム〟と呼ぶようになったんだよ?」

心臓がびくんと跳ね上がり、気分が悪くなった。口をひらくと、ほっとした。自分の声はごくふつうで、くたびれて聞こえるだけだ。「そこはあなたとリサがしくじった点じゃないの。あのふたりは洗礼名で呼び合ってたはずよ。昼間、苺を受け取りに行ったら、彼に〝アナベル〟と呼ばれて……。さあ、もう家に戻るわ。今夜は話していられない。私はへとへとだし、あなたは話す気分じゃなさそうだし。一日の苦労は一日にて足れり。何事もなくて、あなたは分不相応に幸運だったのよ。アダム・フォレストが明日はどう出るかなんて、見当もつかないわ」

「お見事」コンはだみ声で話した。何が何やらわからないうちに彼の手が伸びて、肩を抱かれた。美しいまつげに挟まれた目はサファイアブルーで、にこにこしている。酒のせいでわずかにどんよりしている。「君はきれいだね、最愛の人《アキューシュラ》、知ってたかい?」

「自分がどの程度きれいかなんて、否応なしに思い知らされるわ。一日中ジュリーが目の前にいるん

ゃないって。いいかい――」

だもの」

　コンはにっこりと笑った。「よくぞ言った。だけど、君と比べりゃジュリーは見劣りするぜ。嘘じゃないって。いいかい――」

　私は硬くなって立っていた。「コン、あなた酔ってるし、どんどん女々しくなるし。こんなアイルランド風のお芝居にはうんざり。ジュリーを殺す計画を立てられるつもりなら、現場を逃げ出して酔い潰れて、また舞い戻って怪しげなアイルランド語で私を口説くなんて、いいかげんにしなさいよ。それと――」このときコンがほほえんだまま身動きして、手に力を込めた。「キスなんかしたら、顎にもう一発食らうことになるわよ。アダム・フォレストが口をつぐんでいるよう、天国中の聖人にお祈りするのね。言っとくけど、あなたの尻拭いをするのはこれが最後ですからね。おやすみなさい」

　戸口に行く途中でふり返ると、コンは私の後ろ姿を見送っていた。その表情からは楽しみと愛情しか読み取れない。一見、ハンサムで正常な、酒が入っていない、感じのいい男。

　コンはほれぼれするような笑みを浮かべた。「おやすみ、アナベル」

　私はそっけなく「ちゃんと明かりを消してきて」と言って、足早に飼育場を突っ切った。

第十六章

恋人に手紙を書いたのに
届けに行く途中で落としてしまった。
誰かがその手紙を拾い
自分のポケットに入れた。

民謡

その夜はほとんど眠れなかった。横になって、ひらいたカーテンの外で軌道を描く月光を眺めていると、何時間も経ったような気がしたが、頭は疲れ果てて眠るどころではなかった。こんな七面倒でばかげた見せかけのことでやきもきしていたのだ。

多少はうとうとしたのだろう。いつ月が沈んで、朝日が出たのか覚えていない。ただ、気がつくと暗闇が薄れていて、やがて、冷え込む夜明けにクロウタドリがよく通る声で歌の一節をさえずったのを覚えている。その一羽が黙り込むと、あたりは深々と息を吸うあいだ静まり返り、そして突然、世界中の鳥がめちゃくちゃな大声でしゃべったり、口笛を吹いたり、くだらないことを言ったりしていた。私は疲れて怯えていたのに、思わずほほえんだ。夜明けのコーラスを聴いたのは生まれて初めてだった。誰の得にもならない風は吹かないというけれど、それは本当だ。

喜びのひとときは、かの老水夫（コールリッジの詩「老水夫行」より）が自然に捧げた祈りのようによく効いたに違いなかった。このあと、私はすぐにぐっすり眠ったからだ。次に窓の外を見ると、陽射しが溢れ、鳥たちはいつものようにライラックの茂みでさえずっていた。すっかり目が覚めた。寝不足のときにはたまにあるが、体がふわふわする感じがあった。とにかく起き上がり、窓辺に近づいた。

まだ早朝なのだろう。芝生と木の葉には一面に朝露が下り、霜に似た灰色に見える。あたりには、磨いた銀を思わせる冷ややかな匂いがうっすら漂っていた。しんと静まり返り、雷が鳴る暑い日になりそうだ。遠く離れたウエストロッジの方角から、雄鶏の鳴き声がかすかに聞こえた。木立の隙間から左手にかけて、ぼんやりと栗色に光るものがある。フォレスト家の仔馬が露に濡れた草を食《は》んでいるのだ。

私に言わせれば、ときに人の衝動は過去から沸き上がるのではなく、未来からやってくることもある。自分でも何をしているのかよくわからないまま、グレイの細身のズボンとクリーム色のシャツをさっと着て、冷たい水を顔に叩きつけ、櫛で髪を梳《と》かすと、部屋を出て、影のように音もなく階段を下りていった。母屋はすやすやと眠り続けていた。私は忍び足で台所を抜け、十分後に轡《くつわ》を手にして、仔馬のローアンが草を食べていた牧草地の門の中に入っていった。

木立の隙間には近寄るまいとした。万一〈ホワイトスカー〉で誰かが目を覚ましていても、姿を見られないようにするためだ。生け垣の下をそっと歩き、仔馬に向かって行く。ローアンはすぐさま形のいい頭を上げていた。目を凝らし、耳をぴくぴくさせている。私はテマリカンボクの下で立ち止まった。生け垣と二本の手すりのあいだに隙間がある。上の手すりに腰掛けて、轡をぶら下げて待ち構えた。円錐形に花をつけるテマリカンボクは、デヴォンシャー・クリームのようなどろっとした色だ。肩に朝露がこぼれ、薄手のシャツ越しにぞくぞくした。私は濡れたところをさすり、手すりを移動して、肩に日が当たるようにした。

ローアンがやってくる。ゆっくりと歩いてくる。その姿にはある種の暗い美しさが漂い、まだ世界がみずみずしくて、目を覚ますと必ず四月の朝だった頃に書かれた詩から飛び出した生き物のようだ。両耳をぐっと突き出したので、先が触れそうになる。黒い目は大きくて、ちょっと好奇心を燃やしているようだ。小鼻を膨らませ、柔らかい端をぴくぴくさせて、あたりの匂いを嗅いだ。蹄《ひづめ》の下で長い草がシュッと音を立て、朝露をまぶしい小雨のようにまき散らす。そこへキンポウゲの花びらが落ちていき、ローアンの蹄と蹴爪《けづめ》に黄金色のまだらができ、朝露で貼り付いた。

そのときローアンが一ヤード先で足を止めた。大きくて、好奇心旺盛で、ろくに調教されていない仔馬が私を見つめていた。黒い目の縁には白い不安の兆しが現れている。「おはよう、ローアン」私は馬に声をかけたが、動かなかった。

ローアンは首を伸ばし、ぶるんぶるんと鼻を鳴らし、それから歩き出した。それでも私は動かない。仔馬の耳は反《そ》り、また前のめりになった。カタツムリの触角並みに、レーダーのアンテナとして敏感に反応する。鼻腔が膨らみ、ぴくりと動き、甘い息が私の首筋に吹きかけられる。ローアンは私の袖をくわえ、次に噛んで引っ張った。

片手で仔馬の首を押さえると、温かい皮膚の下で筋肉が震えるのがわかった。耳の下まで撫でてやると、ローアンは頭を垂れて私の足元に息を吹きかけた。私は馬のもつれた前髪に手を滑らせて、それにつかまった。ゆっくりと手すりを下りた。ローアンはあとずさりしようとするのではなく、うつむいて頭を私に激しくこすりつけ、手すりに押しつけた。私は仔馬に笑いながら、小声で話した。

「きれいな、すてきな、かわいいお馬さん、じーっとしててね……」ローアンの前髪をつかんで回れ右をさせ、そこで前髪を放した。そして、話しながら、空いている手ではみを鼻先に当てた。

「さあおいで、ダーリン、おいで」はみはローアンの口に入り、歯に当たった。仔馬は一瞬口を閉じた。そっぽを向くかと思ったが、そうはしなかった。ローアンは歯をむき出し、私が持ってきたばかりの金属を受け入れた。はみはするりと仔馬の口に収まり、轡も耳に掛けられた。私は輪になった手綱を腕に掛けて、馬の頬革を締め、耳や目のあいだを撫で、首のしなやかなアーチを撫で下ろした。

　私は手すりからローアンにまたがった。まるで仔馬はこれまで毎日そうしてきたように、手すりに近づいて立ったのだ。私を乗せたローアンはするりと手すりを離れ、広い牧草地へ向けると、初めて覚悟を決めて身を躍らせ、筋肉を引き締めた。つかまっていられるものならやってみろ、と言わんばかりだ。ちなみに、どうやってつかまっていたのかよくわからない。ローアンは駆け足《キャンター》で走り、それがあっという間に速駆け《ギャロップ》になり、広い牧草地の隅に着いた。そこでは川沿いの草地に向かって小さな門があいていた。門を通り抜けるときにローアンはおとなしかった。アダムが仔馬にこの道を通らせ、門をくぐる際のマナーを教えたのだろう。ところが、いったん門を抜けると、ローアンはまたもや跳ね回り、陽光もライムの葉越しに揺れて、きらきらと輝いた。むき出しの馬の背は温かく、私の太腿で挟みつけた筋肉が盛り上がる様子にはわくわくして、たちまち夢中になって笑い出した。「いいわ、思いっ切りやりなさい」手綱を緩めると、ローアンは猛スピードで川べりの芝地を飛ばした。それでいて動きは滑らかで、肘掛け椅子に座っているようにくつろげる。私は右手にたてがみを巻き付け、背骨のこぶにひっつき虫のようにしがみついた。何年も使っていない筋肉がすでにうずき始めていた。「ねえローアン、そろそろ戻りましょう。あなたを汗だくにしたくない。あれこれ訊かれたくないし……」

ローアンが耳を反らして私の声を聞いた。私はつかの間手綱を引いたが、仔馬は抵抗して、はみに圧力をかけた。なんとかローアンを止まらせて、向きを変えさせられるだろうか。仔馬の歩調を遅らせようと、一瞬はみを緩め、緩んだところで手綱を引いた。ローアンは耳をパタパタさせて、おとなしく止まり、また耳をピンと立てて向きを変えた。私は馬に歌ってやった。このときも、けさと同じくらいまともではなかったのだ。「ああ、美しい馬よ、愛しい馬よ、家に帰ろう……」

帰路の大半を走り、ウエストロッジに続く川の大きなカーブを回った。私は絶妙のタイミングでローアンを戻らせた。ロッジの煙突は、てっぺんが近くの木立から飛び出している。そちらを見ながら仔馬の向きを変え、歩調を緩め、落ち着いた足取りで川沿いの道を戻らせた。ローアンの首がじっとりしている。そこを撫で、優しい声でささやくと、仔馬は淀みなく走り、私の声を聞いて耳をぴくぴくさせた。元の牧草地に戻る途中で、手綱を引いてローアンを歩かせ、そこからはゆっくり進ませた。ローアンは不満げだ。自分は日雇いの貸し馬で、雑用に退屈している、芝地で楽しいひとときを過ごした覚えはない、とでも言いたそう。さらにつんと首を反らし、はみをくちゃくちゃと噛んだ。私はそれを見て笑い、好きなようにさせた。小門に着くと、ローアンは足を止めて向きを変えた。ダンサーを思わせる優美な動きだ。

「わかったわ。今日はこれでおしまい」私は仔馬を降りて、首の下でかがんで小門をあけた。ローアンは早く帰ろうと、私を押しのけた。門を閉めようとしたら、くるりと回された。仔馬は鼻息も荒く、さっと頭を上げ、手綱を勢いよく引っ張った。

「どうどう。どうしたの？」目を上げると、一ヤード先にアダム・フォレストの姿が見えた。小門のそばで私を待っている。

アダムはサンザシが生い茂った生け垣で隠れていたが、ローアンの足音を聞いて、遠くからやってくる私たちを見たに違いなかった。私には心の準備ができていないのに、向こうは心構えができていたのだ。私は顔から血の気が失せたのがわかり、小門に掛け金を掛ける途中で棒立ちになっていた。くだらないゲームをしている子供のように、片手をぎくしゃくと差し出し、思わずもう片方の手で驚いた馬を押さえた。

衝撃の瞬間はぱっと訪れて過ぎ去った。小門が音を立てて閉まり、アダムが進み出て、私の手からローアンの轡を取った。見ると、アダムも轡を持ってきていた。傍らの生け垣の柱に掛けてあり、サドルは手すりにまたがらせてある。

かなり長い時間が経ってから、アダムが口をひらいたような気がした。何を言われると思っていたのか、よくわからない。わかっているのは、彼の感情を自分の感情と同じようにじっくり考えたこと。彼の恨み、忸怩《じくじ》たる思い、怒り、戸惑いに想像を巡らした。

アダムはこれしか言わなかった。「なぜこんな真似をした？」

言い逃れたりごまかしたりする場合ではなくなった。どのみち、アダムと私は前々から相手の考えを見抜いている。「言わずと知れたことじゃないかしら。あなたが今もフォレスト館にいると知ってたら、私は絶対に帰ってこなかった。あなたと顔を合わせることになるとわかって、罠にはまったような気がして、怖くて――ああ、あなたがすべてを水に流して放っておいてくれないから、切羽詰まったの。おまけになりすましの詐欺師呼ばわりされて、ショックを受けて、もうそのまま訂正しなかったのよ。そのほうが――気楽だった。あなたを説き伏せて、私のことを黙っててもらうほうが」

私たちのあいだで、ローアンが頭を上げてはみをもぐもぐやっていた。アダムは、かろうじて判読できる原稿に向けるような目で私を見た。私は続けた。「今まで話したことは、ほとんど嘘じゃないわ。ここに帰ってきたくて、おじいさまと仲直りしようとした。しばらく考えてたけれど、おじいさまが私を望んでるとは思えなかった。くだらないプライドにすがって、ここには近づかなかったの。ただ、昔からおじいさまはお金でみんなを操ろうと――財産が気になってしかたがないのよ。同世代の人はたいていそうね。だから私は、遺産の取り分を要求したり、母の財産を請求したりするために戻ってきたとなじられたくなかった」私はかすかにほほえんだ。「実を言うと、おじいさまに会うなりその話をされたけど。さっきも言ったとおり、ひとつにはプライドが邪魔をして、ひとつには帰国するだけの余裕がなくて……あれこれの事情に加えて、あなたの問題もあった」

私は間を置いた。「でも、しばらくして違った見方をするようになったの。どうしてもイングランドに戻りたかった。これ以上……我が家から切り離されたくなかった。手紙は出さなかったわ。理由は訊かないで。歓迎されそうもない家を訪ねるときは、不意打ちをかけてみようと思うものじゃないかしら。へたに予告すると、相手が言い訳を考えたり、変に用心したりする時間ができる。でも、玄関先に来ちゃったお客は追い返せないじゃない。男の人はそういう常識に疎いかもしれないけど、世間では珍しくないことなの。特に、私みたいに家族に受け入れられるかどうかわからない人間の場合はね。あなたのことは――避けていられるような気がしたの。あなたにとっては……とっくに終わったことだけど、私が帰ってきた理由をわかってもらえると思って。顔を合わせるはめになったら、おじいさまに会いに来ただけだ、どこかほかの土地で仕事を探す、と伝えるつもりだった」

ローアンが頭をふり立て、はみの金属音が響いた。アダムは仔馬の動きなど眼中にないようだ。私は話を続けた。「ちょっとお金を貯めていたし、グレイ夫人——前の雇い主——が亡くなった際に少し残してくれていた。三百ドルと、ささやかな形見の品を」私はにこっとした。金のライターと、コンとリサにわざわざ見つけさせた車両許可証を思い出した。「夫人は手足が不自由でね、長いあいだお世話したの。家政婦兼運転手ってところ。大好きだったわ。とにかく、その三百ドルに貯金を足して、船賃を工面したの。リヴァプールからまっすぐニューカッスルに来て、部屋を借りて、アルバイト先を決めて。一日か二日様子を見ないと、ここに帰って内情を探れなかった。もちろん、おじいさまはもう死んだだろうと……」

ぼんやりとして話をやめ、草をひとつかみ引き抜くと、それで仔馬をこすり始めた。アダムは身じろぎもせずに立っている。私はろくに彼を見なかった。人生の一部が、ほかでもない自分自身の一部が死んだのに、まだ胸が痛むとはなんとも解せない。切り落とされた手足も、やはり痛むことがあるというけれど。

「あまり問い合わせたくなかったの。コンに知られては困るから。下宿先でも、前の雇い主だったグレイ夫人の名前を使ったくらいよ。どうしたらいいか、どうやって近づいたらいいか、わからなかった。母の遺産を管理している弁護士に連絡したかったけど、帰国したことをわざわざコンに気づかれてもいいものか。とにかく、しばらくしたら今後のことを——」

「ちょっと待って」つまり、アダムはこちらの話を聞いていたらしい。「今どうして帰国したと〝わざわざ〟コナーに知らせると言ったんだ?」

草でローアンの首筋を撫で、手短に答えた。「ある晩、コンに殺されそうになったの。川べりで。

この前、彼がジュリーと一緒にいたところの近く」

それを聞いたアダムは進み出た。「なんだって？」

「コンは私と結婚したかったの。それはおじいさまの望みでもあった。あなたも知ってるわね。当時のコンが牧場を手に入れるには、私と結婚するしかなくて——あるいはそう思っていて——私をせかしたものよ。それで、あの夜もうるさく言われたけど、私は言い合いをする気分じゃなかった。ただ、やんわりさばけなくて、つい言い過ぎてしまったの。あなたと結婚する気はさらさらない、これからも絶対にしない……。そんなわけで、コンはかっとなって、私を片付けることにしたのよ。一か八かやってみる、それがコンだから」馬をさすっていた私は、一瞬目を上げた。「きのうの夜コンがジュリーを探しに行ったのも、こういう事情があったんじゃないかしら。だから、私はジュリーを追いかけた」

「どうして話さなかった？」

アダムは有無を言わせぬ口調で訊いた。まるで月日が過ぎていないかのようだ。八年前は、彼が私の所有者のように振る舞う資格があった。

「話す暇がなかった。きのう、私がここに来たあとの出来事なのよ。東屋《あずまや》であなたと別れて、帰る途中だった。かなり遅い時間だったのを覚えてるでしょう。私の帰り道も知ってるわね。川沿いの踏み石を渡り、小道から橋を通る。そうすれば、フォレストの敷地に行ってたことは誰にもわからない。あの道を選んでよかったのかしら。あの夜はコンに出くわしたんだもの」

「なんてことだ」

「それが——もうひとつの理由になって、私は家を出た。おじいさまが役目を果たしたわ。私がコンに目もくれないからと、何カ月も腹を立てていた。私の帰りが遅くなると、たびたび言い争った。面倒になって、一度か二度は行き先をごまかしたっけ。おじいさまは――無理もないとは思うけど――よく私を怒鳴りつけたの。面倒を起こしたら、家を出て、二度と戻ってくるな……」私は小さく笑った。「今思えば、あれは売り言葉に買い言葉だったのね。おじいさまにしてみれば、十代の女の子をしょいこまされて、気苦労が絶えなかったはず。でも、若い娘は言われたことをまともに受け取っちゃう。あの夜、私はコンから逃げて家に帰ると、すっかり取り乱してたの。おじいさまにコンのことを話しても信じてもらえなかった。どうせほっつき歩いていて、よそ者と会ってたんだろうと思われて、〝どこに行ってた?〟としか言われなかった。夜も更けて、実はおじいさまがコンに私を探しに行かせてたの。たぶん、おじいさまの見立てはこうよ。コンが頭にきて、私にキスしようとした、殺されそうになったという私の話はただのヒステリーだと。あのときは……恐ろしい目に遭ったのに。その後のやりとりを蒸し返しても無駄だから、想像にお任せするわ。でも、私が家出したいきさつはわかったでしょ? あなたと別れたことがひとつの理由で、コンが空恐ろしくなったことがもうひとつの理由……そしておじいさまも理由になろうとしてた。おじいさまとコンが詮索を始めて、あなたとのことを突き止めるんじゃないかと怖かった。もしクリスタルに気づかれたら……あの頃の様子だと……」

ローアンがうつむいて、はみを鳴らしながら草を食べ始めた。私は言葉を切り、片手で仔馬の首筋にもたれた。「さあ、これで理由はわかったわね。私は〈ホワイトスカー〉に帰りたくなかった。今でもそう思う。もしコンが牧場を、ひとりで管理していたら、絶対に帰ってこなかったけど、おじいさまはまだ生きているとわかった。おまけに、相変わらず私とコンとジュリーとのあいだで権力ゲームをしてる。ジュリーが私と同じ危険に遭うかもしれないと……」

「それに僕が出て行ったし」

「それにあなたが出て行ったし」私は冷静な声で言った。「ここに帰らなくちゃいけないとわかってた。コンとリサに逆らうのは厄介だろうし、おじいさまに受け入れてもらえるかどうかわからなかった。ところが、そのときコンその人が、堕天使ルシフェルみたいに突然現れて、穏やかで、感じのいい、コナーに攻撃されない帰郷の方法を示したの。私はそれをつかんだ。ほら、おじいさまが生きてるうちはここで暮らすつもりだっただけよ」

「わかってきたよ。じゃ、なぜコナーに同調した？」

「よせばいいのにリスクを冒して、〈ホワイトスカー〉を見に行ったの。ある日曜日、バスを降りもせず、ベリンガムからチョラーフォードに続く道路を進んでね。チョラーフォードで降りて、ローマ街道を走るバスに乗ったわ。その――城壁に沿って歩いて――またあれが見たかったから」

アダムの顔には私たちのあいだに厳然と存在する事実が表れなかった。あの城壁で、彼と私はときどき、偶然に――ああ、なんと緻密に計算された偶然だったのか！――会っていたことを。

私は冷静に続けた。「コンは私を見かけたの。待ち構えていて、あとをつけてきた。私が誰だかわかった。と言うより、わかったと思ったのよ。追いつかれたときは仰天したし、恐ろしかった。そのうち、コンは私がアナベルだと自信が持てなくなって、あえて間違えたと認めようとしたほどだった。それだから、私はずっと使ってたメアリー・グレイという仮名を名乗り、その場を切り抜けたの」それから城壁でコンと交わしたやりとりを明かし、コンから出された提案も教えた。「結局、いくつかのことがわかったわ。コンはおじいさまに気に入られていて、彼とリサはジュリーに悪意を持っていて、おじいさまは発作を起こしたことがあって……。まあ、ひそかにこう考えてみたの。これは、コンに邪魔されずに家に帰るひとつの方法だ、って。だから、コンの申し出を受け入れた。計画の滑り出しは申し分なかった。あなたが今でもここにいるとわかるまでは……」

アダムは突然じれったそうに言った。「その馬は汗をかいちゃいない。放っておいてくれ。手綱を放してやろう」

アダムはローアンの頬革を外していき、トマトの値段でも話題にするかのように気のない口ぶりで言った。「続けて。僕が今もここにいると知ったのはいつなんだ?」

「帰ってきた晩に、おじいさまが何気なく口にしたのよ。あとはコンとリサから聞き出したわ。火事のこと、あなたがクリスタルをイタリアに連れて行って、ウィーンに移ったこと、療養所のことや何もかも。クリスタルが亡くなったこと。でも、コンという人を知っているでしょう、彼は自分のことにしか興味がないから、私もあなたとあなたの問題についてはしつこく訊かなかった。おじいさまから、あなたは外国に永住したわけではないと聞いて、ショックを受けたわ。その夜、私はコンのところに行って、手を引きたいと言ったの。そうしたら——脅された。いえいえ、何も物騒な話じゃなくて。本当のことを言われただけ。ものには限度がある、〝本当のこと〟を匂わせただけで、おじいさまはショックを受けると。もちろん、私はおじいさまに本当のことしか話さなかった。でも、せっかく理解し合えたのに、おじいさまはコンを中心にして物事を考えるから、コンがどんなに卑劣なやつか——そういうやつになれるか——わかったら、命取りになりかねなかった。まだ危険は残ってる。私は牧場に残る覚悟をしたけれど、あなたに会うはめになると思うと……怖かった。あの夜、フォレストの地所に向かったの。あなたが来る前の夜よ」

「幽霊を追い払おうと？」

「たぶんね。でも、次の晩に……。あなたが来るのはわかってた。なぜかはわからないけど」

あなたは必ず来るから……。どちらもこの言葉を口にしなかった。アダムは私を見ていない。ローアンの轡を取り、耳から外した。仔馬は頭が自由になると、首をふり回し、離れていき、速歩で陽向《ひなた》に出て行った。そこで下を向き、また草を食べ始めた。アダムは手に持った轡を見下ろした。それがなんなのかよくわからない、とか、なぜこんなところにあるのだろう、とか言いたげだ。そのうち背を向けて、手に持った轡を自分の轡の横に丁寧に掛けた。「で、僕が帰ってきたら、君は僕にこう思わせたほうが楽だった。アナベルは死んだと」

「死んだでしょう？」

アダムはふり返った。そのとき初めて、本当に私たちの目と目が合った。「そんなふうに思うはずないだろう？　君が家を出てから……いろいろあって……僕の気持ちはわかっていたはずだ……」声がだんだん小さくなっていく。

私は何かを感じた。アダムの冷淡な態度という鎧に隠れた本心を見抜けそうになった。彼の心には八年前に覚えた苦痛が真珠層のように重なっているのだ。彼が無神経で投げやりだった記憶と折り合って暮らしていくだけでは十分ではない。これからもいたわらなくては。

私は声を絞り出した。「アダム、八年前に言い争ったのは、私たちが不幸だったせいよ。許されないことをしない限り、将来がなかったんだもの。さっきも言ったとおり、その話は蒸し返したくない。でも、どんなことを言い合ったか、あなただってよく覚えているでしょう」

アダムは語気を荒らげた。「ああ、覚えてる！　あれから一日中、頭の中であの口喧嘩を繰り返してる。一言一句、表情も、語尾の変え方も忘れられるもんか。君が家出した理由はわかった！　コンとおじいさんのことを割り引いても、家を出ないわけにいかなかったんだね。だが、まだわからない点がある。どうして僕にはひとこともなく、怒りの手紙さえ送らずに出て行ったんだ？」

このとき沈黙が長引いて、輝く糸がぷつっと切れない様子を思わせた。陽射しが強くなり、東向きの生け垣越しに傾いていき、草のてっぺんを黄金色に染めた。ローアンが目を剝いてこちらを見て、どんどん離れていった。仔馬がバリバリと草を食む音が早朝の静けさに響いていた。

次に私が口をひらいたとき、早くも声には思いがこもっていた。未来から差す影のように苦痛が迫っている気がした。「でも、手紙を出したじゃないの」

アダムが何も言わないうちに答えがわかった。顔に書いてあったのだ。「手紙？　どの手紙を？」

「ロンドンで書いたものよ」私は言った。「向こうに着いてすぐに」

「届いてないぞ」アダムはゆっくりと唇を舐めた。「それに……なんて書いた？」

この八年間、私は本当に言いたかったことを考えていた。それなのに、物静かにこう言っただけだ。

「〝あなたを少しでも慰められるなら、私はあなたの愛人になって、どこへでもついていきます〟」

アダムの顔を苦悶の表情がよぎった。まるで私に殴られたようだ。見ると、彼は目を閉じて、片手を当ててた。明るい陽射しを浴びて、醜い傷痕がくっきり目立った。彼は手を下ろし、私たちは顔を見合わせた。

アダムは疲れ切ったのか、あっさりと言った。「なあ、僕はその手紙を見もしなかったよ」

「ようやく事情がわかった。あのときわかってもよかったのに。返事をもらえなかった時点でね。あなたはそんなにひどい仕打ちができる人じゃないと、知っていたはずだったのに」

「ちくしょう」アダムの口調に敵意はなかった。「まったくだよ」

「ごめんなさい。手紙が紛失するなんて、思ってもみなかった。普通、郵便はちゃんと届くでしょう。だから私は悲しくて、ひとりきりで――人づきあいを絶ってた。ああなってしまうと、若い娘には分別がないのよ。アダム、そんな顔しないで。もう終わったことだから。二、三日は待ってたの。たぶん――ロンドンに行ったのは、あなたのことを待つためだけだった。実は、そもそも海外に出る計画はなかったのよ。でも、電話をかけたら――私から電話があったことをクリスタルから聞いた？」アダムの表情を見て、私はかすかに笑った。「そう、電話もかけたのよ」

「なんてことだ。それで、クリスタルが出たんだな？」

「ええ。間違い電話のふりをしたわ。彼女は私の声だとわからなかったみたいね。次の日もかけたら、ラッド夫人が出たの。夫人は私が誰だかわからず、館は閉まっていて、あなたたち夫婦は外国に行ったと、きりもなく教えてくれた。そのとき決めたの。今すぐイギリスを出て行こうって。移住した友人のところに身を寄せたわ。多少のお金はあった。友人の子供たちの世話をして――あとのことはどうでもいいわね。二度とあなたに手紙を書かなかった。いえ――書けなかった」

「そうだね」相変わらずアダムは、ひどく傷ついているのに、血が地面に流れ出るまで気づかなかった人に見える。「道理で、君はこの前の夜に自分がしたことを言ったはずだ。考えた以上の何かが、僕のせいにされていたらしいな」

「手紙が紛失したなら恨みっこなし！　まさか――アダム！」

アダムはぱっと顔を上げて、私と目を合わせた。「どうした？」

私は唇を舐めて、しゃがれた声で言った。「あの手紙はどうなったのかしら？　うっかりしてた。

さっきも言ったけど、普通、郵便はちゃんと届くもので、八年も行方不明になったりしない。ひょっとして――」もう一度唇を舐めた。「彼女が取ったとか？」

「クリスタルが？　それはない――いや、本当に？　そんな目で見るなよ、アナベル。その手紙は大陸のどこかの埃っぽい配達不能郵便物課にあるんだろう。いや、クリスタルが知っていたわけがない。絶対に知らなかった」

「アダム、そんなことわからないでしょ！　もし知ってたら――」

「彼女は知らなかった！　知っていたそぶりも見せなかった！　いいかい、もし彼女が、僕に使えるそれほど強力な武器を見つけていたら、とっくに使っていたさ」

「でも、クリスタルはどんどん具合が悪く――」

「君が家出してから何年も、神経過敏という程度だった。ただ火事のあとで――僕がフィレンツェに連れ出してからは――いよいよ〝精神を患った〟と言えそうな状態で、ウィーンに移すしかなかった。向こうにいたときも、一度も君との仲を疑われたことはなかったよ」

「でも、アダム、あなたはわかってない――」

「よくわかっているよ。もうやめてくれ、アナベル！」

「アダム、誰も教えてくれなかったけど――クリスタルはどうして死んだの？」

アダムは声を尖らせた。「それはこの話に関係ない。信じてくれ。だいいち、遺品の中に手紙は一通もなかった。ちなみに、クリスタルは書類をすべて整理していた」

「じゃあ、本当に自殺したのね？」

アダムは重量挙げをしている人のように動きを止めた。紛れもない勇気だけに支えられて、バーベルを押さえている。「ああ」

また沈黙が流れた。私たちがじっと立ち尽くしていたので、一羽のミソサザイがすぐそばのハシバミの枝に飛んできて、甲高い声で怒りに満ちた歌をさえずり、そして飛び去った。私は淡々と考えていた。さあ、これで一段落したわ。すべての話が結びつけられ、説明がついた。これ以上言うことはない。さよならを言って、帰って朝食をとったほうがいい。悲劇の間が悪くなり、かつては相手のためならすべてを失ってもいいと思っていた恋人たちが世間話を始めてしまう前に。

アダムの顔にも同じ思いがよぎった。それだけでなく、断固たる決意も見える。彼は一歩進み出て、傷ついた手が動いた。

私は言った。「じゃ、私はもう戻ったほうがよさそう。ローアンに乗ってたところをコンが見てるといけないから」

「アナベル――」

「アダム、何度も言わせないで。もう終わった話よ」

「まだ終わっちゃいない。そっちこそ何度も言わせるな！　どうして僕が理屈抜きで君を信用したと思う？　君が好きで――ああ、好きなんてもんじゃない――君の正体を本能で気づいていなければ、君がもっともらしく話したたわごとを受け入れるか？」

「私がアナベルに似てるから信用したのよ」

「ばかばかしい。ジュリーは昔の君にそっくりだが、僕は彼女を見ても鼓動が止まりそうになったことはない。これだけは教えてくれ、僕の死んだ恋人。君はこの手を見て、どうして泣いたんだい？」

「アダム、やめて。それは卑怯よ！」

「気にかけてくれるんだね。今でも？」

「それは……どうかしら。いいえ。無理よ。今更そんな」

アダムには考えていることをいつも見抜かれていた。彼はきつい口調で言った。「クリスタルのせいで？」

「わかりっこないわ。ふたりでしたことは、私たちのあいだから消えないのよ」

アダムが厳しい表情で言った。「その覚悟はできてる。いいかい、僕は償いをしたんだ」彼は両手をひっくり返して、しみじみと眺めた。「これは中でも一番つらくなかった償いだ。さあ、アナベル、君はどうしたい？」

「帰らなくちゃ。もう長くないのよ、わかるでしょ。おじいさまはめっきり衰えてきたわ。そのあとで……そのあとで、コンと一緒に状況をちゃんと考えて、それから出て行く。私が出て行くと言えば、もう危険はなくなる。私たちはもう会わなくていいわ、アダム」

「僕たちも会わなくていい」

私はぱっとふり向いた。「もう行くわ」

「轡を持って行けよ」

「えっ？　ありがとう。あなたが乗るところを邪魔してごめんなさい、アダム」

「かまわないよ。ローアンは君を乗せるほうがずっと楽しいだろう。僕は乗り方が荒いから」

アダムは柱から自分の轡を取り、サドルを片腕に引き上げた。それから私に笑みを向けた。「心配しないで。君を困らせないから。ただし、また出て行かないでくれ。さよならも言わずに」

「アダム」私は必死になった。「しかたないの。その気持ちは抑えられない。何があろうと人生は続いていく。人は変わり、元には戻れない。あるがままに生きるしかないわ。わかってるはずよ」

アダムは答えた。痛ましい調子ではなく、ごく普通の会話を締めくくる口ぶりで。「わかっているさ。だが、死んだほうがずっと気楽だね。さようなら」

アダムは小門を通り、牧草地の向こうへ姿を消し、ふり向きもしなかった。

第十七章

私はアイクに背を預けた。
頼りになる木だと思った。
ところが、この木はしなって折れた。
だから愛しい人は私を粗末に扱った。

民謡「ウォーリー、ウォーリー、ジン・ラブ・ビー・ボニー」

人生は続いていく。私はアダムにそう言った。牧場に戻ると、労働者が次々とやってきて、牛は列をなして牛小屋に入っていくところだった。私は厩舎に忍び込み、誰にも見られずに轡《くつわ》を戻してから、台所に向かった。

そこにベイツ夫人がいて、やかんで湯を沸かしていた。夫人は驚いたように私を見た。

「おや、アナベルお嬢さん！　ずいぶんお早いこと。馬に乗ってきたんですか？」

「いいえ。よく眠れなかっただけ」

明るい黒い目がしばらく私を見つめていた。「さて今度はどうしましょう？　ほんとに顔色が冴えませんよ」

「なんでもないわ。眠れなかった。それだけよ。紅茶を飲みたいわ」

「ふん」優しく鋭い小さな目が私をとくと眺めた。「用もないのに一晩中起きてるなんて、呆れて物も言えませんね。体に気いつけなきゃだめですよ」

「やめてよ、ベッツィー。私はどうもしないんだから」

「帰ってきた日はてんでお嬢さんらしかなかった」そこで湯が沸いて、ベイツ夫人がやかんを持ち上げ、沸騰している湯を手際よくティーポットに注いだ。「アナベルお嬢さんだと言われなかったら、わかりませんでしたよ。それはほんとです。はいはい、笑ってりゃいいですけど、今のは嘘じゃありませんから。あの晩、うちの人に言ったんです。おおかた、アナベルお嬢さんはアメリカでつらい目に遭ったんだろって。そりゃそうですよ。驚きませんね。映画を見たって、とんでもない国でしょ」

「カナダに住んでいたのよ」私はやんわりと訂正した。

「ま、どっちだって同じでしょ？」夫人はティーポットを勢いよくテーブルに置くと、朝食の用意をするべく、蓋を取って中身を盛んに掻き回した。

「お嬢さんのしたことを思えば、見かけなんかはるかにましですけど。それにちっとは肉もついてきて、そうそ、昔の姿に戻ってきた。気がついたのはあたしだけじゃありません。うちのベイツがね、こないだ言ってました。おい、気がついたか、アナベルお嬢さんは、にっこりすると昔のまんまの美人だなあって。昔はもっとよく笑ったよ、ってあたしゃ言いましたけど。で、うちの人が言うんです。お嬢さんも所帯を持てばなあ、って。ばか言うんじゃないよ、って言ってやりました。お嬢さんはまだ家に帰った気もしてないよ、気長に待ってやりなよ、って。男ってのは必ずしも、女は結婚するだけで幸せになれると思ってるわけじゃありません。悪気はないんですけど、やっぱ、うちの人が言うには——」

　私はなんとか笑ってみせた。さまになる笑顔だったらいいのだが。「ああもう、ベッツィーったら！　まずは家に帰らせて。それからとくと考えてみるわ！」

「さ、朝のお茶です」夫人は湯気の立つカップを私に突きつけた。「お砂糖入れて下さいよ。外国風に全部抜きなんてだめです。それと、ゆうべ眠れなかったのも自業自得ってもんですよ。夜中にスープとコーヒーと、ウィスキーまで飲んで。あげく、台所にグラスを置きっ放しにしといた度胸にゃ恐れ入ります。あたしゃ口出しすべきじゃないことを気にしませんけど——おや、コンさんが来ましたよ」

　私は苦々しくなった。コンはちゃんと目を覚ましていて、すてきに見える。顎に無精髭を生やして、朝食前に一仕事をする服を引っかけただけなのに。彼は私を意外そうに見て、ベイツ夫人からカップを受け取った。「おいおい。朝っぱらから何やってる？」

「散歩ですってよ」夫人はコンの紅茶に砂糖を入れた。「あたしもお嬢さんは馬に乗ってたと思ってましたけど、違うそうですよ」

　コンの目が私のズボンと黄色のシャツをちらっと見た。「違うのか？　とっくにフォレストんとこの仔馬に誘われたんだと思った」

　それには答えず、私は紅茶を飲んだ。早くも牧草地での一幕はだんだんぼやけて、不鮮明になり、薄れてきて……。熱い紅茶はありがたい。夢から身を守るおまじないだ。もう一日が始まっている。人生は続いていく。

「君にはそういう服が似合うな」コンが言った。取り繕ったのではない、ほれぼれとした声だ。ベイツ夫人はコンにひねくれた目を向けた。そして彼にバターロールを盛った皿を押しやった。「ひとつどうぞ」

コンは私を見つめたまま、パンをひとつ取った。「今日は手伝いに来るのかい？」

「お嬢さんは行きませんよ」ベイツ夫人が即座に答えた。

「行くかも」私は言った。「どうしようかしら。よく――眠れなかったから」

「別に心配なことはないいんだろ？」コンが訊いた。青い目にはそれとなくこちらを気遣う気持ちしか浮かんでいない。

ベイツ夫人はコンの手からカップを取り上げ、紅茶のお代わりを注いだ。「お嬢さんはおじいさまのおかげんを心配してるんですよ。あなたは心配してるように見えても大したことないんですね、コンさん。あたしに言わせりゃ、情けないことですよ。人手は十分足りてんのに、この暑い日にお嬢さんを働かせようってんですか！」

「そうだなあ」コンはきらめく笑みを見せた。「今日はビル・フェニックが来ないだろうから、トラクターの運転手をしばらく休ませても大丈夫だな。日が暮れる前に雷が鳴りそうだ」

「考えておくわね」私は言った。「一日中畑に出ているの？」

「朝めしを食ったらすぐ行く。なんで？」

「ゆうべ言ったでしょう。話があるの」

「そういや、そうだったっけ。じゃあ、夜になったら話そうか」

「もっと早く話したいの。私が畑に行ってもいいわ。あなたのお昼休みに」

「わかった」コンはどうでもよさそうに言って、カップを置いた。「またあとで」

私は着替えるために部屋に戻った。コンが野良着を身につけていなかったら、私は馬の匂いがするとわかったはずだ。グレイのズボンのあちこちに栗色の毛がくっついているし、ローアンが頭をこすりつけたところはシャツにも一、二本ついている。風呂に入り、スカートと新品のブラウスに着替えると、気分がよくなった。

朝食の時間になっても食べ物が喉を通らなかったが、何か言う人はいなかった。コンはまだ外にいるし、おじいさまはまだ寝ている。ベイツ夫人はどこかで忙しく働いていて、リサは朝食の時間には決まって無口になる。ジュリーは今頃ベッドで朝食をとっている――これは私の強い勧めで、何よりもジュリーをコンに近づかせないためだ。ジュリーは昨夜の出来事からすっかり立ち直ったようで、朝食時に私の指図に従ったのは、まだコンの顔を見たくないからだ、と言っていた。ドナルドに会うまでは絶対コンに会わない、と断言していた。

八時半前にドナルドが電話をかけてきて、昨夜のディナーをすっぽかしたジュリーたちはどうなったのかと訊いた。私は彼を安心させる話をした。ビル・フェニックの車が事故に遭ったけど、幸い、ジュリーに怪我はなかったの。あなたに会いたがっているから、都合のいい時間に来てもらえるかしら。ロンドンからドナルドの同僚が来ている話を思い出し、最後に付け加えた。もし、時間があったらね……。

「では」ドナルドは言った。「三十分後に伺います」

「ドナルド！　ちょっと待って！　あの子はまだ寝ているのよ」

「三十分後に」ドナルドは電話を切った。

ジュリーに電話の一件を知らせると、彼女は金切り声をあげてベッドから飛び起きた。「何を着ればいい？」と尋ねられ、私はすっかり納得した。ジュリーはもう心身ともに大丈夫だ。ドナルドが到着したところは見なかったが、三十分ほど経った頃に飼育場に彼の車が停まっていた。ジュリーと長話しないよう、釘を刺しておきたかった。ところが、ドナルドは車の中にいなかった。と言うより、どこにも姿が見えない。ひょっとしたらと思い、ブロンディーのいる馬房を覗いてみたら、やっぱりそこにいた。ドナルドはかがみこんで、飼い葉桶の底のふわふわの毛の塊にそっと指を突っ込んでいる。いっぽう、猫のトミーは仕切り（少なくとも半インチほどの幅がある）のてっぺんに無頓着に座り、後足を舐め舐め悠然と眼下を眺めている。

私の足音を聞いて、ドナルドは背筋を伸ばした。「彼女、本当に大丈夫ですか？」気軽な挨拶だった。これがドナルドの気分を表していればいいと私は思った。彼はほかのどんな感情も見せてはいない。

「とっても元気よ。すぐに下りてくるから」

ドナルドに事故の一部始終を説明したが、コンのことや、さらには（言うまでもなく）昨夜遅くなってからの出来事には触れなかった。ジュリーがドナルドに話すことにするなら、私の知ったことではないけれど、できれば伏せておいてほしい。延び延びになったコンとの話し合いが終わるまで、よけいな揉め事はごめんだった。話が済んだら、何もかもすっきりするだろう。

ジュリーが来るまで、実際には六分かかった。昨夜は事故に遭ったにもかかわらず、やつれていない。白のブラウスと青のスカートを身につけて、涼しげで落ち着いて見える。ほんの三十六分前には金切り声をあげてバスルームに飛び込んだとは思えなかった。

ジュリーは澄ました顔でドナルドに挨拶して、私が立ち去ろうとすると、訴えるような目ですばやく引き止めた。不吉な予感がした。ドナルドはその予感を消してくれず、黙り込んでしまったようだ。おまけに、彼はポケットに入れたパイプに手を伸ばしていて、私はじれったくなった。

私は慌てて言った。「厩舎の中は禁煙よ、ドナルド。なんなら、ふたりで外に――」

「あら」ジュリーが言った。「そこにいるのはトミーの子猫？　すっごくかわいい！」

ジュリーは飼い葉桶の中の塊にかがみこんで、嬉しそうに声をあげた。どう見ても、しばらくその場を離れない構えだ。「それに、このちっちゃい足を見て！　二匹は黒で」彼女はうっとりした。「三匹は白黒で、二匹は赤茶……。これって奇跡じゃない？」

「言っとくけど」私はきつい口調で言った。「これはウエストロッジの赤茶猫のしわざなのよ」

ジュリーは絡まった毛の塊から赤茶の子猫を離して、顎の下に抱き寄せ、あやすように声をかけていた。「この子たちはいつ生まれたの？　一匹飼いたいな！　でも、こんなに小さいうちは無理よね？　六週間もすれば、ミルクを舐められるでしょ？　かわいいと思わない？　アナベル、赤茶のうち、どっちかはオスだと思う？」

「どっちもオスだよ」ドナルドが言った。

「どうしてわか――だって、まだ小さいからわからないでしょ？」

「こう言えばよかったね」ドナルドは慎重に言い直した。「赤茶の子猫が二匹ともオスである確率は、九十九・九パーセント。もっと高いかもしれない。赤茶色は伴性形質（生物の体の特徴のひとつ。性染色体上の遺伝子によって支配され、雌雄によって異なる伝達を行う）だからね」

今日はロマンスの一歩手前まで迫ったのに。私は恨めしくなった。遺伝学の話になるなんて。確かに、関係はあると言えばあるかもしれないが、当面の問題がどうにもならない。私は黙ってとドナルドに目配せしたが、彼はこちらを見なかった。ジュリーを見つめていたからだ。ジュリーは子猫を抱き寄せたまま、彼を尊敬のまなざしで見つめている。

「赤茶の雌猫は絶対に生まれないってこと？」

「いいや。つまり、ああ、ってことさ」ドナルドが自信なさそうに見えたのはほんの一瞬で、見当違いだった。彼はその場に泰然として立ち、パイプを片手に、落ち着いて、ゆったりと話している。すこぶる魅力的。揺すぶってやりたいくらいだ。

「すてきじゃない？」ジュリーはすっかり感心した。「アナベル、そのこと知ってた？　じゃあ、この子を飼うわ。ああもう、爪がピンみたい。私の首をよじ昇ろうとしてる！　ドナルド、見てよ。めちゃくちゃかわいいでしょ？」

「かわいいね」ドナルドは相変わらず腹が立つほど冷静で堅苦しい。「もう一歩踏み込んだ言い方をしたいな。僕に言わせれば、美しい。とびきり美しいよ」

「そう思う？」この突然の大げさな褒め言葉を聞いて、ジュリーは私に負けず劣らず驚いた。彼女は抱いていた子猫を離して、ちょっといぶかしげに眺めた。「そりゃまあ、愛くるしいおちびさんだけど、このピンクの鼻が絶品だと思わない？　かわいいわ。端っこに斑点がついてて――」

「ピンク？」ドナルドが口を挟んだ。「僕はピンクだと思わないな」

ふと気がつくと、さっきからドナルドは子猫に目もくれなかった。ようやくふたりに気づかれず、私はじりじりと出口に向かった。

「でも、ドナルド、この鼻はピンク色に光ってる。ショッキングピンクと言ってもいいほどで、おぞましいのにムチャクチャ愛らしいの！」

「僕は別に」ドナルドは言った。「子猫の話はしてないよ」

二度目のあっけにとられた間があいた。やがてジュリーは、さっきまでの落ち着きはどこへやら、真っ赤になってもごもごと口を動かした。ドナルドはパイプをポケットに戻した。

私の言葉はふたりの耳を素通りした。「ふたりとも、また夕方にね」

私が厩舎を出て行くとき、ドナルドはジュリーの肩から子猫をそっと外して、飼い葉桶に戻した。

「おちびさんを潰したくないよね？」

「ええ――もちろん」ジュリーは頷いた。


それから昼頃になって、私は家事手伝いでこなしていた雑用を終えてから、納屋の隅に自分の園芸道具を探しに行った。昔はそこに道具をしまっていた。当然ながら、前もってリサにありかを訊いておいた。道具は私が最後に出した八年以上前から使われていなかったように見える。移植ごての滑らかな木製の柄《え》に自分の手がぴたりと収まり、鋤《すき》の柄にある懐かしい節穴に触れるのは妙なものだ。道具をトラクター小屋に運び、植木ばさみや、鋤と鍬《くわ》の刃に応急処置を施してから、まとめて手押し車に載せて、なおざりにされていた庭を見に行った。何か役に立てることがあるかもしれない。

午前中はずっと庭で働いた。芝生と小道を整える作業に入ってからほどなく、多少は手入れがされた場所に見えた。だが、このときばかりは働いても役に立たなかった。芝を刈り、鋤で端を整え、雑草のはびこった花壇を鋤と鍬で掃除しても、きつい仕事をしても決して薄れない記憶に、ますます痛切に切りつけられる。さっきは園芸道具の刃だけでなく、記憶まで研ぎ澄ましたかのように。

八年前のあの春と夏……三月の昼間は土に湿った力強い匂いがして、生長の匂いがたちこめた。五月に門の脇に立つライラックの木が花盛りになると、どの花にも雨がたまり、蜂蜜の香りがした。六月には、白い花をつけたハシドイの木でコマドリが甲高い声で鳴く庭で、私は母屋に背を向けて土を掘って花を植えた。アダムはどうしているだろう、次はいつ会えるかしら、と思いながら……。

今日は、また六月がめぐってきた。土は乾いて空気は重い。ライラックの花は終わり、ハシドイの木はなくなっていた。何年も前に枯れたのだ。

そしてアダムと私は自由になったけれど、あの頃のことは終わった話だ。

熊手で球根の塊を掘り起こした。秋咲きのイヌサフランの、ぼってりした塊がタマネギの皮に似た薄皮に包まれている。私は地面に膝をついて、両手で球根を丁寧に取り出していった。

そのとき、ふと思い出した。この球根は、私が〈ホワイトスカー〉にいたあの最後の日も花を咲かせていた。淡いライラック色の炎が燃える黄昏に、私は母屋を抜け出してアダムに会いに行った。あの最後の、あの恐ろしい夜に。次の日、朝の雨に打たれた花は、びしょ濡れの絹のリボンになっていた。夜明けとともに、私はこっそり小道を通り、橋を渡って公道を目指した。

気がつくと、しゃがんだまま、涙が頬を伝い、ぎゅっと握り締めた乾いた球根に滴り落ちていた。

まだ昼食には一時間早い時間に母屋からベッツィーが呼ぶ声がした。どうも、ただならぬ気配がする。立ち上がってふり返ると、ベッツィーはかなり取り乱していると見え、手をふりながら走ってきた。

「アナベルお嬢さあん！　お嬢さあん！　早く来て下さい、早く！」

のっぴきならない用事と言えばひとつしかない。私は熊手を放して駆け出した。

「ベッツィー！　おじいさまの容態が？」

「はい、そうです……」ベッツィーは両手をエプロンに包んでよじった。顔は青ざめ、頬の赤みがペンキを塗ったように目立つ。黒い目は不安そうでいて、偉そうでもある。戸口に立って頭を下げている姿は、ますますおもちゃのノアの箱舟に入った木の人形に見えてきた。彼女はいつもより早口になり、今あったことを自分のせいにされては大変だ、まず弁解しなければと思っているようだった。

「……で、あたしが朝食をお持ちしたときゃすこぶるお元気でしたよ。そりゃほんとで、嘘じゃありません。私はこの焦げをこすり取った代物は食わんぞ〟って、言われました。〝トーストを焦がしたら、鳥の餌にしてしまえ。〝何度言ったらわかるんだ〟だそうで。〝すぐに捨てて、焼き直してこい〟って、言われたとおりにしたんです、アナベルお嬢さん。すると、旦那様はやっぱりお元気で……」

私は息を弾ませてベッツィーの肩をつかんだ。手は泥だらけだ。「ベッツィー！　ベッツィー！　何があったの？　おじいさまが死んだの？」

「いいえ、とんでもない！　でも、前みたいな発作を起こしたんです。今回のは命取りになりますよ、お嬢さん……」

ベッツィーは私のあとから通路を歩きながら、ぺらぺらとしゃべっていた。ベッツィーの話によれば、こうだ。彼女とリサが台所で昼食の支度をしていたら、おじいさまの部屋のベルが鳴った。それは昔ながらの滑車式ベルで、台所にあるスプリングに掛かっている。そのベルががらがらと鳴った。怒りに任せて引っ張ったように。あるいは、急に一大事が起こったというように。ベッツィーが二階に駆けつけると、老人は暖炉のそばのウィングチェアに倒れ込んでいた。上着以外はちゃんと服を着ていたので、突然具合が悪くなり、暖炉の前に下がっているベルの紐までたどり着いて倒れたに違いない。ベッツィーとリサはふたりだけでおじいさまをベッドに寝かせ、ベッツィーは私を呼びに来たのだ。

ベッツィーはこの話の大半をあっという間にぶちまけた。かたや私は台所に駆け込んで、汚れた手を洗い、タオルをつかんで乱暴に拭いた。そこへ玄関ホールに静かな足音がして、戸口にリサが現れた。ベッツィーと違って、取り乱してはいないが、表情のない顔からやや血の気が失せ、目はひそかに興奮の色を浮かべているように見えた。

リサは唐突に切り出した。「そこにいたのね。ウィンズロウさんを寝かせて布団を掛けておいたわ。着替えてるときに倒れたの。残念だけど、いよいよみたいよ。アナベル、お医者さんを呼んでくれる？　メモに電話番号を書いてあるわ。ベイツの奥さん、そのやかんのお湯はもうじき沸きそうよ。なるべく急いで湯たんぽをふたつ用意して。あたしは向こうに戻らないと。アナベル、ウィルソン先生が来たら、コンを連れてきて」

「リサ、どうしてもおじいさまに会いたいわ。お医者様にはあなたが電話して。私だって――」

「あなたじゃ手当がわからないでしょ」リサはすげなく言った。「あたしにはわかる。前にもこういうことがあったんだから。さあ、急いで」

リサはもう言うことはないとばかりに、足早に戻っていった。私はタオルを放り投げ、事務室へ走った。

医師の電話番号はメモ用紙に大きく書いてあった。幸い、本人が在宅していた。ええ、できるだけ急いで伺います。今はどんな手当をされていますか？　ああ、ミス・ダーモットが付き添っておられる。ベイツ夫人も一緒に？　大変けっこう。あまり心配なさらないように。じきに参りますから。医師らしく淀みない口調で、彼は電話を切った。

玄関ホールに戻ると、階段のてっぺんにリサが現れた。

「先生はいた？」

「ええ、来て下さるわ」

「よかった。それじゃ、次は――」

「まずおじいさまに会ってから」私は早くも階段を上り出していた。

「あなたにできることはないわよ」リサは私の行く手に立ちはだかるような真似こそしなかったが、のっそり立って待っていた姿には、立ちはだかるのと同じ効き目があった。

私はきつい声で訊いた。「意識はあるの？」

「ないわ」

私がリサの三歩手前で立ちすくんだのは、彼女の短い答えのせいではなく、口調のせいだった。思わずリサを見上げた。私はうろたえていたのに、リサの意外そうな顔に気づいた。彼女が私の顔と目にどんな表情を読み取ったか、それは知る由もない。私は自分と彼女のあいだに横たわる感情を忘れていた。今それが跳ね返ってきて、私は頭を働かせ、用心するようになった。

リサは言っている。「あなたが会ってもしかたないわよ。さっさとコンを呼んできて。ハイリッグズにいるから」

「知ってるわ」

「とにかく、コンにはすぐ知らせないと」

「ええ、それはそうね」私はそう言い、リサの脇を通り過ぎて、おじいさまの部屋に入った。

カーテンは中ほどまで引かれ、ぴくりともせず垂れ下がり、陽当たりのよい窓を遮っていた。老人はベッドに横たわっている。動いているのは、荒い息遣いで上下する胸だけだ。私は近づいていき、枕元に立った。ぜいぜいという呼吸が聞こえなかったら、彼はもう死んだと思ったかもしれなかった。彼は、私の知っている男性は、枕に転がった仮面の陰からすでに姿を消したようだった。死は、そして私たちは、待つばかりになっている。

リサも部屋に入っていたが、私は取り合わなかった。立ったままおじいさまを見つめ、乱れた心を少しは落ち着かせようとしていた。

おじいさまが倒れたとき、リサは台所にいた。そこにはベッツィーもいた。ベルに応えたのはベッツィーだった。リサの処置はことごとく適切だったし、手を尽くしたと見える。コンはここからかなり離れたハイリッグズにいる。早朝からずっと向こうにいるようだ……。

私はふり向いてリサと目を合わせた。もしもこの緊急事態が、もうすでに起こったように、遺言状に署名する当日に起こるのは不自然だと私が首を傾げていたとしても、リサの顔に浮かんだ表情を見ると、疑いは消えた。それはいまだに、これまでどおり、なんとなく興奮気味で、その興奮を隠そうともしていない。そして、今ではつくづく驚き、かつ戸惑って、こちらを見返している。

ベッツィーが湯たんぽを持って上がってくる足音がする。リサはすぐそばに近づいていた。「これは神様のお恵みでしょ？」

「お恵み？」私はびっくりしてリサを見た。「でも、おじいさまはすっかり元気に――」

「しーっ、ベイツの奥さんが来る。だからさ、きのうこうならなかったのがお恵みなのよ。弁護士さんが来てからでよかったじゃない。神様の思し召しと言ってもいいくらいよ」

「そうかもね」私は冷たく言った。そう、これからどうなるか見当はついている。リサはひたむきで、単純で、何も行動を起こさない。正しい軌道をとる星々はコンのために戦う。リサは待てばいいだけだ。手際のよい、たわいないリサ。間違いない。ウィルソン先生が来たら、リサは何くれとなく手伝うはずだ。

私は思い出したように言った。「コンを呼んでくるわ」

ハイリッグズでは日が照りつけていた。牧草地の三分の一は刈り取られ、緑ががった金色になり、甘い匂いを放っている。残りの広い部分には陽向《ひなた》に牧草が積んである。ライラックとセイヨウアカネの影が差し、クローバーの産毛の生えたような葉が金メッキされた牧草越しにブロンズ色に染まる。水路に沿って紫色のベッチが生え、アツモリソウがまばゆい黄色の花を咲かせている。

畑の片隅に一台のトラクターが見えた。コンが運転している。トラクターは陽射しでカッターの刃をきらめかせ、次第に遠ざかっていった。

私は刈り取られた牧草の端に沿って、コンのほうへ駆けていった。熊手を持った男たちが手を止めてこちらを見た。トラクターのカッターは回り続け、立ててある牧草をくるりと回し、もう一度回して隅をきれいに切り揃えてから、またまっすぐに立てた。

コンは私を見ていなかった。ひたすらカッターの刃の動きを見ている。だが、トラクターがこちらにまっすぐ向かってくると、ようやく前を見て、片手を上げた。私は猛暑にあえいで、その場で足を止めていた。

トラクターはぐんぐん迫ってきた。コンは私が畑に来ても不思議ではないと思っているのか、またカッターの刃に視線を戻した。陽射しを浴びて黒髪がきらりと輝いた。傾いだ端正な横顔。引き締まった浅黒い腕。忘れもしない。私はこのとき筋違いにも驚いた。コンは嬉しそうだと……。

私はコンの進路を外れていた。やがてトラクターと同じ高さになると、モーターのエンジン音に負けない大声でわめいた。「コン！　早く母屋に戻って！　おじいさまが大変よ！」

トラクターがぎくしゃくと停まり、カッターの刃ががたがた鳴ったり揺れたりした。連結された刈り取り機に乗った若者がレバーを引くと、刃が持ち上がり、鋼の上で強烈な光が揺れ動いた。コンがエンジンを切ると、一気に静寂が訪れた。

「どうした？」

私は叫び、自分の声が静寂を切り裂いたとたんに声を落とした。「おじいさまよ。具合が悪くなったの。すぐに来て」

コンの顔に何かが表れたり消えたりしたと思うと、また静かになったが、よそよそしくはなかった。虚ろになったが、どこかで固唾を呑んでいるような、油断なく意気込んでいる感じだ。上唇のあたりが張り詰めていて、小鼻がやや膨らんでいる。猟師の顔だ。

コンは小さく息を吸って若者に顔を向けた。「ジム、トラクターを切り離せ。俺は母屋に行く。テッド！」牧場の監督がやってきた。慌てる様子はなく、興味津々の目で私を見ている。「テッド、ウィンズロウさんの具合が悪い。俺は向こうに行って、今日は戻れないかもしれない。仕事を続けてくれよ」コンはさらにいくつか大急ぎで指示を出して、トラクターのエンジンをかけようとした。「そうだ、もうじき先生が来る。誰かに門をあけさせてくれ。ジム、乗れよ。あとで乗って戻って来りゃいい。テッド、ウィンズロウさんの容態を確かめたら、ジムに言伝をしとく」

ジムが頷いて、トラクターに飛び乗ると、コンはエンジンをかけた。彼が顎をしゃくって合図したので、私は車体を回り込んで後部に乗った。トラクターはガクンと揺れて走り出し、刈られた牧草の端を急角度で曲がり、でこぼこの地面を跳ねるように門に向かった。労働者たちは熊手で牧草を集める手を止め、なんの騒ぎだと見送ったが、コンは気にも留めなかった。トラクターのスピードを落とそうなど考えもせず、一気にゴールへ走らせている。私は彼のすぐそばに立ち、高い泥よけにつかまっていた。彼は歯のあいだから息を漏らすようになった。シューッという小さな音で、まさにバルブが蒸気を吹き落とす音がする。あのときは、かつてないほどコンが大嫌いだったような気がする。結婚しろと迫られたときよりも、コンから身をよじって逃げ、傷つき怯えて、おじいさまの元に駆け込んだときよりも。コンが私の恋人だと自称して、赤ん坊のことで愚かな嘘をついたときよりも。彼が私をここに連れ戻して、ジュリーを傷つける侵入者に仕立てたときよりも。

コンは何も言わなかったが、裏庭でトラクターを降りるときに初めて口をひらいた。

「そういや、俺に話があるんじゃなかったっけ？　なんだい？」

「それはあとでいいわ」

おじいさまはまだ意識が戻らなかった。医師が到着して、そのまま残り、また夕方近くに電話で呼ばれて帰った。これが私の電話番号です……変わったことがあったら連絡して下さい……はなはだ遺憾ながら、ミス・ウィンズロウ、ミス・ダーモット……。

おじいさまは仰向けに寝て、枕に埋もれ、荒い息をしていた。どう見ても苦しそうで、吐く息がやっとの思いで出てくる長いため息に変わることもあった。どうかすると、たまに呼吸が止まるような気がした。すると私の心臓まで同情したのか、一緒に止まりそうになり、おじいさまの荒い呼吸がまた始まると、私の心臓も乱れた鼓動を打ち出した……。

私はおじいさまのそばを片時も離れなかった。枕元に椅子を引き寄せた。コンは向かい側にいる。彼は午後いっぱいじっと座って、老人の顔を見ているか、さもなければ、黙って猫のようにそわそわと歩き回っていた。これにはもう我慢できなくなり、じっとしていられるようになるまで外にいてとコンにぴしゃりと言い渡した。彼ははっとしたような目を私に向けて、それがぐずぐずと品定めする目つきに変わった。やがて出て行ったが、わずか一時間ほどで戻ってきて、また元の椅子に腰を下ろした。さっきの表情も戻り、改めて青い目が私に据えられた。別にかまわなかった。私は疲れ果てていて、傷ついた男に寄り添えないように、どんな感情も湧いてこなかった。あのときはどんな顔をしていたのだろう。コンに表情を隠そうとするのはやめてしまった。そもそも、今日は隠すほどの表情など浮かんでいない……。

こうして昼間が過ぎていった。リサは例によって無口でてきぱきしていて、部屋を出たり入ったりして、困ったら手を貸してくれた。ベイツ夫人は仕事を終えてもしばらく残ると申し出て、私たちは好意をありがたく受け入れた。ジュリーは帰ってこなかった。医師が往診してから、コンは労働者のひとりを車でウエスト・ウッドバーンに行かせたが、戻ってきた彼は、ジュリーもドナルドも午前中から発掘現場にはいないと伝えた。ふたりは昼食の少し前に現場を歩き回り、ドナルドの車で立ち去った。行く先は誰にもわからないという。ニューカッスルだとしたら――。

「フォレスト館！」私は言った。「あそこにいるわ！　ごめんなさい、コン。すっかり忘れてた」私はアダムに教えてもらったローマ時代の彫刻のことを手短に説明した。「彼をフォレスト館に行かせて――川沿いの小道を通ったほうがいいわ。車で門を抜けるより早いから」

ところが、フォレスト館に行ってきた男は、誰もいなかったと言った。はい、地下室はありましたよ。ちゃあんと入れました。最近、ていうか今日、人がいたような感じでしたけど、今は誰もいなかったんです。はい、とことん探しました。外に車は停まってなかった。車を見逃しっこありません。次はウエストロッジに行ってみましょうか？　それとも〈ネザー・シールズ〉に？

「電話したほうが早い」コンが言った。

だが、電話をかけても無駄だった。ウエストロッジからは、あいにくフォレストさんは外出していて、戻る時間がわかりません、と言われた。〈ネザー・シールズ〉からは――遠慮がちに――やはり、あいにくですがと言われた。いいえ、このところジュリーは来ていませんよ。ええ、それはどうも。おかげさまでビルはすっかり元気になりまして。ウィンズロウさんのことはお気の毒です。本当にお気の毒で……。

「放っておくしかないわ」私はうんざりして言った。「どうしようもないわよ。あのふたりはフォレストで何かを見つけて、それを調べるとかなんとかで、ニューカッスルへ行ったのかもしれない。それとも、フォレスト館を出てから、私用で出かけたのかも。でも、夕食まであと一時間しかないわ。それまでに戻ってくるかしら？　きのうの夜のことがあっただけに――あれは本当にきのうの夜だった？――まさかジュリーはまた連絡せずに遅くまで出歩いてるんじゃないでしょうね」

「なんだか、本気で心配してるみたいだな」コンが言った。

「ねえ、ちょっと――」目を上げると、おじいさまが横たわるベッドを隔てて青い目に合った。きらきらと輝く、決意に燃えた目だ。私はそっけなく言った。「おかしなことに、心配してるの。ジュリーのことを考えてるのよ。ここにいたかったでしょうに」

コンの歯がちらっと覗いた。「俺は前々から言ってたよ。君はいい子だって」

私は応えなかった。

医師は午後七時ちょっと前に戻ってきて、しばらく患者に付き添うと、また出て行った。日が暮れて、空は濃い青灰色になり、雷が鳴る気配が漂い、今にも雨が降り出しそうだ。

それでもジュリーは帰ってこない。相変わらずおじいさまは寝たきりで、仮面のような顔にこれといって変化は見られなかったが、小鼻がすぼんだような気がして、呼吸がますます浅くなってきた。

コンは医師が去って間もなく小屋に向かった。それからようやく、私はベイツ夫人だけをおじいさまの部屋に残して、しばらく階下に下りた。すると、リサがスープと食べ物を出してくれた。

やがて階上に戻り、元の椅子に座った。じっと我慢して、老人の顔を見つめ、何も考えまいとしていた。

それから一時間以内にコンも戻ってきて、ベッドを隔てた向かい側に座り、私を見つめた。

ベイツ夫人が八時に帰ると、ほどなく雨が降ってきた。まず大粒の雨が敷石に滴り落ち、急に土砂降りになった。本格的な雷雨だ。バケツをひっくり返したような雨で、窓にゼラチンに似た筋がべっとりとついた。突然、稲妻が光り、また光り、雷雨に見舞われた。稲妻が瞬きながら光り、雷がゴロゴロと鳴って近づいてきた。夏の嵐はすさまじいけれど、すぐに吹き抜ける。

私は窓を閉めに行き、ひとしきり窓辺にたたずんで、きらめく雨のカーテンの向こうに目を凝らしていた。小屋のあたりまではかろうじて見える。たびたび閃光がひらめく中で、雨は鋼の棒になって光り、地面は水が流れて泡立ち、排水溝にどんどん入り過ぎて溢れていた。

それでもジュリーは帰ってこない。もっとも、この天気では帰れないだろう。ドナルドとふたりで、どこかで雨宿りするはずだ。そうこうしているうちに、おじいさまは……。

厚手の更紗のカーテンを引いて、ベッドのそばに戻った。ベッド脇のスタンドを点けて向きを変え、光がおじいさまの顔に当たらないようにした。見ると、コンは眉間に皺を寄せて、ひたすらおじいさまを眺めている。彼は低い声で言った。「おい、よく聞けよ。それじゃ死人を起こしちまう」

私はただ、〝大丈夫よ、おじいさまを煩わせないから〟と言おうとしたら、コンが先を続けた。「あの降りなら、ハイリッグズの牧草地の残りもココナッツで編んだマットみたいに平べったくなるぜ。もう牧草を刈らなくても済むな」

私は皮肉な口調で言った。「ええ、そうみたいね」ところが、すぐにほかのことはきれいに忘れ、声をあげた。「コン！　ほんとに起こしたわ！」

おじいさまは身じろぎして、ため息をつき、おかしないびきをかいて、それから目をあけた。長いこと経って、ようやく目の焦点が合ったのか、頭を動かさずに話し出した。声はぼんやりしているが、言葉は聞き取れる。

「アナベルか？」

「ここにいるわよ、おじいさま」

間があいた。「アナベル？」

私はスタンドの光の輪に身を乗り出して、寝具の端から手を入れ、おじいさまの手を握った。

「ええ、おじいさま。私よ。アナベルよ」

握った指はちっとも動かず、顔にもなんの表情も読み取れなかったが、どういうわけか、おじいさまの緊張が解けたような気がした。おじいさまの手は華奢で、継ぎ合わせた竹のように滑らかで乾いていて、もはや生気がなく、私の手のひらに載っている。私が子供の頃のおじいさまといえば、背が高くてたくましく、引き締まった、しなやかな体つきをした、猛烈にプライドが高い横暴な男だった。それなのに突然、これはあんまりだ。今日という日がこうしてのろのろと、苦痛に満ちた終わりを迎えるとは。一日の始まりはローアンと一緒に輝かしい朝を過ごして、まだ誰にも秘密を明かしていなかった。それからアダムに会い、お互いを裏切ったことを知り、そして今度はこれ……。

だんだん嵐が近づいてきた。空に数秒おきに稲妻が走り、閉めたカーテンにスポットライトが当たっている。おじいさまの目が稲妻を稲妻として見分けたのがわかった。「ただの夏の雷雨よ。じきにやむでしょう」

「すごい音だな。雨か？」

雷はやんでいた。その合間に雨が滝のような音で降ってきた。「ええ」

おじいさまの眉がぴくっと動いた。弱々しく。「あれでぺちゃんこになるな——ハイリッグズは」

思わず胸をつかれた。ひとつには感動したから、ひとつには恥ずかしいと思ったからだ。なんだかんだ言ってもコンはウィンズロウの人間であり、さっきの彼の反応は私の反応よりも自然だったのかもしれない。私が怒りにも似た悲しみを覚えるのは、この老人の死ではなく、私の世界、望みもしなかった、失われてもしかたない世界のほうだ。「コンもさっきそう言っていたわ」

「コンが？」

私は顎でコンを示した。「ここにいるわよ」

おじいさまの目が動いた。

「大伯父さん」

「私は――病気だな」

「はい」

「死ぬのか？」

「はい」

それはあんまりだと私は息をのみ、唇がひらくのがわかったが、言ったかもしれない言葉はおじいさまの笑顔に遮られた。それは昔の面影をとどめず、口元の筋肉がわずかに緩んだりこわばったりしたに過ぎなかった。そのときコンの言うとおりだと思った。マシュー・ウィンズロウにはどんな欠点があったにせよ、威厳を失うことはなかった。女の嘘八百に慰められて、こそこそ人生を抜け出す男ではない。コンとおじいさまは歯に衣着せぬ物言いをしても折り合いがつくけれど、私には同じ言い方が許されないなんて。

つないでいる手を通じて、私の不本意な気持ちがおじいさまにも伝わったらしい。おじいさまは視線をこちらに戻して、こう言ったような気がした。「嘘をつくな」

私はコンを見なかった。「わかったわ、おじいさま。嘘はつかない」

「ジュリーは？」

「もうすぐ来るわ。嵐のせいで遅れているの。一日中ドナルドと出かけていたのよ。ジュリーはおじいさまの具合が悪いのを知らないの」

おじいさまは何か訊きたそうに見えた。

「ドナルドを覚えているでしょう。スコットランド人のドナルド・シートンよ。ウエスト・ウッドバーンで遺跡を発掘している考古学者なの。その人がゆうべのパーティに――」声が震えたが、なんとか続けた。「おじいさまの誕生パーティに来ていたわ」

おじいさまは一心に耳を傾けているが、話が頭に入らないようだ。私はおじいさまの弱々しい手を握り締めないよう、気をしっかり持たなければいけなかった。私はますますかがみこんで、ゆっくりと、できるだけはっきりと話しかけた。「おじいさまはドナルドに会って、気に入ったのよ。ドナルドとジュリーは結婚して、ロンドンに住むの。ジュリーは彼と一緒ならとても幸せになるわ。愛しているのよ。何も心配しなくて――」

すさまじい轟音に話を遮られた。閃光、だんだん増えていくゴロゴロ、ピシッという音に続いての轟音だった。それは薄暗い部屋で気を取られていたほかのすべてのことを滅多斬りにした。

おじいさまが言った。「あれはなんだ?」正常に戻ったかのような、ぎょっとした声だ。

コンが窓辺に近寄り、カーテンをあけた。身のこなしで、神経の高ぶりを必死に抑えているのがよくわかる。バレエのように力強くて落ち着いた動作を思わせる、いつもの優雅さはない。彼はベッドの脇に戻り、大伯父にかがみこんだ。「落ちたのはかなり遠くですよ。木ですね、間違いなく。うちのじゃありません。フォレスト館の木でしょう」

コンはベッドに手を置いた。毛布の下におじいさまの腕がある。それから、コンは慎重に、はっきりと言った。「心配いりませんよ。じきに俺が出てって、どこに落ちたか確かめてきます。けど、小屋の近くじゃなさそうだ。まだ稲妻が光ってる。見えるでしょう。ここには何の被害もありませんよ」

おじいさまは言った。はっきりと。「おまえは頼りになるやつだ、コン。アナベルがいつまでも帰ってこないのは残念だ。おまえたちは似合いの夫婦になったろうに」

「おじいさま――」私はすぐに口をつぐんだ。

私が寝具を見下ろして、おじいさまから顔を隠すと、コンはもう一度顔を上げてこちらを見ていた。目を細くして、値踏みしながら。

その部屋には私とコンしかいなかった。

第十八章

人だろうと馬だろうとタイン川は渡れない。

ただし、木でできた馬なら話は別だ……。

民謡「サイド村のジョニー」

かなり時間が経ったような気がしてから、コンが咳払いをした。

私は顔を上げなかった。コンにじろじろ見られているとわかり、悲しみが溢れたにもかかわらず、向こう見ずにも彼に涙を見せまいとした。今思えば、そのときは危険が迫っていると考える余裕がなかったのだろう。コンを避けるという愚かで難しい手段が、皮肉にも危険を招いていた。彼に真実を打ち明けねばならないことはきのうからわかっていたはずだ。今日、意識が戻らないおじいさまを挟んで話し合うのは、いくらなんでもできなかった。おじいさまをすでに死んだと見なしているようではないか。さらに、たとえ言うことを考えてあったとしても、なかなか実行できないものだ。

コンになんと言われるかは見当もつかない。階下のどこかでドアが乱暴に閉まり、走っていく足音がした。コンがはっとして、耳を澄ませた。私はぼんやりと考えていたのを覚えている。リサは何があったかを察したのだろう。でも、あんなふうに走るかしら？　リサが慌てているところを見たことがない……。いくらおじいさまの身を心配していても、リサが慌てるなんてまず考えられない……。ジュリー。そうよ、ジュリーに決まってる。私は両のこぶしをこめかみに押しつけ、ベッドカバーで涙を拭おうとして、できるだけ考えをまとめた。ジュリーが駆けつけたら、もう手遅れだけど、すぐに顔を上げるしかない……。

足音が玄関ホールをばたばたと横切り、階段の一番下の段でつまずき、足早に上ってくるようだ。ドアの厚い羽目板越しでも、はあはあと息を切らす声が聞こえる。ぎこちない手がノブをつかんだ。ノブを回すときには手が震えていた。

私はぱっと顔を上げた。涙の跡が残っているが、今更どうしようもない。また新たな涙が頬を伝った。コンはようやく私から目を放し、ドアを見つめていた。

ドアが勢いよくあいて――これは断じて病室への入り方ではない――ジュリーが駆け込んできた。ジュリーは暗い雨降りの夜から室内に飛び込んだので、目が明かりに慣れる暇がなかったのだろう。一瞬、ベッドに突進しそうになり、よけようとして私の足につまずいた。だが、ベッドの一歩手前で立ち止まり、息をのんだ。

思ったとおりだ。この取り乱しようはおじいさまとは関係ない。ジュリーはまだベッドを見てもいなかった。見た目はだらしなく、ぼうっとしていると言ってよい。椅子の背を手探りして、それだけが気絶を防いでくれると言わんばかりにしがみついた。

ジュリーの髪とコートはぐしょ濡れで、雨で黒ずんでいた。薄暗い明かりでは、コートに雨の筋がついているのが一瞬わからなかった。派手なサンダルも汚れ、両手や手首に泥がはねて、下顎にしみがついていた。急いだせいか頬が紅潮して、ペンキを塗られたように目立っている。

ジュリーは私とコンをやみくもに見比べて、必死に息をつこうとしていた。目も、頭も一方からもう一方へがくんと動き、また戻った。傍《はた》で見ていてつらくなるほど動揺している。

「アナベル……コン……コン……」

ジュリーはかぼそい声で呼びかけた。病室の雰囲気と、階下でリサに聞いた話のせいで、自分の心痛を忘れていた。だが、その心痛がどんなものであれ、コンに声をかける気になったのだから、よほどの一大事なのだ。

「ジュリー！」今回はジュリーをかばってやりたくなった。私は彼女とベッドのあいだに入った。「ダーリン！　いったいどうしたの？」

ところが、行動だけで、ジュリーに気持ちが通じた。ここで初めて、ジュリーは私の背後に目をやり、ベッドをよくよく眺めた。彼女がショックを受けたのが見て取れた。すでにさんざん殴られた人に石が当たったようなものだ。よろめいて、唇を嚙み、こう言った。行儀が悪かったせいでお仕置きをされると思っている子供のようだ。「知らなかったの。アナベル、知らなかったの」

私はジュリーを抱き寄せた。「そうよね。残念だわ。ほんの四、五分前のことだったのよ。あっという間だった。おじいさまはとても穏やかに見えたわ。詳しい話はあとにしましょう。もう大丈夫……。ほかにも困ったことがあったら、教えてちょうだい。どうしたの？　何かあった？　なんだか様子がおかしいけど」

ジュリーは私の腕の中で震えている。話そうとしているが、ささやくことしかできない。「悪いけど――その――あなたとコン――」

どう見ても、ジュリーはまだ筋の通った話ができそうもなかった。私はあえていつもの高さの声を出して、さりげなく聞こえるようにした。「コン、リサにおじいさまの様子を話したら、ウィルソン先生に電話してくれない？　それからブランデーを持ってきて。ジュリーに飲ませたほうがよさそう。ジュリー、ここにいちゃだめ。自分の部屋に行くのよ――」

「電話はつながらない」ジュリーが言った。

「つながらない？」

「リサが言ってた。ついさっき切れたって。彼女、ずっと頑張ってるのに。きっと、蔦の木のせいね。あれが倒れると――」

「蔦の木だって？」コンが口を挟んだ。

「フォレスト家のロッジのそばに立つ老木よ。さっきの轟音はあれが倒れた音ね。まあ、どうでもいいわ。ジュリー――」

「いや、もっと近くで聞こえたぞ。倒れたのは間違いなくその木か？」

「まっぷたつに裂けてた」ジュリーの声はか細くてうつろだが、驚いた調子ではなかった。もっともな質問だと言わんばかりだった。「幹の半分がロッジに倒れかかったの。それで屋根と壁が崩れ落ちて――」

「あのへんに電話線はありゃしないぞ」コンが言った。「それだけの話なら、実害はなしだ」

「黙って聞いて。これは大事なことなの。続けて、ジュリー」私はジュリーをちょっと揺すった。

「ジュ、リ、ー！　コン、頼むからブランデーを取ってきて。この子、気絶しそうだわ」

「ブランデーならここにあるぜ」コンはベッド脇のテーブルに近寄った。酒を勢いよく注いで、タンブラーを私の手に押しつけた。

「さあ、これを飲んで」私はおじいさまのタンブラーの縁をジュリーのカタカタ鳴る歯に当てた。背後でコンがおじいさまの顔にシーツをかけたことがわかった。その瞬間は、ほとんど意味もなく過ぎてしまった。私はきつい声で言った。「ジュリー、しっかりして。それでどうなったの？　あの蔦の木に関係があるの？　あなたがロッジのそばにいたら――待ってよ、コン、あの轟音がしたときにこの子はロッジの横を通りかかったのね……ジュリー、ドナルドなの？」

ジュリーは頷いた。何度も何度も、人形のように頷いている。「下にいるの。真下に。ドナルドが。木が倒れて。真っ二つに――」

「死んだのか？」コンが訊いた。

またしても、コンの作戦は私の作戦より功を奏したようだ。ジュリーは大きなショックを受けたようだが、ぱっと目を上げてコンの目を見た。そして分別のある言い方で答えた。「いいえ、死んでないと思うけど、怪我をして、外に出られないの。すぐに行かないと……。ふたりでロッジにいたの。ドナルドが階段を下りたら、壁が崩れてきて、彼は怪我をしたの。地下室で。閉じ込められたのよ」ジュリーは汚れた手の甲をつと口に押し当てた。泣き声を抑えるようなしぐさだ。「すぐに――行かなくちゃ」彼女はベッドでどこか子供っぽく頼りない様子に見えた。

私はすかさず言った。「大丈夫よ、ジュリー。心配ないわ。コン、車はどこ？」

「私――ドナルドの車を運転してきたの」ジュリーが言った。「ただ――」

コンがてきぱきと言った。「君は運転できる状態じゃない。俺の車が玄関先に停めてある。ほんとに電話が通じないんだな？」

「ええ。リサが何度も試してるけど」

「じゃあ、行きましょう」私は言った。「急いで」

三人で戸口に急ぎながら、私はうしろめたくなった。妙なもので、しきたりは人の心に深く根付いている。常識人も一皮剝けば野蛮人。野蛮人をよくよく見れば、しきたりが刻まれた木の木目《もくめ》が見える。悲惨な事故のことばかり考えて、部屋を飛び出すのは心苦しくてしかたない。まるで神聖な場所を冒瀆するようだが、ほんの数分前にはここは横柄で気難しく、気まぐれな老人の寝室に過ぎなかった。逆の順序をたどり、おじいさまの魂が体を離れることで部屋が清められ、いわば神殿と化して、普通の高さの声で話したり、思い切った行動を取ったりすると、いたたまれなくなった。

私は戸口でちらりとふり返った。シーツに包まれた体や、ひとつしかない薄明かりのせいで、ベッドが棺台に見え、寝室は見慣れない、縁もゆかりもない場所に思える。外は雨降りの夜で、木が倒れた。過去であれ、未来に向き合う方法であれ、じっと座って考える暇はない。どんなものにも慈悲の心がある。

リサが玄関ホールにいた。ちょうど電話機のある事務室を出てきたところらしい。

リサは私たちを見て足を止めた。「電話が通じないかと試してたのよ、ジュリー。てんでだめ」

「ああ、そんな」ジュリーはすすり泣いて、よろめいた。一瞬、階段を転げ落ちるのではないかと心配になり、私は彼女を抱きかかえた。

「しっかりして。私たちがすぐ行けるわ」

背後から、コンが意外にも声をかけた。「大丈夫だ。助けてやろうぜ」彼は私たちを追い抜いて階段を駆け下り、玄関ホールを横切って、ベーズ張りのドアに手をかけて立ち止まった。「外に出て、車に乗ってろ。懐中電灯とブランデーを持ってけ。アナベル、どこにあるか知ってるな。俺もすぐに行く。納屋の材木を取ってくる。邪魔な物は、てこで持ち上げてどかしたほうがいいかもしれない」

コンの背後でドアがさっと閉まった。私とジュリーは階段を駆け下りた。私は立ち止まってリサに尋ねた。「働き手はまだ残ってる?」

「いいえ。今日はベイツ夫婦が休みの日で、ジミーは搾乳が済んだらすぐに帰った。ほかの人たちは雨が降り出した時点で帰った。ここにいるのはコンだけ。だから、あなたも行ったほうがいいんじゃない? あたしが階上《うえ》にいるから」

「リサ――」私が言い出したとたんにリサは察しをつけた。目を見ればわかった。私は頷いた。「ええ、そうなのよ! ついさっきまで……。とにかく、上がってくれる? あんまりじゃないかしら――こんなふうにバタバタと出て行くのは」

リサは何も言わなかった。あの不思議な、感情に欠けた目つきで私の顔を見つめ、それからジュリーの顔を見つめた。やがて、ただ頷いて、階段に向かった。今思えば、あのときは、いろいろあったにもかかわらず、家に帰ってきて本当によかったと感じていた。寂しさがつきまとうことと、おじいさまのこととは分けて考えなくてはだめだ。おじいさまがはっきり言わなかったことはどうでもいい。こだわらなかったのだ。コンはおじいさまに十分尽くした……けれど、私がここにいなかったら、〈ホワイトスカー〉では誰もおじいさまの死を悲しまないだろう。

そして皮肉なことに、私はリサに感謝してもいた。相も変わらず冷静で、感情を表さず、階段を上って老人の部屋に向かっている。

私は緑色のベーズ張りのドアをあけ、ジュリーをせきたてて外に出した。「急いで。私は荷物を取ってくる。心配しないで、ジュリー。あとはコンが面倒を見てくれるわ」

痛烈な皮肉になったとは、そのときはついぞ気づかなかった。

飼育場に大型のフォードが停まっていた。私たちがやっとのことで乗り込み、助手席にくっついて座ると、影に包まれた、決然とした姿でコンが現れた。元は牧場の囲いの柱だったと思しき太い材木を抱え、斧と溝掘り用の鋤《すき》も持っている。彼は道具を後部座席に放り込み、運転席に着いた。轟音と共にエンジンがかかり、車はがたがた揺れながら半円形を描いて向きを変え、あっという間に飼育場の門を抜けた。稲妻が空を跳び上がった。雨は小粒になったけれど、まだ激しく降り続き、光の中できらめいたり突進したりした。嵐は過ぎ去ったのだ。稲妻は東にちかちかと瞬いて消え、雷は鳴り止んだ。

道は泥だらけで、コンは車を飛ばした。上り坂のカーブを四十マイルで走り、ぞくっとするほど深く轍《わだち》をつけて、ハンドルを切ってスリップさせ、横向きにたっぷり一ヤード芝土にのり、跳ねたタイヤで石にぶつかって、最初の家畜用格子柵の柱のあいだを強引に通り抜けた。端に一インチそこそこしか隙間がなかった。

コンが出し抜けに言った。「何があったんだ、ジュリー？　事情を正確に教えてくれ。シートンはどこにいるのか。怪我の程度は。助けに行けるのか？」

「地下室よ」ジュリーは言った。「あのロッジは荒れ放題になってる。昔の地下室に続く階段があったところに、壁だのなんだの崩れ落ちてた。だから、ふたりで残骸を片付ける作業にほぼ一日かかって――」

「ふたり？」私が訊いた。

「そう。フォレストさんがドナルドに――」

「フォレストさんもいたの?」

私としては、ふだんとまったく変わらず、むしろ淡々と話したつもりでいたが、コンがこちらをふり向いた。車が轟音をあげてカーブを曲がり、粘土の土手を滑りかけて、次の格子柵に備えて体勢を立て直した。そろそろハイリッグズだ。ヘッドライトの先に、へりを切り揃えていない牧草が道に沿って立ててあり、馬のたてがみのように見える。小雨に打たれ、ごわごわして光っている。

「ええ」ジュリーは言った。「ふたりでまず館の地下室に行って――ああ、それはどうでもいいけど、肝心なのはロッジの地下室だとわかったの」

「ローマ時代の石」私は思い出した。「ああ、そうだった。まだ探していたの?」

「そうなの! 蔦の木が倒れたら、ロッジの煙突と切妻壁の大半と、梁が支えてる屋根まで崩れたの。私は――外で待ってて――」

「彼は怪我してる?」

「だから言ったでしょ。ちょうど地下にいて――」

「アダム・フォレストのことよ。怪我してるの?」

「わからない。でも、ロッジが崩れたときにふたりとも中にいた。私は埃の中を歩いて、地下室のドアの前から瓦礫をどかしたけど、フォレストさんは――中にいて――急いで助けを呼べと叫んでた。ドナルドが怪我してて、声をかけても応えないからと。怪我の程度はわからない、懐中電灯が見つからなくて、そばに行けない、例の件は解決しそうだ、って。ねえコン、門が閉まってる!」

車はエレベーターのように一気に丘を登っていた。てっぺんに着き、越えて、ジュリーが叫んだそのとき、ヘッドライトの光がまっすぐに伸び、門をまともに照らし出した。格子が飛び出したように見える。絶壁の壁面並みにどっしりしている。その向こうの、じろじろ見ている牛のいる野原をヘッドライトが照らした。

コンがブレーキもアクセルも同時に踏み込むと、車は馬が肢で地面を掘る要領で後輪で穴を掘り、ボンネットが格子に触れたところでぴたりと止まった。

早くも私は外に飛び出して、門の固い締め具をねじってあけようとしていた。門が揺れて大きくあいた。車がゆっくりと前進して、コンが窓から身を乗り出して叫んだ。「閉めなくていい！　早く乗れ」

私は言われたとおりにした。門が閉まらないうちに車は再びスピードを上げていた。

「コン。牛が。門から出てしまうわ」

「かまうもんか」私は驚いてコンを見た。ダッシュボードの明かりで彼の顔が見えた。何かに没頭している。ひとえに車のせいだと私は思った。この瞬間に、運転に気を取られて、とんでもない悪路でがたがた揺れる車体をなるべく安定させようとしているのだと。すばやく激しい動き。火災警報のように暗闇から降って湧いた呼び出し。それこそコンにぴったりだ。ちょうど（今はそれを見ている暇があった）ドナルドを助ける役目がコンにふさわしいように。ドナルドはジュリーを連れ去ることになる。

「怖い思いをさせたな」コンが話している。「君が門をあけてきたとばかり思ったよ、ジュリー」

「さっきは――牛よけの格子をくぐってきたの」

「ありゃ壊れてるぜ」

「そうよ」ジュリーが小さく息をのんだ音は、笑い声ともすすり泣く声ともつかなかった。「私ね、車のどこかを壊しちゃった。すごい音がしたから。ドナルドがかんかんになるわ……もし……もし……」

「やめなさい」私はきっぱりと言った。「もうじき着くわ」

「奥の門はあいてるか?」とコン。

「ええ」

「よし」すぐにフォードは大きくひらいた白い門のあいだを突っ切り、水しぶきをあげて横滑りしながら止まった。目の前にぼんやりと現れた恐ろしい塊は、かつての蔦の木の残骸だった。


大木は雷で真っ二つに裂かれ、文字どおり崩れ落ちていた。一本の太い幹が道路に続く小道をふさいでいて、また別の幹がロッジの残骸を打ち壊していた。実際ロッジに当たったのは幹じたいではなく枝だったので、石積みの部分は一度の痛撃で切り裂かれなかったが、そこに十本あまりの重い枝が激突して散らばった。そして、絡まった枝と葉の塊と、濃厚で酸っぱい匂いがする黒い蔦の塊に埋もれそうになった。

コンは車をやや左よりに停めて、ヘッドライトは点けておいた。ライトがその場をくっきりと照らし出す。木がうずたかく盛り上がり、葉はきらきらして雨を滴らせている。その中で散らばった石細工が白く見える。裂けた幹に、雷が黒くたどった跡がはっきりとわかる。ぞっとするほど場違いにも大枝から突き出ているのは、まだ立っている建物の断片だった。残っている切妻壁とその煙突は無事だった。そしてロッジの正面の半分、彫刻されたまぐさ石のついたドアと一七五八年という日付のついたプレートまでは……。

　私たちは車を飛び降りて、ぽっかりとあいた暗い玄関口に走った。私は急いでいて、懐中電灯を一本しか持ち出せなかったけれど、車の中にはもう一本あった。それをコンが持って先にロッジに入った。ヘッドライトの光は周囲より濃い光を放っているだけだ。壊れた壁の中は粉々に砕けた石細工と絡み合った濡れた大枝、裂けた梁でめちゃくちゃだった。コンはためらったが、ジュリーは彼を押しのけて通った。枝で目が傷つかないよう片手で押さえ、玄関をふさぐ瓦礫をどかして進んだ。

　ジュリーは声をあげた。「ドナルド！　ドナルド！　大丈夫？」

　返事をしたのはアダムだった。くぐもった、こわばった声がした。玄関の左手から下のあたりから聞こえてくる。「無事だよ。助けを連れて来たかい？」

「コンとアナベルが来たわよ。ここよ。コン、ふたりが下にいる」

　コンはジュリーを押しのけて、行く手を遮る大ぶりの枝をくぐり、裂け目のそばにひざまずいた。懐中電灯の光で、そこは通路の左側の壁にできた裂け目に見える。私はコンについていった。これは地下室のドアがあったところだろう。今ではめちゃくちゃに壊れた石細工の、人ひとりがやっと通れる穴を通っただけだ。その穴を出ると暗闇だった。

　コンが裂け目に懐中電灯を向けると、地下室の階段が照らされた。

　十二段の急な階段が下に続いている。壊れておらず、しっかりしているようだ。下りたところに石敷の短い通路があり、その先に地下貯蔵室のドアがあったはずだ。今では戸口が消え失せている。そこにあったのは、天井と一方の壁が崩れ落ちてできた石の山と、同時に戸口の側柱が裂けた残骸だった。しかし、大梁は持ちこたえた。垂直材が倒れた際に落ち、床に斜めに一フィートあまり食い込んで、三角形の狭い隙間ができていた。地下へ下りていく入口はそこしかない。梁の上には壊れた壁と壊れた建物の重みがかかっていて、折れた枝の圧力ですべてが次々に落ちてきた。石がまだあちらこちらに落ちてくる。どこかでぐらついた欠片《かけら》がパラパラ音を立てた。ほかの通路の壁は恐ろしく膨れ上がっている。懐中電灯の光の中で、埃がもうもうと舞い上がっていた。

アダムは梁の真下に、うつぶせに横たわっていた。両足がこちらに向いていて、上半身は見えない。見覚えのある色褪せた茶色のコーデュロイのズボン、作業服が埃まみれだ。その胸の悪くなるような瞬間、あの大梁がアダムの背中を直撃したと思い、それから梁と彼の体のあいだに四インチあまりの隙間があると気づいた。おそらく階段を下りていたらロッジが崩壊して、彼は残骸の下を這ってドナルドのそばに行こうとしていたのだろう。

そして、今のところ大梁は持ちこたえている。

「フォレスト?」コンは声を落としている。大声を出したら最後、残った部分まで崩れ、瓦礫の山と化すような気がした。彼が話していても、何かがずるずると滑り落ちる音がして、埃が階段に舞い降りた。どこかで材木がきしんだ。蔦の木の大枝だろうと思ったが、腕の産毛が逆立った。「フォレスト?」コンは静かに呼びかけた。「無事か?」

「無事だ」アダムが息を弾ませた。大変な苦労をしているように聞こえる。まるで自分の体で梁を支えているようだ。しかし、アダムは動かなかった。「シートンはあの中にいる。あそこにまた別の――残骸の――山が、梁の向こうにあって、梁をどけようにも、つかむところがないんだ。シートンは大丈夫だろう……天井はアーチ構造だから、彼のいる場所に瓦礫は落ちてこない。ちょうどよけられる場所に倒れている……。腹這いになれば、なんとか彼に手が届くが、せいぜいそこまでだ。この瓦礫をどけないと、彼を外に出せない。医者が来るまでどのくらいかかる?」

「連絡がつかない。嵐で電話がつながらないんだ」

「大変だ。ジュリーから話を――」

「いいか、シートンが重傷じゃないなら、その場に残して、君は出てこい。とりあえずだ」コンは自分の懐中電灯を壁の裂け目を照らせる場所に立てかけて、裂け目をじわじわと広げていた。「屋根はシートンの上に落ちてこないんだったな。君が出てくれれば、彼のそばまで行けるように、残骸をどけられる。どっちにしろ、まずは最初にやるべきことをやろうじゃないか。今すぐロッジにつっかい棒を当てられるんならともかく、あんたに任せる気にゃなれない。こうしてるあいだも残骸は積もってるぞ」

ジュリーが息を吸う音が聞こえた。アダムは苦しそうに言った。「なあ、その懐中電灯をなるべく近くに置いていって、あとは任せてくれ。そうしないと、間違いなく大変なことになる。シートンを置いていけない。動脈が切れてる」

隣でジュリーがうめくように小さく息をのんだ。私は言った。「ジュリー! 車に戻って道具を持ってきて。あの大枝の下からふたりに渡すの」

「はい」ジュリーは言った。「はい」乱暴ながらかろうじて目的にかなう手で、絡んだ枝を押しのけて戸口へ向かった。

「止血帯はうちにあった。お粗末なものだが」アダムの声は相変わらずくぐもっていて、すでに一、二ヤード先を行くジュリーの耳には届かないだろう。「それでも役に立っている。もうあまり血が出ていないようだ。ただ、暗闇では使いにくくて、いつまでも押さえていられない。すぐに医者を呼んでくれ。アナベル？」

「はい」

「車で来たのか？」

「ええ」

「君が行けるかい？　すぐにウィルソン先生を呼んでこないと――」

結局、ジュリーはこのやりとりを耳に入れていた。彼女は濡れた枝に囲まれてふり向いた。「倒木が道路をふさいでる。電話でも、車でも助けを呼べないわ。ここから四マイルはだめ」

「アダム、ウエストロッジの電話だけど。〈ホワイトスカー〉と同じ電話線を使っているのよね？」

「そうなんだ」

私は立ち上がった。「歩いて行くわ。大丈夫よ、ジュリー。車道に出たら、通りかかった車に乗せてもらうから」

「こんな夜更けに車は走ってやしない」ジュリーは必死の面持ちで言った。「わかってるくせに！　それより車で草地に入ったら、うまく木をよけて――」

「だめよ。配線を切る道具を持っていないし、どのみち車がぬかるみにはまる。こんな話をしていても時間の無駄よ。じゃあ行くわね。いざとなったら、先生のお宅まで走っていく」

コンが言った。「ここから四マイルじゃあないぞ。六マイルくらいある。それに、途中で運良く車が通るかどうか。一番いいのは、〈ネザー・シールズ牧場〉に行くことだ」

「でも、橋が落ちたのに！」ジュリーが叫んだ。

「そうね」私は考えた。「ウエストロッジの歩道橋まで車で行けば、あとは牧場まで二マイル歩くだけだわ。ええ、そのとおりよ、コン」私はさっとふり向いた。「アダム？」

「なんだい？」

「今の話、聞こえた？　これから〈ネザー・シールズ〉に行くわ。向こうの電話は使えるでしょうか、ウィルソン先生に来ていただくわね。電話がだめでも、牧場の息子たちのどっちかが呼びにいってくれると思う。もうひとりにはすぐこっちに来てもらうわ」

ジュリーは泣きじゃくりながら言った。「待ってよ。それじゃ一時間はかかる。ウエストロッジから二マイル、しかもずっと上り坂を歩くなんて。そんなの自殺行為よ。こんな夜中になろうっていうのに！」

「何言ってるの！　走って門をあけてきて」

「もうあいてる。コンがあけっぱなしにしといた」

「あの門じゃなくて。てっぺんの道を通ってパークを抜けたほうが近道よ。〈ホワイトスカー〉のそばを通ったら、母屋の裏手の細い道を上がることになる。あの道に門が三つあるわ。さあ急いで、行きましょう！」

ところが、ジュリーは動かない。「馬よ！　そうだ！」

私は自分の懐中電灯をコンの役に立ちそうな場所に立てかけていた。私はふり返った。「えっ？」

「馬！　あの雌馬に乗れば、そのまま浅瀬を渡って草地を突っ切れる。ウエストロッジから行くのと距離はほとんど変わらないし、歩いて行くよりずっと速い！」

コンが言った。「そいつは名案だ」何か思いついたらしい。一瞬間を置き、砂岩の塊を握り、輝く目を横ざまに私のほうに向けた。「雌馬は蹄鉄をつけてない」

ジュリーはわめいた。「そんなのどうでもいい！　蹄鉄をつけてない馬のどこが悪いの？」

私はしびれを切らして言った。「半マイルで走れなくなるわ。それじゃなんの意味もないわよ」

コンが言った。「フォレストの仔馬に乗れよ。君なら嫌がらないさ」そのときでさえ、彼が何をしているのか悟るにはほんの少し時間がかかった。やがて思い知った。やっぱりそうだった。コンはこんな場合にもけろりとしている。苦痛を伴う緊急事態はわくわくする仕事に過ぎないのだ。この恐怖と迫り来る死を予感するひととき、彼は痛手を受けていない。起きてしまったことには、いちいち心を動かされない。私は彼のそういうところが好きだった。ずっと、そういうところに感謝していた。

それでも、コンはこれからアダムを外に出さなくてはいけない。

私は手短に言った。「それじゃちっとも時間の節約にならない。まず捕まえなくちゃいけないのよ」

梁の向こうから再びアダムの声がした。今にも自制心を失いそうな人の口ぶりに聞こえる。「アナベル、なあ、待て……それは名案だ。仔馬はウエストロッジの廏舎にいる。今日、入れておいた。廏舎まで車で行け……仔馬が浅瀬を渡れれば……二、三分で〈ネザー・シールズ〉に着く。あいつは行くよ。君のためなら。きっとね」

壁の裂け目は今では大きくあいている。コンは石を下ろして、しゃがんだ。懐中電灯の二本の光が私たちを、コンと私を、裂け目の左右にひとつずつできたスポットライトの輪の中に捉えた。私たちはじっと見つめ合った。彼はもうほほえんでいない。

私はアダムに言った。コンから目を離さずに。「わかったわ。なんとかする」

「廏舎の二番目の扉だ。轡《くつわ》はどこにあるか知ってるな」

「ええ。知っているわ」

アダムは言った。「気をつけて。あいつは雷が嫌いでね」

「大丈夫よ」私はコンの視線に向かってまともに言った。「私はあの子を乗りこなせる。心配しないで」

「馬に乗って行くの?」ジュリーが訊いた。

「ええ。てっぺんの門をあけて。頑張ってね、アダム」

私が歩き出すと、コンはその場にしゃがんだまま、後ろ姿をじっと見送っていた。

第十九章

「川は荒れに荒れ、水は驚くほど深いが
乙女よ、恐れずについていてこい」
「これでは鞍にしがみつくこともできません。
私はノーサンバランドの麗しの花」

イングランド民謡「ノーサンバランドの麗しの花」

暗いロッジに残してきた惨状を思い返さないようにしなくてはならなかった。ドナルドを、壁の残骸の向こうでだんだん消えてゆく命を忘れなくては。なすすべもなく、パニックを起こしかけているジュリーのことも。積もっていく瓦礫の下で埃にまみれ、倒れているアダムのことも……。

さらにコンが助けようとしている。それさえも思い出すのはよそう。あの利口な頭がどう働くのか、私にはわからなかった。この新たな展開の、どこが自分の有利になると考えるのか。コンは、好きなことなら、それこそ猛烈に働いて奇跡を起こす。でも、好きではないことだったら、はたしてどうするのだろう。

それでも、この疑問を頭から追い出して、待っている車に駆け寄った。

車の向きを変え、門柱のあいだをバックで出して、雨でぬるぬるした苔や大量に落ちた小枝が散らばり、壊れたロッジから朽ちた材木片や飛んできた石が散乱した地面を走った。私は慎重に運転したが、そうであっても、落ちた残骸の中でタイヤが空回りし、ズルズルと音を立てた。両手と両腕は熱を帯びているように震え、車を制御できないような気がする。金属が石をこする不気味な音がして、車は私車道を出ると、車体を揺すぶるように再び西を向いた。ジュリーはてっぺんの道に続く門をあけようと駆け出していた。

私はジュリーの横を通り過ぎる際に声をかけた。「先生の車に気をつけて！　もうおじいさまの診察に向かってるかもしれない」

ジュリーが頷くのが見えた。一瞬、ヘッドライトの強烈な光を浴びた顔は幽霊のように青白い。唇がひとつの言葉を形作った。「急いで！」

思い切りアクセルを踏み込んで、この道路で自分にできたことを思い出そうとした。

私がてっぺんの道からウエストロッジへ車を走らせてから八年になる。まず草地をふたつ越える、と思い出した。それから車道との境界をなす木立が現れる。腰の高さの、若い樅《もみ》の木で、森林委員会が植えたものだ。あの頃でさえ、アダムはなんとか敷地で利益を上げようと努力していた。樅の木の黒い壁の隙間を走り抜けると、とたんに明るい夜が隠れたのは驚きだった。かつて、樅の木は一年に一フィート伸びたものだ。ヘッドライドが照らす先には、狭く黒い谷間があり、道に敷き詰められた松葉が排水路の役目を果たし、木の壁は嵐が最悪の被害をもたらすのを防いでいた。

一番目の門はあけっぱなしになっていた。高い土手のあいだを長い坂道がくねくねと下りていく。この並木道はのどかな時代に植えられたブナの大樹で、ヘッドライトの光を浴びて銀色にそそり立った。ここから、曲がりくねった道が上がったり下がったりしながら、小さな流れが削った溝に沿って四分の一マイルほど続く。私にできるのは、必死の形相でハンドルにしがみついて、路上の雨水がそこそこはけていますようにと願うことだけだった。

あいにく水はけは悪かった。意気地なしにも、私はすぐさま安全第一の時速十五マイルにスピードを落とした。これではいっそ歩いたほうが速そうだ。全身から汗が噴き出て、ハンドルを握る手が滑った。

そして二番目の門は閉まったまま、ちょっと傾いて下がっていた。

車の外に出られるのがなんとなくほっとして、走って門をあけに行った。レバーが固く、蝶番《ちょうつがい》がゆがんでいて一苦労したが、やっとのことで動かして、重い門を押しやった。門は二インチほど動いて行き詰まった。ぬかるんだ道にはまっていたが、そのせいであかないわけではなかった。身をかがめて門をこじあけたら、鎖がガチャガチャ鳴る音がした。鎖の輪が、錆で黒ずみ、錆びた南京錠がしっかり鍵が掛かった状態で、門と門柱を結びつけていた。

鍵が掛かった門。車をUターンさせる場所はない。となると、道はふたつにひとつだ。あのおぞましい小道をバックで下り、長い道のほうへ向かい、〈ホワイトスカー〉のそばで方向転換する。あるいは、ここで車を捨てて、ウエストロッジまでの半マイルを走っていくか。どちらの道もお話にならない……。

体と神経が頭の代わりに考えることもよくある。今どきは、アドレナリン、と言われるものだ。昔は〝背に腹は代えられぬ〟と言われていた。それより、〝天は自ら助くる者を助く〟とも。

何がなんでも門をあけるんだという勢いで、鎖をつかんでぐいっと引っ張ると、鎖は外れて手の中に落ちた。ただの輪っかだった。門柱にだらりと下がり、門がたわんで大きくひらかないように留めていた。そう言えば、あのときは貴重な四秒間を立ち尽くし、両手を見つめていた気がする。奇跡的に太い鎖を馬の毛みたいに引きちぎったのではあるまいし。よく考えれば、もし門に閂《かんぬき》が掛かっていたら、アダムが私にこの道を行かせたはずがなかった。

アダム。私は鎖を門柱の脇の雨でずぶ濡れの草地に落として、重い門をいとも軽そうに押しあけた。そして車に駆け戻ると、門を抜け、草が揺れているうちに走り去った。

向こうの木立から急な上り坂が現れた。そして、ヒースが茂った野原をまっすぐ、半マイルばかり走ったところに、乾いた砂利道がヘッドライトに照らされて白く、猫の目で印をつけてあったかのようにくっきりと浮かび上がった。

荒れ地の頂上だ。樺《かば》の木が一本きり、白い幹がぱっときらめき、背後の闇に消えた。すると、道が川に向かって急降下して、ウエストロッジが立つ土地の防風域へ曲がりながら下っていく。

この丘が険しいことも、この道に急カーブが続くことも、すっかり忘れていた。

ヘッドライトが丘のてっぺんを照らしたとき、時速四十五マイルだったのだろう。私は思い切りブレーキを踏み込んだが、車はジグザグに進んで丘を越え、川へ突進して、相変わらず猛スピードを出していた。空港に着陸しようとする飛行機並みに坂道を飛ばしていたのだ。カーブが迫ってきた。ブレーキを強く踏んで、絶好のタイミングを計り、力いっぱいハンドルを切った。

急カーブを曲がった勢いで、前輪が路肩に上がり、揺れ、ずれたような気がする。私は左にハンドルを切った。後部車輪も揺れ、路肩に上がり、停まった……。

大丈夫よ。あと少しで……。

晴れた晩なら、私の判断ミスがあったとしても乗り切れたかもしれない。でも、今夜は道も草もびしょ濡れだ。おまけにタイヤは、縁まで泥だらけになっていた……。

車の前部がずるずる動き、滑り、手に負えないほどふらふらした。タイヤが土手に乗り上げ、下りた。車は川に続く芝の坂に下りた拍子にがくがく揺れた。ヘッドライトの光が十ヤード先の川面《かわも》を照らし、ぴかっと光って目を射った。

私は道を離れたときに思わずハンドルの向きを直したに違いなかった。さもなければ、反転していたところだ。実際は、車は川をめがけて土手の最後の四フィートをまっすぐ下方に突っ走り、砂利浜までの九インチの段差をよろよろと越え、段差の端に車台をかすめて急停止した。前輪は砂利にかかり、ボンネットから一ヤード足らずのところを水が流れていた。

エンジンが止まったあとの静けさに、川のせせらぎは稲妻のような轟音に聞こえた。

私は運転席でハンドルを握ったまま、冷えていくエンジンが立てる小さな音に耳を傾け、ワイパーが行ったり来たりして、乾いたフロントガラスをきしませる様子をぽかんと眺めていた。雨はだいぶ前にやんだのに、ちっとも気づかなかった……。

あのときはどのくらい座っていたのだろう。ひどく長い時間に感じたが、せいぜい数秒間のはずだ。かすり傷ひとつなく、気が動転していたに違いないが、正直言ってそれどころではなかった。動き回っていて一息ついただけ。深い意味はない。

私は車から這い出た。廏舎はほんの五十ヤード先の、丘の麓にある。なけなしの分別を働かせてエンジンとヘッドライトを切ると、車を乗り捨て、駆け出した。

道順を忘れたせいで、コンの車を衝突させてしまったけれど、厩舎の戸口にたどり着くと、手はすかさず明かりのスイッチに伸びた。明かりが点くと、目もくれずに轡《くつわ》を取ろうとした。革の手触りがして、金属がじゃらんと鳴った。轡を釘から外すと、少しその場に立って、呼吸を整え、明かりに目を慣らし、馬を私の姿に慣れさせた。

こんな状態で仔馬に近づいてはだめだ。もう少し待って、乱れた鼓動を落ち着かせて、両手に言うことを聞かせて……。あのじゃらじゃら鳴る轡を持ち上げてからようやく気がついたが、手はまだぶるぶる震えていた。

私は厩舎の壁にもたれ、フォレスト家の仔馬を見つめた。

仔馬はドアの向かいの広い馬房にいる。一番奥の隅で、私から顔を背けていたが、頭をめぐらして、もの問いたげに、ちょっと驚いたように耳をぴくぴくさせた。

私は話し始めた。なんとか声を落ち着かせようとしていたら、自分のほうが落ち着いた。仔馬の耳がゆっくりと動くのを見て、馬房の扉をあけて中に入った。

仔馬は逃げず、頭をくいっと斜めに持ち上げただけなので、大きな黒い目がこちらを横ざまに見て、白い縁が覗いた。私は仔馬の首筋を優しく撫で、たてがみから耳まで撫で上げた。すると、仔馬が頭を下げ、私のブラウスの胸元の匂いを嗅いだ。

「助けてちょうだい、ローアン」私はローアンに轡を嚙ませようとした。仔馬はためらいもせず、腹を空かせた魚が蝿に食いつくように轡を口に入れた。それから七秒後、夢のように滑らかに轡がはまっていた。さらに十秒後、私は仔馬を夜の戸外に連れ出していた。わざわざ鞍はつけず、水桶の縁から背にまたがった。仔馬は海辺のロバのようにおとなしく立っていた。

私はローアンを川へ向かわせた。いつもの牧草地に続く道なので、仔馬はいそいそと、すばらしく長い歩幅で飼育場を一気に進んでいった。私はじっとまたがっていた。一瞬、暗がりに入って見通しがきかなくなり、ローアンの手綱を引くことも急がせることもできなかった。もちろん、声はかけていた。それは馬を落ち着かせるより自分を落ち着かせるためだという気がしたが、おかげでかすかに光る川面までたどり着いた。ここで木造の細い橋の袂《たもと》から、小道が牧草地を目指して曲がっていく。

さて、ローアンに川を渡らせることができるかどうか、すこぶる心もとなかった。あの雷雨でやや増水して、流れがどんどん速くなり、すさまじい響きをあげて危険な丸石を洗っていた。昼間に渡るのも感心しないのに、こんな夜中には危険が倍になる。でも、サーカスの馬ならいざ知らず、木造の細い橋を無事に渡れる馬なんていやしない。たとえ階段を上らせてもだめだろう。川を渡れなければおしまいだ。

とりあえず木立の下から出てきたので、様子を確かめた。

土手は橋のそばで急勾配になっている。川幅は広く、水面《みなも》が強烈に輝いて、丸石が突き出た場所は影になり、水がほとばしるところで、ぶくぶく泡立つまばゆい流れが生まれていた。音は耳に心地よい。雨上がりは何もかもさわやかできつい匂いがする。ローアンを土手に向けると、タイムとヌマハッカと、仔馬の蹄《ひづめ》に踏みつけられた芝生の匂いが鼻をついた。

ローアンは端で尻込みして、立ち止まり、ぐいと向きを変えようとした。私は承知しなかった。仔馬はおとなしく前を向き、また尻込みして、それから急な土手に立ち向かった。前肢の蹄で最初の一歩を踏み出すと、仔馬は立ち止まった。耳は元来たほうを向いている。

ところで、鞍をつけずに馬に乗る場合、どう見ても不便なことがあるが、便利なこともある——人馬一体になれるのだ。馬の筋肉が乗り手の筋肉に結びつき、溶け込む。乗り手は馬の力の一部となり、ともに動き、手綱と踵《かかと》だけで馬に衝動を伝えるときより、ほんの一瞬速く考えを伝えられる。

ローアンのためらいと、疑問と、一抹の不安が感じ取れた。走りたい衝動に駆られる前に否定的な感情に捕らわれている。私の前のめりになる気持ちがすぐに表れた。仔馬は鼻を鳴らしたと思うと、いきなり突進して、ずるずると滑るように川に下りていった。

私はローアンの手綱を引いて、流れに点在する丸石のあいだを縫って進ませた。もう忘れたと思った愛のこもった言葉をかけ続けた。ローアンの蹄は石を踏んで滑り、音を立て、肢のまわりで水は渦巻き、きらきら輝いた。蹄の上の毛に水が跳ね、膝にも跳ねた。仔馬は一度よろけ、立ち直ろうとして水たまりに前肢を突っ込んで、私の太腿までびしょ濡れになった。けれども、仔馬はたゆまず歩き続け、やがて小さな砂利を、おそらく踏み潰して、川を渡った。さらに向かいの土手を駆け登り、私をうんと持ち上げて落としそうになり、たてがみを揺すると、むらのある駆け足《キャンター》で突き進んで道に入った。

道は、橋から急角度で上がり、轍《わだち》がついて、でこぼこしているが、黒っぽいスゲが生えた路肩のあいだは月光にくっきり照らされていた。私は右手でローアンのたてがみをねじり、坂道に向けて、手綱を緩めた。

ローアンは勢いよく駆け出した。この突っ走るような駆け足を、こんな場合でなかったら、私は手綱を引いて抑えていただろう。でも今夜に限っては、ローアンはどんなに速く走っても速すぎることはない……。だいいち、この夢のような気分を味わっている。飛ぶように過ぎる一夜、みなぎる力は私のものでもあり、スピードに酔い、危険な役目をもうじき果たせる……。

駆け足が続き、速駆け《ギャロップ》に変わった。坂道を登り切って平地に下りた。この先に門があるはずだ。馬を止めて、門をあけなくては。たとえ鞍をつけて乗っていたとしても、暗闇でローアンに門を飛び越えさせるわけにはいかなかった。私は迷いながら前方に目を凝らした。きっとローアンは先に門を見つけてくれる。門のある場所をちゃんと知っていて……。

やはり知っていた。ローアンの歩幅が狭くなったと思うと、フェンスの柱がうっすら見えた――見えた気がしたのだろうか。見えない針金を張られ、奥に牛の形をしたものがいる。道路の向こうには何もない。通行を邪魔するものはなくなった。門はあいているようだ……そうだ、もう見える。道の片側にあけてある。まるでぐったりと伸びているように、大きくあいている。

ローアンは耳をぴくりと前に向け、うしろに向けると、まっしぐらに坂道を駆け下りた。

なぜ牛があいた門から押し寄せてこなかったのか、ほんのつかの間でも考える暇はなかったが、そこを通ってみたら合点がいった。家畜用の門は脇にあり、案の定と言うべきか、閉まっていたのだ。そして、道の向こうの、てっきり何もないと思った場所に、家畜用の格子柵が、危険な鉄柵が八フィート並んでいた。ローアンが足を折らないまでも、私も投げ出されたらどうしよう……。

ここでローアンを止めたり、門のほうを向けたりする暇はない。大きな二歩で、仔馬は格子柵に近づいた。

今回はローアンが私の代わりに考えた。格子柵が足元にぽっかりあき、暗闇では、道にあいた大きな穴に見える。そこで仔馬は姿勢を整え、跳び上がり、柵を越えた。宙を舞う燕のように淀みなく。

すると突然、前方に木立が見え、〈ネザー・シールズ牧場〉の明かりが見えた。

あとから知ったのだが、〈ネザー・シールズ〉でも多少は嵐の被害を受けていて、雨がやんでから男性陣――フェニック氏とふたりの息子――が見回りに出ていた。私が牧場に着いたとき、三人は飼育場にいた。馬が荒れ地を駆けてくる音が聞こえたのか、門のところに全員が揃っていた。

本道から〈ネザー・シールズ牧場〉まで五十ヤードほどある。私はローアンに隅を横切らせ、まっしぐらに門へ向かわせた。

仔馬が暴走していると思われたのか、誰も門をあけなかった。ローアンはずるずると滑りながら止まり、胸が門の鉄格子にぶつかりそうになった。それから、男たちを見て、ぱっと横ざまに飛びすさり、くるくる回り始めた。

誰かが大きく門をあけ、そして、三人の男が脇へよけた。私の仕事はローアンに彼らのそばを通らせ、門を通すことだけだったのに、仔馬はさんざん手こずらせたあげく、ようやく中に入った。三人のうちのひとりが門を閉め、ローアンの轡を外そうとしたが、馬が嫌がって立ち上がると思い、私は息せき切って言った。「任せてちょうだい。大丈夫だから。手をかけないで……」

誰かが言った。「これはフォレストの馬だ」もうひとりが言った。「あんたはウィンズロウの娘さんじゃないか」そこへフェニック氏の声が早口で続いた。「どうしたね？　困ったことでも？」

気がついたら、ろくに口が利けなかった。必死に馬を走らせてきたせいで息が切れていたが、それが問題ではなかった。凍えているように歯がカチカチ鳴っているのだ。たぶん、やっとショックを感じるようになったのだろう。全身が震えていて、太腿の筋肉は仔馬のひっきりなしの動きに対して緩んでいた。あのとき、たてがみをつかんでいなかったら、きっと落馬していたことだろう。

私は言葉を絞り出した。「古いロッジで事故があったんです。フォレスト館の。大木がロッジに倒れて。怪我人が出ました。フォレストさんも現場にいます。ふたりとも閉じ込められていて、早く助け出さないと、ロッジごと潰されそうです。〈ホワイトスカー〉では電話が通じません。こちらは通じますか?」

フェニック氏は行動がすばやく、口数は少ない人物だ。彼はこう言っただけだ。「さてな。サンディー、確かめてこい。医者を呼ぶ必要はあるか?」

「ええ。あります。動脈が切れている、そのようだと先生に伝えて下さい。大至急来てほしいと。それと、あなたも来てもらえるでしょうか? みなさんで、今すぐに。ロッジの壁が崩れてきて、地下室にふたりいますが、向こうにはコンとジュリーしか——」

「わかった《アィ》。ビル、ランドローバーを出せ。ロープと懐中電灯とバールを用意しろ。サンディーは母さんに事情を話してこい」

サンディーは走って行った。ビルは早くも小屋に引っ込んでいた。扉は大きくあけられて、ぴかぴか光るランドローバーのボンネットが覗いている。

私はローアンから下りて、手綱を握った。「つっかい棒とか」私は言った。「石を持ち上げる物はありませんか?」

「長さは?」

「短いものを。石が人の上に落ちないようにするためです。瓦礫の下で倒れているので。一フィートか、十八インチか。とにかく石をどけられればいいんです」

「なんてこった」フェニック氏がうなった。

「うちにフェンスの柱があったので、コンがそれを斜めに差し込むはずです。ただ、それだけでは足りません。助けに行く通路も確保しなくてなりませんし。こちらにもう少し長い材木があれば――」

「そこの小屋に掃いて捨てるほどあるさ。よりどりみどりだ」フェニック氏はランドローバーのエンジンの轟音に負けじと声を張り上げた。「ビル、ヘッドライトを点けろ！」

ヘッドライトが照らされた。ローアンははみをカチャカチャ鳴らしてあとずさりして、私を持ち上げそうになった。フェニック氏がふり向いたので、私は声をあげた。「気にしないで！　続けて下さい！　この子の面倒は見られます！」

ランドローバーが小屋を出てきて、門のちょうど一ヤード手前で停まった。エンジンがアイドリングして、ライトはすべて点いている。ビルが運転席から飛び出して、父親が材木置き場から丸太を引きずってきた場所に駆け戻った。きらりと光る金属の棒、重そうな材木が車の後部座席に放り込まれた。そこへさらに、古い鉄道の枕木のようなものが続いた。

「トラクター小屋のロープも？」ビルが訊いた。

「ああ」フェニック氏はシャベルも投げ入れた。

サンディーは母親に報告を済ませたらしく、電話機に走り寄った。なぜなら、家の明かりが点いた玄関口にフェニック夫人が現れたからだ。「ミス・ウィンズロウ？　サンディーからお話を聞きましたよ。今、電話をかけてますからね」

「通じるんですか？」

「ええ、もちろん」

「ああ神様」私は本気でそう言うと、額をローアンの熱い首筋に押し当てた。

「あらあら」夫人は言った。「大丈夫ですよ。すぐに済みますから。ウィルソン先生はお留守で、ハクスビーに向かってるんでしょうが、サンディーが連絡を取ってます。先生は二十分足らずでフォレストに着くし、うちの連中は十分で行けます。あたしも行きましょうか？　何かお役に立てるなら」

この冷え冷えとした夜で初めて、私は胸が温かくなった。目の前にいる女性は、〈ネザー・シールズ牧場〉のジェム・フェニックと結婚する前は看護婦だったことをおぼろげに覚えていた。フェニック氏が足を骨折してロイヤル・ヴィクトリア病院に一カ月入院した際、退院するときに彼女も連れて帰ったのだ。とっくの昔に医療現場を離れた人だが、医者の到着が遅れるのなら……。

私は声をあげた。「フェニックの奥さん、来てくれますか？　本当に？　ジュリーの恋人は動脈が切れていて、アダム・フォレストが止血しようとしています。地下室の天井が今にも落ちてきそうなのに、その場で対応しているのはコンとジュリーだけなんです」

フェニック夫人は夫に負けず劣らず思い切りがよかった。「では行きましょう。応急手当の道具を取ってきますね。やきもきしないで。その馬は放っておけるなら、家に入りなさいな」

「いえ、ここにいます」

フェニック夫人はくどくど説教して時間を無駄にしなかった。私の気持ちがわかっているのだ。一家が声を張り上げせわしなく動き回っている庭の真ん中で、私はローアンを抑えていればいいので、ありがたいとさえ思った。夫人は家の中に戻り、呼びかける声が聞こえた。「ベティー！　その紅茶を大きい魔法瓶に入れて。急いで！　それからブランデーを出して。サンディー、二階から毛布を取ってきて――えっ？　そうね、五、六枚。さあ早く！」

ランドローバーに荷物が積まれた。ビルはすでに門をあけて、運転席に着いていた。フェニック氏は何重にも巻かれたロープを後部座席に放り、近づいてきた。

「ウエストロッジの道から来たんだね？」

「ええ。倒木が本道に続く小道をふさいでしまいました。ウエストロッジまで車を運転して、そこから馬に乗ったんです」

「川の水は深くなってたかい？」

「ところどころで。でも、水はぐんぐん引いていて、橋のあたりは丸石だらけでした。そんなこともあって、まともに川を渡れる場所がありません」

「そんなところだろう。じゃ、うちの車で行って、荷物をあんたの車に移そう。ロッジに置いてあるんだね？」

「いいえ。だめなんです。車を——ぶつけてしまいました。申し訳ありませんが——」

「なんてこった」フェニック氏がまた言った。「怪我はないのか？」

「はい、おかげさまで」

「よし。別の道を通るしかなさそうだ。さほど時間はかかるまい。そっちは走りやすい道路だ。おお、こりゃいいぞ」最後のひとことはサンディーが毛布の山を抱えて走り過ぎたときの言葉だった。毛布は荷物のてっぺんに載せられた。やがて若い娘が、熱い紅茶とブランデーと思しきものを運んできた。そして最後にフェニック夫人が、小柄だがてきぱきとした働き者が箱を抱え、古いツイードの上着をはおり、心安らぐ洗濯糊の匂いを漂わせてやってきた。

フェニック一家は一斉にランドローバーに乗り込んだ。フェニック氏は私のほうを向いた。「来るか？　仔馬は納屋に突っ込めば、怪我はしない。あんたの座れる場所を作るから」

私は迷ったが、それも一瞬のことだった。「いいえ。やはり馬を返します。誰かが〈ホワイトスカー〉に行って、リサに説明しなくてはなりませんし。あちらに病室を用意します。私のことは気にしないで下さい。それから――ありがとうございます」

フェニック氏の返事はエンジンの轟音に掻き消された。ランドローバーは勢いよく飛び出し、野原の隅を横切った。四輪駆動車は牛が掻き回した泥の上でも、幹線道路を走るようにスムースに走っていく。フェニック夫人が大きな声で手厳しくも心強いことを言ったのが聞こえたが、やがて車は遠ざかってゆく轟音と暗闇に浮かぶ赤い光に過ぎなくなった。光は幹線道路に向かって突進していった。

そのときになってようやく、私ははたと思い出した。フェニック一家におじいさまのことを話すのをすっかり忘れていた。

傍らで、若い娘がおずおずと言った。「ミス・ウィンズロウ、お入りになりませんか？ ちょっとだけでも。お茶を淹れてあります」

「せっかくだけど、だめなの。とにかくありがとう。もう戻らなくちゃ。私が出て行ったら、門を閉めてくれる？」

「わかりました」

今回、ローアンにまたがるのはそう簡単ではなかったが、門につかまって、なんとかまたがった。それからすぐに、若い娘に挨拶して、私はローアンを外に、再び暗闇に向かわせた。

役目を果たした今、私は自分の体に裏切られていた。筋肉が子供の筋肉のように弱くなり、だらしなくまたがっているので、ローアンがほんの一瞬でもやんちゃぶりを発揮したら、仔馬の肩からずり落ちて蹄の下敷きになる。

でも、また私たちだけになると、ローアンは草地を歩く猫のようにおっとりと歩を進め、私は馬上から二番目の門をあけることができた。その後は、仔馬はあの滑らかな、とびきり広い歩幅で歩き、川岸に着いた。

ローアンと格闘したりなだめすかしたりする暇もなく、私は地面に下り、川の水に膝まで浸かって、手綱を引いて行った。ところがローアンは、巣から滑り落ちたマガモ顔負けにみるみる水に慣れ、しばらくすると、安定した、ゆったりした駆け足で川を出て、〈ホワイトスカー〉を目指した。

ローアンは一度だけ、川の砂利場で衝突して壊れたフォードのそばを通ったとき、向きを変えたが、励ますと、また順調に歩き出した。

もう私は手を尽くさず、ローアンが、言ってみれば、私のお守りをしながら〈ホワイトスカー〉に送り届けている。そうなると、仔馬の蹄が休みなくやさしく並木道の芝を鳴らす音を聞きながら、思い過ごしという幽霊が暗闇から押し寄せてきた。

精いっぱいのことをしなさい……。たった今、私はそうしてきたばかりだ。これでよかったのだ。誰かが〈ホワイトスカー〉に行って、リサにあれこれ準備してほしいと伝えなくてはならない。ウエストロッジでは私にできることはなかった。たとえアダムの役に立てないとしても、彼の馬の世話ならできる。この馬には、現金で、庭園とウエストロッジを合わせただけの値打ちがある……。

でも、こんなふうにして、何が起こったか知るのは私が最後にしなくてはだめだ。暗闇で、ローアン（二度と〝現金〟としては見られない）は着実に、静かに走り続けた。とうとう、ショックで神経が擦り切れて、私は意識の底ではとっくにわかっていたことをしぶしぶ認めた。

もう手遅れかもしれない。今夜、暗く、じめじめした、甘い香りがする夜、今この瞬間に私の大切な人たちがみんないなくなったかもしれない。ひとり残らず。アダムが死んでいたら（その可能性もあると気がついた）、それでおしまい。どこにも行かず、何もしない。人一倍愚かな者は、紛れもなく愚かなのだ。私は八年前にばかな真似をして、今日の朝露が下りる早朝にも、今夜も同じようなことをしたけれど、愚か者に戻る機会を逃したのかもしれない。

ローアンが止まり、うつむいて、鼻を鳴らした。私は仔馬の首にかがみこんで、最後の門をあけた。眼下に〈ホワイトスカー〉の明かりが灯っている。

ほどなく、ローアンは蹄の音高く庭に駆け込み、ぴたりと止まった。

馬を下りると、リサが慌てて母屋を出てきた。「馬が来ると思ったわ！　アナベル！　どうしたの？」

私はリサに一部始終を、なるべく手短に説明した。疲れ果てていて、要領を得ない話になったに違いないが、とにかくベッドが一台、いや何台か必要になると通じたようだった。医者がすぐに駆けつけることをはっきり言った。「ちょっと待ってて」私は物憂げに言った。「馬を厩舎に入れてくるから」

そのとき初めて、リサの目つきに気がついた。彼女は私とローアンをじろじろ見比べていた。「そうよ」私は穏やかに言った。「どうにかこうにか乗れたの。昔から馬の扱いはうまいのよ」

私はリサをその場に残して立ち去った。汗をかいた仔馬を引いて納屋の角を曲がった頃、リサがふり向いて、急いで母屋に引き返すのが見えた。

雌馬の馬房は空いていた。私は明かりをつけて、ローアンを引き入れた。

ローアンは慣れない厩舎を不安そうに見回すこともなかった。トミーが飼い葉桶から顔を上げて、明かりに目をしばたたいても、ローアンは鼻を鳴らし、息を吐いてから、鼻面を下げて干し草をあさった。私は馬房の柵をしっかりと閉めた。ローアンの轡を外して、柱に掛け、目の前にいくらか餌を出してやった。仔馬はまた息を吐き、ため息をついて、餌を食べ始めた。ブラシを持ってきて背中にかけると、目をぐるりと回してこちらを見た。いくら疲れていても、ローアンを放っておけない。仔馬の体から湯気が上がり、汗まみれで、汗の波紋が海辺の波跡のようについている。

左手をローアンの首にぴたりとつけて、背中とあばら骨にごしごしとブラシをかけた。すると、突然、手の下の筋肉がこわばり、のんびり草を食《は》んでいる音が止んだ。ローアンが顔を上げ、尻尾をピクッと動かした。視界の片隅で、飼い葉桶から影がひとつ跳んだ。影は仕切りのてっぺんに移り、音もなく消えた。トミーが身を潜めたのだ。

私は肩越しにふり向いた。

戸口に、真っ暗な夜に縁取られて、コンが立っていた。ひとりきりだ。黙って厩舎に入ってくると、二段式扉を閉めた。

第二十章

「ブラウン・アダムを愛しているの」と娘は言う。
「彼に愛されていることも知っている。
ブラウン・アダムの愛を私が会った偽の騎士には与えない」

スコットランド民謡「ブラウン・アダム」

コンは戸口を入ったところで足を止め、うしろに手を伸ばして二段式扉の上側も閉めた。

私はコンのしていることにほとんど気づかなかった。そのときはたったひとつのことしか考える余裕がなかった。背筋を伸ばして、勢いよく訊いた。「どうなった?」

「連中が助け出したよ。俺が向こうを出るちょっと前に先生も着いた」コンはボルトに手こずっていて、ねじ込みたくても、錆びていて、回らなかった。彼は肩越しに続けた。「本当にその仔馬を〈ネザー・シールズ〉まで走らせたんだな。大したもんだ」

「コン!」いくらコンでも、あの古いロッジでの出来事をあっさり忘れられないだろうに。「何があったの? みんな無事なの? 頼むから教えて!」

コンはボルトを放り出してふり向いた。ただし一歩も近づかず、その場で私を見つめている。傍らでローアンが身を固くした。餌を食べず、落ち着きなく尻尾を動かす以外はじっとしている。思わず仔馬の首筋に手を置くと、また汗が出ていた。

コンの声は抑え気味で、むしろ生気がなかった。「だから言ったろ。シートンは無事に助け出されたって。動脈の傷は重傷じゃなかった。かなり失血して、頭にこぶもできてるが、先生の話じゃ、すぐ元どおりになるそうだ。もうじきこっちに連れて来るよ」

私はロッジのことで頭がいっぱいだったので、今になってようやくコンの態度——と私に質問をせがんだこと——に注意を引かれた。そのときコンがおよそ彼らしくないと気がついた。口数が少なく、妙に控え目で、疲れてはいないが——それは察しがついた——どこかしら弱っていて、まるで心ここにあらずといった感じ……。あるいは、一番大事だと思っていることを隠しているようだ。

コンが言うまいとしていることは何か、はっきりわかった。私の手がローアンの首の上で動いたのだろう。仔馬は身じろぎして、耳をぺたりと伏せた。

私はしゃがれた声で訊いた。「どうして帰ってきたの？　ほかの人より早く。私に何を言おうとしてるの？」

コンはそっぽを向いた。彼が私と目を合わせようとしないことに気づいてから初めてだ。どんな場面も嘘で切り抜けられるコンが、笑みをたたえて嘘をつける男が。戸口の脇には釘に蹄鉄が掛けてあった。よく厩舎で見かけるように、幸運を呼ぶおまじないだろう（入口に蹄鉄をつけると、魔除けになるとされる）。コンはその蹄鉄をちょっといじり、釘から外すと、手の中で何度もひっくり返し、うつむいて、珍しい宝物のようにしげしげと眺めた。彼は顔を上げずに答えた。「梁が落ちた。残念だったな」

私はローアンにもたれていたらしかった。確かあのとき、ぞくっと寒気がして、薄いブラウス越しに伝わる仔馬の湿っぽい肌のぬくもりがありがたかった。私はばかみたいにコンの言葉を繰り返した。自分の声とは思えなかった。「梁が……」それから甲高い声で言った。「アダムが？　コン、そんなの嘘よ！　ありえない！　嘘ついてるのね！」

　コンはさっとこちらを見て、また持っている蹄鉄を見下ろした。「あいつは外に出ようとしなかった。あの梁はぐらぐらしてた。君も見たろ。でも、やつはシートンを置いてけないと言って、一か八かに賭けたんだ。俺たちは手を尽くしたが、俺とジュリーしかいないんじゃ……」コンは言葉を切り、さらに続けた。「〈ネザー・シールズ〉の連中が着く直前に梁が落ちたんだ」

　私が馬で家に向かっていた頃。あのときそんなことが起こった。あのとき……。

　私の手がローアンの首筋を這い上がり、たてがみをねじった。私はあれだけにすがって立っていた気がする。翌日、剛毛が手のひらに食い込んで、傷痕がついていた。私が語気荒く言ったので、仔馬はぎょっとした。「じゃ、あなたがやったのね？」コンは今度こそ私を見ている。「〝〈ネザー・シールズ〉の連中が着く直前に……〟そりゃそうでしょう！　あなたのしわざなんだから！　あなたがやったのよ、コナー・ウィンズロウ。アダムに死んでほしかったのね！」

　コンはおもむろに答えた。「気は確かか？　なんで俺がそんなことを望む？」

「知るもんですか。理由がなきゃいけない？　あなたの考え方を探るのはもうやめたの。アダムには死んでもらったほうが好都合なんでしょう。ドナルドは無事に助け出すほうが好都合ってわけね！　あなたはこの世には自分しかいないと思ってる。自分を神だと思ってるのよ……性根の腐った人殺しはみんなそう考えるわ！　だからドナルドは生きてて、アダムは――」私は口をつぐんだ。コンに頬を殴られたかのように唐突に。やがて淡々と、大騒ぎのわずかな名残や、感情さえも見せずに付け加えた。「あなたはアダムを死なせ、私をその場から追い出した」私はもうコンに話していなかった。沈黙を意識したのは、まるまる二十秒経ってからだったろう。沈黙のありがたみ。やがてローアンがコンクリートの上で足を動かし、私はまたコンを見上げた。

コンはその場に立ち尽くしていて、蹄鉄は彼の手の中でぴくりとも動かない。目は大きく見開かれ、どこまでも青い。彼は優しい声で話し出した。そこにはおしゃべりのアイルランド男がいた。「いやはや……じゃあ本物なんだな？　そんなことだと思ったよ。君のじいさんの部屋でね。ただ、今ひとつ信じられなかった……今ひとつ。お利口さんが馬に乗って、やっと納得したよ」蹄鉄を握り締めたこぶしが白くなった。「要するに、そういうわけだな。やっと何もかもはっきりした」彼はほほえんだ。「なあ、アナベル。まんまと一杯食わせてくれたな。え？」

私は答えなかった。目の前にほかの問題が残っている。私と神とのあいだで黒い問いかけがくすぶっていた。コンの声ははるか遠くから届くようで、ラジオの声が、壁を通して隣の部屋から聞こえるようなものだ。どうでもいい。うっとうしいだけで、意味がなかった。

ローアンが頭を上げたと同時にコンが一歩進み出た。「つまり、アダム・フォレストだったんだな？　アダム・フォレストか？　ちきしょう、まさかやつだとは。すっかりだまされたぜ。身近な者が薄汚い不倫に走ってたのに、誰も気づかなかったとはなあ」突然、コンの顔はどう見てもハンサムではなくなり、引き攣り、貧弱で、醜かった。「で、おまえはフォレストの女房が死んだと聞いて、戻ってきたんだろ、この恥知らず。俺を追い出して、ついでに不倫の続きができるチャンス到来、ってとこかよ！」

これは意味がはっきり伝わった。「そんなの嘘よ！」

「だから俺の顔を見ようとしなかった……。ほかの男がいると睨んだのさ。いるはずだと。爺さんはおまえが俺とつきあってると思ってたが、おまえは俺の顔を見ようとしなかったな、アナベル。ふん、お相手はフォレスト館の殿様じゃなきゃ釣り合わないよな。貧しい又従兄はせいぜい使用人がいいとこだ……」

ふと、ショックと疲労とで気を失いかけ（たように思う）、今まで思ってもみなかったことがわかった。嫉妬は冷たく燃え上がる。それは、コンが本気で私を求めたことがなかったせいではなく、私がついぞ彼を求めたことがなかったからだ。コンを一顧だにせずに払いのけただけでもひどい仕打ちだったのに、ほかの男を好きになって……。しかも、その男の正体がわかり、コンの虚栄心はズタズタになった。その同じひととき、遅きに過ぎた頭のもやが晴れた瞬間、もうひとつの謎もわかった。コンはなぜ子供ができたという突拍子もない嘘をついたのか。単なる虚栄心からだ。この地域の人たちは私が彼を相手にしないと知っていた。私が家を出たあと、彼の出番がやってきた。彼は私の秘密の恋人だった。おじいさまの怒りを買ったのは、自分を満足させるための小さな代償だったのだ。

コンはまた一歩進み出た。「結婚してもらえると思ったんだろ?」意地が悪い声だ。「だから帰ってきたんだろ?　そうだな?　やつは前にも金目当てで結婚したし、今のおまえには結婚する価値があるもんな。何を企んでたんだ、アナベル?　何が狙いだった?　なあ、教えてくれよ。人をもてあそびやがって、俺は本当のことが知りたいんだ」

コンは馬房の柵のすぐそばまで近づいていた。ローアンはもうおとなしくなり、うつむいて、尻尾も揺らしていない。ただ、仔馬の耳は私たちの声の抑揚に合わせて動き、私がもたれている肩のあたりは肌の下をかすかに震えが走っていた。まるで炎がちらちら揺らめくようだ。

「でもコン……コン……」霧の中を手探りで進むようなものだった。今日はコンに話があったのに。おじいさまの遺産のことで。私はあれを欲しくないし、欲しいと思ったためしはない。あなたが計画したとおり、あなたが受け取ればいい。私は母の遺産を手に入れて、ここを出て行く……。話はまだほかにもある。私はもうあなたの〝供述書〟を破り捨てたから、あなたも私の供述書を処分していいのよ。役に立たない〝メアリー・グレイ〟のサインがしてあるから……。でも、何より大事なのは、コンに遺産を譲る件だ。〈ホワイトスカー〉のためにもらってほしい。だって、アダムと私は……。

私は横を向いて仔馬の首に顔を埋めた。「コン、だめよ……今は話せない。続きはあとにしましょう。もう行って。出て行って、行って」

それには答えず、コンは近づいてきた。馬房の柵の真ん前にいて、片手を柵に掛けている。もう片方の手で、まだ蹄鉄を握っていた。

「ずっと俺をばかにしてたんだ。そうだろ」低い声は悪意に満ちている。「今更おまえを信用すると思うか？　こっちのことを知られたのに。おまえが言ってる、ここを出て行く、遺産を譲るっていうたわごとは――なんの魂胆があるんだ？　俺をだまして、警察に突き出そうってのか？　それとも、遺言状に異議を唱えるのかよ？」

私は疲れ果てていた。「あれは本心だったの。遺産はあなたにもらってほしかった。それに、あなたは現に〈ホワイトスカー〉を手に入れたわ」

「なんでそれが本当だとわかる？」コンは嚙みつくように訊いた。「そりゃ、おまえはそう言ったけどな、おまえの言葉を信じるわけないだろうが」

「ああもう、コン、今はよしてよ。あとにして……また話す機会があるならね。出て行って。わかるでしょ……？」

「わからないか？」コンが言った。言葉に匂わせた意図がようやく伝わった。私は顔を上げて、ぼんやりとコンを見た。「そうさ」彼は言った。「今回、俺は危ない橋をいくつも渡ってきたが、もう二度とごめんだ。巡って来るチャンスを生かすことにしたよ。今回のは逃がさない。リサが必要なアリバイを用意してくれるし、無実を証明するまでもないさ。さしもの利口なアナベル嬢ちゃんも、こんな粗暴な仔馬の扱いは間違えることがある……。フェニック一家がどうにも気になると言ってたぜ。こいつは〈ネザー・シールズ〉でおまえを乗せて跳ね回ってたから、疲れ切っておとなしくしてるかと」コンは話しながら馬房の閂《かんぬき》を上げている。「これでわかったか？」

直感ではわかっていたのに、働かない頭ではわからなかった。私はローアンからあとずさりして、冷たい鉄の飼い葉桶にぶつかった。背後で藁の中をもぞもぞ動く音がして、眠そうな子猫たちが母親を探していた。確か、あのときは筋の通った考えがこれしか浮かばなかった。コンに見つかったらまずい……。

コンはもう馬房に入っている。私は逃げようとしても、体が動かなかっただろう。万一動けたところで、逃げ出せなかったはずだ。その場面は自分にはほとんど関係ないような気がした。廏舎はいやに暗く、広がっていく闇に滑らかに溶け込んだ。がらんとして、私の肩のそばであまり動かない生き物がいるだけだった。そしてコンは、何か物を持って、妙な目つきでじわじわと近づいてくる。私は考えても甲斐のないことを考えた。コンが血も涙もなく私を殺せるわけがない。いいかげんにして！　彼は実行するのに一苦労している。躊躇するとさえ思わなかったのに……。

コンの手が、スローモーションで出されたように見え、私の手首をつかんだ。このとき、なかば無意識に、コンは私を脅かして、動かしたいのだとわかった。逃げ出し、悲鳴をあげ、走り、抵抗し——なんでもいいから、彼に潜む危険な暴力の火花を散らす行動を取らせたいのだ。ところが、私に聞こえるのは頭の中の声が繰り返す言葉だけ。その日は朝から何度も何度も、壊れたレコードみたいに繰り返していた。「死んだほうが楽になる……」

私はそれを声に出していたようだった。青い目が見開かれてきらめき、私の目に近づいて、私の手を握っている手に力がこもった。「このばか娘が」コンは言った。「やつは死んじゃいない。おまえがボロを出すように、わざとああ言っただけさ」

コンが蹄鉄を持ち上げると、光が蹄鉄の端を捉えた。蹄鉄。だから彼は蹄鉄を拾い上げたのだ。だからここに来たのだ。ひとりきりで。アダムが死んだと嘘をついた。コンはまだ人殺しじゃない。これは本当のことだ。

だが、一足遅かった。

そのとき私は悲鳴をあげた。コンから激しく身をよじり、つかまれた手首をふり払おうとした。弾みでローアンの脇腹に強くぶつかった。コンは悪態をついて私の手を離し、体当たりしようとした。

私がローアンの腹の下の逆巻く暗闇に入ると、私の悲鳴をグロテスクに真似たような嘶《いなな》く声がした。背後で仔馬がそそり立つように後肢で立ち、蹄をさっと叩きつけた……。すると真っ赤な血が、ついさっきコンの青い目が殺意をたたえていたところに流れていた。

あとで教えてもらったが、ローアンの嘶く声は、まだハイリッグズを走っている車内でエンジンの轟音より大きく響いたという。

アダムは同行していなかった。彼は、コンと同じく、ぐずぐずしていなかった。早くも庭の門に着き、十二秒後には廏舎に飛び込んでコンを発見した。あの前肢の蹄のすさまじい一撃で、放り出され、血まみれで倒れていた。なぜか、外れた蹄鉄が三ヤード先に落ちていた。馬房からの中では、ローアンは汗をかいているがおとなしく立っていて、その脚の真下で私は寝そべっていた。馬房つむいて、私の髪に鼻を押しつけた。

ローアンは、アダムが私を抱き起こせるように彼を馬房に入れたに違いない。暗い夢の中にいるように、霧の中をふらふら現実に戻ると、顔のすぐそばにアダムの顔があったのを覚えている。そのとき初めて、コンは最後に本当のことを言ったと実感した。

「アダム……？」

アダムは私を馬房の外に運び、そばにある腰掛けに座らせて、傍らで藁に膝をついていた。私の頭は彼の肩にもたせかけていた。「まだしゃべるんじゃない。もう大丈夫だ。何も心配ないよ……」

「アダム、死んでないのね？」

「ああ、そうだ。静かに寝るんだ。なあ、ランドローバーが丘を下ってくる音が聞こえるかい？　もう終わった。君は安全だ。ドナルドも無事だと知ってたかい？　さあ、静かに横になって。医者も来てくれる。僕たちにできることはない」

「コンは死んだのね？」

「ああ」

「あの人――私を殺そうとしたの」

「危うく成功しかけたようだね」アダムが苦い顔をした。「ローアンがいなかったら、手遅れだった」

「わかってたの？」

「そうじゃないかと」

「どうして？」

「さあね。古いレーダーがまだ動いているってところかな。フェニック一家が来てくれて、みんなで地下室の壁をできるだけ丈夫にして、梁を材木で支えたら、僕は地下から出て来られた。フェニックの奥さん――ちっちゃい人だね――が這って進んで、ドナルドに応急処置を施してくれた。そのとき君の又従兄はまだロッジにいた。君は〈ホワイトスカー〉に戻った、リサ・ダーモットにベッドの用意やら何やらを伝えるんだ、と誰かが言った。それから医者が到着した。先生は梁の下に潜れやしなかったから、誰もがドナルドを外に出すことだけを必死に考えていた。暗がりを出たり入ったりの混乱の中で、しばらくすると、ウィンズロウがいなくなったと気がついた。そのときようやく、君をやつの手に渡してしまったと思い当たったんだ。君を危険にさらすのではないかと考えずにいられなかったよ。僕がここに来るべきだと強く感じたんだ。ざっとこんな具合かな」

私が身震いすると、アダムの腕の筋肉がこわばった。「君の悲鳴を聞いて、もう間に合わないかと思った」

アダムは頭を下げて、私にキスをした。そのとき彼が、埃っぽい廏舎の藁にまみれ、ロッジの地下室の湿気を上着につけたまま、挽き割り粉と汗臭い馬の匂いがぷんぷんして、裸電球の下でコンの死体が真っ赤な血にまみれて横たわる傍らで、私に言ったのは、人がついかっとしたときにだけ口走る言葉だった。繰り返す言葉ではないし、昼日中に思い出す言葉でもない。でも、あれはあの恐怖と発見の一夜のものだった。あのときはどちらもお互いを失う寸前まで追い詰められた末に、ありがたいことに救われて、やり直せることに……。

やがてランドローバーが轟音をあげて庭に入ってきた。するとアダムが顔を上げて叫び、外の世界が――医者とフェニック一家と、事故の話を聞きつけて医者に同行してくれた見ず知らずのふたりという人間に姿を変えて――私たちの小さな痛ましいエデンに押し寄せた。

アダムはその場を動かず、私を放そうともしなかった。まるで、ここ数カ月の嘘と欺瞞の日々がぱっと忘れ去られたようだ。アダムは身じろぎもせずにひざまずき、私を抱き寄せていた。駆けつけた人たちは恐怖の叫びをあげ、医者がコンのそばに膝をつき、思い当たったことを手短に伝えた。殺人未遂ではない。絶対に違うね。ただコンが（リサとアナベルに朗報を伝えようと一足先に戻ってきて）危険を察知せず、馬房に入って、つまずいた。すると仰天した仔馬は後肢で立ち上がり、うっかり蹄でコンを蹴ってしまったんだろう。さらにアナベルはショックで気を失っていた、とアダムが説明した。

「ところで、この蹄鉄は？」フェニック氏が蹄鉄を拾って、しげしげと見ている。「仔馬が落としたのか？」

コンが選んだ凶器の意味がじわじわと呑み込めてきた。アダムはすぐにピンときたらしい。もっと早く蹄鉄に目を留めていたら、片付けておいたはずだった。彼は冷静に言った。「ローアンのものではなさそうです。釘から落ちたのでしょう。馬房の中にありましたか？　ウィンズロウはそれを踏んで転んだのかもしれません」

フェニック氏は手に載せた蹄鉄をひっくり返した。清潔だ。彼がローアンの前肢を見ると、それは（ありがたいことに）私のいる場所からは見えなかった。「ああ《アイ》」彼は言った。「そうだろう」そして、蹄鉄を窓台に置いた。

翌日の夕方近く、ジュリーと私は牧草地を歩いて古いロッジへ向かった。嵐が去って、空気はさわやかできらきら光り、日光が透き通り、草の葉の一枚一枚がその影から独立しているように見え、きのうはみすぼらしい芝地しかなかった道端に野の花が咲いている。私たちは〈ホワイトスカー〉と書かれた門を出ると、そこで足を止め、ロッジと蔦の木の残骸を眺めた。

この光景さえも、昼間が姿を変えた。広がったオークの大枝は黄金《こがね》色の葉が色褪せないまま、蔦の黒々とした蔓、相変わらず石細工にはびこっているピンクの薔薇――こうしたものは、美しい光の中で、この風景に田園風の、素朴で物悲しい雰囲気を与えていた。昨夜の危うく起こりかけた悲劇がなかったようだ。

しかし、私が車の向きを変えた場所にタイヤ痕が残っていた。つっかい棒がまだ何本か転がっていた。ここは、何より印象に残ることに、フェニック兄弟が車道をふさいでいた木の一部を切り開いた空き地で、おかげで救急車が通れたのだ。

ジュリーと私はこの風景を黙って見ていた。

「かわいそうなリサ」ようやく私が口をひらいた。

「これからどうするのかな?」ジュリーの声は沈んでいた。

「出て行かないでと言ってみたけれど、故郷に帰るそうよ。それが一番いいかもしれない。済んだことはしかたないわ。忘れるしかない」

「そうね」そう言いながらジュリーは口ごもった。その場で私はジュリーにすべてを打ち明けていた。

私がコンとリサと一緒にめぐらしていた陰謀と、昨夜の出来事の真相について。「まだよくわからないの」

「何が人を殺人に走らせるかなんて、わかりゃしないわ。でも、きのうの夜コンが何を考えたかはわかるでしょう。おじいさまから〈ホワイトスカー〉を譲られた話は私が請け合っただけだった。だから、私が本物のアナベルだとわかると、私が約束を反故《ほご》にして、牧場を相続するんじゃないかと思ったのよ。それからアダムが以前に――今もだけど――私の恋人だったとわかった。私がアダムと結婚して〈ホワイトスカー〉に住み着くと、とっさに思い込んだのね。コンは何事もよく考えなかったんじゃないかしら。ただ、私の力は知っていた。おじいさまの遺言状がコンに有利な内容だった場合、私は異議を唱えられるし、お金を搾取しようとしたと彼を訴えることさえできる」

「なるほど」ジュリーは小さく身震いした。「わからないのはゆうべの、あのロッジの梁ね。コンはどうしてあれを落としてしまわなかったの？　やろうと思えば、あっさりできたのに。梁が落ちれば、ふたりとも命はなかった。そうなっても、コンは平気だったでしょ」

「ええ。でも、コンはドナルドには生きていてほしかった……それに、あなたがそばで見ていた。梁を落とすのはそれほど簡単ではなかったでしょう。アダムが死んでも、問題はひとつしか解決しない。でも私が死ねば、一気に全部片付くわ。私が遺言状の真相を話そうが話すまいが、コンは私を殺して遺産を手に入れようとした。ほら、私には母の遺産もあるのよ。コンは事情をよく知らなかったけれど、あの段階では失敗のリスクを負っていなかったから、見逃せないチャンスだったの。コンは危険を恐れずやってみるたちだと言ったでしょう」

「たとえば、あの夜、川べりで私を襲ったみたいに？」

「どうしてそんな顔してるの?」

「たぶんね」

私はしばらく黙り込んだ。やがてジュリーが私の腕に触れた。「どうしてそんな顔してるの?」

「自分を責めずにいられないの」

「自分を責める?」ジュリーが声をあげた。「アナベルったら。どうして?」

「ゆうべのことは私の落ち度でもあったと、どうしても感じてしまうのよ。私があんなに疲れてぼんやりしていなければ――コンがアダムのことで嘘をついて私をうろたえさせなければ――私はコンから〈ホワイトスカー〉をだまし取る筋書きを仕組んでいないとわからせようとしたわ。それとも、もっと早くコンに会っていたら――そもそも私がうまく立ち回ろうとして、彼の始めたゲームで勝つために戻ってきたりしなければ――」

「もうやめて!」ジュリーが私の腕を揺すぶった。「しっかりしてよ、お願いだから! これまでの揉め事も暴力沙汰も全部、コンひとりのせいよ! ゆうべの事件だって、最初から最後までコンが悪いの。それはわかってるでしょ! あいつはあなたを殺すつもりで廏舎に行ったのよ。多少は反撃を食らうだろうと覚悟してた! ええ、そういうこと。あなたはちゃんとわかってた。たとえあなたが元気だったとしても、コンは話に耳を傾けたかな? 傾けないね! メアリー・グレイの一件で彼をだましたのは、誰のせい? もし八年前にコンに脅かされなかったら、あなたは彼をだまそうなんて夢にも思わなかったはずよ! もしコンがおじいさまと私にとって危険だと――事実、危険だった――思わなかったら、そもそもあなたは帰ってこなかった。ねえアナベル、自分を責めたりしないで。やめてよ!」

「わかった」私はジュリーにほほえんだ。

「ジュリーおばさんのアドバイス」ジュリーは私の腕を軽く握ってから放した。「お返しよ。私はあなたのアドバイスに従ったから、あなたも私のアドバイスに従って。今回のことはなるべく早く、何もかも忘れてしまうの。そうするしかない。私に言わせれば、私たちはすっごく恵まれてたんだから！」

「ええ、本当に」私は頭をのけぞらせた。見上げた先には紺碧の空にオークの若葉が黄金色に映えていた。「ジュリー、私がしたいことわかる？」

「えっ？」

「瓦礫が撤去されたら、あのありがたいオークの大梁をもらいうけて、〈ホワイトスカー〉に置ける物を何か作ってもらうの。アダムとふたりで使える物がいいわ。小さなテーブルとか、ベッドのヘッドボードとか。アダムの種馬が表彰されたトロフィーを並べておく棚でもいい。私が乗馬でもらったカップもあるし」

「いい考えだね。あれが地下で朽ち果てるなんて、もったいないもん。あの大梁はドナルドもアダムも助けてくれた。ね、私にもちょっとは取っといてよ」ジュリーはにこっとした。「お宅の家具を作った残りで、うちのロンドンのフラットに置く灰皿の一個や二個は作れそうね。で、この騒動を起こした張本人はどうするの？」

「蔦の木？」私は残骸の山に囲まれて倒れている蔦の木に近寄った。「かわいそうな老木」私はほほえんだ。どこか寂しそうな笑顔だったかもしれない。「象徴的ね。そう思わない？　ここにあるのは過去――嘘と秘密とあなたが〝ロマンス〟と呼ぶもの……。これから片付けられて運び去られ、忘れられる。きれいさっぱり」そっと手を出して木の葉に触れた。「かわいそうに」

「できれば——」ジュリーは口をつぐんで小さくため息をついた。「あなたとアダムが〈ホワイトスカー〉に住むことをおじいさまがわかってたらよかった、と言おうとしてたけど、そうなると、ほかのことまでわかっちゃうね」

私たちは押し黙り、独占欲の強い、魅力的な老人のことを考えた。人を牛耳るのが大好きで、一連の厄介事を墓の外から引きずったままにしている。

そこでジュリーがあっと声をあげ、私の横を走りすぎた。

「どうしたの？」

ジュリーは答えない。ロッジの古い壁にある胸壁の残骸によじ登ると、そこでバランスを取り、蔦の木の裂けた幹に大きくあいた割れ目を手探りした。

どこかに、もはやボロボロに朽ちた木片に消えてしまった中に、昔の愚かな恋人たちが郵便ポストの代わりにしたうろがあった。ジュリーを眺めていると、前にもこんなことがあったという妙な気分を味わった。華奢で金髪の彼女は、私が十九の頃に着ていそうなサマードレスを着て、手を伸ばし、朽ちた木片を引っ掻いて、そこから紙切れらしきものを引き剝がした。

ジュリーは壁の上で立ち上がり、紙切れを見下ろした。汚れてしみがつき、縁が破れているが、乾いている。

私は興味津々で声をかけた。「それなんなの？」

「これは——手紙よ」

「ジュリー！　嘘でしょ！　ほかの人には——」私の声はだんだん消えていった。

ジュリーは壁を下りてきて、手紙を差し出した。

私はそれを受け取り、信じられない思いで見ると、立ったまま見つめていた。目の前で字がぐるぐる回っていたのだ。若い人の殴り書きと見える文字で、ぼやけた、かろうじて読めるインクと紙についた埃と黴《かび》越しに、焦ってペンを走らせた様子がわかる。そして、読みにくい字でなんと書いてあるかもわかった。

ノーサンバランド州
ベリンガム近郊
フォレスト館
アダム・フォレスト様

さらに、てっぺんにはぼやけた字で〝親展〟と書かれている。

ジュリーが話している声が頭に入ってきた。

「……車道の先で郵便配達の人に会ってたの。覚えてるでしょ、アニーおばあさんを？　あの年に引退したの。とにかく、〈ホワイトスカー〉宛ての手紙を渡してもらって、私が持って帰ってた。ほんとはやっちゃいけないことだけど、ほら、おばあさんが大変そうだったから、長い坂道を歩かなくて済むようにしたわけ……。だから、あなたとアダムがあの蔦の木で手紙をやりとりしてるのを見て、なにぶん子供だったから、てっきりこうするものだと……」ジュリーの声が震えた。私はふり向いて、彼女を見つめていたことに気がついた。「だから、あの手紙を蔦の木に入れたの。今思い出した。ほかには何も考えなかったな。私、あの壁によじ登って、できるだけ奥に突っ込んだ」

「当然だわ。アダムは私が家出したと知ったら、あの木のうろを二度と見なかった」

「当然ね。アナベル――」

「なあに?」

「それ――それはとっても大事な手紙だったと思う?」

私は手の中の手紙を見下ろして、それから蔦の木を見上げた。手紙はあそこに八年間も隠れていた。もしも、とっくの昔にアダムの元に届いていたら、どうなっていただろう。彼の妻は病気で、神経が衰弱しかかっていて、彼自身は惨めで、不幸な娘が彼のお情けと良心にすがりついていたのに。こんなふうではまずかったと誰にわかるだろう?

私たちが失った時間は、おおかたが自分たちの時間ではなかった。あの蔦の木は、私が呼んだとおり、偽りの〝象徴〟であり、私たちを引き離していた。私たちの時間が自分たちのものになり、明確になるまで……。

ジュリーがはらはらしながら私を見ていた。「大事な手紙だったかもしれないのね?」

「どうかしら」

「私――それをフォレストさんに渡して、事情を話したほうがいいね」

私はジュリーにほほえみかけた。「今夜アダムに会うのよ。自分で渡すわ」

「ああ、そうする?」ジュリーは助かったという顔をした。「じゃあ、伝えておいて。本当にごめんなさい。大事な手紙じゃありませんように!」

「たとえ大事な手紙でも」私は言った。「今となっては、もうどうでもいいわよ」

私は色鮮やかな風景にひとりきりでいたのかもしれなかった。空は静かで、夕方のあの次第に濃くなっていく美しい青をまとっていた。

南に湧き上がった雲はピクリともせずにぶら下がっているようだ。カリフラワーの花蕾が集まったような底の部分に、丘陵が曲線を描いていくつも折り重なり、牧草地の滑らかな斜面は昨夜の雨に洗われ、夕方の陽光を浴びて、緑が金色を帯びる。

古代ローマ式に切り出された石の塊は背中にじんわり温かい。眼下では湖が夢心地でさざ波を立て、私が初めてそこに座った日から何も変わっていなかった。黒い顔の羊が二匹、陽向《ひなた》で眠っている。八年前に寝ていたのと同じ二匹だという気がする。あのときすべてが始まった……。

時はあった。時はある……。

その場に座り、目を閉じて、あの緑と青の静けさを思い出した。羊の鳴き声もせず、シャクシギもひっそりして、草をそよがせる風も吹かず、ジャコウソウに集まった蜂も巣に戻っていた。生まれる前にいた世界はこんなふうだったのかもしれない。私はそこにいた最初の、ただひとりの女だったのかもしれない。腰を下ろして、アダムとともに夢を見ていた……。

「アナベル！」

首を長くして待っていたのに、彼が近づいてきた足音が聞こえなかった。彼は城壁の南側の芝土沿いを静かに歩いてきたのだ。私のすぐうしろに立っている。羊たちは眠そうな目をして、顔も上げなかった。私はふり向かない。片手を差し出し、彼がそれを握ると、傷ついた手の甲を自分の頬に引き寄せて、押し当てていた。

時は迫っている……。

訳者あとがき

ローマ帝国の遺跡、ハドリアヌスの城壁で有名な英国のノーサンバランド。カナダから訪れたメアリー・グレイは、そこでコナー・ウィンズロウという美貌の青年と出会い、奇妙な申し出をされる。君は八年前に家出した又従妹のアナベルにそっくりだ。彼女になりすまして大伯父の牧場を相続し、それを俺に譲ってくれたら、報酬を弾む。貧しいメアリーは迷った末に申し出を受け、ウィンズロウ家の人々をだますことにするが……。

本作はメアリー・スチュアートのミステリ作品としては六作目であり、作者の執筆活動が充実していた一九六〇年代に書かれました。原題の The Ivy Tree とは、ふたりの登場人物が暗い秘密を隠していた「蔦の絡まる大木」のことで、彼らにとって過去と罪の象徴でもあります。緑豊かで美しい田園風景はエデンの園にたとえられ、そこに立つ木は旧約聖書の創世記に登場する「知恵の木」（または「善悪を知る木」）を思わせます。その他、全編のテーマとなる「放蕩息子（娘）の帰還」など、聖書からの引用が随所に登場します。新約聖書に「罪の支払う代価は死」とあるとおり、登場人物のうち、ある者は文字どおり死を迎え、ある者は過去の自分と別れて再生を果たす物語です。刊行当時、英国の『デイリーエクスプレス』紙に「理想的なスリラー」と称賛されました。

＊ここからは物語の真相に触れています。本作を読了後にお楽しみ下さい。

本作はスチュアート作品としては異色作と言えそうです。スチュアートが描くヒロインは、知性が豊かで正義感が強く、明るく、勇敢で……おおむね「健全」タイプです。一方、本作のヒロインは、頑固で嘘つき、暗く、執念深く、不倫の恋をした経験があり、詐欺の片棒を担ぎます。そのため、全編に暗い雰囲気が漂っています。もっとも、ヒロインが頑固なのは意志の強さの裏返しであり、なりすましを働いたのは、従妹ジュリーを守るため、「コンに怪しまれずに牧場に入り込む絶好のチャンス」だったからです。つまり、のちにコンを大きくだますために、あえて敵の懐に飛び込んだのです。その意味では、数々の冒険を繰り広げたヒロインたちの系譜を継ぐと言えるでしょうか。

物語の序盤から何度も演劇に言及する文章があり、これはお芝居だと匂わせているのが特徴です。ヒロインはアナベルになりすましたのではなく、メアリーになりすましたことは早い段階で判明します。一人称の文章は、読者に主人公に共感させると同時に秘密を隠す働きがあります。メアリー・グレイはその名のとおり道徳的に灰色で、完全には信頼できない語り手です。特に前半は意図的に曖昧に描かれ、メアリーからアナベルへ意識の変化がはっきりしないので、英語圏のレビューサイトでは賛否両論でした。ただ、物語の主眼はあくまでヒロインの再生でしょう。冒頭と結末はほぼ同じ文章が綴られながら、止まっていた時間が動き出すのを感じられます。最近の叙述トリックを用いたミステリにはさまざまな形式があることを思えば、現代の読者こそ本作を楽しめそうです。そもそも、いわゆる謎解きミステリではないので、作者が読者に対してフェアプレイをしていないことをご承知のうえで楽しんでいただければ幸いです。

本作はジョセフィン・テイの『魔性の馬』のオマージュ作品であるとされています。こちらは大変面白いサスペンスであると同時に、少年の成長物語でもあります。以下、極力ネタバレをしないように内容を紹介します。

牧場や農場を経営する名門アシュビイ家では、次男サイモンが成人して遺産を相続する日が近づいていた。ところが、八年前に「遺書を残して自殺したとされる」双子の長男パトリックが帰ってくる。その正体はブラット・ファラーという放浪の孤児で、アシュビイ家の親戚の男にそそのかされ、パトリックになりすましたのだ。賢いブラットは一家の信頼を得ていくが、パトリックの失踪には思いもよらない真相が……。

本作と『魔性の馬』では、〝他人になりすます〟主人公の設定が大きく異なります。『魔性の馬』では、ブラットが共犯者から「ただ自分でいればいい」と言われます。スチュアートはこのせりふにヒントを得て、ヒロインが「自分になりすます」展開を考えたのかもしれません。もちろん、二作には共通点がいくつもあり、牧場の相続をめぐる家族の愛憎や「精神的な双子」の存在等が印象的です。ちなみに、本作における精神的な双子は、アナベルとコンではないでしょうか。作中に「俺たちは似たもの同士」というコンのせりふがありますが、恋愛と野心の違いこそあれ、暗い情熱に駆られたふたりはよく似ています。また、魔性の馬とは、「思慮深く知的なワル」と形容される美しくも凶悪な馬です。作中の犯人もそれによく似ているとされ、本作ではコンに生まれ変わったようです。本作に登場する馬はまったく違う意味で活躍します。スチュアートは馬を悪役にはできなかったようですね。

メアリー・スチュアートは一九一六年イングランド北東部のダラム州サンダーランドに生まれ、一九三八年にダラム大学を卒業して教師となりました。五五年にMadam, Will You Talk?で作家デビューを果たして以来、ロマンティック・サスペンス、歴史ファンタジー、児童書などを発表し、二〇一四年に惜しまれつつこの世を去りました。『銀の墓碑銘《エピタフ》』（一九六〇）は英国推理作家協会賞にノミネートされ、『この荒々しい魔術』（一九六四）と『踊る白馬の秘密』（一九六五）はアメリカ探偵作家クラブ賞にノミネートされました。ただし、けっして「ジャンル作家」ではありません。『霧の島のかがり火』にすばらしい解説を寄せて下さった真田啓介氏のご指摘どおり、天性のストーリーテラーだったと言えるでしょう。作品の傾向は似通っているのに、一作ごとに違う驚きと喜びを与えてくれます。その生涯や作風など、詳しくは真田氏の解説を参考にしていただけると幸いです。

〈論創海外ミステリ〉から刊行されるスチュアート作品は、これで五作目になります。論創社編集部の黒田明氏には今回も大変お世話になりました。スチュアート作品の面白さを再発見して下さった読者の皆様に深くお礼申し上げます。

＊著作リスト（ミステリ作品のみ）
Madam, Will You Talk?（1955）
Wildfire at Midnight（1956）『霧の島のかがり火』（木村浩美訳、論創社）
Thunder on the Right（1957）
Nine Coaches Waiting（1958）
My Brother Michael（1960）『銀の墓碑銘《エピタフ》』（木村浩美訳、論創社）

The Ivy Tree（1961）『誰も知らない昨日の嘘』（木村浩美訳、本書）
The Moon-Spinners（1962）『クレタ島の夜は更けて』（木村浩美訳、論創社）
This Rough Magic（1964）『この荒々しい魔術』（丸谷才一訳、筑摩書房）
Airs Above the Ground（1965）『踊る白馬の秘密』（木村浩美訳、論創社）
The Gabriel Hounds（1967）
Touch Not the Cat（1976）
Thonyhold（1988）
Stormy Petal（1991）
Rose Cotage（1997）

二〇二四年八月

木村浩美

〔著者〕
メアリー・スチュアート

1916年、英国、ダラム州生まれ。ダラム大学を卒業後、教職を経て、55年に“Madam, Will You Talk?”で作家デビュー。『銀の墓碑銘』(1960)が英国推理作家協会ゴールド・ダガー賞候補に、『踊る白馬の秘密』(65)がアメリカ探偵作家クラブエドガー賞長編賞に、それぞれノミネートされるなど、その作品は国内外で高く評価された。2014年死去。

〔訳者〕
木村浩美(きむら・ひろみ)

神奈川県生まれ。英米文学翻訳家。主な訳書に、メアリー・スチュアート『霧の島のかがり火』および『銀の墓碑銘』、ドナルド・E・ウェストレイク『忙しい死体』および『平和を愛したスパイ』(いずれも論創社)、ローレン・ビュークス『シャイニング・ガール』(早川書房)、ローズマリ・グィリー『悪魔と悪魔学の事典』(原書房、共訳)など。

誰《だれ》も知《し》らない昨日《きのう》の嘘《うそ》
——論創海外ミステリ 329

2025年1月20日 初版第1刷印刷
2025年1月30日 初版第1刷発行

著 者 メアリー・スチュアート
訳 者 木村浩美
装 丁 奥定泰之
発行人 森下紀夫
発行所 論 創 社

〒101-0051 東京都千代田区神田神保町2-23 北井ビル
TEL:03-3264-5254 FAX:03-3264-5232 振替口座 00160-1-155266
WEB:https://www.ronso.co.jp

組版 加藤靖司
印刷・製本 中央精版印刷

ISBN978-4-8460-2431-4